소년의　눈물

소년의 눈물

2017년 1월 30일 초판 1쇄 펴냄
2017년 8월 10일 초판 2쇄 펴냄

펴낸곳 도서출판 삼인

지은이 조호진
펴낸이 신길순

등록 1996.9.16 제10-1338호
주소 03716 서울시 서대문구 연희로 5길 82(연희동 2층)
전화 (02) 322-1845
팩스 (02) 322-1846
전자우편 saminbooks@naver.com

디자인 이진미
일러스트 Shutterstock.com
인쇄 수이북스
제책 은정제책

ISBN 978-89-6436-124-5

값 15,000원

소년의 눈물

조호진 지음

삼인

소년은
희망이어야 합니다!

저는 피난민촌에서 태어나 판자촌에서 자랐습니다. 6·25 전쟁으로 북녘 고향에 아내와 아들과 어머니를 두고 이남으로 피난을 온 제 아버지는 시골에서 상경한 고아나 다름없는 어머니를 만나 살림을 차렸습니다. 저희 부모님을 비롯해 우리 동네 가난한 부모들은 주로 가난 때문에 싸웠습니다. 그러나 가난은 싸운다고 해결되는 문제가 아니었습니다. 아무리 싸워봤자 가난이 해결되지 않자 어머니는 저희 곁을 10년가량 떠났습니다.

깨지고 상한 가정에서 자란 저는 잘 압니다. 깨진 유리를 만지면 살만 베이지만 가정이 깨지면 몸과 맘이 상한다는 것을…. 상한 맘에선 아픔의 피가 흐르고 그 피는 좀처럼 멈추지 않기 때문에 버림받은 아픔을 평생 안고 삽니다. 몹시 고통스러운 일이지요. 깨진 유리는 강력 접착제로 붙이면 붙지만 깨진 가정은 좀처럼 회복되지 않습니다. 깨진 가정으로 인해 생이 망가진 아버지들과 자식 곁을 떠나야만 했던 어머니들…. 자식을 버린 죄책감으로 평생 죄인처럼 살아가는 나의 어머니와 수많은 어머니들의 아픔으로 세상은 눈물로 얼룩졌습니다.

부모의 양육과 돌봄을 받지 못한 아이들, 버림받고 상처 입은 아이들은 떠돌이가 됩니다. 떠돌이 소년들에게 세상은 밀림입니다. 오갈 곳 없는 소년들은 약육강식의 밀림에서 울부짖습니다. 배고프다고, 밥 좀 달라고, 춥다고, 잠잘 곳 좀 달라고, 안전한 일자리 좀 달라고 울부짖지만 세상은 냉담합니다. 소년들은 울어도 소용없고, 도움을 청해도 소용이 없다는 것을 깨달으면서 늑대로 변합니다. 소년들은 살아남기 위해 발톱을 세우고 이빨을 갈기도 합니다. 돈과 물건을 훔치고 빼앗는 등의 범죄를 저지른 것은 소년들 나름의 생존 방식입니다.

"여기, 수상한 애들이 있어요!"

무자비한 세상의 어른들은 떠돌이 소년을 보면 밥과 잠자리를 주기보다는 신고부터 합니다. 아이들이 간첩입니까? 아이들이 적군입니까? 무슨 나라가 청소년들을 쓰레기 취급합니까? 왜 자꾸 치우려고만 합니까? 가출 청소년들을 보면 먹이고, 재우고, 돌보는 게 나라의 할 일이고 어른의 책임인데 그렇게 하기보다 짐승에게도 던지면 안 되는 돌을 소년들에게 던집니다. 언제 돌을 던졌냐고요? 소년들을 향한 낙인과 냉대, 거절과 외면, 제 자식만 챙기는 이기주의라는 돌을 던졌습니다. 돌멩이는 피만 나게 하지만, 그런 돌에 맞으면 피만 닦으면 되지만, 소년들에게 던진 그 돌들은 씻을 수 없는 상처를 남깁니다.

『소년의 눈물』을 쓰면서 힘들었습니다. 쓰면서 가슴 아프고, 잘 쓰

지도 못하면서 힘이 들었습니다. 깊은 잠을 자지 못했습니다. 자다가
깨고, 깨어선 멍하고, 무거운 몸으로 글에 매달렸습니다. 『소년의 눈
물』은 저의 이야기였고 소년원과 교도소를 드나든 제 형의 이야기였
기 때문입니다. 소년들의 이야기를 쓰다가 너무 힘들어서 끊었던 담배
를 다시 피웠습니다. 연기처럼 사라지지 않는 눈물, 연기처럼 흩어지
지 않는 슬픔, 니코틴보다 독한 눈물과 슬픔이 저를 힘들게 했습니다.

　『소년의 눈물』은 다음 스토리 펀딩과 『오마이뉴스』와 『국민일보』
에서 2015년과 2016년에 연재했던 「소년의 눈물」과 「소년이 희망이
다」를 묶은 책입니다. 소년의 눈물만 있었다면 저는 책을 펴내지 못했
을 것입니다. 소년의 눈물은 희망이었습니다. 수백만 명의 독자들이
소년의 아픈 이야기를 읽으면서 응원해주었고 수천 명의 독자들은 소
년들의 아픔 때문에 눈물 흘리고, 미안해하고, 위로하면서 후원금을
내주고 따뜻한 댓글로 연대해주었습니다.

"아이들을 키우는 엄마의 마음으로 가슴 저린 슬픔이 느껴집니다.
세상이 좀 더 따뜻해지고 밝아져 슬픔 없는 아이들만 가득했으면
합니다." - 만만디

"소외되고 약한 아이들에게 희망을 주고 세상을 밝게 살아갈 수
있도록 힘을 실어주고 싶네요." - 이영원

"버림받기 위해 태어난 아이들이 아닌 사랑받기 위해 태어난
아이들임을 어른들이 더 따뜻한 시선과 마음으로 들어주고

보듬어주고 기다려준다면 소년원이라는 창살은 없어지지 않을까요? 따뜻하고 희망찬 이야기 좋네요." - 김미경

"사회의 편견이나 어려운 가정환경에 의해 한참 꿈 많고 다양한 인재로 성장할 수 있는 청소년들이 쉽게 포기하고 방황하는 것이 매우 안타깝습니다. 치열한 한국 사회이지만 희망의 불빛은 항상 살아 있다는 것을 널리 알려주고 싶네요." - Halo Family

소년의 눈물이 '소년희망공장'을 만들었습니다. 수천 명의 독자들이 내주신 후원금으로 경기도 부천에 2016년 9월 23일 세워져 운영 중인 소년희망공장은 20평 남짓의 작은 가게입니다. 소년원 출원생과 위기 청소년의 자립과 거리 소년들에게 밥을 주기 위해 만들어진 소년희망공장에선 컵밥 등의 음식과 커피를 만들어 팔고 있습니다. 소년희망공장이 제발 성공했으면 좋겠습니다. 그래서 부천뿐 아니라 서울 등지에도 2호점과 3호점이 만들어져서 소년들을 희망으로 일으켜 세웠으면 정말 좋겠습니다. 희망은 막연한 단어가 아니라 바라는 것들의 실상임을 믿기에 소년들의 희망은 조금씩 확장될 것을 기대합니다.

저는 눈물의 아들이었고 눈물의 아비였습니다. 이혼의 아픔으로 울부짖던 저를 구원해준 이가 있습니다. 아내 최승주 권사입니다. 천사 같은 아내로 인해 이젠 외롭지도 않고 아프지도 않습니다. 그럴지라도 세상의 외롭고 아픈 이들을 상관없다고 하지 않겠습니다. 그렇게 외롭고 아팠으니 세상의 외롭고 아픈 이들을 살피며 살겠습니다. 저의 삶이 안온하다고 해서 추위에 떠는 이웃이 나와 상관없다고도 하

지 않겠습니다. 함께 나누지 않는 따뜻함은 따뜻함이 아니라 무정한 죄라는 사실을 잊지 않으며 시든 삶이든 무엇이든 나누겠습니다. 아내로 인해 구원을 얻었으니 그 구원이 헛되지 않도록 따뜻한 시인, 상처 입은 치유자로 살겠습니다. 아내와 재혼해 산 10년 동안의 겨울은 참 따뜻했습니다. 남은 인생 또한 아내로 인해 따뜻할 것 같습니다. 10년 전, 아내에게 청혼하면서 바쳤던 시를 되새기면서 다시금 안온한 등불을 켭니다.

홀로였던 내가
홀로였던 그대
쓸쓸했던 신발을 벗기어
발을 씻어주고 싶습니다.
그 발 아래 낮아져
아무것도 원치 않는
가난한 사람이고 싶습니다.
그대의 안온한 잠을 밝히는
등불이 되어
노래가 되어
– 조호진, 「가난한 청혼」

프롤로그

에필로그

부록 | 후원자 명단

일러두기

• 이 책에 등장하는 소년들의 이름은 모두 가명입니다.

• 성경 구절은 『성경전서 개역한글판』에서 발췌했습니다.

1부

소년의
눈물

1
항구도시에서 만난
용서받지 못한 소년들

한 소년은 20년 전 그리고 또 다른 소년은 30년 전에 만났습니다. 소년을 만난 도시는 전라선 종착역인 항구도시였습니다. 두 소년 모두 눈치와 몸짓이 날렵했습니다. 퀭한 눈빛에선 면도칼 같은 빛이 반짝였습니다. 소년들의 눈빛은 소년원 출신인 제 연년생 형의 눈빛과 닮아 있었습니다. 그 소년들은 일찌감치 죄의 구렁에 던져진 소년들입니다. 세상이 미워하는 소년들, 용서받지 못한 소년들의 이야기를 들려드리겠습니다.

영구 임대 아파트에서 만난 빈집털이 소년
20년 전에 만난 소년은 영구 임대 아파트에서 살았습니다. 초등학교 5

학년 소년은 빈집털이 기술자였습니다. 드라이버 하나로 빈집을 터는 신기한 재주를 익힌 소년은 경비원의 눈을 피해 아파트 비상계단으로 몰래 들어가 창문을 뜯고 돈과 물건을 훔치곤 했습니다.

범행에 성공한 소년은 책가방을 아파트 지하에 숨긴 다음 학교가 아닌 오락실로 직행했습니다. 소년을 즐겁게 한 것은 교과서가 아니라 훔친 지폐였습니다. 그 돈으로 어두워질 때까지 오락을 하며 놀았습니다. 도난 사건이 발생할 때마다 범인으로 소년을 지목했던 담임 선생은 소년의 결석을 불행 중 다행으로 여겼습니다. 소년이 붙잡히기 전까지 세상은 제법 관대했습니다.

그해 봄, 얼굴에 버짐이 핀 소년은 빵을 훔치다 붙잡혔습니다. 여러 차례 빵이 없어지자 신경을 곤두세웠던 주인에게 붙잡힌 소년은 파출소에 끌려갔습니다. 경찰은 소년을 보자마자 "어, 이 새끼 또 왔네!"라며 뒤통수를 후려갈겼습니다. 소년은 전과자였습니다. 물건을 훔치고 빼앗다가 이미 여러 번 붙잡혔던 것입니다. 경찰이 형식적으로 왜 훔쳤냐고 질문하자 소년은 다 알면서 왜 묻느냐는 듯이 답변했습니다.

"빵을 얻는 것보다 훔치는 게 더 쉬워서 그랬어요!"

그건 사실입니다. 동네 사람들은 소년을 불쌍한 아이로 여기기보다 나쁜 놈 혹은 도둑놈으로 여겼습니다. 배고프다고 해봤자 소용없다는 것을 깨달은 소년은 동정과 자비를 구하지 않았습니다. 그래서 훔치는 방법을 택한 것입니다. 아흔아홉 마리 양보다 길 잃은 한 마리 양을 찾아야 한다던 목사도 소년이 교회에 나타나면 경계를 늦추지 않았으니까요.

소년은 법망을 피하는 법도 알았습니다. 14세 미만의 촉법소년은 형사 미성년자로 사리 판단이 완전하지 못하다고 보기 때문에 형사처분을 하지 않습니다. 소년은 이를 알았기 때문에 크게 겁먹지 않았습니다. 소년을 파출소에 넘긴 빵집 주인과 아파트 경비원들은 미성년자를 처벌할 법이 없다는 경찰의 설명에 "구멍 뚫린 법"이라고 성토했고 소년은 뺨 몇 대 맞고는 훈방 조치됐습니다.

　보호자가 온전하다면 부모를 불러 자식 교육을 제대로 시키라고 훈계하면서 훔친 빵 값과 도난당한 피해를 변상하라고 요구했을 것입니다. 그러나 소년의 아빠도 파출소와 인연이 많았습니다. 음주 난동과 가정폭력 문제로 파출소에 여러 번 연행됐던 것입니다. 경찰과 주민들에게 소년의 가족은 골칫거리였습니다. 구속을 시키기엔 죄가 크지 않고, 조사를 하자니 정신이 온전치 않아 이러지도 저러지도 못해 풀어주곤 했습니다.

　소년의 가족은 기초생활수급자입니다. 수급비는 아빠의 술값으로 사용됐습니다. 늘 취해 있는 소년의 아빠는 소년과 아내를 심하게 때렸습니다. 소년이 사고를 치고 다닌다며 마구 때렸습니다. 소년의 눈이 종종 멍들어 있던 것은 그 때문입니다. 소년의 엄마는 남편의 폭력에 길들여졌는지 저항할 기운도, 도망갈 생각도 없었습니다. 전기세를 내지 못해 단전되기 일쑤인 소년의 가정은 보금자리가 아닌 창살 없는 감옥이었고 어두운 생지옥이었습니다.

휘파리 골목에서 만난 소매치기 소년

30년 전에 만난 소매치기 소년은 학교에 다녔다면 초등학교 6학년입니다. 소년을 만난 곳은 휘파리 골목입니다. 휘파리 골목은 일제강점기에 형성된 홍등가로 밤이면 밤마다 선원과 노가다, 건달과 작부 들이 뒤엉키는 술집 골목입니다. 유리창이 깨지고 비명이 난무하고 피투성이가 된 사람들이 벌이는 난장판 골목에서 소년은 자랐습니다. 소년의 엄마는 알코올에 중독된 술집 여자였고 아빠는 교도소를 드나드는 건달이었습니다. 소년의 아빠는 삼청교육대에 끌려갔다 오기도 했습니다.

소년은 소매치기 기술자입니다. 일당인 누나들과 이웃 도시로 원정을 다닐 만큼 간도 크고 실력도 출중합니다. 소년의 엄마는 소매치기 아들을 나무라지 않았습니다. 술주정에 주먹질을 일삼는 남편이 생활비를 주지 않았기 때문에 아들의 수입에 의존했습니다. 아들의 수입으로 약도 사고 술도 사야 했기 때문에 잡히지만 말라고 했습니다. 휘파리 골목에선 자녀 교육 혹은 도덕성보다 생존이 우선입니다. 동네사람들은 이들 모자를 흉보긴 했지만 크게 문제 삼진 않았습니다.

형사들이 소년의 집에 들이닥쳤습니다. 경찰에 연행된 소년은 며칠 만에 풀려났습니다. 소년 또한 촉법소년이기 때문에 잡아 가둘 수 없어서 풀어주었지만 그냥 풀어준 것은 아닙니다. 소매치기 일당의 이름을 불었기 때문에 풀어준 것입니다. 소년이 경찰에서 있었던 일을 조심스레 말했습니다. 어두컴컴한 곳에 끌려가서 물방울 고문을 당했다는 것입니다. 눈을 가리고 눕힌 다음에 물방울을 얼굴에 뚝뚝 떨어뜨렸다는 것입니다. 소년은 그 물방울이 언제 떨어질지 모른다는 두려움 때문에 소매치기 일당들을 불었다고 했습니다.

소년들이 불쌍하긴 했지만 저 또한 소년들에게 빵을 주거나 멍든 얼굴을 달래라고 계란 하나 준 적이 없습니다. 어둠을 밝히기 위해 전기세를 대납해준 적도 없고, 매 맞는 소년의 엄마를 구하기 위해 초인종을 눌러본 적도 없고, 절망의 인생을 소주로 달래는 소년의 아빠와 "사는 게 얼마나 힘드냐!"며 위로의 술잔을 나눈 적도 없었습니다.

술과 약에 취한 소년의 엄마와 소매치기 소년을 비난한 적은 있어도 그들의 삶을 슬퍼하거나 위로한 적은 없습니다. 막다른 골목에 내몰린 저 또한 살기에 급급해서 그들의 아픔을 외면했습니다. 가정이 깨진 홀아비로 영구 임대 아파트에 불법으로 살던 거주자이자 휘파리 골목 술집 여자의 아들이었던 저 또한 그들과 별 차이 없는 도긴개긴 인생이었습니다.

지옥 같은 세상에서 피를 흘리는 이웃의 고통을 외면한 죄를 20년이 지난 이제야 깨닫습니다. 이웃의 아픔을 외면했다고 잡혀간 사람이 없는 것을 보니 실정법상의 죄는 아닌 것 같습니다만 양심이란 것이 자꾸 콕콕 찔립니다. 피눈물 흘리는 이웃을 보고도 눈 깜짝하지 않고 밥 잘 먹으며 사는 그 죄를 아느냐고? 그건 '무정(無情)한 죄'라고 질책하며 이렇게 항의합니다.

소년의 아픔을 외면한 학교에서
도대체 무엇을 배워야 합니까!
길 잃은 양을 돌보지 않는 교회가
사랑과 구원을 말할 자격이 있습니까!
소년에게 빵을 주지 않아 훔치게 만드는
이 세상을 어떻게 살아야 합니까!

어느덧 세월이 20~30년 흘렀습니다. 제가 쉰여섯이 됐으니 소년들도 30~40대가 됐을 것입니다. 그들은 어디서 무엇을 하며 살고 있을까요? 절망을 딛고, 죄를 씻은 뒤에 건강한 시민으로 살고 있을까요? 제 생각엔 전화위복의 인생을 살 가능성보다 죄에 중독돼 법자의 길로 들어섰을 가능성이 농후합니다. 이 땅은 용서와 회복이 땅이 아니라 가난과 절망을 대물림하는 땅이니까요.

법자를 아십니까?

법자(法子)란 '법무부 자식'이란 말을 줄인 은어입니다. 비행과 범행을 저질러 처분과 처벌을 받은 소년들을 가리키는 말입니다. 세상은 이들을 나쁜 놈 혹은 인간쓰레기라고 낙인을 찍습니다. 이 소년들은 정말 나쁜 놈이고 위험한 놈들일까요? 일부분은 맞기도 하고 상당 부분은 틀리기도 합니다.

소년들은 왜 법자가 됐을까요? 왜 나쁜 짓을 하고 위험한 행동을 할까요? 애초부터 나쁜 놈과 위험한 놈으로 태어난 걸까요? 하늘이 알고 땅이 알지만 그런 소년은 이 세상에 단 한 명도 없습니다. 다만 분류하고 차별하길 좋아하는 세상이 불우한 환경의 소년들을 사회에 진입하지 못하도록 장벽을 쌓았기 때문에 죄와 어둠에 갇힌 것입니다. 저는 시인입니다. 경찰과 검찰, 법원은 소년의 죄에 주목하지만 시인인 저는 소년의 눈물을 주목합니다.

제가 만나고 돌봤던 소년 중에 90퍼센트가량은 해체된 가정의 아이들, 부모의 사랑을 받아본 적이 없는 아이들이었습니다. 면회 올 사람도 없는데 누군가 면회 와주길 기다리는 소년, 엄마 아빠와 함께 사

는 것이 소원인 소년, 버림받은 분노로 자해한 소년, 꿈과 희망이 뭔지
도 모르는 소년들이었습니다. 죄는 미워해도 소년들을 미워하면 안 되
는데, 세상은 소년들을 미워할 뿐입니다.

「소년의 눈물」을 시작한 것은 그 때문입니다. 인정(人情)의 눈을 뜨
면 소년의 눈물을 만날 수 있습니다. 소년의 눈물과 죄를 만나거든 은
식기를 훔친 장발장에게 은촛대까지 내어준 미리엘 신부님처럼 관용
의 품으로 안아주시길 부탁드립니다. 무정한 거리에 「자복」이란 저의
시를 내겁니다. 자복(自服)이란 자기 잘못을 스스로 고백한다는 뜻입니
다. 버려진 소년을 돌보지 못한 어른의 잘못을 뉘우치는 마음, 소년의
죄가 사실은 어른의 죄라고 자백하며 쓴 시입니다.

잡혀가는 거리의 소년아
고개 숙여 흘리는 눈물아
그 죄패는 너의 것이 아니니
이리 다오 이녁이 지고 가마
– 조호진, 「자복」

2

열일곱 살
연쇄 방화 소년범

2012년 5월, 열일곱 살 정 군을 처음 만났습니다. 정 군과의 인연이 어느덧 5년째입니다. 정 군은 그동안 소년원을 두 번 갔다 왔고 교도소를 한 번 갔다 왔습니다. 정 군을 제대로 보살피지 못해 그렇게 된 것 같아서 자책하지 않을 수 없습니다. 함께 생활하던 정 군이 자취를 감춘 것은 2014년 겨울이었습니다. 정 군을 찾아 나선 것은 정 군이 병역법 위반으로 고발당할 상황에 처했기 때문이었습니다. 정 군을 데리고 서울 병무청에 가서 신체검사를 받게 하면서 제 연락처를 남겼었는데, 정 군에게 연락이 닿지 않자 병무청이 저에게 연락한 것입니다. 신검 후속 절차를 밟지 않으면 병역법으로 고발된다고 해서 저는 정 군의 사진이 들어간 전단지를 만들어 정 군이 앵벌이를 하던 명동성당과 노숙하던 종로, 낙원동 일대 그리고 서대문 급식소 곳곳에 부착하며 수소문했지만 행방이 묘연했습니다.

서울을 뜬 것입니다. 중학생 때부터 가출을 시작해 노숙 생활에 길들여진 정 군의 떠돌이병은 심각했습니다. 정신과 의사에게 정 군의 증세를 상담했더니 "품행 장애"라고 진단했습니다. 정 군은 6개월간 소년보호 치료시설에 있다 나온 뒤 저와 생활하면서 한 달가량은 술을 마시지도 않았고 가출하지도 않았습니다. 떠돌이병을 극복해보려고 애썼던 것입니다. 성경을 필사하기도 하고 기도도 했습니다. 그런데 비가 오던 어느 날, 술의 유혹을 이기지 못하고 사라지면서 앵벌이와 노숙 생활로 돌아갔습니다. 예전 생활로 돌아간 정 군은 저의 손길을 간섭으로 여기면서 노숙 생활을 하는 것이 더 행복하다고 했습니다.

그러다 교도소에 간 정 군은 2016년 1월께 남부교도소에서 출소했지만 나오자마자 노숙인이 됐습니다. 그러다 5개월 만에 귀가한 정 군이 일하고 싶다고 해서 일자리를 알선해주었는데 20일가량 일하다 그만두었습니다. 저번처럼 이번에도 함께 일하는 사람들과의 갈등이 문제였습니다. 그러다 동네 주유소에서 일했는데 한 달 만에 그만두고 다시 노숙인으로 돌아갔습니다. 화근은 술입니다. 모처럼 돈을 손에 쥔 소년은 번 돈을 술값으로 탕진하면서 옛날로 돌아간 것입니다.

소년을 처음 만난 곳, 성동구치소 접견실

2012년 5월, 정 군을 처음 만난 곳은 성동구치소 접견실이었습니다. 정 군의 죄목은 연쇄 방화입니다. 고등학교를 중퇴한 정 군은 친구와 함께 화염병을 만들어 자신이 다녔던 중학교 담벼락에다 투척하는 실험을 했습니다. 봉준호 감독의 영화 「괴물」의 한 장면을 흉내 낸 것이라고 경찰서에서 진술했습니다. 「괴물」에서 삼촌이 한강 둔치에 나타난 괴물에게 화염병 던지는 장면을 흉내 냈다는 것입니다. 소년이 물리치고 싶었던 괴물은 무엇이었을까요?

화염병 투척 실험을 한 정 군은 두 달 뒤에 서울 광진구 화양동 일대에서 모두 다섯 차례 불을 질렀습니다. 이 불로 인해 소방서 추산 2,200만 원 상당의 재산 피해가 발생했습니다. 다행히도 인명 피해는 없었습니다. 정 군이 불을 지른 동기는 폐품 수집을 하는 동네 할머니가 자신을 무시했기 때문이라고 했습니다. 놀림과 왕따 그리고 무시에 대한 반감이 화염병 투척과 연쇄 방화의 배경이었던 것입니다.

정 군이 태어난 곳은 모스크바입니다. 모스크바로 유학을 간 아빠가 그곳에서 공산당 간부의 딸인 러시아 여인과 사랑에 빠지면서 연년생 아들이 태어났는데 정 군이 큰아들입니다. 그런데 사랑은 오래가지 못했습니다. 정 군이 두 살 되던 해에 어머니인 러시아 여인이 떠난 것입니다. 그 이후로 소년의 엄마는 소식이 끊겼습니다. 유학생이던 아빠는 한국의 어머니에게 도움을 청했고 정 군과 연년생인 동생은 각자 두 살, 한 살 때 할머니 품에 안겨 한국으로 왔습니다. 정 군의 할아버지는 손자들이 한국에 오던 날을 이렇게 기억했습니다.

"김포공항에서 손자들을 기다리는데 큰손자는 할머니 손을 잡고 작은손자는 할머니 품에 안겨 나오는데 참…. (울먹이면서) 가슴이 무너질 것 같더라고요. 엄마에게 버림받은 내 새끼들을 안고 나오는 아내의 얼굴을 보는데 억장이 무너졌습니다. 그건 비극의 끝이 아니라 시작이었습니다."

비극이 그쳤으면 좋았으련만…. 모스크바의 한 대학에서 신문방송학을 전공했던 정 군의 아빠는 학업을 마치기 위해 두 아들을 한국에 보낸 뒤 그곳에서 1년을 더 머물렀습니다. 그런데 대학을 졸업하고 귀국을 준비하던 어느 날, 괴한에게 피습을 당했습니다. 러시아 경찰 당국은 돈을 노린 범행으로 짐작할 뿐 범인은 잡지 못했습니다. 정 군의 아빠는 친구 두 명과 함께 모스크바로 떠났는데 세 친구 모두 그곳에서 죽고 말았습니다. 두 친구는 피살당했고, 한 친구는 백혈병으로 사망했습니다.

비극이 그쳤으면 좋았으련만…. 정 군의 할아버지는 30억대의 자산가였습니다. 시멘트 대리점을 하던 할아버지가 IMF 무렵에 부도를 맞으면서 사업체는 물론 크고 넓은 집까지 모두 가압류당했습니다. 이로 인해 네 식구는 지하 단칸방에서 살게 되었습니다. 이런 와중에 초등학교 4학년이던 정 군에게 이상한 증세가 나타났습니다. 쓰레기통을 뒤져 무언가 집어 먹는 이상행동을 보였는데 그것은 놀림과 왕따 때문이었습니다. "다문화"라는 사실을 알게 된 친구들이 "튀기" 또는 "쏘련놈"이라고 놀리자 그 충격으로 이상행동을 하게 된 것입니다. 정 군 할머니의 고통도 컸습니다. 남편의 사업이 부도난 것도 견디기 힘든 일인데 이상행동을 하던 손자가 도벽 증세까지 보이기 시작한 것입니다. 정 군이 중학생이던 어느 날, 손자의 문제 행동에 화가 난 할머니는 야단치며 허리띠를 휘둘렀고 정 군은 버클에 머리를 다쳤습니다. 정 군이 그날에 대해 들려주었습니다.

"할머니가 휘두른 허리띠 버클에 머리를 다쳤어요. 머리가 띵해서 만졌더니 피가 흘렀어요. 그래서 동네 가게에 가서 소주를 샀어요. 소주로 머리를 소독한 뒤에 남은 소주를 병나발 불었어요."

비극이 그쳤으면 좋았으련만…. 정 군의 가출은 중학교 2학년 때부터 시작됐습니다. 학교도 집도 싫어진 소년은 가출해 뚝섬으로 향했습니다. 여름의 뚝섬은 모든 게 풍부했습니다. 행락객들이 먹다 남기고 간 치킨과 피자 그리고 깡통 맥주를 먹고 마셨습니다. 더우면 웃통 벗고 한강에 뛰어들어 물장구치며 놀았고, 밤이 되면 행락객들에게 앵벌이를 하고, 맥주와 음료수 깡통 등의 폐품을 수집해 번 돈으로 담배와 컵라면을 샀습니다. 소년은 그 시절을 이렇게 표현했습니다.

"뚝섬은 저에게 천국이었습니다."

정 군은 뚝섬에서 노숙하는 이들과 친해졌습니다. 오천수, 이호규, 어성필 아저씨와 철수 형 그리고 다정이 누나와 김윤창 아빠…. 정 군은 이들에게 술을 배웠습니다. 술을 마시면 우울한 기분과 슬픔은 사라지고 기분이 좋아졌습니다. 정 군은 김윤창이란 노숙인을 아빠라고 불렀습니다. 한 번도 불러본 적 없는 '아빠'. 아빠라고 부르니 기분이 좋아져서 아빠, 아빠 하고 따라다녔습니다. 윤창 씨는 2011년 겨울에 동사한 채 발견됐습니다. 정 군은 함께 어울렸던 노숙인들에 대해 이렇게 이야기했습니다.

"모두 다 착했어요."

2011년 6월, 정 군은 게임하러 PC방에 갔다가 '싸이월드'에서 충격적인 소식을 접했습니다. 연년생 동생이 남긴 글을 읽는데 가슴이 덜컹 내려앉았습니다. 할머니가 돌아가셨다는 글이었던 것입니다. 정 군의 할머니는 가출한 손자를 찾으러 다니다 횡단보도에서 교통사고를 당해 돌아가신 것입니다. 정 군은 할머니가 안치된 장례식장으로 달려갔습니다.

장례식 내내 비가 내렸습니다. 할머니의 관을 운구한 정 군은 마음도 손도 무거웠습니다. 할머니의 관이 승화원 화로에 놓이자 할머니의 얼굴이 보고 싶었습니다. 하지만 할머니는 이미 슬픔을 이승에 내려놓고 화로 속으로 들어가셨습니다. 정 군은 가슴이 아파서 울고 또 울었다고 했습니다. 장례식을 모두 마치고 며칠 뒤에 꿈을 꾸었는데 할머니가 나타났습니다.

"장례식을 마친 며칠 뒤에 할머니가 꿈에 나타나셨어요. 꿈속에서 할머니를 만나서 좋았어요. 그런데 할머니는 아무 말도 안 하시고 그냥 밥만 차려주신 다음에 연기처럼 사라지셨어요."

정 군은 할머니가 돌아가신 뒤에 성격이 변한 것 같다고 말했습니다. 예전에는 무기력하기만 했는데 정체 모를 분노가 생기고 세상에 대한 원망도 커졌다고 합니다. 정 군은 할머니가 돌아가신 지 7개월 뒤인 2012년 1월, 모교였던 중학교에 화염병 투척 실험을 했습니다. 그 학교는 사건 현장인 동시에 왕따와 놀림을 당한 피해 현장이었습니다. 그로부터 두 달 뒤에는 자신을 무시한 동네 할머니의 폐지더미를 비롯해 다섯 군데에 불을 저질렀다가 연쇄 방화범으로 구속된 것입니다.

소년범과의 인연은 하늘의 뜻일까?

성동구치소에서 정 군을 면회하다가 또 다른 소년을 만났습니다. 그는 저의 연년생 형입니다. 정 군과 형의 눈빛은 많이 닮았습니다. 형은 엄마가 가출한 뒤에 사고뭉치로 변했습니다. 새마을 전수학교를 그만둔 형은 동네 건달 형들과 어울리다 사고를 치고 소년원에 갔습니다. 피난민이었던 노점상 아버지는 탄원서도 쓸 줄 몰랐고, 판사에게 선처를 구할 줄도 몰랐습니다.

소년원을 다녀온 형은 다시 교도소에 갔습니다. 경찰서와 교도소를 드나드는 인생이 되고 만 것입니다. 저는 성동구치소에서 만난 정 군에게서 형을 본 것입니다. 아, 저 소년도 이대로 두면 내 형처럼 되겠구나 싶어서 정 군의 손을 잡았습니다. 그래도 형에겐 돌아온 어머니라도 있지만 정 군의 어머니, 러시아 여인은 소식이 끊긴 지 오래입니다. 게다가 찾아가기에는 너무 먼 나라에서 살고 있습니다. 정 군에게는 뇌경색을 앓는 팔순의 할아버지밖에 없었기 때문에 누군가의 도움이 절실했습니다.

정 군을 담당하던 보호관찰소가 저를 정 군 특별범죄예방위원으로 위촉하면서 보호소년과 소년범 들의 실상을 알게 됐습니다. 그래서 이주노동자 지원 활동을 한 지 6년 만에 그만두고 2014년에 '위기 청소년의 좋은 친구 어게인'이란 비영리 민간단체를 만들었습니다. 그리고 서울가정법원에서 보호소년들을 위탁받아 돌보는 '사법형 그룹홈'을 운영했습니다. 허나 실패의 연속이었습니다. 밥을 주고, 옷을 주고, 재워주고, 돈을 주면 품에 안길 줄 알았는데 아니었습니다. 소년들은 모두 도망갔습니다. 그냥 도망간 게 아니라 돈을 훔쳐 달아나고, 거짓말하고, 뒤통수치고 도망갔습니다. 좌절과 절망이 이만저만 큰 게 아니었습니다.

소년들을 사랑하겠다던 제 다짐은 세 치 혀의 놀림에 불과했습니다. 버림받은 상처까지 보듬어줄 능력 곧, 오래 참고 기다리는 사랑이

제겐 매우 부족했습니다. 아내가 은행에서 대출한 돈으로 소년들과 함께 살 그룹홈을 얻어주며 지원해줬는데 그녀를 볼 면목이 없었습니다. 소년들이 모두 도망가자 법원은 더 이상 제게 소년들을 위탁하지 않았습니다. 그룹홈을 정리하면서 이 길이 아닌 것 같아서, 더 이상은 너무 힘들어서 그만두려고 했습니다.

외톨이 소년의 친구는 버려진 토끼

정 군에겐 친구가 없었습니다. 화염병 투척 실험을 같이한 공범이 유일한 친구입니다. 할아버지는 그 친구와 어울리지 말라고 하셨습니다. 외톨이가 된 정 군에게 친구가 생겼습니다. 길에서 버려진 토끼를 만난 것입니다. 버려진 소년은 버려진 토끼가 짠했습니다. 그래서 토끼에게 아이처럼 말했습니다.

"토끼야, 토끼야 우리 집에 갈래?"

"사람들은 나를 버리거나 잡아먹으려고 하는데 너는 왜 나를 데려가려고 하니? 혹시 나를 잡아먹으려고?"

"그건, 아니야! 절대 아니야!"

"그럼, 너는 누구니?"

"나는…, 나는 아픈 아이야!"

"아픈 아이, 어디가 아픈데? 왜 아픈데?"

"그건 묻지 말아줘. 아픈 이야기를 하면 눈물이 자꾸 나와. 그리고 더 아프고…. 나는 너처럼 버림받아서 외로워. 그러니까 나의 친구가 되어줘. 우리 집에 가서 같이 살자!"

"나처럼 외롭다고? 친구하자고! 진심이지? 좋아, 친구끼리는 같이 살아도 되니까 너의 집에 가자!"

정 군은 바둑무늬 토끼를 어두컴컴한 지하 방에 데려왔습니다. 토끼는 정 군이 외출했다 돌아오면 검은 귀를 쫑긋거리며 반겼지만 할아버지는 피했습니다. 벽지를 물어뜯는 등의 말썽을 부리는 토끼를 내다 버리라며 소리 질렀기 때문입니다. 그러면 정 군이 "친구를 어떻게 버려요!"라고 항의했습니다. 그런데, 정 군이 연쇄 방화로 구속되면서 토끼는 다시 외톨이가 되고 말았습니다.

"할아버지, 내 친구 토끼 잘 있어요?"

"친군지 뭔지, 토끼 그놈이 말썽을 피워서 죽겠다!"

"할아버지! 그래도 친구를 버리면 절대 안 돼요!"

"그래, 안 버리마! 할아버지는 안중에도 없구나!"

수의 차림의 정 군은 접견 온 할아버지보다 토끼의 안부부터 물었습니다. 할아버지가 "토끼를 버리지 않을 테니 걱정하지 말라"고 하자 그제야 웃었습니다. 그러더니 곁눈질로 저를 째려봤습니다. 낯선 사람에 대한 경계심이었습니다. 정 군에게 '수의가 어울리지 않는구나. 너에겐 토끼처럼 부드럽고 따뜻한 옷이 더 어울릴 것 같다!'고 말해주고 싶었지만 초면이라 참았습니다.

정 군을 접견한 이후, 재판부에 정 군이 정신과 치료를 받게 해달라고 요청했습니다. 할아버지에게서 우울증 치료를 하다 중단했다는 이야기를 들었기 때문입니다. 판사는 6호 처분과 함께 보호관찰 1년 6개월 처분을 내렸습니다. 그리고 6개월 처분 중에 2개월은 정신병원 입원 치료, 4개월은 치료보호시설인 대전 효광원에서 생활할 것을 명했습니다. 주변 의사의 도움을 받아 서울시가 운영하는 정신건강 전문

병원인 은평시립병원에 소년을 입원시켰습니다.

2013년 1월 7일, 6호 처분을 모두 마친 정 군과 할아버지를 모시고 파주에 있는 할머니의 납골당에 들러 인사를 했습니다. 그런 다음에 벽제에 있는 정 군 아빠의 납골당을 찾았습니다. 정 군은 할머니 납골함 앞에선 눈물을 흘렸지만 아빠의 납골함 앞에선 무덤덤했습니다. 인사를 마친 정 군은 담배를 피우면서 아빠에 대한 기억이 없다고 했습니다. 정 군의 열일곱 청춘은 춥고 외로웠습니다. 하지만 외롭다는 말은 하지 않았습니다. 아무리 외롭고 춥다고 해도 누구도 안아주지 않는 세상이라는 것을 눈치챘기 때문입니다.

팔순 노인의 눈물

정 군의 할아버지 인생 또한 기구합니다. 사업가 시절엔 운전수를 두고 살면서 해외여행을 다닐 정도였습니다. 노후에 안정된 수입을 위해 5층짜리 근사한 연립주택도 마련했습니다. 그런데 유학 보낸 아들은 타국에서 비명횡사하고, 본인은 사업 부도로 큰 재산을 다 잃어버리고 신용불량자가 됐으며, 아내는 교통사고로 사망했습니다. 늙고 병든 몸으로 소년원과 교도소를 드나드는 두 손자의 옥바라지를 하느라 괴로운데 이제는 증손자까지 키우게 됐습니다.

할아버지에겐 정 군과 연년생 동생인 작은손자가 있습니다. 정 군은 왜소하지만 정 군의 동생은 격투기 선수처럼 덩치가 크고 얼굴이 잘생겼습니다. 그렇게 잘생긴 손자가 소년원과 구치소와 교도소를 드나들고 있으니 억장이 무너지지 않겠습니까. 2016년 2월 11일은 증손자 훈이의 돌이었습니다. 사내아이인 훈이는 아빠를 닮아서 잘생겼습니다. 그런 훈이의 눈빛엔 슬픔이 고여 있었습니다. 엄마 없는 돌잔치였기 때문입니다. 스무 살이던 훈이 엄마는 아기가 3개월 때 떠났습니다. 딱한 것은 스물한 살인 훈이 아빠 또한 그 나이 때에 엄마에게서 버림받았다는 것입니다. 아빠는 러시아 엄마에게 버림받고, 훈이는 한국 엄마에게 버림받은 것입니다.

중고 핸드폰 소매상인 훈이 아빠는 2016년 5월에 장물 취득 혐의로 구속됐습니다. 서울구치소에 수감된 훈이 아빠를 면회한 것은 훈이의 양육 문제 때문이었습니다. 저는 뇌경색 환자인 팔순의 할아버지가 손자를 양육하는 것을 지켜보기 괴로워서 훈이를 아동 시설에 위탁하는 데 앞장섰습니다. 아들만큼은 자기가 키우겠다던 훈이 아빠는 수인의 몸이기에 어쩔 수 없이 아들의 위탁 양육에 동의했습니다.

해당 구청 담당자와 훈이의 위탁을 논의했습니다. 담당 공무원은 위탁 양육을 위해선 친권자의 동의가 있어야 한다고 했습니다. 담당 공무원이 훈이 엄마와 어렵게 통화했습니다. 훈이 엄마는 위탁 양육을 반대했습니다. 그러면 엄마가 아이를 양육하라고 말하자 전화를 끊었습니다. 그 이후로는 전화 연결이 되지 않았습니다. 친절한 공무원의 도움으로 훈이를 그룹홈에 위탁하기로 했습니다. 정 군 할아버지가 증손자를 맡길 그룹홈에 다녀와서 저에게 연락했습니다.

"훈이 보내기로 한 시설에 갔다 왔는데 (한참 우시다가) 가슴이 아파서 도저히 못 보내겠어요. (또 우시면서) 그래도 핏줄인데 어떻게 보내요. 불쌍해서 못 보내겠어요. 이를 악물고 키워봐야지요."

노인의 흐느낌을 삭이느라 참담한데 수화기 너머로 훈이가 옹알거렸습니다. 훈이는 할아버지를 엄마로 여깁니다. 3개월부터 키웠으니 왜 안 그러겠습니까. 할아버지 발뒤꿈치를 따라다니는 훈이를 어찌 떼어버리겠냐며 우시는 노인의 눈물을, 손자들에게 사건이 생기면 제게 전화를 걸어 우시는 노인의 눈물을 어떻게 해야 하나요? 어서 죽고 싶은데 죽지를 않으니 어떻게 하면 좋으냐고 하시는 이 노인의 눈물을 어떻게 해야 하나요?

재심 전문가인 박준영 변호사에게 훈이 아빠를 도와달라고 요청했습니다. 재심 사건에 쫓기고, 돈도 안 되는 사건에 매달리느라 결국 파산한 박 변호사는 저의 요청을 뿌리치지 못했습니다. 박 변호사가 무료 변론을 해준 덕분에 검사 구형 2년을 받은 훈이 아빠는 1심에서 8개월 선고를 받았습니다. 정 군 가정을 생각하면 가슴이 답답합니다. 끊었던 담배를 피워 물면서 생각합니다. 사건이 발생하면 변호사에게 도움을 청하고, 할아버지를 모시고 면회 가고, 출소한 소년에게 일자리를 알선해보지만 몸에 밴 행동 때문에 떠돌이 생활을 하는 이 소년의 병을 제가 어떻게 고치겠습니까.

3

아이큐 139 소년은
왜 일진이 됐을까?

"하나님, 저 죽고 싶어요. 저 좀 데려가 주세요."

초등학교 3학년짜리 소년이 일기장에 쓴 기도문입니다. 하지만 하나님은 소년의 기도에 응답하지 않았습니다. 그러자 소년은 '공부'라는 지옥에서 탈출하기 위해 창문에서 뛰어내리려고 시도했다가 엄마에게 들켰고, 그러면서 이 자살 시도는 소동으로 끝났습니다. 소년은 왜 자살하려고 했을까요? 화근은 성공지상주의였습니다. 소년의 엄마는 아들의 아이큐가 139로 높게 나타나자 명문대 입학을 목표로 세웠습니다. 가난 때문에 공부를 하지 못했던 엄마는 그 한을 아들을 통해 풀고 싶었던 것입니다. 하지만 소년은 공부보다 친구와 노는 것을 좋아했습니다. 아들을 공부벌레로 만들려는 엄마와 소년의 갈등은 예견

된 것이었습니다. 초등학교에 입학하자마자 학원 '뺑돌이'가 된 소년은 숙제와 공부의 노예가 됐습니다. 6학년 때, 친구의 생일 파티에 초대받은 소년은 "오늘 하루, 학원 빠지고 생일 파티에 가겠다!"고 말했다가 엄마에게 혼났습니다. 친구마저 빼앗는 공부, 소년에게 공부란 부수고 싶은 장벽이었습니다.

"엄마의 모든 기준은 공부였어요. 공부를 잘해야 서울대 갈 수 있고, 그래야 성공할 수 있다면서 공부를 강요했어요. 엄마는 저에게 사랑한다고 말했지만 공부 잘해야 사랑한다는 말로 들렸어요. 생일 파티 문제로 엄마와 싸운 그날 가출하면서 엄마와의 갈등이 점점 심해졌어요. 삐뚤어지기 시작한 저는 친구들의 돈을 빼앗고 담배를 피우는 문제 학생이 됐고요. 중학교에 가서는 일진 중에서 가장 센 짱이 됐어요. 그때부터 나쁜 짓을 정말 많이 했어요."

소년은 '일등' 학생이 아닌 '일진'이 됐습니다. 일진 중에서도 '짱'이 된 소년은 친구들의 돈을 빼앗고, 때리고, 오토바이를 훔치는 등의 사건·사고를 일으키면서 교무실과 경찰서를 제 집처럼 드나들었습니다. 학생들과 교사 그리고 어른들이 손가락질할수록 더욱 거칠게 행동했습니다. 사람들은 소년에게 "쓰레기", "바이러스", "악의 축"이란 악명을 붙였습니다.

폐쇄 병동에 입원한 본드 중독 소년

"여자 친구를 따라 본드를 시작했는데 장난 아니었어요. 파랑새가 날아다니고, 바람과 향기가 눈에 보이고, 제 몸에서 연기가 나고, 제가 막 날아다니고…."

중학생이 된 소년은 친구들과 함께 학교가 아닌 골짜기, 절벽, 옥상 등의 으슥하고 위험한 곳에 숨어서 본드를 흡입했습니다. 발을 헛디디면 죽을 수도 있는 아찔한 곳이었습니다. 소년과 일진들은 환각에서 깨어나면 굶주린 짐승처럼 서로를 잡아먹을 듯 사납게 행동했습니다. 옥상 난간에 매달려 자살 소동을 벌이는가 하면 달리는 버스에 뛰어들려고도 했습니다.

본드는 피해망상과 기억상실, 우울증과 공황, 뇌 손상과 심장마비까지 일으키는 심각한 유해 물질입니다. 소년의 한 후배가 본드 중독으로 시력을 잃는 끔찍한 사고를 겪었지만 그는 괴로움을 잠시나마 잊게 해주는 본드를 끊지 못했습니다. 부모에게 버림받고, 선생에게 매 맞고, 공부 못한다고, 가난하다고 무시당할수록 소년들은 본드에 매달렸습니다.

중학교 1학년부터 3년 동안 본드를 하다 중독된 소년은 2010년, 일진 친구와 함께 정신병원 폐쇄 병동에 강제 입원 조치를 당했습니다. 친구가 병원을 탈출하자 소년의 증세는 더 악화됐습니다. 병원을 탈출하고 싶은 소년과, 소년을 격리시키려는 병원 사이의 갈등이 심해지자 병원 측은 치료와 통제가 불가능하다며 퇴원 조치를 내렸습니다. 청소년 상담센터에서 1년 정도 상담했지만 그 또한 소용없었습니다. 백약이 무효였습니다.

개척교회 목사와 살면서 건진 1퍼센트의 희망

정신병원도 상담센터도 소년을 포기하자 부모는 막막했습니다. 기독교인이던 소년의 엄마는 청소년 사역을 하는 목사에게 아들을 부탁했습니다. 소년은 버림받았다고 생각했습니다. "부모와 선생 그리고 친구들마저 나를 버리는구나." 외톨이가 된 소년은 교인도 거의 없는 개척교회 목사와 둘이 교회에서 살기 시작했습니다.

"아무도 저를 인간 취급하지 않았지만 목사님은 제 이야기를 들어주고, 저를 위해 노래를 불러주고, 기도해주셨어요. 내 이야기를 진심으로 들어준 사람은 목사님밖에 없을 거예요. 목사님 때문에 '살고 싶다'는 생각이 1퍼센트 정도 생겼어요. '사람답게 살아보자'가 아닌 '사람답게 살아볼까?'라는 의문이 한 문장 정도 생긴 거죠."

목사에겐 아내 그리고 소년 또래의 아들이 있습니다. 그런데 소년을 돌보기 위해 1년에 일주일 정도밖에 집에 들어가지 못했습니다. 교회를 비우면 소년이 위험했기 때문입니다. 목사와 살면서 바늘구멍만큼의 희망이 생긴 소년은 학교에 가기로 했습니다. 그때가 중학교 3학년이었습니다. 학교로서는 흡연, 폭행, 갈취 등의 문제를 일으키는 골칫덩어리 소년이 안 보여서 다행이었는데 어느 날 소년이 느닷없이 나타나자 발칵 뒤집혔습니다.

등교한 날이 하필이면 학부모 총회가 열리는 날이었습니다. 담임은 소년을 교무실로 불러서 "학부모님들이 너를 보면 싫어하니까 오늘은 집에 가고 내일부터 학교에 와라!"고 말했습니다. 소년은 담임의 말에 화가 났지만 "학교에서 무슨 소리를 들어도 사고치지 마라!"라는 목사의 신신당부가 생각나서 겨우 참았습니다.

"'그동안 어떻게 지냈니?'라고 한마디만 물어봤어도 그렇게 절망스럽진 않았을 거예요. 잘해보려고 학교에 갔는데 선생님이 그런 말씀을 하시니까 화도 나고, 슬프기도 하고, '끝났구나!' 하는 절망감도 들었어요. 그래서 선생님에게 90도로 인사하면서 '지금부터 학교 다니지 않겠습니다!'라는 말을 남기고 학교를 나왔어요."

위기 청소년을 학교 밖으로 쫓아내는 학교

학교는 왜 존재하는 걸까요? 공부 못하고, 가난하고, 말썽 피우는 학생은 학교에서 쫓아내야 마땅한 걸까요? 소년처럼 학교에서 쫓겨나 방황하는 청소년이 무려 10만 명이 넘는다고 합니다. 저도 학교 밖으로 쫓겨난 적이 있습니다. 육성회비를 못 냈다고 수업 도중에 쫓겨났는데 참 비참하더군요. 학생을 쫓아낸 학교와 교육 당국에게 이렇게 묻고 싶습니다.

모범생을
보호하기 위해

우등생을
앞세우기 위해

위기 청소년을
모두 쫓아낸 학교
계속 쫓아내는 학교

그래서
일등 학교가

배출한 모범생이
모범 인생이 됐습니까?

우등생이
우등 인생이 됐습니까?

　2010년 4월 초순, 담임의 말에 상처받고 학교를 빠져나온 소년은 2개월 뒤에 혹시나 하는 마음으로 등굣길에 나섰습니다. 그런데 거리에서 우연히 만난 한 선생이 "너, 학교에 안 다니기로 했다며!"라고 말하는 것이었습니다. 그 선생의 속뜻은 '네가 안 보여서 학교가 조용했는데 왜 다시 나타나니? 제발, 학교에 오지 마라!'는 것이었습니다. 소년은 그 선생을 통해 학교에서 쫓겨난 것을 확실하게 느꼈다고 했습니다.

　"제가 다니던 중학교에선 징계당하면 삭발을 시켰어요. 한 달에 한두 번 정도 징계받은 저는 1년 내내 삭발 상태였고요. 체육 선생님은 저와 일진 친구들을 태권도부가 옷 갈아입는 곳으로 끌고 갔어요. 거기는 비명을 질러도 밖에서 잘 들을 수 없는 곳이에요. 선생님은 그곳에서 '한강철교'부터 시켰어요. 30초 안에 한강철교 못하면 검도부에서 사용하는 목도로 엉덩이를 때렸어요. 어떤 때는 팬티까지 벗게 한 뒤에 막 때렸어요.

　고문도 당했어요. 손가락 사이에 볼펜을 끼워서 막 돌리고, 무릎을 꿇린 뒤 무릎 안쪽으로 목도를 끼워 넣고는 점프해 뛰어내렸어요. 아프다고 비명을 지르거나 울면 더 때렸어요. 선생님들은 그게 즐거운지

웃으면서 때렸어요. 중학교 2학년 때였어요. 그때는 선생님들이 정말 무서웠어요. 아무리 일진이라고 해도 선생님에게 반항한다는 것은 상상할 수가 없었거든요. 속으로 '내가 왜 이런 학교를 다녀야 하지? 저분이 나에게 무엇을 가르쳐 주었기에 선생님이지?' 그런 반항심이 들었어요."

소년의 고백이 사실이라면 이건 교육 행위가 아닙니다. 일진이라고 해도 이건 아닙니다. 이 정도면 폭력이고 고문입니다. 폭력 교사와 고문 교사는 아직도 학교에 있을까요? 그 선생들의 폭력에 의해 또 다른 피해 학생이 생기지는 않았을까요? 어쩌면 그 선생은 체벌 금지 때문에 교육 효과가 떨어진다고 불만을 털어놓을지도 모릅니다. 스승도 제자도 사라졌다고 한탄하면서요.

학교 밖으로 추방당한 소년이 복학을 결심하다

"학교를 그만둔 그해가 제 인생에서 가장 암흑기였어요. 본드 중독 후유증으로 자기 혐오증과 우울증을 심하게 앓으면서 모든 사람들이 저를 적으로 여긴다고 생각했어요. '너는 쓰레기야!'라는 환청이 들리고, 잠을 자려고 눈을 감으면 이상한 사람들이 몰려와서 제 가슴에 망치로 못을 박았어요. 너무 무서워서 잠을 잘 수도 없었어요."

학교 밖으로 추방당한 소년은 고통 속에서 시간을 보냈습니다. 그리고 2011년, 1년을 꿇고 중학교 3학년으로 복학했습니다. 복학한 이유는 친구 때문이었습니다. 건설노동자인 아빠가 일자리를 찾아 객지로 떠나면서 친구는 혼자가 됐습니다. 가난한 데다 공부까지 못했던 친구는 학교에서 왕따가 됐고, 그런 학교가 싫어서 지각과 결석을 자주 하다가 졸업 일수 부족으로 유급됐습니다. 그 친구는 검정고시는 자신 없고, 복학은 싫고, 되는 대로 살겠다고 했습니다. 소년은 친구가 불쌍했습니다. 소년이 "내가 복학하면 너도 복학할래?"라고 제안하자 친구는 "네가 복학하면 학교에 가겠다!"고 했습니다. 그래서 소년은 1년 후배들과 함께 학교를 다녔습니다.

소년은 작년에 비해 많이 달라진 모습이었습니다. 일진 시절에는 선생에게 대드는 것을 멋진 행동으로 여겼는데 목사와 살면서 그것이 잘못된 행동임을 깨달았습니다. 소년이 착실하게 학교생활을 하자 선생들도 칭찬해주었습니다. 하지만 부모와의 관계는 여전히 풀리지 않았습니다. 부모와 자식 간의 상처는 더 오래가고 잘 아물지 않습니다. 소년은 계속 목사와 함께 교회에서 살았습니다.

병원도 전문가도 포기한 소년

소년이 달라지기 시작했지만 아직 완전히 달라진 건 아니었습니다. 소년은 목사에게 "저도 잘 살고 싶어요, 사랑받고 싶어요, 본드 끊고 싶어요!"라고 속마음을 털어놓았습니다. 하지만 쉽지 않았습니다. 자신을 변화시켜달라는 기도를 많이 했지만 몸에 밴 문제 행동은 금방 사라지지 않았습니다. 목사가 교회를 잠시 비우면 이때다 싶어 본드를 하고, 일진 친구들을 몰래 만나 사고를 쳐 경찰서에 붙잡혀 가기도 했습니다.

"본드를 끊으면서 금단 현상이 나타났어요. '나 같은 놈이 변할 수 있을까?', '나 같은 놈은 불가능해!'라는 생각에 제가 너무 미워서 제 얼굴을 마구 때리고, 거울을 깨며 난동을 부렸어요. 그런데도 목사님은 화를 내거나 쫓아내기는커녕 다독여 주고, 손잡아주고, 기도해 주고, 노래해주었어요. 목사님의 진심을 느끼면서 삶에 대한 희망이 5~10퍼센트, 20~30퍼센트씩 늘어났어요."

목사와 산 지 2년째인 2012년, 소년은 고등학교에 진학하면서 본드를 완전히 끊었습니다. 그 목사는 의사와 전문가보다 한 수 위였습니다. 그해 연말에는 집으로 들어갔습니다. 부모와의 관계도 조금씩 회복됐습니다. 특히 엄마와의 관계가 많이 좋아졌습니다. 엄마와 아들이 서로를 이해하고 인정하기 시작한 것입니다.

"지금 생각하면 엄마는 사랑이 많은 분이셨어요. 명문대에 보내려는 욕심이 엄마와 저를 아프게 했던 것 같아요. 집으로 돌아간 것은 엄마가 부드러워졌기 때문이에요. 공부를 강요하는 엄마가 아닌, 제가 하고 싶은 일에 대해 이해해주고 양보해주는 부드러운 엄마로 변하면서 대화가 잘되기 시작했어요."

소년은 아빠가 자신에게 관심 없다고 생각했습니다. 소년의 아빠는 돈을 벌기 위해 객지 생활을 했기에 아들과 함께할 시간이 부족했습니다. 적지 않은 아빠들이 그렇듯이 소년의 아빠 또한 무뚝뚝했습니다. 아빠들은 무뚝뚝한 게 아니라 삶에 지쳤기 때문에 그런 것인데 삶의 무게를 이해하지 못한 소년들은 '아빠가 나를 사랑하지 않는다'고 생각했던 것입니다. 그러던 어느 날, 아빠에 대한 감정이 달라지는 사건이 발생했습니다.

"2010년 어느 날, 항우울제 약을 먹어도 증세가 나아지질 않길래 3일치 약을 한꺼번에 먹었는데 그러니까 사람이 더 미치더라고요. 제 얼굴을 제가 막 때려서 광대뼈 쪽이 심하게 부을 정도로 심각해지자 목사님이 아빠에게 전화를 했어요. 아빠는 저에게 관심조차 없는 분이니까 오지 않을 거라고 생각했는데 어느새 나타난 아빠가 울면서 '힘든 일이 있으면 아빠에게 이야기해!'라고 말씀하셨어요. 그 말을 들으면서 '아빠도 괜찮은 분이구나'라고 생각하게 됐어요."

본드에 중독된 소년은 우울증이 심해졌습니다. 정신병원에 입원하는 등 상황이 악화되자 학교와 병원은 소년을 포기했지만 개척교회의 젊은 목사는 소년의 손을 놓지 않았습니다. 한 달, 두 달, 1년, 2년…. 목사와 함께 살면서 차츰 회복된 소년은 고등학교에 복학했습니다. 꿈도 생겼습니다. 아픈 청소년들을 위로하는 가수가 되기로 했습니다.

목사는 소년에게 음악을 가르쳤습니다. 노래와 기타에 빠져든 소년은 방과 후에 음악 학원을 다녔습니다. 문제는 수업을 다 마치고 음악 학원에 가면 연습실이 꽉 차서 헛걸음할 때가 많았다는 것입니다. 그래서 소년은 가짜 진단서를 학교에 제출하고는 병원에 간다고 속이면서 음악 학원을 다녔습니다.

음악이 본드 중독과 비행 중독을 치료하다

소년은 학교에서 전설이었습니다. 소년이 나서면 갈취 사건과 왕따 문제가 해결됐습니다. 선생들이 과도하게 처벌하면 학생들을 대신해 항의했습니다. 일진들과 선생들은 마뜩치 않았지만 소년의 전력을 알기에 조심했습니다. 이처럼 후배들의 우상이었던 소년은 점차 마음이 찔리기 시작했습니다. 음악 학원에 가려고 가짜 진단서를 제출하다니…. 소년은 결단을 내렸습니다. 하고 싶은 것을 하려면 떳떳하게 행동하자고 말입니다.

소년은 담임에게 자퇴하겠다고 말했습니다. 담임이 이유를 묻자 가짜 진단서를 제출한 사실을 털어놓았습니다. 담임은 알고 있었다고 했습니다. 그는 음악 학원에 그냥 다니라고 했지만 소년은 자퇴 의사를 굽히지 않았습니다. 학교를 떠나기로 한 소년은 당시의 상황에 대해 이렇게 들려주었습니다.

"자퇴서를 제출하고 학교를 떠나는 날, 담임선생님과 음악 선생님이 허락해주셔서 반 아이들이 모인 자리에서 왜 자퇴하는지, 나는 어떻게 살 것인지, 후배들이 어떻게 살면 좋겠는지에 대해 이야기하면서 후배들의 요청으로 노래를 불렀어요.

후배들에게 내 자퇴 사유는 두 가지라고 말했어요. 하나는 너희들에게 거짓말하지 말라고 했으면서 나는 거짓말을 한 데 대한 잘못을 책임지기 위해서고, 다른 하나는 나의 꿈인 가수가 되기 위해서라고요. 후배들이 '사랑 그놈'을 불러달라고 해서 그 노래를 부르고 난 뒤에 학교를 떠났고 다시는 학교로 돌아가지 않았어요."

위기 청소년들의 희망 공동체 '세상을 품은 아이들'

소년의 부모는 아들의 자퇴를 받아들였습니다. 본드 중독과 우울증에서 벗어난 것만 해도 감사했던 것입니다. 무엇보다 가수의 꿈을 위해 열정을 다하는 아들이 대견했습니다. 젊은 목사 덕분에 부모와의 오랜 갈등을 해소한 소년은 집과 교회를 오가며 가수의 꿈을 키웠습니다.

목사의 변두리 교회는 소년처럼 상처받은 아이들이 모여들면서 아지트가 됐습니다. 가출한 뒤 떠돌다가 트럭 밑에서 자는 아이, 부모에게 버림받은 상처로 울부짖는 아이, 배가 고파서 빵을 훔치고, 물건을 홈친 아이…. 이런 소년들이 점차 늘어나자 목사는 '세상을 품은 아이들(이하 세품아)'이란 이름의 공동체를 만들었습니다. 목사는 아이들에게 음악 치료를 시도했습니다. 정신과 치료와 심리 상담으로는 본드 중독과 비행 중독을 치료하기 힘들다는 것을 확인하면서, 그보다 더 강한 중독만이 소년들을 구할 수 있다는 사실을 알게 된 것입니다.

본드와 비행보다 더 강한 중독, 그건 음악이었습니다. 기타, 베이스, 드럼, 키보드 등의 악기를 가르치자 소년들은 미친 듯이 음악에 빠져들었습니다. 그만 연습하라고 해도 소용이 없었습니다. 학교와 병원, 경찰과 법원이 해결하지 못한 본드 중독과 비행 중독 소년들을 음악이 치료하기 시작한 것입니다. 목사는 소년들을 모아 기적(Miracle)의 세대(Generation)라는 뜻으로 앞 글자를 따 'MG밴드'를 만들었습니다. 소년은 리드 보컬을 맡았습니다.

"목사님이 저에게 '네가 그렇게 힘들었던 것은 힘든 사람들을 돕기 위해 훈련한 것'이라고 말해주셨어요. 꿈을 갖게 된 것은 목사님 때문이에요. 목사님이랑 둘이 살 때, 버려진 저를 위해 노래를 불러주셨는데 너무 좋았어요. '나도 목사님처럼 누군가를 위로해주는 사람이 되고 싶다'는 생각을 하긴 했지만 음악으로 누군가를 위로하게 될 줄은 정말 몰랐어요."

"세상이 우릴 품지 않으니 우리가 세상을 품자"

학교와 세상은 위기 청소년들을 '나쁜 아이'라고 낙인찍습니다. 하지만 소년들은 나쁜 아이가 아니라 '아픈 아이'입니다. 버려져서 아프고, 맞아서 아프고, 가난해서 아프고, 낙인찍혀서 아픈데도 돌팔이 같은 세상이 나쁜 아이라고 오진한 것입니다. 소년들은 목사의 헌신으로

1부
소년의 눈물

아픔이 서서히 치유되자 사고뭉치에서 '기적의 세대'로 탈바꿈하기 시작했습니다.

MG밴드는 노인과 청소년 등 소외된 이웃을 찾아다니며 공연했습니다. 소년은 자살 예방 단체의 강사로 등장해 자살을 시도했던 자신의 이야기를 들려주었고, 교육청과 청소년 단체들은 소년을 청소년 비행 예방 강사로 섭외했습니다. 청소년 문제에 관해서만큼은 소년들이 최고의 강사입니다. 왜 위기 청소년이 됐는지, 가출이 아니라 탈출이었다는 사실에 대해, 나빠서 그런 게 아니라 아파서 그런 것이란 사실을 생생하게 증언할 수 있기 때문입니다.

일진 짱들이 변화하기 시작하자 부천 지역의 위기 청소년들이 세품아로 귀순하기 시작했습니다. 교통이 불편한 외진 동네, 낡은 건물에 세 든 세품아가 미어터지면서 동네를 어지럽히던 소년 조직들은 자연스레 쑥대밭이 됐습니다. 인천지방법원 소년부 판사들은 사고뭉치 소년들이 변화하는 것을 보면서 목사에게 보호소년들을 더 많이 위탁했습니다. 경기도 부천시 오정구에 위치한 세품아에는 법원이 위탁한 보호소년과 MG밴드 등 30여 명의 소년들이 모여 공동체 생활을 하고 있습니다.

MG밴드 리드 보컬 전한빈을 소개합니다!

이제 주인공 소년을 공개합니다. 일진이니, 양아치니 하면서 마구 돌을 던지지는 않을지 두렵습니다. 실명 공개를 염려하는 소년에게 "부끄러움이든 절망이든 그대로 털어놓으면서 진짜 희망이 무엇인지 보여주자!"고 설득했더니, 옛날에는 공황장애까지 겪으며 어려움을 겪

던 소년이 동의해주었습니다. 부끄러운 과거를 고백한 소년에게 격려
와 응원을 부탁드립니다.

MG밴드 리드 보컬 전한빈 군을 소개합니다. 올해 스물한 살, 180
센티미터의 훤칠한 키에 개성 있는 얼굴 그리고 허스키한 목소리가
매력적입니다. 검정고시에 합격한 전 군은 대학에서 실용음악을 전공
하는 가운데 세 품아 후배들에게 악기를 가르치면서 청소년 비행 예방
강사로도 활동 중입니다. 전 군에게 "위기 청소년을 어떻게 하면 회복
시킬 수 있는지 말해달라!"고 부탁했더니 이렇게 간증합니다. 6년간
이나 돌봐준 목사에게 보내는 찬사가 독특합니다.

"제가 100퍼센트 확신하는데, 모든 위기 청소년은 회복될 수 있어
요. 단, 누군가의 헌신과 희생이 필요해요. 그렇게 해주실 분이 얼마나
있을지 그게 궁금해요. 학교와 청소년 보호기관, 병원과 상담센터 등
이 위기 청소년을 돕긴 하지만 희생하거나 헌신까지는 못하는 것 같
아요. 그래서 아이들이 마음을 열지 못하는 거예요. 어른들이 돕긴 하
지만 마음속으론 '너희는 나쁜 놈, 수상한 놈, 위험한 놈!'이라고 비난
하는 것을 아이들이 다 듣거든요.

저는 변할 수 있는 아이가 아니었어요. 6년 동안 거짓말, 난동, 사
고 등으로 목사님 속을 썩였어요. 하나님이 모든 곳에 있을 수 없기 때
문에 엄마라는 존재를 보냈다는 말을 들었는데, 그런 엄마조차도 힘들
어서 저를 잠시 멀리하셨거든요. 그런데 목사님은 6년이란 긴 시간 동
안 아무 말도 하지 않고 저를 바라봐 주고 지켜주셨어요. 그러니까 저
희 목사님은 또라이예요."

자신을 돌봐준 목사를 "또라이"라고 표현한 것에 대한 오해의 여

지가 있어서 덧붙입니다. 소년들의 표현이 다소 거칩니다. 그래서 "좋다"를 "싫다"라고, "사랑한다"를 "싫어한다"라고 거꾸로 표현하기도 합니다. 삐딱한 소년 특유의 표현이니 너그러운 이해를 바랍니다.

버려진 소년들을 거둔 목사에 대해 기독교계를 포함한 세상은 칭찬은커녕 "이상한 목사" 혹은 "아웃사이더"라며 수군거렸습니다. 그래도 목사는 예수가 가라고 한 가시밭길을 성큼성큼 걸어가고 있습니다. 전 군은 그래서 존경과 찬사의 표시로 "또라이 목사님"이라고 한 것입니다. 또라이 목사가 누구냐고요? 또라이 목사에 대한 이야기를 뒤에서 다시 들려드리겠습니다.

나쁜 아이가 아니라 아픈 아이

전 군이 「우리 엄마」라는 노래를 만들었습니다. 세품아에서 함께 생활하는 열아홉 살 후배의 너무 아픈 이야기를 노래에 담았습니다. 후배의 가정은 아빠의 폭력에 시달렸습니다. 초등학교 6학년이던 어느 날, 화장실에 들어간 엄마가 한참 지나도 인기척이 없자 소년은 걸어 잠근 화장실 문을 강제로 열었습니다. 그러고는 엄마가, 사랑하는 엄마가 목을 맨 것을 발견한 것입니다. 소년은 죽은 엄마를 끌어 내리면서 울부짖었습니다. 따뜻했던 엄마의 체온이 점점 차가워졌습니다.

아빠의 폭력에 시달리면서 우울증을 앓은 소년의 엄마는 스스로 목숨을 끊었습니다. 엄마의 장례식을 마치고 얼마 후에 아빠가 어떤 여자를 데려왔습니다. "새엄마"라고 부르라고 했습니다. 소년에게 집은 가정이 아니라 지옥이었습니다. 소년은 엄마를 죽인 아빠를 죽이고 싶었습니다. 아빠를 정말 죽일지도 모른다는 두려움 때문에 소년은 가출했습니다. 아니, 탈출한 것입니다.

소년은 거리에서 굶주렸습니다. 소년의 고통에 대해 누구도 귀 기울이지 않았고 아무도 밥을 주지 않았습니다. 옥상과 어두운 계단 등에서 자면 쫓아내거나 경찰에 신고했습니다. 여기 수상한 아이들이 있다고…. 생존을 위해 허기와 잠자리를 스스로 해결해야만 했던 소년은 살기 위해 물건을 훔치고, 돈을 빼앗는 등 비행을 저지르다 경찰에 붙잡혔고 소년 재판을 받은 뒤에 세품아에 왔습니다. 후배의 끔찍한 사연을 노래로 만든 전 군이 이렇게 반문합니다.

"이 아이가 정말 나쁜 아이일까요? 어른들은 그렇게 말하지만 저는 그렇게 말할 수 없어요. 사랑하는 엄마를 잃고 몸부림칠 때, 어른들은 후배의 고통을 달래주지도, 이해해주지도 않았어요. 후배가 비록 비행을 저질렀지만 그건 너무 아프고 힘들어서 몸부림친 것입니다.

많은 사람들이 위기 청소년을 나쁜 아이라고 무조건 낙인찍는 게 속상하고, 후배의 이야기가 가슴 아파서 「우리 엄마」를 만들었어요. 우리 아이들은 나쁜 아이가 절대 아닙니다. 아픈 아이들이에요. 너무 힘들어서 몸부림치는 위기 청소년의 아픔을 들어주세요. 조금만이라도 따뜻한 눈빛으로 바라봐 주세요."

「우리 엄마」, 노래일까요? 절규일까요? 직접 들어보시고 판단하시기 바랍니다. 우리 엄마가 아닌 나의 엄마가 그런 상황에 처했다면… 이 아이를 나쁜 놈, 인간쓰레기라고 낙인찍을 수 있을까요? 일진에서 위기 청소년 희망 전도사로 성장한 전한빈 군이 작사·작곡한 노래 「우리 엄마」를 유튜브에 공개해놓았으니 꼭 들어보시길 바랍니다.

일어나라 밥 먹어라
잘 다녀오거라
사랑하는 우리 엄마
어렸을 적 기억하는
지워지지 않는 큰 상처
잠겨 있는 화장실 문

엄마 나 씻어야 해요
엄마 나 학교 가야 해요
엄마 빨리 나오세요 대답해요

두 팔로 감아 사랑했던
슬플 땐 얼굴 파묻던
우리 엄마 목 졸려 있네

나의 꿈에 나와줘요
공원에 같이 놀러 가요
같이 밥을 먹고 날 재워줘요
안아줘요 두 팔로 감아 사랑했던
슬플 땐 얼굴 파묻던
우리 엄마 보고 싶네

일어나라 밥 먹어라

잘 다녀오거라

사랑하는 우리 엄마

- 전한빈 작사 · 작곡, 「우리 엄마」

4

엄마 찾아
밤마다 탈옥하는 소년범

추위가 기승을 부리던 한겨울, 서울소년원에서 열일곱 살 소년 두 명을 만났습니다. 소년들을 만난 곳은 신입 방입니다. 신입 방은 소년원에 들어온 소년범들이 임시로 지내는 곳으로 2주가량 여기서 지낸 후에 본방에 배치됩니다. 상천이는 짱돌 같은 소년입니다. 광대뼈가 불거진 얼굴에는 거칠게 살아온 흔적이 역력했습니다. 소년의 가정은 아빠의 폭력 때문에 해체됐습니다. 엄마는 아빠의 폭력 때문에 가출했고 소년 또한 아빠의 폭력 때문에 거리 소년이 됐습니다. 아무도 도와주지 않는 거리에서 살아남기 위해 짱돌처럼 구르다 보니 인상이 험악하게 변한 것입니다. 상천이가 만일 꽃이었다면 진즉 시들거나 말라 죽었을 것입니다.

준열이는 상천이에 비해 허약했습니다. 준열이에게 "너는 어떻게 해서 들어왔니?" 하고 물었더니 "보호관찰 위반으로 10호* 받았어요" 라고 말합니다. 보호관찰 처분을 받으면 정해진 날짜에 보호관찰소를 방문해야 합니다. 그런데 준열이처럼 부모와 살지 못하거나 떠돌이 생활을 하는 소년들은 보호관찰 명령을 제대로 이행하지 못합니다. 보호관찰을 위반하면 보호관찰소는 구인장을 발부받아 체포에 나섭니다. 보호관찰 위반으로 소년재판을 받은 준열이는 소년법에서 가장 무거운 10호를 처분받았습니다.

상천이와 준열이가 저에게 전화 심부름을 부탁했습니다. 상천이는 자신을 돌봐주는 목사님과 여자 친구에게, 준열이는 아빠에게 연락을 부탁했습니다. 교도소처럼 소년원 또한 수용시설입니다. 이곳에 들어오면 가고 싶어도 가지 못하고, 보고 싶어도 보지 못하고, 먹고 싶어도 먹지 못합니다. 맘껏 뛰고, 놀고, 날아야 할 소년들인데 보고 싶은 사람들에게 연락도 맘대로 못 하니 얼마나 답답할까요.

소년들의 간절한 소원

상천이 부탁은 크게 세 가지였습니다. 첫째는 "큰아빠"라고 부르는 목사님께 면회를 와달라는 것, 둘째는 엄마가 유방암에 걸렸으니 엄마가 사는 고향으로 이송시켜달라는 청원서를 써달라는 것, 셋째는 여자 친구에게 자기가 나갈 때까지 도망가지 말고 기다려달라는 말을 전해달라는 것이었습니다. 상천이 부탁대로 김 목사에게 전화를 했습니다.

---

* 10호 처분은 소년법에서 가장 무거운 처분으로 소년원에서 2년가량 지내야 한다.

상천이 형제를 7년째 돌본다는 목사에게 전화했더니 상천이에게 두 살 많은 형이 있는데, 그 소년도 대전소년원에 있다는 것입니다.

김 목사님이 상천이네 가정사를 들려주었습니다. 상천이네 가정 파탄의 주범은 술이라고 했습니다. 아빠의 주벽이 심각했답니다. 아빠가 술에 취해 귀가하면 집안은 공포의 도가니가 됐다고 합니다. 아빠가 없으면 좋겠다고 생각했을 정도로 가정폭력의 정도가 심각했다더군요. 아빠의 폭력에 시달리던 엄마는 이대로 살다가는 죽을 것 같아서 집을 떠났다고 했습니다. 엄마가 떠난 뒤에 아빠의 폭력이 더 심해지자 상천이 형제도 가출했다는 딱한 이야기를 김 목사가 들려주었습니다.

그런데, 상천이에게 문제가 있었습니다. 엄마에 관한 기억입니다. 상천이 엄마가 유방암에 걸렸던 것은 사실이라고 합니다. 다행스럽게도 유방암은 어느 정도 치료가 되긴 했는데 문제는 재혼했다는 것입니다. 남의 엄마가 된 것입니다. 재혼한 남편과 아기도 낳았답니다. 첫 번째 때 실패했으니 두 번째 결혼해서는 잘 살았으면 좋으련만 재혼한 남편은 병이 들었고 살림은 찢어지게 가난하답니다. 그런 탓에 상천이 형제를 돌볼 겨를이 없다는 것입니다.

상천이의 간절한 소망은 엄마 아빠가 재결합해서 행복했던 그 시절처럼 사는 것입니다. 한 가족이 다시 모여서 오순도순 밥을 먹는 것은 상천이뿐 아니라 가정이 해체돼 거리를 떠도는 소년들의 소원입니다. 아빠는 돈을 벌고 엄마는 밥상을 차리는 가정이 무슨 소망이냐고 할지 몰라도 가정 해체로 고통받는 소년들에게는 절박한 소원입니다. 엄마 냄새를 다시 맡는 것이, "엄마"라고 불러보는 것이 상천이의 간절한 소원입니다. 엄마에 대한 기억이 왜곡된 것은 이 때문입니다.

　이런 상천이에게 엄마가 재혼했다는 것과 남의 엄마가 되었다는 사실을 어떻게 말할 수 있겠습니까. 김 목사는 엄마를 그리워하는 상천이의 소원은 들어주기 위해 엄마에게 연락했다고 했습니다. 상천이가 엄마를 너무 그리워하니 한 번이라도 만나달라고, 한 번만이라도 엄마의 밥을 먹고 싶어 하는 아들의 소원을 들어달라고 호소했다는 김 목사의 이야기를 먹먹한 가슴으로 들어야 했습니다.

독감 걸린 소년범, 공사판을 떠도는 아빠, 암으로 죽은 엄마

준열이 아빠에게 서너 차례 전화했지만 받지 않았습니다. 그러다 열 시 넘어 전화가 왔습니다. 피곤에 지친 목소리였습니다. 소년원에서 준열이를 만난 사람이라고 소개했더니 더 지친 목소리로 이야기합니다. 아내는 암으로 죽었고, 자신은 공사판 떠돌이고, 저녁 대신에 술을 한잔했다고…. 판사님에게 선처를 구했지만 소용없었다고, 못난 아빠 때문에 아들이 소년원에 갔다고, 그래도 아들을 사랑한다며 울먹거렸습니다.

　이런 소식을 안고 소년원에 갔습니다. 상천이와 준열이는 한 방에 배치됐습니다. 그런데 둘 다 독감에 걸려 있었습니다. 상천이는 장염까지 앓고 있었습니다. 짱돌인 줄 알았는데 아니었습니다. 상천이에게 목사님이 면회 오시기로 했다는 소식과 여자 친구가 고무신을 거꾸로 신었다는 소식을 전했습니다. 거리에서 만난 여자 친구는 상천이가 구속되자마자 더 힘센 소년의 여자 친구가 되었답니다. 하지만, 엄마가 재혼했다는 이야기는 차마 전하지 못했습니다.

준열이의 이마를 만졌더니 고열입니다. 안경 너머의 눈자위가 벌겋습니다. "준열아, 아빠에게 전화했더니 잘 지내고 계시더라. 그런데 너희 아빠 참 좋은 분이더라. 너를 사랑한다고, 너무 사랑한다는 말을 꼭 전해달라고 했어!"라고 말했더니 누워 있던 몸을 힘겹게 일으키면서 씩 웃습니다. 그러더니 "저도 아빠를 사랑해요!"라면서 마치 제가 아빠인 것처럼 저를 향해 두 팔로 하트를 만들어 보여주었습니다. 그러나 준열이가 전주소년원으로 이송 가는 바람에 그 이후로는 만나지 못했습니다.

밤마다 탈옥하는 소년들

준열이 엄마가 살았으면 면회 왔을 텐데, 독감에 걸려 덜덜 떠는 아들을 안으며 펑펑 울었을 텐데…. 무심한 하늘에 항의합니다. 하늘에서도 소년들의 아픔을 알고 있을 텐데, 소년들의 기침 소리와 울음소리를 틀림없이 들었을 텐데…. 하늘나라는 특별 휴가도 없습니까? 1박 2일이나 2박 3일 특별 휴가를 주어 아이들의 눈물을 닦아주고 오라고 해야 할 거 아닙니까! 정말 너무하십니다.

소년의 눈물이
간밤에 탈옥했다.
굳게 닫힌
소년원 철문을 따고
철조망과 담장을 넘어

잡혀온 겨울에도
겨울이 한 바퀴 돌아도
면회조차 오지 않는 여자
버리고 떠난 엄마를 찾으러
- 조호진, 「엄마」

　　상천이를 봄에 다시 만났습니다. 열여덟 살이 됐습니다. 키가 한 뼘
쯤 자란 것 같았습니다. 소년들을 만나려면 다섯 개의 철문을 통과해
야 합니다. 같은 철문이지만 봄바람을 쐰 철문은 겨울 철문보다 한결
부드럽습니다. 겨울 철문이 쇳소리로 닫히면 몸이 움츠러들지만 봄의
철문은 몸도 마음도 슬그머니 열리게 합니다. 봄이 되면서 소년들은
두툼한 옷을 벗었습니다. 소년들은 수의를 입는 성인범과 달리 추리닝
을 입고 생활합니다. 소년들인 만큼 발랄하고 화사한 추리닝을 입히면
좋을 텐데 소년들의 추리닝은 낡고 색은 우중충합니다.
　　법무부는 왜 소년들에게 어둡고 우중충한 옷을 입힐까요? 화사한
옷을 입히면 문제가 생겨서일까요? 문득, 앙드레김이 살아생전에 디
자인한 교복이 생각났습니다. 앙드레김의 명성답게 교복은 멋지게 디
자인됐습니다. 그가 디자인해준 학교는 부잣집 자녀들이 다니는 사립
학교였습니다. 그 학생들은 앙드레김의 교복이 아니더라도 멋지고 비
싼 옷이 많지만 소년원생들에게는 달랑 추리닝뿐입니다. 기왕에 디자
인해주려면 옷 사줄 부모도 없는 가난한 아이들에게 해주어야 하지
않을까요?
　　소년들에게 좋은 옷감으로 만들어진, 환한 색의 옷을 입히면 어디

덧나나요? 옷이 날개라서 도망갈까 봐 그러는 걸까요? 소년들에게도 봄처럼 화사한 옷을 입히면 좋겠습니다. 그러면 몸과 맘이 밝아질 것입니다. 디자이너와 의류 회사 사장님들! 누구든지 제 말을 좀 들어주신다면 좋겠습니다. 소년원 아이들에게 화사한 옷을 입혀서 아이들이 밝아지면 얼마나 기쁠까요!

까까머리 상천이가 말했습니다. 몇 번 봤더니 마음속의 이야기를 털어놓습니다. 엄마 꿈을 자주 꾼다고, 꿈에서 엄마를 부르는데 대답이 없다고, 그래서 울다가 잠에서 깬답니다. 짱돌인 줄 알았는데 눈물입니다. 저는 상천이의 눈물을 압니다. 아주 잘 압니다. 쉰 줄이 넘었는데도 울다가 깬 적이 있습니다. 새벽에 사라진 엄마, 울며불며 불러도 만날 수 없었던 엄마…. 소년들은 잠이 들면 탈옥합니다. 그리운 엄마! 죽은 엄마, 달아난 엄마를 만나기 위해….

봄아, 왔으면 면회 오든가? 빼내주든가?

봄아
왔으면
면회 오든가
빼내주든가
까까머리
소년범은 놔두고
지들끼리 환장해서
사방천지

꽃불 지르는
연쇄 방화 봄아
– 조호진, 「소년원의 봄」

　올해도 봄이 왔습니다. 봄이 오자 새들은 노래했고 꽃들은 지천으로 피었습니다. 소년원에도 봄이 왔습니다. 영산홍은 화사하게 피었고 봄바람은 소년원 쇠창살 사이를 살랑살랑 드나들었습니다. 서울소년원을 에워싼 오봉산은 눈이 시릴 정도의 연초록 옷으로 갈아입었습니다. 봄, 봄, 봄이 왔지만 엄마는 면회 오지 않았습니다. 소년의 얼굴에 핀 건 꽃이 아니라 버짐입니다.

　엄마의 봄은 아직 안 왔지만 엄마와 같은 봄이 대신 왔습니다. 엄마처럼 아빠처럼 면회하고 후원해주는 분들이 있긴 있습니다. 엄마처럼 아빠처럼 따뜻한 분들이 지금보다 열 배, 아니 백 배 정도 많아졌으면 좋겠습니다. 교도소와 소년원을 아무리 많이 지어봤자 범죄율을 낮추지 못합니다. 엄마처럼 면회 와서 밥 사주고, 아이스크림 사주면 아이들 가슴속의 칼이 무뎌집니다. 마음의 칼이 녹으면 그 자리에 희망이란 볕이 듭니다. 희망의 볕이 들면 공부든, 기술이든, 뭐든 하고 싶어집니다. 교화, 갱생, 백날 외쳐봐야 소년들은 속으로 '까고들 있네!'라고 반발할 뿐입니다.

　소년원에 다시 가서 준열이를 만났습니다. 사진 기술을 배우고 있답니다. IT 자격증도 땄답니다. 검정고시로 예술대학 영상제작학과에 진학하고 싶다고 합니다. 와우! 잘한다, 잘한다 했습니다. 그렇게만 되면 내가 돕든 누가 돕든 도울 것이라고 말하며 안아주었습니다. 준열이도 저도 따뜻해졌습니다. 세상에도 봄이 와야 하지만 소년에게도 봄이 어서 와야 합니다.

5

전과 11범의
속죄 인생

소년이 흘리는 눈물의 진원지는 가정입니다. 위기 청소년의 70퍼센트는 결손 가정 또는 극빈 가정 출신입니다. 가난과 실직, 부모의 이혼과 아빠의 알코올중독 등의 사정으로 부모의 보살핌을 받지 못하면서 소년들은 위기 상황에 내몰립니다. 그렇게 방치된 소년들은 또래들과 어울리면서 결석과 가출, 흡연과 음주 등으로 무분별한 생활을 하면서 비행의 늪에 빠져들게 됩니다.

굳세게 지켜야 할 것은 조국보다는 가정입니다. 표면적인 가정 해체의 주범은 술과 폭력이지만 진범은 무한 경쟁과 승자 독식의 비인간적 사회입니다. 위기 가정을 원하는 부모는 한 명도 없습니다. 다만 경쟁에서 패배하자 그 불똥이 가정으로 튀는 것입니다. 대한민국은 패배의 모든 책임을 패자에게 전가합니다. 승자가 모든 것을 독식하는 불공평한 사회, 수단과 방법을 가리지 않고 짓밟아야 살아남는 무자비한 경쟁 사회에 희망이 있을까요?

못 배우고 가난한 부모일수록 가정을 더욱 지키고 싶어 합니다. 그런데 가정을 위협하는 것이 부지기수입니다. 가난과 술주정, 폭력의 대물림이 무섭습니다. 야바위 사회는 투기와 도박, 다단계 등의 한탕을 조장하면서 가정을 위기에 빠트립니다. 나는 그렇게 살았을지라도 내 새끼만은 행복하게 키우고 싶었던 간절한 바람에도 해체되는 가정이 부지기수입니다. 그래서 가슴이 아픕니다. 예고도 없이 덮치는 거친 파도, 가정을 위협하는 격랑 앞에 서면 어떻게 대처해야 할까요?

이혼과 빚더미, 주소 불명…. 20년 전의 제 상황입니다. 여기에 술주정과 자녀 폭행이 더해지면 아이들은 십중팔구 비행소년이 됩니다. 다행스럽게도 저는 신의 가호로 고난의 터널을 통과했고 제 아이들은 어엿한 청년으로 자랐습니다.

감사의 뜻으로 나눈 신장

2016년은 재혼한 지 10년째 되는 해입니다. 큰아들은 선교사가 되겠다며 아프리카로 날아갔고, 신학대학원을 졸업한 딸은 전도사 생활을 하고, 작은아들은 대학에 재학 중입니다. 다섯 식구가 식탁에 둘러앉아 밥 먹는 모습을 보는 것은 형언 못할 기쁨입니다. 한편으론 이런 행복과 기쁨이 어색하고 불안했습니다. 과연 내가 행복을 누릴 자격이 있나? 그래서, 감사의 뜻으로 두 쪽인 신장을 나누기로 했습니다.

2007년 5월 31일, 신장 기증 수술을 했습니다. 제 신장을 이식받은 상대는 생면부지의 20대 청년이었습니다. 퇴원하는 날, 청년의 어머니가 제 병실로 찾아오셨습니다. 두 아들 모두 만성 신부전 환자라고 했습니다. 신장 한 쪽을 이미 자식에게 주었는데 더 이상은 나눌 수 없어서 고통스러웠다고 했습니다. 기미 낀 어머니의 얼굴이 그 고통을 말해주었습니다.

아내와 저의 신장을 합치면 두 쪽입니다. 신우신염 환자인 아내의 신장 한 쪽은 제 기능을 못합니다. 장기기증단체에서 사무국장으로 일했던 아내는 수많은 생명을 살렸지만 자신의 신장은 어떻게 하지 못했습니다. 신우신염이 간혹 재발해서 병원에 입원했지만 하늘의 보우하심으로 건강하게 지내고 있습니다. 아내와 저의 신장을 합쳐 두 쪽이기에 저희 부부는 한 몸처럼 붙어 다닙니다. 아내를 사랑하는 그 사내도 그렇게 붙어 다니다 만났습니다.

그 사내를 처음 만난 곳은 2008년 초여름의 국립의료원이었습니다. 병실에는 60대 초반의 사내가 누워 있었습니다. 그는 아내를 보자마자 "수술을 하려면 보호자가 있어야 한다고 해서 최 국장 이름을 적었어. 알고나 있으라고 연락한 건데 뭣하러 와!"라고 퉁명스럽게 말했습니다. 그러자 아내는 "제가 유일한 보호자인데 와봐야지 그냥 있어요?"라고 응수했습니다. 아내와 그는 장기기증단체 사무국장과 기증자로 만났습니다. 아내가 그의 보호자가 된 것은 오지랖 9단인 아내의 숙명이었습니다.

최 노인은 10년간의 감옥 생활을 마치고 모범수로 가출소한 전과 11범입니다. 전과 11범이니 무서운 사람이냐고요? 그렇지 않습니다. 세상은 전과 11범이란 사실만으로 돌을 던졌습니다만 제가 본 그이는 선한 사람입니다. 교도소에서 출소한 그는 밤거리에 쓰러진 취객을 목격했습니다. 행인들은 괜한 일에 엮일까 봐 취객을 보고도 못 본 척하고 지나갔지만 그는 멈춰 섰습니다. 이대로 두면 얼어 죽을 수도 있는데 어떻게 하지 걱정이 됐답니다. 그해 2월은 한겨울 못지않게 추웠습니다.

그는 취객을 부축해서 여관에 들어갔습니다. 톨스토이의 「사람은 무엇으로 사는가」에 나오는 천사, 헐벗은 채로 지상에 버려진 미하일처럼 그 취객은 천사였는지도 모릅니다. 취객을 여관방에 누인 그는 탁자에 놓인 신문을 펼쳐 들었습니다. 그 신문에는 어떤 목사가 신장을 기증해 생명을 살렸다는 미담이 실려 있었습니다. 지금이야 신장 기증이 자주 이루어지고 동참자도 많아졌지만 26년 전에는 흔치 않은 일이었습니다.

미담 기사를 읽은 그는 신장을 기증하고 싶어졌습니다. 그는 아내가 근무하던 장기기증단체에 찾아가 "신장 기증을 통해 제가 지은 죄의 100분의 일이라도 갚고 싶습니다. 감옥살이를 한 더러운 몸이지만 신장 기증을 할 수 있도록 도와주십시오"라고 호소했습니다. 그리고 1991년 6월 13일, 생면부지의 20대 청년에게 신장을 기증했고 청년은 건강을 회복했습니다.

전과 11범인 그는 한때 위험인물이었습니다. 그가 죄를 계속 저지르자 재판부는 절도죄에 대한 책임을 묻고도 부족해서 청송보호감호소로 보내 감옥살이를 더 시켰습니다. 그가 속죄 인생을 결심한 것은 그곳에서 만난 여자 전도사 때문이라고 했습니다. 그는 "여자 전도사가 저같이 못난 놈에게 헌신적인 사랑을 베풀었다"고 말했습니다.

그는 1·4 후퇴 때, 이남으로 피난 내려왔습니다. 부모의 보호를 받지 못한 그는 떠돌이 생활을 하다가 물건을 훔치기 시작했고 그게 버릇이 되면서 소년원과 교도소를 드나들게 됐습니다. 그의 인생을 바꾼 것은 강력 처벌이 아닙니다. 심장판막증 환자였던 여자 전도사의 헌신적인 사랑이 그를 뉘우치게 한 것입니다.

신장 기증으로 새 사람이 되었지만 삶은 여전히 고달팠습니다. 50대 나이에 신문 배달을 하고 공공 근로를 하며 생계를 이었습니다. 그런데 나이가 들었다고 신문 배달부 자리에서 잘렸습니다. 어쩌면 전과 사실을 알고 자른 것일지도 모릅니다. '왕년의 실력을 발휘하면 되는데 왜 그렇게 구차하게 사는 거야, 한탕 털자고!' 하는 마음의 갈등이 일었지만 그는 옛날로 돌아가지 않았습니다.

아내에게 몇 년 만에 전화가 왔습니다. 힘없는 목소리로 전화를 건 그는 "최 국장, 미안하지만 돈 좀 보내줘. 며칠 굶었더니 너무 배가 고파!"라고 도움을 청했습니다. 그는 사흘을 굶다가 아내에게 도움을 청한 것입니다. 가슴이 철렁 내려앉은 아내는 바로 송금을 했습니다. 그에게 아내는 엄마 혹은 누이 또는 연인 같은 존재였습니다. 아내가 한 일이 있다면 그분이 무너지지 않도록 최소한의 사회안전망 역할을 한 것입니다.

그는 말소된 주민등록증을 살려야 한다고 과태료 낼 돈을, 신문 배달해서 먹고살아야 하니 중고 오토바이 살 돈을, 생활비가 부족하니 생활비를, 진갑 기념 여행을 가게 되었으니 여행 경비를 지원해달라고 요청했고 아내는 기꺼이 돈을 보내주었습니다. 그는 돼지갈비와 탕수육 그리고 영화를 좋아합니다. 아내는 좋아하는 것을 해드렸습니다.

여기까지 읽으면 자칫 '염치 좋은 인간이네!' 하고 비난할 수도 있습니다. 하지만 그런 분이 아닙니다.

그는 가난하고 못 배웠지만 자존심 강하고 깔끔한 분입니다. 요정에서 일하던 이복 누나에게 당한 학대의 아픔 때문에 술과 담배는 입에도 대지 않습니다. 그는 어떤 어려움에 처해도 다른 사람들에게 손을 잘 벌리지 않았습니다. 도움을 청하는 유일한 사람이 아내입니다. 신장을 이식해준 청년의 연락처를 알고 있었지만 그 어려운 상황에서도 도움을 요청하지 않았습니다. 그에게 신장 기증은 삶의 기쁨이고 희망입니다. 그런데 신장 기증을 이유로 손을 벌린다? 그것은 자신의 명예를 훼손하는 행위이기 때문에 스스로 용납하지 않았습니다. 신장을 기증한 지 10년째 되는 날, 그는 아내에게 이런 소회를 밝혔습니다.

"오늘이 신장 기증을 한 지 10년째 되는 날이야. 지난 10년을 되돌아봤는데 경찰서에 불려가거나 어떤 사건에 연루된 적이 한 번도 없었어. 속죄하며 살 수 있도록 도와줘서 고마워. 어려울 때마다 도움을 청했는데 한 번도 거절하지 않고 들어줘서 고마워. 정말 고마워!"

장례를 부탁한 독거노인

아내와 그의 인연도 어느덧 26년째입니다. 그분은 이제 일흔두 살 노인이 됐고, 장기기증단체에서 일하던 아내는 위기 청소년 돕는 일을 하고 있습니다. 최 노인은 월 15만 원짜리 고시원에서 살고 있습니다. 반찬이라도 갖다 드리려고 사는 곳을 물었지만 알려주지 않았습니다. 사랑하는 여인에게 늙고 병든 모습, 누추한 삶을 보이고 싶지 않은 것입니다. 대신 여름에는 겨울옷과 이불을, 겨울에는 여름옷과 이불을 아내에게 맡깁니다. 고시원이 좁기 때문입니다. 그러면 아내는 그걸 깨끗이 세탁해서 보관했다가 계절이 바뀌면 내어줍니다. 그는 올해 병원에 입원했습니다. 당뇨와 파킨슨병 초기 증세가 나타난 것입니다. 유일한 보호자인 아내가 병문안을 갔습니다. 쓸쓸한 죽음을 예견한 그는 아내에게 유언을 미리 남겼습니다.

"내가 죽으면 당신에게 연락이 갈 거요. 당신을 보호자로 해놨거든. 내가 죽으면 시신을 기증한 뒤에 장례를 꼭 치러주시오!"

굶주림을 면키 위해 물건을 훔치면서 시작된 전과 11범의 인생도 저물고 있습니다. 혈혈단신으로 살아온 그는 세상에 버려지면서 소년범이 되고 전과자가 되어 살았지만 그의 속죄 인생은 아름답습니다. 저는 그렇게 생각합니다. 세상은 그를 어떻게 기억할까요? 전과 11범의 죄인? 혹은 생명을 나눠준 사람? 어쩌면 그를 기억해줄 사람은 아내 외에는 없을지도 모릅니다.

"최 씨 노인을 아시나요? 보호자로 되어 있는데 최 씨 보호자가 맞나요?"

어느 날, 경찰 또는 구청에서 이런 전화가 올 것입니다. 그러면 아내는 "맞아요, 제가 보호자입니다!"라고 대답할 것입니다. 그리고 험난하고 서러웠던 생애를 잘 수습해드릴 것입니다. 하늘나라에 가면 더이상 전과자라는 손가락질을 받지 않을 것입니다. 지상에서는 죄인으로 취급받았지만 하늘나라에서는 생명을 살린 선한 사람으로 칭찬받을 것입니다.

6
고아 부부의
아주 특별한 돌잔치

소년원생들의 얼굴은 대체로 표가 납니다. 머리를 빡빡 깎은 탓에 더 험상궂어 보입니다. 건달처럼 건들거리는 태도에선 불량기가 묻어납니다. 그런데 보육원에서 자란 스물한 살 민철이는 마치 귀공자 같은 얼굴입니다. 소년원에 올 아이 같지 않았습니다. 민철이는 호주로 기술이민을 가는 게 꿈이라고 했습니다. 영어를 열심히 배우는 것은 그 때문이라고 했습니다. 고아라고, 소년원 출신이라고 낙인찍고 차별하는 대한민국을 떠나고 싶은 것입니다.

소년원에서 출원하려면 인수할 보호자가 필요합니다. 그렇지 않으면 십중팔구 재비행하고 소년원에 다시 들어오기 때문입니다. 그래서 소년원 처분이 만기되더라도 그냥 내보내지 않습니다. 오갈 곳이 없는 소년원생은 법무부 산하 소년보호협회에서 운영하는 생활자립관으로 보냅니다. 그런데, 아이들은 이곳으로 가는 것을 꺼리는 경향이 있습니다. 소년원의 연속으로 보기 때문입니다. 아이들은 규칙과 간섭받는 생활을 극도로 싫어합니다.

소년범의 아빠인 윤용범 서기관이 민철이를 부탁했습니다. 아내에게 상의했더니 늘 그렇듯이 흔쾌하게 수락했습니다. 우리 부부는 민철이의 꿈이 이루어질 수 있도록 돕기로 했습니다. 민철이 출원 날짜인 2015년 2월 1일, 아침 일찍 서울소년원으로 갔습니다. 여름에 잡혀 들어갔던 민철이의 신발은 슬리퍼와 얇은 점퍼뿐이었습니다. 소년원의 겨울은 유독 춥습니다. 아직은 겨울인데 슬리퍼에 여름옷 차림으로 나가야 되다니, 미리 알려주었으면 신발과 점퍼를 챙겨 왔을 텐데….

민철이를 승용차에 태워서 저희 아파트에 데려왔습니다. 전도사인 큰딸이 독립하면서 생긴 빈 방을 민철이에게 내주었습니다. 민철이와는 서울소년원 주일 예배에 참석하면서 친해두었습니다. 민철이의 계획을 듣고 기술이민에 대한 자료도 파악해두었습니다. 민철이 생각처럼 기술이민은 쉽지 않았습니다. 보증인과 경력 등을 갖추어야 호주 정부가 이민을 받아줍니다. 이런 조건을 갖추려면 시간과 노력이 꽤 필요해 보였습니다. 그래서 용접 기술을 배우고 자격증을 취득해서 현장 경험을 충분히 쌓은 다음, 호주로 기술이민을 떠나자고 민철이와 함께 계획을 세웠었는데….

"큰아빠, 죄송하지만 돈 좀 보내주세요."

최영미 시인의 시 「선운사」에서 "꽃이/피는 건 힘들어도/지는 건 잠깐이더군"이라는 구절을 빗대어 표현하면 소년원에서 나오는 건 힘들어도 나와서 사고 치는 건 금방이더군요. 민철이는 저희 집에 온 지 이틀 만에 옛 친구를 만나 PC방에서 밤샘하고 다음 날 오전에 들어왔습니다. 긴장을 너무 일찍 푼다 싶었지만 어쩌겠습니까. 그러고는 병역면제를 받으려면 보육원에서 자란 증명서를 떼어 병무청에 제출해야 한다고 해서 차비를 주어 보냈는데, 그 뒤로 소식이 끊겼습니다.

소년들 중에는 핸드폰 요금을 연체해 신용불량자가 된 경우가 적지 않습니다. 이런 소년들은 자기 명의로 핸드폰을 다시 만드는 것이 불가능합니다. 하지만 수단이 없는 것은 아닙니다. 유심 칩이 없는 핸드폰, 일명 공기계로 와이파이가 터지는 곳에서 메신저나 SNS를 이용해 연락을 합니다. 와이파이를 통해 일주일 만에 카톡을 보낸 민철이가 그동안의 사정을 설명했습니다. 보육원 친구들과 술을 마시다 다른 술꾼들과 싸움이 붙어 다쳤다는 것입니다. 민철이는 수배자입니다. 소년원 들어가기 전에 발생한 폭력 사건으로 벌금을 맞았는데 이를 내지 못했기 때문에 경찰에 붙잡히면 바로 수갑이 채워지는 상황이어서 잠수했다는 것입니다. 어디냐고 물었더니 누나 집이라고 했습니다. 민철이에겐 보육원에서 같이 자란 연년생 친누나가 있습니다.

"누나에게 차비를 빌려서 올라와라. 통장으로 바로 입금해줄게."

"큰아빠, 죄송한데요. 조카 분유 값도 떨어져서 그런데요. 분유 값도 좀 보내주시면 안 될까요. ㅠㅠ"

조카 분유 값을 보내달라는 카톡 문자를 읽으면서 뉴스 헤드라인들이 스쳐 지나갔습니다. 마트에서 분유 두 통을 훔친 20대 엄마, 100일 된 딸의 분유 값을 마련하기 위해 택시를 턴 10대 아빠, 아기 분유 값 등의 생활비와 밀린 월세 때문에 편의점 현금을 훔친 20대 알바….

이런 뉴스를 접할 때면 그들의 주변은 대체 돕지 않고 무엇을 했냐고 성토했는데 제가 그 상황에 처했습니다.

상황을 그려보니 분유 값만 보내면 될 상황이 아니었습니다. 그곳 주소를 찍으라고 했습니다. 아내와 같이 민철이 누나 집으로 가기로 했습니다. 거리에 나서니 도심은 아수라장이었습니다. 때 아닌 폭설에 도심이 마비된 것입니다. 눈길이 위험하니 내일 갈까 주저했는데 분유 값이 떨어졌다는 소리에 마음이 급했습니다. 설설 기면서 경부고속도로를 탔습니다. 아내는 안전 운행을 빌었습니다. 차비만 떨어질 것이지, 분유 값이 떨어지면 어떡하라고…. 폭설이 쏟아지는 밤길을 달려 목적지에 도착하니 밤 아홉 시쯤 됐습니다.

민철이 옆에 앳된 엄마가 서 있었습니다. 민철이 누나 숙희입니다. 엄마도 아기도 작고 여렸습니다. 돌이 다 돼가는 아기 솜이를 안아보니 새처럼 가벼웠습니다. 숙희의 연하 동거남인 스물한 살 수철이 또한 보육원 출신으로 소년원에 갔다 왔습니다. 수철이는 PC방과 편의점 등에서 알바를 했는데 몸이 아파서 쉬었다가 잘렸다고 했습니다. 그래서 분유뿐 아니라 쌀도 계란도 다 떨어진 것이라고 했습니다.

저녁을 굶은 남매에게 고기를 사 먹인 뒤에 분유와 쌀과 과일 등을 사 가지고 집에 갔습니다. 정부가 소년소녀가장에게 얻어준 전셋집인데 자취방 같았습니다. 부모에게 버려지면서 보육원에서 자라고, 천애 고아의 외로움을 달래기 위해 동거를 하고, 어린 아내는 밥상을 차리고, 아기를 키우고, 어린 가장은 알바에 나섰다가 잘리고, 처자식을 지키기 위해 다시 일터를 찾는 고아 부부의 가난한 방에서 문득 신경림 시인의 시가 떠올랐습니다.

가난하다고 해서 사랑을 모르겠는가.

내 볼에 와 닿던 네 입술의 뜨거움

사랑한다고 사랑한다고 속삭이던 네 숨결

돌아서는 내 등 뒤에 터지던 네 울음.

가난하다고 해서 왜 모르겠는가.

가난하기 때문에 이것들을

이 모든 것들을 버려야 한다는 것을.

– 신경림,「가난한 사랑노래」중에서

　숙희의 표정이 조금 밝아졌습니다. 저녁을 든든히 먹은 데다 당분
간 분유와 쌀 걱정을 하지 않아도 되기 때문인 것 같았습니다. 오지랖
9단쯤 되는 아내는 누구든지 선선하게 대합니다. 저 또한 마찬가지고
요. 아이들이 어색해할까 봐 이런저런 이야기를 나누며 밝은 분위기를
유도했습니다.

　"설에 큰엄마 집에 가도 돼요?"

　숙희가 설 명절에 저희 집에 오고 싶다고 했습니다. 명절이 돼도
찾아갈 친정도 시댁도 없으니 쓸쓸한 것입니다. 아내가 흔쾌히 설을
같이 쇠자고 말하자 숙희가 슬그머니 웃었습니다. 숙희에게 얼마의 돈
을 주면서 "무슨 일이 있으면 즉시 연락해!"는 말을 남긴 채 밤길을 달
렸습니다. 살갑게 안기던 아기 솜이의 체온과 눈웃음이 밤길 운전의
피곤함을 덜어준 덕분에 무사히 상경했습니다.

고아 남매, 보호소년과 함께한 명절다운 명절

그동안 명절은 장모님 집에서 쉈습니다. 직장을 다니는 아내가 명절 음식을 차리기 힘들었기 때문입니다. 이제까지는 장모님께 장 본 비용과 용돈만 드리면 되는 편한 명절이었는데 2015년 구정은 종갓집 수준의 명절이었습니다. 민철이 남매와 아기 솜이(아르바이트 자리를 구한 수철이는 오지 못했습니다), 청소년 축구 국가대표 출신 보호소년인 명진이, 소년원 출신 바리스타 영철이까지 초대했습니다. 직장 생활을 하면서 살림에 손을 놓은 아내는 걱정이 이만저만이 아니었습니다.

힘들긴 했지만 괜찮았습니다. 솜이와 명진이, 영철이의 설빔을 사면서 행복했습니다. 민철이 남매는 설빔 대신 세뱃돈으로 주기로 했습니다. 떡도 하고, 고기도 사고, 전도 부치고, 잡채도 했습니다. 세뱃돈과 설빔을 준비하느라 돈이 필요했는데 주변의 따뜻한 손길들이 십시일반 후원해주었습니다. 선교사를 꿈꾸는 큰아들은 아프리카로 떠났고, 딸은 독립하고, 막내아들은 군복무 중이어서 적적했는데 설이 설 같았습니다.

세배는 세배를 받아줄 누군가가 있어야 하는 것입니다. 세배를 해본 적이 거의 없었던 아이들은 세배가 서툴렀습니다. "새해 복 많이 받아라, 그동안 못 받은 복까지 한꺼번에 많이 받아라!"고 덕담하며 세뱃돈을 주었습니다. 이렇게 외로운 아이들과 복을 나누면서 살면 얼마나 좋을까요. 한 가족처럼 한 상에 둘러앉아 떡국을 먹고, 전을 먹고, 고기를 먹었습니다. 아내는 인공관절 수술을 한 뒤부터 가사 노동을 힘들어했지만 명절 상차림을 잘 감당했습니다.

"솜이 돌잔치는 어떻게 할 거니?"

아내가 숙희에게 물었습니다. 돌잔치는 양가 부모, 일가친척, 직장 동료, 친구들을 초대해 음식을 먹고 마시며 돌잡이를 하고 엄마 아빠는 노래도 한 곡 뽑는 아기의 일생일대 첫 축제지만 고아 부부는 그럴 수가 없습니다. 고아 부부라고 아기의 돌잔치를 왜 안 해주고 싶겠습니까. 숙희도 다른 부모들처럼 솜이에게 돌잔치를 해주고 싶지만 분유값도 떨어지는 처지니 그럴 형편이 못 됩니다. 그래서 지인들에게 도와달라고 이런 편지를 썼습니다.

"솜이는 천사입니다. 세상에선 외롭고 초라한 아기지만 하늘에서 볼 때는 아주 특별한 아기입니다. 그래서 솜이의 돌잔치에 수많은 천사들을 축하사절단으로 파견할 것입니다. 저희 부부는 천사의 돌잔치에 참석하는 영광을 누릴 것입니다. 솜이가 여러분들에게도 특별해졌으면 좋겠습니다!"

아주 특별한 아기, 솜이를 위한 돌잔치

키 작은 CEO 아저씨, 생활협동조합 한살림 활동가 출신 엄마 모임 '맘 맘'과 자수 모임 '규방사우', 삼형제를 키우는 현민이 엄마, 과천 시민 현 씨와 민족문제연구소 과천지부장, 캄보디아의 가난한 선교사 등이 후원금과 선물을 챙겨주었습니다. 기저귀 두 박스와 분유 한 박스, 쌀 20킬로그램과 생활용품, 백설기에 수수팥떡에 꿀단지, 내의와 한복, 손수 만든 아기 신발과 기저귀 가방 등 모두 정성이 가득 담긴 선물입니다. 그들은 이런 축하 메시지까지 보내왔습니다.

"'네아 찌어 끄르네아 쁘레아 뽀', 당신은 복의 근원이라는

의미입니다. 솜이를 통해 부모님 그리고 이 땅의 수많은 영혼들이
복을 받을 줄 믿습니다. 우리 복덩이 솜이,
맑고 깨끗하게 자랄 수 있도록 먼 곳 캄보디아에서
두 손 모아 간절히 기도합니다." - 캄보디아에서 김기대 선교사

"저도 세 아이가 있습니다. 매일 아이들을 위해 기도합니다. 때론
엄마 아빠의 힘만으로는 아이들을 사랑하고 지키기가 버거울
때가 있으니까요. 솜이를 위해 기도하겠습니다."
 - 의왕시에 사는 현민이 엄마

"솜이야! 험한 세상에 천사처럼 와주었구나! 엄마 아빠가
어려운 상황에서도 너를 예쁘고 꿋꿋하게 키워주시길 하늘에
기도드릴게.", "아직 만난 적은 없지만 솜이의 건강과 행복을
진심으로 빌어요. 행복한 가정 이루어나가세요.", "솜이 엄마,
얼굴은 못 봤지만 멀리서 응원해주는 큰언니들이 있다는 거
기억해줘요. 솜이 엄마 아빠, 솜이가 예쁘게 크는 것을 계속
볼 수 있게 해줘요. 솜이야, 첫돌 축하한다." - 엄마 모임 '맘맘'

　'맘맘'은 엄마의 마음으로 어려운 이웃을 보살피자는 뜻을 가진 작
은 모임입니다. 엄마들은 솜이의 신발과 기저귀 가방을 손수 만들어
선물했습니다. 이렇게 아름답고 따뜻한 이웃들의 선물과 메시지를 가
지고 2015년 4월 초에 솜이네 집을 찾아갔습니다. 단칸방에 오색 풍선
과 조촐한 돌상이 차려졌습니다. 준비해 간 한복을 솜이에게 입혔더니

아기 천사로 변신했습니다.

솜이는 돌잡이에서 종이로 만든 칼과 공을 잡았습니다. 칼은 요리사, 공은 운동선수를 상징하는 것이니 요리를 잘하는 운동선수가 되겠구나 하고 박수쳤습니다. 축복하는 손길이 많은 줄 아는지 솜이는 싱글벙글 웃었습니다. 양복과 한복을 살 돈이 없어 커플 스웨터를 입은 솜이 엄마 아빠와 전날 밤에 술을 많이 마신 민철이도 환하게 웃었습니다. 출장 사진사인 저는 연신 셔터를 눌렀습니다. 눈물로 살아온 민철이 남매와 솜이네 식구가 제발 행복하기를 빌면서….

3퍼센트의 아름다운 사람들 덕분에 살 만한 세상

돌잔치 한 달 후인 5월에는 키 작은 CEO 아저씨가 후원해주셔서 솜이네 가족과 롯데월드에 다녀왔습니다. 키 작은 아저씨는 비싼 점심도 사주고 용돈도 챙겨주었습니다. 전속 사진사인 저는 발바닥에 땀나도록 따라다니며 셔터를 눌렀습니다. 과천지부장 홍 씨 아저씨는 제가 찍은 사진으로 앨범을 만들어 솜이네에게 선물했습니다. 앨범 없이 살아온 고아 부부에게 추억 선물이 됐습니다.

그해 추석에 숙희가 솜이를 안고 귀경했습니다. 수철이는 출근 때문에 오지 못했습니다. 솜이가 한동안 낯을 가렸습니다. 몇 개월 못 봤다고 그러는 것입니다. 서울 오느라 피곤한 숙희와 음식 준비에 지친 아내는 점심상을 물린 뒤 잠들었습니다. 솜이를 안고 집 밖으로 나와서 노래를 불러주었습니다. 아기를 재우려면 옛날이야기를 하거나 「섬 집 아기」 등의 잔잔한 노래를 들려주어야 하는데 하필이면 그 노래를 불렀는지 참내…. "가련다, 떠나련다, 어린 아들 손을 잡고…." 솜이는 옛날 노래「유정 천리」를 들으며 제 품에서 잠들었습니다.

슈퍼 문이 남산 위에 떴습니다. 아내와 숙희, 솜이를 데리고 남산으로 향했습니다. 케이블카를 태워주겠다고 했더니 숙희가 한 번도 타보지 못했다며 좋아했습니다. 그런데 남산타워 일대는 자동차와 인파로 혼잡을 이루었습니다. 한강 시민공원으로 행선지를 바꾸었습니다. 도착해서 솜이를 풀어놓자 아기 다람쥐로 변했습니다. 넘어질 듯 넘어지지 않고, 넘어지면 툭툭 털고 일어나 다시 달음박질하는 아기 다람쥐.

숙희와 이야기를 나누었습니다. 가장 서러웠을 때가 언제냐고 묻자 "아기를 낳으러 산부인과에 혼자 갔을 때"라고 했습니다. 어린데도 아기를 잘 키우는 것 같다고 하자 "중학생 때부터 보육원 아기들을 돌봤다"고 했고 "모르는 육아 정보는 인터넷에서 얻는다"고 했습니다. "인터넷이 똑똑하긴 하지만 엄마처럼 애틋한 정까지 주지는 못하잖아?"라고 물었더니 "그건 그래요!"라며 쓸쓸한 표정을 지었습니다.

아르바이트하다 잘리고, 일자리 찾아 전전하고…. 솜이 아빠 수철이는 공장에 취직했답니다. 야근 등 잔업수당까지 합치면 200만 원 남짓 번답니다. 한숨 돌렸답니다. 적금도 들었답니다. 민철이는 패밀리 레스토랑에서 스테이크 굽는 일을 한답니다. 돈을 벌어서 벌금을 완납했다며, 이제는 수배자가 아니랍니다. 조카 솜이에게 장난감을 사주는 등 삼촌 노릇도 제법 한답니다. 분유와 쌀이 떨어져 동동거리던 솜이네의 위기가 해소된 것 같아서 한시름 놓았습니다.

한복 입은 솜이와 덕수궁 나들이

엄마 없이 노점상 아버지와 살던 어린 시절에 제 소원은 김밥 도시락을 싸 가지고 가족과 함께 창경궁에 놀러가는 것이었습니다. 하지만 놀러가 본 적이 없습니다. 학교 친구들이 창경궁에 놀러갔다 왔다며 이야기꽃을 피울 때면 할 말이 없는 저는 딴전을 피우거나 운동장으로 나갔습니다. 단속반에 쫓겨 도망가다 붙잡혀 물건을 빼앗기고도 과태료를 물지 못해 경찰서 유치장에서 사나흘 구류를 살아야 했던 아버지는 어린 아들의 소원을 끝내 들어주지 못했습니다.

세월이 한참 지났는데도 결손 가정 아이들의 소원은 비슷했습니다. 숙희는 한복을 곱게 차려 입고 고궁으로 가족 나들이를 가는 게 꿈이라고 했습니다. 가족과 함께 고궁 나들이를 해본 사람들에겐 소원은 커녕 귀찮은 일일 수 있지만 아무것도 아닌 그것을 해보지 못한 사람, 해볼 수 없는 사람에겐 이룰 수 없는 꿈입니다. 그래서 솜이 한복을 챙겨 오라고 했습니다.

추석 다음날, 솜이에게 한복을 입혀서 덕수궁에 갔습니다. 제가 어김없이 동행했습니다. 솜이네 전속 사진사이기 때문입니다. 사진을 찍을 때마다 청초한 소녀 숙희가 보였습니다. 좋은 부모를 만났으면 아름다운 소녀로 자랐을 숙희…. 행복한 모습을 찍으려고 아무리 애써도 짙은 외로움이 자꾸만 찍힙니다. 사진 실력이 부족해서 그런지도 모릅니다. 사진을 찍으면서 숙희의 외로움이 솜이에게만은 대물림되지 않기를 빌었습니다.

덕수궁 중화전과 중명전 등지에서 촬영을 마친 뒤에 함흥냉면과 왕만두로 점심을 먹었습니다. 헤어질 시간입니다. 1박 2일의 짧은 만남을 마무리하기 위해 고속버스 터미널로 향했습니다. 핏줄이면 그랬을까? 하루 더 쉬었다 가라고 했을 텐데…. 헤어짐이 아쉬운 듯 손짓하는 숙희에게 미안했습니다. 이번 추석에는 솜이네 가족뿐 아니라 다른 미혼모에게 갈 분유와 기저귀 등을 그러모으는 일이 추가됐습니다. 늙고 병든 노모는 한가위 보름달을 혼자 봤을 겁니다. 안양에 사시는 장모님도 자주 찾아뵙지 못했습니다. 여든셋 장모님은 서운해하십니다. 좋은 일을 하긴 하는 것 같지만 저는 불효자입니다.

둘째를 임신한 숙희, 마냥 축복할 수 없는 환경

2016년, 해가 바뀌었습니다. 숙희와 솜이가 설 명절에 1박 2일로 설을 쇠고 갔습니다. 솜이는 갔지만 솜이가 남긴 흔적으로 집안이 어수선했습니다. 성큼 자란 솜이는 낯을 가리고 고집을 피웠습니다. 도자로 된 쌀독 뚜껑을 깨고, 책장의 책과 액세서리 등을 뒤죽박죽으로 해놓고, 뽀뽀도 안 해주고 삐쳐서 눈도 안 마주쳤습니다.

숙희가 가슴속의 아픈 이야기를 꺼냈습니다. 숙희와 민철이는 가정폭력 피해자였습니다. 엄마가 떠난 뒤로 엄마를 향하던 폭력과 학대가 자신들에게 가해졌다고 했습니다. 그렇게 가정폭력에 시달리다 보육원에 맡겨졌다는 것입니다. 그 뒤 아빠가 나타난 것은 숙희가 고등학생 때였다고 했습니다. 아빠가 왔다간 뒤로 수백만 원의 요금 폭탄 고지서가 날아왔다고 했습니다. 숙희 명의로 핸드폰을 개통해 숙희는 신용불량자가 됐고 미납 요금 독촉에 시달리고 있다고 했습니다.

수철이는 설 연휴에도 일을 했습니다. 가장의 책임을 다하기 위해 PC방 알바, 편의점 알바, 공장 생활 등을 했던 수철이는 마트에서 배달원으로 일하고 있다고 했습니다. 소도 비빌 언덕이 있어야 한다는데 고아 청년은 밀어주는 사람은커녕 툭하면 잘리고 또 일자리를 찾아다

녀야 합니다. 수철이는 가정을 지키려고 몸부림을 칩니다. 그런데 이
명 증세와 무릎 관절이 안 좋아서 종종 앓아눕는다며 어린 아내 숙희
가 걱정합니다.

숙희네 살림을 점검했더니 모아놓은 돈은 한 푼도 없습니다. 아빠
의 핸드폰 미납 요금이 자그마치 500만 원이라고 합니다. 그렇게 걱정
하고 있는데 숙희가 가슴 덜컥 내려앉는 소식을 전해주었습니다. 오는
5월에 둘째를 출산할 예정이라는 것입니다. 생명을 잉태했으면 당연
히 축하해야 하는데 걱정부터 앞섰습니다. 지금 스물둘인 숙희가 3년
뒤 스물다섯이 되면 LH공사의 소년소녀가장 전세 임대 혜택이 종료
되기 때문입니다. 집도 없이 쫓겨 다니는 서러움을 겪어봤기에 숙희의
임신 소식이 달갑지 않았습니다.

"어떡하려고 임신했니?"

아내가 걱정하며 묻자 숙희가 고개를 숙였습니다. 축복받아 마땅
한 임신을 걱정해야 하는 현실이 서글픈 일이긴 합니다. 하지만 생기
는 대로 아기를 낳고, 대책 없이 살다가 가정이 파탄 나면서 아이들을
버리는 경우를 목격하다 보니 걱정이 앞설 수밖에 없었습니다. 솜이의
사내 동생 수가 태어난 날은 5월 4일입니다. 3.3킬로그램의 건강한 아
기로 태어났습니다. 수가 태어난 지 8일 만인 5월 11일, 숙희를 만나러
갔습니다. 숙희를 만나러 가려면 세 시간 거리여서 자주 찾아가기 쉽
지 않습니다. 솜이에 이어 아들까지 낳았으니 축하할 일입니다. 맘 놓
고 축하할 수 있다면 얼마나 좋을까! 어린 산모 숙희의 얼굴은 아직 부
기가 빠지지 않았고, 네 식구의 가장이 된 수철이는 몸이 아파서 공장
에 가지 못했습니다.

수철이는 산모를 위해 참치볶음밥을 만들었더군요. 숙희는 몸이 아프면서도 산후조리를 해주는 어린 남편이 대견하고 짠하다고 말했습니다. 일하던 공장에서 잘려 하루 5만 원짜리 일당벌이를 하고 있는 수철이는 달팽이관에 이상이 있어서 자주 아프다고 합니다. 가난하고 힘들지만 잘 버티라고 후원금을 전해주고 다시 먼 길을 떠났습니다.

2016년 추석에는 솜이네 네 식구가 왔습니다. 그동안은 솜이와 숙희만 왔었는데 이번에는 둘째 아들 수와 수철이도 동행했습니다. 수를 안은 아내가 숙희 부부에게 영화도 보고 차도 마시고 오라고 했습니다. 아기가 있으면 문화생활을 못하는 것을 알기 때문입니다. 모처럼 서울 나들이를 한 숙희 부부는 영화 구경도 제대로 하지 못하고 돌아왔습니다. 잠든 솜이를 안고 온 숙희 부부와 저녁을 함께했습니다. 아내의 걱정은 어떻게 하면 숙희네가 자리를 잡고 잘 살 수 있을까 입니다. 여러 번 그런 이야기를 나누었지만 뾰족한 수를 내지는 못했습니다. 하루를 머물고 숙희네가 떠났습니다. 늘 그렇듯이 미안합니다. 건강이 여의치 못한 아내는 숙희네 부부를 보낸 뒤에 잠시 몸살을 앓았습니다.

7

홈리스 청소년을
아십니까?

가출 소년 다섯 명에게 먹는 것을 어떻게 해결하는지 물었습니다.

"대형마트 CCTV 사각지대를 이용해 음식을 훔쳐 먹어요."

"조금 배고프면 굶고, 너무 배고프면 삥 뜯거나 마트에서 훔쳐 먹어요."

"마트에서 시식하고, 도둑질하고, 누가 먹다 남긴 음식을 먹어요."

"하루에 세끼 다 먹지는 못해요. 돈이 없으면 같이 다니는 형이 삥 뜯거나 가게에서 물건을 사는 척하다가 물건[음식]을 가지고 도망치기도 해요."

"친구 집에서 얻어먹거나 슈퍼에서 먹을 것을 훔치거나 또래나 어린 친구에게 삥 뜯거나 어른들에게 도움[구걸]을 요청해 먹을 것을 해결해요."

다섯 명 중에 도움을 청한 소년은 한 명뿐입니다. 그 도움이라고
해봤자 일회적이고 결국 구걸입니다. 소년들은 왜 사람들에게 도움을
청하지 않을까요? 도움을 청해봤자 도와주지 않는다는 것을 잘 알기
때문입니다. 그래서 훔치고 빼앗는 방법으로 끼니를 해결합니다. 하지
만 위험한 방법이기 때문에 자주 사용할 수 없습니다. 막다른 골목에
몰렸을 때 사용합니다. 그래서 가출 소년이 하루에 세끼를 다 먹는 경
우는 거의 없습니다.

이 아이들에게 잠은 어디에서 자냐고도 물었습니다. 그랬더니 "건
물 옥상, 화장실, 뒷골목, 지하 주차장, 창고, 놀이터, PC방, 찜질방, 모
텔에서 잔다"고 했습니다. 돈이 없으면 도둑고양이처럼 건물 옥상과
창고 등 사람들 눈에 띄지 않는 곳에서 자고, 돈을 구하면 모텔에서 잔
다는 것입니다. 미성년자는 법적으로 찜질방과 모텔에서 잘 수 없지만
돈만 내면 잘 수 있다는 것입니다.

문제는 돈입니다. 돈만 있으면 무엇이든 해결할 수 있습니다. 담배
도 사고, 술도 살 수 있습니다. 하지만 돈이 없으면 아무것도 할 수 없
습니다. 아무리 배가 고파도 돈이 없으면 누구도 음식을 주지 않습니
다. 아이들이 돈을 빼앗고 훔치는 것은 돈의 위력을 알기 때문입니다.
돈을 빼앗고 훔친 아이들은 법으로 처벌하지만, 돈이 없으면 먹을 수
도 없고 잘 수도 없게 만든 세상의 잘못은 어떻게 해야 합니까.

가출 청소년이 아니라 탈출 청소년입니다

"집 놔두고 가출해서 이 무슨 고생이니. 부모님이 기다리는 집으로 어

서 들어가라!"

가출 청소년들에게 이렇게 선도하는 어른들이 있습니다. 이런 걱정을 하는 어른들도 많지 않지만, 어른들 생각처럼 집으로 돌아가면 문제가 해결될까요? 소년들은 과연 편안한 집을 놔두고 뛰쳐나온 철부지일까요?

박진규 서울시립신림청소년쉼터(이하 신림쉼터) 실장은 "소년들은 가출한 게 아니라 탈출한 것"이라고 말합니다. 가출 청소년을 16년째 만나고 있는 박진규 실장은 가출 청소년에 대한 사회의 잘못된 인식을 지적합니다. 편안한 집을 놔두고 가출한 청소년은 극히 일부라는 것입니다.

가족 갈등 때문에 가출한 청소년은 부모에게 연락하면 대부분 데려갑니다. 쉼터에서 보호하는 기간은 평균 열흘 정도입니다. 이처럼 귀가 가능한 청소년은 쉼터에 입소한 가출 청소년 중에 30퍼센트가량입니다. 나머지 70퍼센트는 가정 해체 등으로 돌아갈 가정이 없어졌거나 보호자의 학대(신체, 정서, 방임, 성) 때문에 가정에 돌려보내면 안 되는 경우입니다. 이 청소년들을 "생존형 가출 청소년" 혹은 "홈리스 청소년"이라고 부릅니다.

"안녕하세요. 선생님, 잘 계시죠…? 얼마 전에 병원엘 갔는데… 저, 정신분열장애라고…."

서현이가 보내온 메일입니다. 서현이는 4년 전 신림쉼터를 찾아온 14세 소년으로 당시에 정서 불안과 신경쇠약 증세를 보였습니다. 더이상 보호할 수 없어서 귀가시킨 게 화근이었습니다. 쉼터의 비인도적 처사일까요? 아닙니다. 쉼터엔 학대 피해 소년들을 도와줄 방법이 많

지 않습니다. 보호자가 학대 가해자로 밝혀져도 친권을 주장하면 소년
을 더 이상 보호할 수 없습니다.

가정폭력 아빠들이 쉼터에 찾아와 소년들을 데려가려 하면 소년들
은 "죽어도 집에 안 간다!"며 완강하게 저항합니다. 어떤 소년은 "아빠
때문에 내가 얼마나 힘들었는지 알아? 아빠 때문에 미쳐버리겠다!"며
울부짖습니다. 쉼터 관계자가 보호자를 만류하면 막말과 욕설을 하며
"저 ××를 여기서 내쫓으라!"고 소리 지릅니다.

박진규 실장은 "학대 피해 소년을 보호하려다가 부모의 민원 제기
로 시말서를 쓴 쉼터 선생들도 있다"면서 "선생들은 소년들을 보호하
지 못했다는 자책감과 부모의 횡포에 시달리는 등 이중 삼중의 고통
을 겪는다"고 어려움을 털어놓았습니다. 법과 규정은 약자의 편이 아
니라는 말은 사실입니다. 소년들은 부모에게서 약자입니다. 특히, 가
정폭력 부모에게선 더욱 그렇습니다.

박진규 실장은 "피해 소년들은 부모의 학대를 피해 탈출했지만 누
구도 보호해주지 못하는 현실을 경험하면서 무기력 상태에 빠진다"면
서 "이런 경험을 한 소년들은 세상과 어른들에게 더 이상 도움을 청하
지 않게 된다"고 말합니다. 자식을 소유물로 생각하는 부모와, 자식에
대한 모든 책임은 부모에게 있다면서 외면하는 정부와 사회의 시선이
바뀌지 않는 한, 가정폭력의 비극은 계속될 수밖에 없습니다.

홈리스 청소년 14만여 명…. 먹고, 자고, 일할 곳을 주세요!
열네 살 경철이의 엄마는 경철이가 두 살 때 집을 나갔고 선원인 아빠
는 먹고살기 위해 바다로 떠났습니다. 아빠가 올 때까지 혼자 지내야

만 했던 경철이는 여섯 살 때부터 아빠가 두고 간 담배를 호기심에 피우다가 중독됐습니다. 경철이 아빠는 쉼터에 찾아와 아들을 돌볼 형편이 안 되니 계속 돌봐달라고 했습니다. 그런데 쉼터는 소년들을 계속 돌봐주지 못합니다.

사람들은 열네 살 소년이 골초가 된 이유에는 별 관심이 없습니다. 텅 빈 방에서 혼자 지내야만 했던 외로움에 대해서도 묻지 않습니다. 자신을 버리고 떠난 엄마를 불러도 소용없고, "아빠, 빨리 와. 무서워"라며 울다가 잠든 밤에 대해서도 묻지 않습니다. 그저 "대가리에 피도 안 마른 놈이 담배를 피운다"고 돌을 던질 뿐입니다.

박진규 실장은 경철이처럼 보호자의 돌봄이 어려운 소년, 학대 피해로 귀가시키면 안 되는 소년, 가정 해체로 귀가할 가정이 없는 홈리스 청소년을 위한 위탁보호시스템(위탁 가정 또는 입양 가정)이 시급히 필요하다고 말합니다. 쉼터는 일시 쉼터(최대 7일), 단기 쉼터(최대 9개월), 중장기 쉼터(최대 3년)로 한시적인 보호책이기 때문입니다. 그나마 쉼터가 보호할 수 있는 가출 청소년도 1,000명당 1.83명에 불과합니다. 나머지 998.17명은 오갈 곳이 없습니다.

박진규 실장은 "홈리스 청소년은 12만 명에서 14만 명으로 추산된다"면서 "1997년 IMF 구제금융 당시에 영유아기를 보낸 이 아이들은 가정 해체의 아픔을 겪은 아이들"이라고 설명합니다. IMF 피해자인 홈리스 청소년들은 경제 환난이 극복된 지 한참 지났는데도 거리를 떠도는 중입니다. 날마다 '오늘은 어디서 먹을까?', '오늘은 어디서 잘까?'를 고민하는 홈리스 청소년들이 어른들에게 이렇게 호소합니다.

"가출 생활이 힘들다는 것을 알고도 가출했다면 그만큼 [가정이]

힘들어서 가출한 것입니다. 가출했다고 무조건 나쁜 청소년은 아닙니다. 저희들을 너무 나쁜 눈으로만 보지 말아주세요. 저희들에게 먹을 것과 잘 곳, 일할 곳을 주시면 저희들도 나쁜 짓을 하지 않습니다."

박진규 실장은 "홈리스 청소년 입장에선 아무런 지원 없이 비합법적 활동(절도, 강도, 성매매)을 중단하라는 건 생존을 포기하라는 것과 다를 바 없다"면서 "홈리스 청소년들에게 안정된 거처와 교육, 의료 서비스와 직업 교육, 일자리 제공 등을 통해 비합법적 활동을 중단시켜야 한다"며 정부와 사회에 대책을 촉구합니다. 현장 전문가의 목소리는 간절하지만 정부와 사회의 대책은 요원합니다.

오늘 저녁밥은, 잠은 어떻게 해야 하지?

"사흘 굶어 도둑질 아니 할 놈 없다"는 속담처럼 굶주린 홈리스 청소년들은 범죄에 노출될 수밖에 없습니다. 정부와 사회는 홈리스 청소년들을 사회복지 사각지대에 방치하고 있습니다. 이로 인해 누구든 소년범죄의 피해자가 될 수 있습니다. 가출 청소년들도 마찬가지입니다. 2015년 4월, 숙식을 해결하기 위해 성매매를 하다 살해된 14세 여중생 사건이 바로 그것입니다.

언론은 사건을 보도한 뒤 지나가 버리고 정부 당국은 땜질 처방하며 지나갑니다. 거리 소년들을 돌보는 현장에선 보호할 방법이 많지 않아 발을 동동 구릅니다. 어른들은 우리가 낸 세금을 어디다 쓰느냐, 청소년에 대한 보호 대책을 왜 세우지 않느냐고 정부 당국을 추궁합니다. 그러다 이내 소년들을 잊어버립니다. 국민들이 잊어버리면 문제는 잊혀집니다. 당사자인 홈리스 청소년들은 문제 제기할 능력도 없고, 문제를 제기해줄 부모도 없으며, 투표권도 없기 때문에 이 같은 청소년 문제는 묻히고 맙니다.

　"청소년은 우리의 미래"라는 말은 표어에 지나지 않습니다. 거리 소년은 미래가 아니라 위험한 아이들입니다. 세상은 거리 소년들을 경계하고 소년들은 세상을 원망합니다. 그렇게 거리 소년들은 "오늘 저녁은 어떻게 하지?" "잠은 어디서 자야 하나?" 하는 불안한 얼굴로 막막한 세상을 떠돕니다. 그러니 거리 소년들에게 꿈이 무어냐, 희망이 무어냐고 묻지 마세요. 꿈과 희망을 빼앗아놓고서는 그렇게 질문하는 것은 예의가 아니잖아요.

8

'소년원의 전설'을
사랑한 두 여인

한 청년에게 대학원 논문집을 선물받았습니다. 「소년원 청소년들의
스포츠 활동 참여에 따른 자아 통제력 및 공격성이 사회 적응에 미치
는 영향」이란 긴 제목의 논문집인데, 받아들자 가슴이 먹먹했습니다.
"범자"라는 낙인을 극복하고 거둔 승리의 월계관이기 때문입니다.

경기대학교 교육대학원에서 체육교육을 전공한 논문의 저자, 서른
여섯 살 김기헌 씨는 소년원 출신입니다.

떠난 어머니와 슬픈 고향, 그리고 소년원 총반장
"일곱 살 때였습니다. 어머니가 저와 동생에게 300원씩 나눠주면서 시
장에 갔다 올게! 하시고는 떠났습니다. 아버지가 방황하시면서 저는

큰집으로, 여동생은 고모 집으로 보내졌습니다. 사촌 형제가 네 명인 큰집에 얹혀살다 보니 어쩔 수 없이 눈칫밥을 먹어야 했습니다."

어머니는 여자가 아니라 우주입니다. 그래서 어머니를 잃어버린 소년들은 우주의 미아가 됩니다. 소년은 버림받은 아픔과 눈칫밥 때문에 종종 가출했습니다. 그런 세월 속에서도 소년은 특기를 발휘했습니다. 운동신경이 발달한 소년은 초등학교에선 씨름 선수, 중학교에선 역도 선수를 하면서 소년체전까지 출전해 금메달을 땄습니다.

소년은 역도 선수로 스카우트 제의를 받을 정도로 유망주였습니다. 하지만 부모의 지원이 없었기에 결국 선수의 길을 포기했습니다. 소년은 중학교 3학년을 중퇴하고 가구 공장에서 일하는 선배를 따라 상경했습니다. 하지만 공장 일은 생각처럼 쉽지 않았습니다. 소년은 공장 생활 6개월 만에 고향으로 돌아와서 단란주점 웨이터 생활을 했습니다. 그러다 폭행 사건에 휘말리면서 소년원에 가게 됐습니다. 1997년, 그가 열여덟 살 때였습니다. 10호 처분을 받은 소년은 "총반장"이란 완장을 찼습니다. 소년원의 거친 소년들을 통솔하려면 깡이 세야 합니다. 힘은 타고났지만 깡다구는 뒹굴면서 다져졌습니다. 나중에는 "김기헌"이란 이름만으로도 소년들을 휘어잡을 정도로 소년원의 전설로 불렸습니다. 소년은 1999년 3월, 2년간의 소년원 생활을 마치고 사회로 복귀했습니다.

어머니, 저 사실은 너무 외롭고 힘들었어요!
소년원을 나와서는 웨이터와 깡패 생활을 했습니다. 사채업자인 선배를 따라다니기도 했습니다. 어차피 버림받은 인생이었습니다. 소년원까지 갔다 왔으니 겁주고, 때리고, 빼앗는 인생으로 살 수도 있었는데 소년은 이를 중단하고 예전에 일했던 가구 공장으로 갔습니다. 양아치로 살면 안 될 것 같아서 공장을 갔지만 힘든 노동은 쉽지 않았습니다. 무엇보다 외로움을 견디기가 힘들었습니다.

문득 소년원 어머니들이 생각났습니다. 소년원 어머니들은 음식을 가져와 자식 먹이듯 먹이고, 옷이 없는 퇴원생에겐 옷을 사주고, 귀향 차비를 주면서 바른 인생으로 인도하려고 애썼습니다. 그 어머니들은 소년원생들을 "아들"이라 부르며 안아주었고 소년원생들은 "엄마"라고 부르며 안겼습니다. 그 어머니들은 특히 면회 올 부모가 없는 아이들을 특별하게 챙겨주면서 소년들의 눈물을 닦아주었습니다.

소년도 어머니 품에 안기고 싶었습니다. 버리고 떠난 어머니가 원망스러워 어머니의 "어" 자도 꺼내지 않았지만 속마음은 그게 아니었습니다. 어머니의 "어" 자만 소리 내도 눈물이 났기 때문에 그랬던 것입니다. 게다가 소년은 총반장의 권위를 지켜야 했습니다. 그래서 맹수처럼 사나운 얼굴을 했고 어머니들은 그런 소년이 무서워서 다가오지 못했습니다.

"어머니, 저 기헌인데요. 경기도 광주에 있는 가구 공장에서 일하고 있어요!"

그 당시 소년원 아이들을 10년째 돌보고 있던 전길순 어머니에게 전화하자, 어머니는 잃어버린 자식을 찾았다는 듯이 음식을 싸 가지고 달려왔습니다. 어머니는 의외라고 생각했습니다. 소년원의 전설이 술집과 뒷골목이 아닌 공장에서 일하고 있다니? 소년은 한걸음에 달려와 준 어머니가 눈물 나게 고마웠습니다. 독불장군으로 험난한 세파를 홀로 헤치며 살아야 하는 삶이 얼마나 외롭고 무서운 줄 아십니까?

"누군가 저에게 관심을 가져주면 무슨 일이든 다 할 수 있을 것 같습니다."

소년은 어머니에게 고백했습니다.

"저, 사실은 너무 외로워요. 이 세상이 너무 힘들어요. 저 좀 안아주세요. 저도 무언가가 되고 싶어요. 맹수처럼 사나운 척했던 것은 세상이 두렵고 무서워서 그랬던 거예요."

소년은 주말이면 어머니 집에 가서 가족들과 어울렸습니다. 기숙사에서의 잠과 가정에서의 잠은 달랐습니다. 공장 짬밥과 어머니의 따뜻한 밥은 천지 차이였습니다.

어머니 집에서 잠시 살았지만 가족들의 반대가 거셌습니다. 친부모와 자식 사이에도 갈등이 생기는데, 핏줄이 아닌 소년원 출신의 사람과 함께 산다는 것은 결코 쉬운 일이 아닙니다. 자신으로 인해 어머니가 이혼 위기에까지 이르자 소년은 집을 떠나기로 했습니다. 그러자 어머니는 "기헌아, 나는 너 없으면 못 산다, 가지 마라 아들아"라고 눈물로 막았습니다. 그러나 떠나야 했습니다.

소년은 신앙공동체인 '겨자씨 마을'로 거처를 옮겼습니다. 겨자씨 선교회 김원균 목사님은 소년원 교회에서 세례를 주신 분입니다. 목사님이 "기헌아, 3년만 참고 공부하면 너도 대학생이 될 수 있다"면서 공부를 하라고 권했습니다. '영어 알파벳도 다 까먹었는데?' 소년은 잠시 고민하다 공부를 시작했습니다. 차비를 아끼려고 겨자씨 마을이 있는 경기도 의왕시 백운호수에서 안양 1번가에 있는 검정고시 학원까지 10킬로미터를 자전거로 다녔습니다.

사람이 금방 달라질까요? 희망은 중단 없는 전진입니까? 그런 인생과 그런 희망은 없습니다. 공부와 담 쌓고 살다가 공부와 씨름하려니 그게 쉽겠습니까. 게다가 공동체에선 규율로 통제합니다. 제멋대로 살아온 소년들은 통제를 싫어합니다. 아니, 못 견뎌 합니다. 소년은 겨자씨 마을을 뛰쳐나가 한동안 방황하다 어머니 손에 이끌려 돌아왔지만 순탄치 않았습니다.

힘이 장사인 소년이 폭발하면 누구도 말리지 못했습니다. 문짝을 부수고 밥상을 엎었습니다. 선생들이 "기헌이 때문에 공동체가 다 깨지겠습니다, 기헌이를 내보내야 합니다"라고 탄원하자 김원균 목사님은 "기헌이를 내보내면 그 아이가 어디에 가겠습니까, 우리가 공동체를 만든 이유가 무엇입니까, 기헌이가 자기 발로 나간다고 하기 전까지는 지켜주어야 합니다"라고 설득했습니다.

소년을 변화시킨 건 징벌이 아니었습니다. 목사님이 소년을 지켜주자 소년은 백운호수처럼 잔잔해졌고 인생의 목표가 생기면서 달라졌습니다. 어머니가 체대 진학을 권한 것입니다. 소년은 공부에 매진했습니다. 잇따라 중졸, 고졸 검정고시에 합격한 뒤 장학금까지 받고 경기대학교 체육학과에 진학했습니다. 중학교 중퇴생인 소년원 출신이 스물다섯에 대학생이 된 것입니다.

겨자씨 선교회와 여동생의 도움에 힘입고, 학비 대출과 아르바이트, 휴학과 복학 등의 역경을 극복하면서 기헌 씨는 2010년에 학사모를 썼습니다. 그러고는 소년원 동생들의 멘토이자 체육선생으로 봉사활동을 했습니다. 교사 자격증을 따면 소년원 교사로 특채될 수 있다는 귀띔에 2012년 대학원에 입학해 2015년 8월 21일에 석사모를 쓰게 됐습니다. 현재는 소년원 퇴원생들의 사회 정착을 돕는 법무부 산하 기관에서 교사로 일하고 있습니다.

아내는 하늘이 주신 선물

기헌 씨는 2014년 1월에 어린이집 교사인 아내를 만났습니다. 참 묘합니다. 사랑이 찾아왔으면 마냥 설레야 하는데 처지가 남다른 기헌 씨는 괴로웠습니다. 장모님의 결혼 반대가 심했습니다. 행복한 가정을 갖는 게 간절한 꿈이었는데 막상 꿈을 이루려고 하니 두려움이 닥쳐왔습니다. 버림받은 사람들의 아픔은 그것입니다. 또 버림받을지도 모른다는 트라우마!

그는 "장모님을 설득할 자신이 없으니 우리 그만 헤어지자"라고 말했습니다. 하지만 사랑하는 여인이 그를 지켜주었습니다. 옛날 영화에만 순애보가 있는 줄 알았는데 아직도 순애보가 있었던 것입니다. 전수진 씨는 그의 불리한 모든 것을 감싸 안으면서 결혼에 이르렀습니다. 수진 씨는 김기헌을 지키라는 하늘의 특명을 받고 지상으로 내려온 수호천사임이 틀림없습니다.

"독불장군으로 살아온 탓에 저도 모르게 제 맘대로 결정하고 행동하곤 합니다. 그런데 아내는 엄마처럼 저를 돌봐줍니다. 임신부라 몸이 힘든데도 저부터 챙겨줍니다. 부모님의 반대를 무릅쓰고 저를 선택해준 아내에게 미안하고 고맙습니다. 저의 아픔을 감싸주면서 저를 위해 밥을 짓는 아내는 하늘이 주신 선물입니다."

흑백영화 같은 이런 순애보 영화를 보고 싶었습니다. 저는 지금 순애보 영화를 관람 중입니다. 사랑은 아픔을 치유하는 묘약입니다. 그는 천사 아내로 인해 '상처 입은 치유자'가 되어가는 중입니다. 기헌 씨의 꿈은 청소년체육비행예방센터를 만들어 소년원 동생들을 스포츠로 치유하는 것입니다. 그의 아내에게 "선택을 후회하지 않느냐"고 물었더니 이렇게 답합니다.

"남편을 만나 힘든 일도 겪었고 눈물도 흘렸지만 남편을 선택한 것을 후회하지 않아요. 퇴근해 집에 오면 배 속의 기쁨이에게 책을 읽어주고, 노래해주고, 기도해줘요. 자상한 사람으로 변하는 것을 보면서 감사해요. 원래는 저렇게 부드러운 사람이었는데…, 버림받았다는 상처 때문에 얼마나 아팠을까 생각하면 마음이 아파요. 그럴 때마다 더 많이 사랑해줘야겠다는 생각을 해요."

믿음의 어머니가 보여준 진실한 사랑

제가 좋아하는 성경 구절은 "자녀들아 우리가 말과 혀로만 사랑하지 말고 오직 행함과 진실함으로 하자"(요한1서 3:18)입니다. 사랑한다고 말하기는 쉽지만 진실로 행하기란 얼마나 어려운지요. 그래서 더욱 믿음의 어머니 전길순 권사에게 경의를 표하는 것입니다.

맹수처럼 사납던 소년원의 전설을 막내아들로 삼으면서 그 아들을 위해 15년째 일천번제를 드리고 있는 전길순 어머니. 교회 권사인 어머니가 기헌 씨에게 수백 통의 편지를 보냈습니다. 그 편지를 읽으면서 가슴이 먹먹했습니다.

목회자의 딸인 수진 씨에게 사랑의 바통을 넘긴 전길순 권사는 막내아들 기헌 씨를 위한 일천번제를 이어가고 있습니다. 어느덧 860회를 넘어 900회를 향합니다. 하나님을 믿는다고들 하면서도 헛되고 헛된 길로 그리 많이 몰려가 아우성입니다. 주의 좁다란 길로 가는 이들이 그렇게도 없어서 하나님의 슬픔이 컸을 텐데 한 어머니의 수고로 모처럼 웃음 지을 것입니다.

"내가 너희에게 이르노니 이와 같이 죄인 하나가 회개하면
하늘에서는 회개할 것 없는 의인 아흔아홉을 인하여
기뻐하는 것보다 더하리라."(누가복음 15:7)

9

일진에게 사부라 불리는
경찰의 30년 인생

교육부에 따르면 2008년부터 2014년까지 7년 동안 1,000명의 학생이 자살했습니다. 2015년에만 118명이 자살했고 2015년 8월 현재 61명이 고귀한 생명을 스스로 끊었습니다. 정부와 사회가 각종 대책을 내놓고 있지만 비극은 멈출 기미를 보이지 않습니다. 무엇이 문제일까요? 정부 대책에 인간애가 빠졌기 때문이란 생각이 듭니다. 위기 청소년을 돌보는 한 경찰을 통해 해법을 찾아보았습니다.

"사부님 안 만났음 정말 어땠을까요? 순둥 아빠는 순둥이 일로 회사도 그만두고 순둥이는 매일 15층 올라가고 ㅠㅠ 한 가정이 파탄 날 정도로 힘든 시간이었는데 말입니다. 어떻게 해야 사부님께 은혜를 갚을 수 있을지 모르겠습니다. 너무 멋진 우리 사부님~ 언제나 우리에게 영웅이십니다. 저도 아프지 말고 열심히 살겠습니다. 엄마니까요."

2014년 7월 학교폭력에 시달리던 열여섯 살 순둥이는 15층 아파트 옥상에 올라갔습니다. 소년의 행동을 수상하게 여긴 경비원이 제지했고 순둥이 엄마가 경찰에 신고하면서 자살 시도는 중단됐습니다. 그 경위를 순둥이에게 직접 들어보겠습니다.

"초등학교 때부터 왕따와 학교폭력으로 이리저리 치이면서 대인기피증이 생겼어요. 지난해 1학기에는 일진들에게 집중적으로 왕따와 폭행을 당했어요. [학교와 부모님에게 말하고 싶었지만] 일진이 너무 무섭고, 쪽팔려서 속으로만 끙끙 앓다가 한 달 동안 학교에 가지 않았어요. 그러다가 일진에게 계속 시달리는 게 너무 무서워서 아파트 15층 옥상에 올라갔어요."

자살 시도를 중단시켰으니 모든 게 해결됐을까요? 그렇지 않습니다. 학교폭력은 그렇게 간단하게 끝나지 않습니다. 조폭 못지않은 보복과 교활함마저 보이는 게 학교폭력입니다. 소년을 살린 건 "사부"라 불리는 한 경찰의 지극한 돌봄이었습니다. 소년의 이야기를 계속 들어볼까요?

"사부님을 만나 유도를 하면서 자신감이 생겼어요. 어느 날은 일진들에게 하지 말라고 했는데도 계속 괴롭혀서 업어치기를 했더니 그 아이가 바닥에 쓰러졌어요. 그 이후부터 일진들은 저를 건드리지 않았어요. 그 뒤로 일진들이 친구들을 괴롭히면 하지 말라고 경고했어요.
사부님을 만나지 못했으면 자살했을 거예요. 사부님은 생명의 은인이
에요."

자살까지 시도했던 소년이 일진을 업어치기로 눕혀버리고 친구들
을 괴롭히지 말라고 경고할 정도로 용감한 소년이 되었습니다. 용감한
소년으로 변한 순둥이에게 박수를 보냅니다. 이제 소중한 생명을 끊게
만드는 것은 물론 가정까지 파탄 내는 학교폭력의 사슬에서 소년을
구한 경찰을 소개합니다.

"사부"라 불리는 경찰

인천남동경찰서 학교 전담경찰 박용호 경위의 제자가 된 순둥이는
2014년 제4회 네이버 카페컵 국제유도대회에서 동메달을 땄습니다.
시합에서 치아가 깨지고 기절을 해도 항복하지 않을 정도로 근성을
발휘했고, 2015년 5월엔 학교폭력 예방활동 공로로 경찰청장 상까지
받았습니다.

순둥이를 비롯한 열여섯 명의 중학생, 고등학생 제자들은 매주 화
요일과 목요일 저녁 여섯 시, 토요일 오전 열 시에 인천경찰청 상무관
에 모입니다. 순둥이를 제외한 대부분의 제자들은 좀 다릅니다. 이들
은 학교폭력의 주범인 일진 출신들입니다. 학생연합파인 "인천 만수
복개파"와 "주안역전파" 등의 학생폭력조직원들입니다.

이들은 "멍게", "서창동 왕제비", "작은 거인", "왕코", "머털이", "작
전동 왕모기", "만수동 까시", "간석동 하리마오", "구월동 불곰", "개고
기", "만수동 보스" 등의 무시무시한 별명을 가진 위기 청소년들입니

다. 학교폭력과 비행으로 학교는 물론이고 부모도 포기한 아이들이었는데 박용호 경위를 만나면서 달라졌습니다.

박 경위는 학교폭력 가해·피해 학생들의 사부(師父) 즉, 스승이자 아버지입니다. 박 경위는 2015년 한 비행소년을 구하기 위해 인천지방법원 소년법정에 섰습니다. 29년 7개월 경력의 베테랑 경찰인 그는 체면 불구하고 판사에게 열네 살 "골통이"를 책임지겠다고 호소해 선처를 받았습니다.

골통이는 서울소년분류심사원에서 한 달 동안 지낸 소년입니다. 골통이가 세 살 때 부모가 이혼하면서 엄마와 헤어졌습니다. 새엄마가 세 번이나 바뀌는 동안 아버지의 폭력은 더 심해졌습니다. 아버지의 폭력을 피해 가정을 탈출했다가 비행소년이 된 골통이는 판사에게 사정해 자신을 구해준 박 경위 품에 안겨 대성통곡하고 난 뒤 제자가 되기로 결심했습니다.

박 경위는 2015년 3월에도 다시 한 번 판사에게 무릎을 꿇으면서 선처를 호소했습니다. 만수복개파 짱으로 활동하다 구속된 열일곱 만수동 보스를 구하기 위해서였습니다. 부모가 없는 소년은 외삼촌을 비롯한 친척에게 맞으며 자란 탓에 어른과 세상에 대한 증오심이 큰 아이입니다. 이대로 두면 조직폭력배가 될 가능성이 크기에 무릎을 꿇어서라도 구한 것입니다. 그렇게 구한 만수동 보스는 학교생활과 유도 훈련을 잘하는 애제자로 변했습니다.

소년원에서 1년을 살고 나온 열일곱 개고기에겐 꿈이 생겼습니다. 체육 교사가 되거나 무도관 도장을 운영하고 싶다는 꿈이 생긴 것입니다. 부모의 이혼 이후 방황하던 개고기에게 어떻게 달라졌는지 직접 들어봤습니다.

　"학교에서 사고를 쳐 잘리게 됐어요. 그런데 사부님이 학교에 찾아와 사정해주신 덕분에 학교를 다닐 수 있게 됐어요. 그래서 달라진 모습을 보였더니 선생님이 반장까지 시켜줬어요. (사실은 박 경위가 선생에게 부탁함.) 예전에는 엎어버리고 싶은 게 너무 많았는데 유도하면서 업어치기를 했더니 스트레스가 풀리고 뿌듯함까지 생겼어요. 사부님은 저희들을 살리기 위해 이리저리 뛰어다니세요."

"개골뱅이"들을 모범생으로 변화시킨 인간애

박 경위는 제자들의 변화를 "기적"이라고 표현합니다. 저는 아이들의 변화에 대해 이런 표현을 해봤습니다. 인간애의 승리!

　"그냥 일진이 아니라 '개골뱅이(골통 중의 골통이란 뜻의 은어)'였던 아이들이 반장이 되고, 성적으로 1, 2등을 다투더니 서울에 있는 명문대의 체육 대학에 진학했어요. 여학생 일진이었던 열여덟 살 보살이는 서울대 진학을 목표할 정도로 우수한 학생이 되었고, 일진에서 모범생으로 바뀐 동갑내기 민들레는 사회적 약자를 돕는 인권변호사를 꿈꾸고 있습니다. 아이들을 변화시킨 방법이 뭐냐고요? 딴 것 없습니다. 아이들의 아픈 이야기를 들어주고, 편들어주고, 밥 사주고, 안아주면서 끝까지 지켜주었더니 달라졌습니다."

　인간애의 바탕은 자기희생입니다. 박 경위는 동료들이 퇴근한 뒤에도 상무관에서 제자들과 구슬땀을 흘리며 유도 연습을 합니다. 그리고 사고뭉치 제자들을 살리기 위해 법원, 학교, 가정, 밤거리 등을 밤낮없이 뛰어다닙니다. 상부 명령이 아니기 때문에 잔업수당은 없습니다.

수당은커녕 제자들에게 짜장면, 국밥, 라면을 사주려면 박봉까지 털어야 합니다.

정부가 추진한 청소년 문제의 대책이 효과가 없는 것은 인간애와 자기희생이 빠졌기 때문입니다. 설사 인간애를 넣고 싶어도 자기희생이 준비되어 있는 사람을 쉽게 찾을 수는 없습니다. 자기 살기도 바쁜데 누가 이런 짓을 하겠습니까. 박 경위는 "주변 사람들은 저를 '또라이' 경찰이라고 부른다"고 귀띔합니다. 그의 또라이 행동 때문에 아이들이 달라집니다. 그는 여학생 제자에게 이런 카톡을 받았습니다.

"사부님, 이번 수능이 끝나면 저도 고3이 되겠죠? 멀게만 느껴졌는데 막상 다가오니까 두렵기도 해요. 가끔 다 포기해버리고 싶을 때도 있지만 사부님과 약속한 게 있기 때문에 열심히 공부하겠습니다. 사부님은 항상 존경의 대상이세요. 저도 어른이 된다면 사부님 같은 멋진 사람이 되고 싶어요. 사부님 뵙고 싶어요! 사랑합니다."

수재 소년의 죽음으로 바뀐 인생

1989년부터 1992년까지 3년 연속으로 강력범 검거율 전국 1위를 달성한 박 경위는 전설적인 강력계 형사였습니다. 조폭 사이에선 '뽀찌(뇌물이란 뜻의 은어)'와 향응 접대가 통하지 않는 공포의 강력반 형사로 불렸습니다. 그에게 형사란 자존심이었습니다. 조폭들이 뽀찌와 향응 접대를 하려고 하면 이렇게 경고했다는 것입니다.

"야, 내가 누군지 몰라? 나, 박용호, 망치 형사라고! 지위 고하를 막론하고 죄진 놈들은 다 조지는 망치 형사란 말이야!"

범죄자 일망타진이 목표였던 망치 형사 박 경위, 그의 인생이 바뀐

건 한 소년의 죽음 때문이었습니다. 1992년, 인천의 한 명문 고등학교 학생으로 교내 1등이자 전국 10위권의 수재였던 소년에 대한 사건을 맡았습니다. 서울대학교 원자핵공학과 진학이 목표였던 소년은 수능을 3개월 앞둔 날, 바람을 쐬러 집을 나섰다가 빈 자동차를 발견하고 호기심에 운전대를 잡았습니다. 그러다가 젊은 연인을 살짝 치는 사고를 냈고 소년은 당황해 차를 버리고 달아났다 붙잡혔습니다.

피해자들은 합의금 5,000만 원을 요구했습니다. 합의가 안 되면 구속된다는 약점을 알고 돈을 요구했지만 소년의 부모는 큰돈을 감당할 능력이 없었습니다. 망치 형사는 소년을 살리기 위해 백방으로 뛰어다니며 받아낸 탄원서를 검찰에 제출했지만 소년은 끝내 구속됐습니다. 형을 마치고 출소한 소년은 인천 학익동 집창촌에서 지내며 망가진 삶을 술로 달래다 1995년에 자살했습니다.

"소년에게 수갑을 채워서 교도소로 데려가는데 아이가 절망한 눈빛으로 저를 바라봤어요. 그 눈빛을 잊을 수가 없었습니다. 지금도 생각하면 여전히 고통스럽습니다. 한국의 아인슈타인이 될 수도 있었던 소년을 비정한 사회가, 우리 어른들이 죽인 거나 다름없습니다."

망치 형사는 경찰을 그만두려고 했습니다. 자신이 그 소년을 죽인 것만 같았기 때문입니다. 그런데, 소년의 말이 떠올랐습니다. 조사 과정에서 소년은 "[작은 실수가 이렇게 큰 비극이 된다는 걸] 알았으면 제가 그랬겠어요?"라고 소리쳤습니다. 그는 소년들의 작은 실수 즉, 소년범죄를 예방하는 활동에 투신했습니다. 1995년 12월에 청소년 지도사 자격증을 딴 이후 20여 년간 전국의 학교를 다니면서 범죄 예방 활동을 했습니다. 2015년 4월, 상인천중학교 김부호 선생이 박 경위에게 감사 편지를 보냈습니다.

"반장님은 아이들의 보석 같은 본래 모습을 찾아주시는, 누구도 쉽게 도전할 수 없는 위대한 일을 하시는 분입니다. 반장님의 몸은 반장님 것만이 아니고 앞으로도 등불이 필요한 수많은 아이들의 몸이기도 합니다. 그러니 건강 챙기시고 더 많은 보석들의 빛으로 남아주시기를 부탁드립니다."

그는 26년째 불우한 학생들에게 장학금을 주고 있습니다. 26년 전, 교도소에 보낸 결손 가정 극빈 소년의 딱한 사정을 알게 되면서부터였습니다. 그는 "아이들의 비행은 아이들의 죄가 아니라 어른들의 죄입니다. 몰라서 그렇지 아이들은 사랑해주면 천사로 변합니다. 천사로 변한 아이들을 보면 얼마나 예쁜지 몰라요"라고 말합니다.

30년 동안의 경찰 생활로 얻은 병

그의 가정 사정은 어떨까요? 전세 생활을 전전하는 사위를 보다 못한 처갓집이 도와줘서 7년 전에 집을 장만했습니다. 박봉 탓에 3남매를 학원도 제대로 못 보냈지만 모두 당당한 사회인으로 성장했습니다. 그런데 문제가 생겼습니다. 장애인과 노인 복지시설에서 봉사활동을 하던 아내가 후종인대 골화증이라는 병에 걸려 두 번의 대수술을 받은 뒤 거동이 불편한 장애인이 됐습니다.

만성 B형간염 환자인 박 경위는 24년째 투병 중입니다. 망치 형사로 명성을 떨치던 1992년, 연쇄살인범을 쫓다 과로로 쓰러지면서 간염을 발견했습니다. 범인 잡는 일이라면 물불을 가리지 않고 몸을 쓰다가 연골도 망가졌습니다. 정년퇴직 2년을 남겨둔 박 경위의 모습에서 지친 기색이 보입니다. 제자들에게 약한 모습을 보이지 않으려고 큰소리칠 뿐입니다.

"요즘은 간염 약을 먹고 비상 약까지 먹는데도 오래 버티기가 힘듭니다. 경찰 생활 30년 동안 휴가 한 번 제대로 못 갔는데 아이들 돌보는 일만 끝나면 조금 쉬려고 합니다."

사부의 길은 가시밭길입니다. 저도 사부라고 부르기로 했습니다.

10

맨땅의 선교사가 부르는
아프리카 희망가

2013년 12월 말, 소년원 출원생 돕기 후원의 밤에서 박관일 선교사를 만났습니다. 탄자니아에서 선교 중인 박 선교사는 에이즈에 감염된 아이들을 위한 보육원 건축 기금을 마련하기 위해 잠시 귀국했다고 했습니다. 그런데 그 기금을 고물 장사를 해서 마련한다는 것입니다. 선교사가 기금을 모으려면 교회나 교인들을 상대로 모금하는 게 통상적인데 고물 장사로 기금을 모으겠다니?

알고 보니 그는 신학대학 출신 선교사가 아닙니다. 선교사 중 상당수는 신학대학원을 졸업한 목사입니다. 게다가 그는 교단이나 교회 혹은 선교 단체가 파송한 선교사도 아닙니다. 대개의 경우 파송 기관들이 선교사에게 월급과 자녀 교육비는 물론 사업비도 지원합니다. 신학대학 출신도 아니고 파송 기관도 없는데 무슨 배짱으로 아프리카에 갔을까요? "맨땅에 헤딩한다"는 말처럼 그는 맨땅의 선교사입니다.

그는 왜 맨땅의 선교사가 됐을까요? 또 왜 하필이면 모두들 기피하는 탄자니아를 선택했을까요? 알고 보니 그는 고아였고, 소년범이었고, 전과자였습니다. 예수의 열두 제자들은 변두리 인생이었고, 배신자였으며, 예수가 아꼈던 막달라 마리아는 창녀로 알려졌습니다. 기독교에선 이들을 "탕자"라고 부릅니다. 사실 예수교는 부르주아 종교가 아니라 가난한 이와 죄인과 탕자 들의 종교입니다. 그가 어떻게 선교사가 됐을까요? 그 이야기를 시작해보겠습니다.

죄와 벌로 얼룩진 인생

그는 네 살 때부터 보육원에서 자랐습니다. 보육원은 춥고 배고플 뿐 아니라 무서운 곳이었습니다. 폭력과 기합이 난무했습니다. 1981년, 초등학교 5학년 때 오락실에서 돈을 훔치다 붙잡혀 파출소로 넘겨졌습니다. 보육원 선생에게 인계된 그는 야구방망이로 피멍이 들 만큼 맞았습니다. 그다음은 보육원 형들에게 집단 폭행을 당할 차례였습니다. 그래서 보육원에서 도망쳤습니다.

거리 소년이 된 그는 껌팔이와 신문팔이를 하고, 지갑을 훔치고, 쪽방에서 자고, 구두닦이를 하고, 술과 담배를 배우고, 웨이터 생활을 하다 손님과 싸우고, 소매치기를 하다 붙잡혀 소년원에 들어갔습니다. 열여섯 소년에겐 면회 올 부모도, 사고 좀 그만 치라고 혼낼 친척도, 그 누구도 없었습니다. 그래서 그는 법자로 입적된 것입니다.

그는 소년원에서 엄마뻘의 여성들을 만났습니다. 하나님을 믿는 그녀들은 매주 월요일이면 맛있는 음식을 싸 와서 나누어주었지만, 그래도 불편했습니다. 기독교인에 대한 고통스러운 기억 때문이었습니다. 겉으로는 독실한 기독교인이었던 보육원 원장은 굶주림과 폭력의 배후였습니다. 그래서 그녀들의 친절을 믿지 못하고 "이 아줌마들이 밥만 주지 왜 이리 말이 많아!"라고 아니꼬워했습니다. 세상 선한 척, 거룩한 척은 다하면서 뒤로는 나쁜 짓을 하는 예수쟁이들!

그녀들이 가져온 음식을 나누어 먹는 월요일이었습니다. 간질 환자인 소년원생이 거품을 물고 쓰러졌습니다. 소년원생들은 "저 새끼, 하필이면 이 시간에 거품 물고 지랄이야!"라고 욕했습니다. 꿀맛 같은 시간을 방해한 데 대한 성토였습니다. 그런데 그녀들이 간질로 쓰러진 소년을 안고 우는 것이었습니다.

'저 아줌마들이 왜 우리 같은 것들 때문에 저러지? 자기 아들도 아닌데 왜 저 더러운 거품을 닦아주며 우는 걸까?'

그 광경을 보는데 보육원에서 맞던 것보다 더 아픈 통증이 왔습니다. 가슴 찡한 통증이었습니다. 아니꼬움이 사라졌습니다. 그는 다른 소년들처럼 그녀들을 어머니라고 부르기 시작했습니다. 2년간의 소년원 생활을 마친 그는 한 어머니의 소개로 선교 공동체에서 생활했습니다. 얼마간은 잘 지냈지만 달콤한 유혹에 넘어가고 말았습니다. 왕년의 구두닦이 친구들과 어울리며 소매치기를 하다 구치소에 들어간 것입니다.

연대보증으로 덤터기 쓴 16억 원

집행유예 1년을 받고 구치소에서 나온 그는 다시 수배자가 됐습니다.

구치소 가기 전에 시계방을 턴 적이 있었는데 경찰에 잡힌 공범이 나발을 분 겁니다. 그는 선교 단체 회원들의 설득으로 자수했습니다. 그리고 1년 8개월의 실형을 선고받고 징역살이를 했습니다. 선교회에서 변호사를 선임해주었는데도 항소하지 않은 것은 죗값을 치르고 새 인생을 살고 싶었기 때문입니다. 형기를 마친 뒤에는 선교사를 따라 아프리카 보츠와나로 떠났습니다.

그는 보츠와나에서 자신보다 더 비참한 아이들을 만났습니다. 아버지는 전쟁으로 죽고, 어머니는 에이즈로, 아이들은 굶주림으로 죽어가는 것을 보면서 버려진 신세를 원망하며 방황하고 죄 짓던 삶을 뉘우쳤습니다. 그리고 아이들을 돌보는 선한 사마리아인으로 살고 싶어졌습니다. 그런데 선교회가 운영하던 농장이 부도나면서 목사와 선교사들이 다투자 그 모습을 보고 실망해서 선교회를 떠났습니다. 보츠와나에서 귀국한 그는 다시 소매치기를 했습니다. 그러다 목포교도소에서 2년간 복역했습니다. 다시는 죄 짓지 않으리라, 수없이 다짐했지만 죄의 유혹에 무너졌습니다.

출소한 그는 기독교인이 운영하는 불우청소년학교에서 체육 교사 생활을 했습니다. 그곳에서 간호사인 아내 최미숙 선교사를 만나 1996년에 결혼했습니다. 그리고 딸과 아들이 태어났습니다. 난생처음 가족이 생겼습니다. 가난했지만 행복했습니다. 그 춥던 겨울도 따뜻했습니다. 학교를 떠난 그는 처가 도움으로 치킨 장사를 하면서 돈을 벌었습니다. 번 돈으로 버려진 소년들을 돌봤습니다.

그러던 중 연대보증 사건이 터졌습니다. 선교회가 운영하던 유리온실 사업이 부도난 것입니다. 그는 사업의 위험을 감지하고 이사에서 빼달라고 한 뒤 선교회를 떠났는데도 문제가 생겼습니다. 알고 보니 선교회가 그 약속을 지키지 않은 것입니다. 선교회 목사 등에게 채권이 확보되지 않자 그에게 16억 4,000만 원이란 거금을 갚으라는 통보가 날아왔습니다. 그의 명의로 된 장모님 집은 압류되고 말았습니다.

압류로 인해 치킨 장사마저 못하게 됐습니다. 그는 3년 동안 사우나 구두닦이, 노점상, 고물 장사 등 닥치는 대로 일하며 돈을 벌었습니다. 하지만 16억이란 돈은 갚을 수 없었습니다. 장모님이 빚을 갚으라고 4,000만 원을 주셨습니다. 그 돈으로 신용보증회사와 협상하면서 채무의 족쇄에서 풀려났습니다. 빚에 시달렸던 아내는 아프리카로 떠나자고 했습니다. 그래서 박 선교사는 두 아이와 함께 2006년 8월 탄자니아 잔지바르 선교사로 이 땅을 떠났습니다.

교회 부수고 불 지르고··· 제국주의 기독교의 죄악이 화근

박관일·최미숙 선교사 부부가 10년째 선교 중인 탄자니아 잔지바르는 탕가니카라는 독립 국가였다가 1964년 탄자니아에 합쳐진 연합공화국입니다. 이곳은 국민소득이 800달러에 불과한 매우 가난한 땅입니다. 제주도 크기의 섬에 70만~100만 명가량이 사는데, 주민 통계가 불명확 것은 에이즈에 의한 영아 사망률이 높아 출생신고를 꺼리기 때문입니다.

잔지바르는 아프리카 노예들이 미국과 유럽으로 팔려가는 길의 기착지였습니다. 노예의 한이 서린 땅입니다. 그런 역사 때문에 백인을 비롯한 이방인에게 매우 배타적입니다. 주민의 98퍼센트가 무슬림이라 선교사들이 가지 않으려고 하는 위험한 땅이기도 합니다. 교회에

불을 지르거나 부술 정도로 기독교에 대한 반감이 큽니다. 그건 원주민의 폭력성 때문만은 아닙니다. 기독교가 제국주의의 침략에 동조한 죄를 지었기 때문에 증오하는 것입니다.

하지만 맨땅의 선교사는 원주민들의 좋은 친구가 됐습니다. 배운 것이 많지 않으니 잘난 척할 일도 없었습니다. 원주민들은 그가 소년원과 교도소를 나온 전과자라는 사실을 알지도 못했고, 설령 안다고 해도 상관없습니다. 에이즈 고아들을 돌보면서 원주민들을 섬기는데 배척할 리가 있겠습니까? 오래도록 진정으로 사랑하고 섬기면 피부와 언어가 달라도 환영받을 수 있습니다.

축구 리그를 열고, 우물을 파고, 고아를 돌보고

잔지바르 청년들은 "공 찰래? 밥 먹을래?"라고 물으면 공을 선택할 정도로 축구를 좋아한답니다. 맨땅의 선교사는 맨발의 청년들에게 축구화와 유니폼을 선물하고 여덟 개의 축구팀을 만들어 '헤브론 파이널 매치'라는 리그까지 열어주었습니다. 2010년부터 시작된 리그에는 500여 명의 선수가 출전할 정도로 성황입니다. 이로 인해 범죄가 줄고 청년들은 씩씩해졌답니다.

박 선교사 부부가 운영하는 겨자씨 마을에는 열한 명의 고아들이 살고 있습니다. 이와 함께 마을의 에이즈 어린이 열다섯 명을 보살피고 있습니다. 그리고 제빵 기술 대학을 만들어 마을 청년들의 자립을 돕고 있습니다. 박 선교사는 지난 10년 동안 주민들에게 많은 선물을 줬지만 그중에서 가장 귀한 선물은 우물이었습니다.

"처음 우물을 파서 물이 나오던 날, 주민들이 기뻐서 난리가 났습니다. 우물을 파기 전까지는 4~5킬로미터를 걸어가서 물을 떠와야 했는데 이젠 그 고생을 하지 않아도 되고, 물을 떠간다고 눈치 주는 사람도 없으니까요."

박 선교사는 우물을 파고 보육원을 짓는 데 든 비용은 한국에 와서 고물 장사를 해 충당했습니다. 그리고 잔지르바로 돌아갈 때는 TV, 세탁기, 오토바이 등 중고 가전제품 등을 컨테이너로 싣고 가서 팔았습니다. 그렇게 해서 열여섯 곳에 우물을 파주었습니다.

맨땅의 선교사를 돕는 사람들은 누굴까요? 보츠와나에서 자비량 선교*를 하는 선배, 소년원에서 만난 장정순 어머니가 보육원 건축 기금을 보내주었습니다. 어머니는 우물도 네 곳이나 파주셨습니다. 헤브론축구선교회 단장 유영수 목사는 축구 물품을 지원했습니다. 맨땅의 선교 사실이 알려지면서 후원자들도 조금 생겼습니다. 법무부는 법자출신 선교사를 물심양면으로 돕고 있습니다.

"이곳 부모들은 자녀가 에이즈에 걸리면 치료를 포기합니다. 부모로서 책임감이 없어서가 아니라 치료 방법이 없기 때문입니다. 에이즈 쉼터와 병원을 지으려는 것은 이 때문입니다. 죽어가는 아이들을 보고도 외면하는 것은 선교사의 도리가 아닙니다. 건축 계획은 있지만 건축비는 없습니다. 시간이 오래 걸리겠지만… 하늘의 뜻이 있기를 바랄 뿐입니다."

맨땅의 선교사는 에이즈 환자들과 에이즈 고아들을 위한 병원과 쉼터를 짓고 싶어 합니다. 간절하게 원합니다. 하지만 계획과 간절함

---

* 누구의 도움 없이 스스로 하는 선교.

만 있고 건축비는 없습니다. 맨땅에 헤딩하는 방식입니다. 하늘과 땅의 도움으로 박 선교사의 무모한 계획이 이루어지길 빕니다.

아픈 아내와 우직한 남편이 함께 부르는 희망가

아내 최미숙 선교사는 2015년 7월 14일에 한국에 돌아왔습니다. 2년 전에 뇌종양 수술을 했는데 머리가 다시 아파오기 시작했기 때문입니다. 검진해보니 큰 이상은 없다고 해서 한숨 돌렸습니다. 열다섯 살 아들은 3년 전에 현지 주민에게 공격을 당해 크게 다쳤습니다. 다행스럽게도 김희관 고등검사장 등의 도움으로 한국에서 수술을 받고 완쾌했습니다. 누구보다 신실하게 하나님의 뜻을 받드는데 왜 고난이 계속되는 걸까요?

교회를 다니든 안 다니든 다들 복에 환장했습니다. 복은 돈과 출세와 성공의 다른 이름입니다. 나만 잘 먹고 잘 살게 복을 달라고 아우성입니다. 교회에서 복을 달라고 통성기도를 합니다. 이런 세상에서 맨땅의 선교사 가족들은 왜 위험한 땅에서 환난고초의 삶을 사는 걸까요? 한국에 온 최미숙 선교사를 만나서 "힘든 남편과 힘든 삶을 선택했는데 후회하지 않느냐"고 물었더니 이렇게 대답했습니다.

"박관일 선교사는 고아였고, 전과자였고, 못 배웠고, 돈도 빽도 없지만 아내와 아이들을 사랑합니다. 목욕탕 때밀이, 구두닦이, 고물 장사를 했지만 그게 어때서요. 돈 많고 많이 배운 사람들이 아내와 자녀를 그렇게 사랑할까요? 박 선교사는 죄를 씻은 뒤로는 하나님 품 안에서 벗어나지 않았습니다. 아무리 환난이 닥쳐도 남편이 뿌리 깊은 나무처럼 우직한데 아내인 제가 왜 흔들립니까? 세상 잣대로만 보지 마십시오. 보이는 것이 다가 아닙니다."

세속적인 질문을 했다가 혼났습니다. 보이는 것이 다가 아니라는 답변에 부끄러워졌습니다. 잔지바르에 있는 박관일 선교사와 스마트폰 메신저로 대화를 나눴습니다. 아프리카에 심으려는 게 무엇이냐고 물었더니 이렇게 답했습니다.

"생존조차 어렵던 아이들이 겨자씨 마을에 살면서 의사 혹은 선생이 되겠다고 합니다. 꿈과 희망이 생긴 겁니다. 의사나 선생이 되어서 남을 돕겠다고 합니다. 이 아이들의 꿈과 희망을 실현시켜주는 통로가 되고 싶습니다. 장정순 어머니를 비롯해 많은 분들의 헌신 덕분에 탕자였던 제가 이나마 사람 노릇을 하고 있습니다. 저에게 희망의 통로가 돼주신 많은 분들처럼 저도 아프리카 아이들에게 희망의 통로가 되고 싶습니다."

아프리카를 적시는 탕자의 눈물

하나님의 눈으로 보면 대통령과 국무총리, 법무부 장관도 죄인입니다. 죄인을 심판하는 대법원장과 부장판사, 판사도 죄인입니다. 기소 독점권을 쥔 검찰청장, 부장검사, 검사도 마찬가지로 죄인입니다. 죄인을 잡는 경찰은 물론이고 수사과장과 경찰청장도 죄인입니다. 자신은 죄인이 아니라고 할까요? 저는 모르지만 이들의 치부책을 갖고 계신 하나님을 속이진 못합니다.

대한민국을 쥐락펴락하는 고관대작을 죄인 취급하니 불쾌하십니까? 충분히 그러실 겁니다. 그래서 하나님은 거룩한 척, 깨끗한 척, 죄인이 아닌 척하는 권력자, 부자, 배운 자보다 가난하고, 못 배우고, 죄

많은 인생들을 긍휼하게 여깁니다. 이제 이번 글을 맺겠습니다. 눈물 중에서 가장 아름다운 눈물은 돌아온 탕자가 흘리는 회개의 눈물입니다. 돌아온 탕자의 눈물이 아프리카를 희망으로 적시고 있습니다.

11

소년원 출신 딸 105명을 둔 법무부 아빠

"사람의 원수가 자기 집안 식구리라."(마태복음 10:36)

상처의 근원지는 가정입니다. 사랑하고 미워하고 용서하는 곳이 가정입니다. 그래서 원수는 집안에 있다고 합니다. 핏줄이란 참 묘합니다. 만나면 괴롭고 소식이 끊기면 그립습니다. 도처에 이산가족입니다. 사람들이 그토록 무표정한 건 아픈 가족사를 감추기 위한 위장인지도 모릅니다. 저만 아픈 줄 알았는데 주변의 많은 이웃들이 가족 간의 상처로 신음하며 살고 있습니다. 여러분의 가정은 온전하십니까?

보육원 출신의 열아홉 살 미혼모 애주는 자신을 버린 부모를 미워했습니다. 그런데 아기를 낳아서 그런 걸까요? 핏줄을 낳으니 핏줄이 그리워졌습니다. 최근에는 아빠와 할머니에 대한 소식을 들었습니다. 열여섯 살에 애주를 낳았던 어린 엄마는 애주가 태어나자마자 떠났고, 2년 전에 출소한 아빠는 부랑자로 떠돌고 있습니다. 등본을 떼어보니 친할머니가 서울 하늘 아래 살고 있었습니다. 할머니를 만나면 아빠 소식도 알 수 있을지도 모릅니다.

30년 경력의 법무부 공무원 윤용범 씨에게 애주는 '가슴으로 낳은 딸'입니다. 핏줄을 그리워하는 딸이 짠했던 윤 씨는 애주를 데리고 할머니를 찾으러 나섰습니다. 애주는 5개월 된 아기를 안고 뒤따랐는데 할머니가 산다는 주소지는 언덕바지 가난한 동네였습니다. 등본상의 번지를 찾아가서 물어보니 "그런 사람 모른다", "여기 안 산다"는 대답만 들었습니다.

애주의 할머니 또한 행방불명이었습니다. 윤 씨는 실망한 애주를 데리고 경찰서를 찾아가 헤어진 가족 찾기 절차에 대해 문의했습니다. 버림받음은 대물림이었습니다. 애주를 버린 아빠는 자신을 버린 어머니 즉, 애주 할머니에게 나를 왜 버렸냐고 원망하며 행패를 부렸고, 견디다 못한 할머니는 자취를 감추고 만 것입니다. 그 이야기는 고모에게 들었습니다.

달아나고, 싸우고, 잡혀가는 딸

윤 씨는 소년원 아이들의 아빠이자 소년원 출신 미혼모 아기들의 할아버지입니다. 담당 업무는 소년원 출원생들의 사회 정착을 돕는 일인데 별명은 '용바마'입니다. 미국 대통령 오바마처럼 소년원 아이들에게 희망을 주는 사람이 되고 싶다는 소망이 담긴 별명입니다. 윤 씨를 이제부터 용바마라고 부르겠습니다.

용바마에겐 소년원 출신의 딸이 105명입니다. 소년원 출신 아들까지 합치면 200명가량입니다. 첫째 딸인 애주는 2012년에 여자소년원인 안양소년원에서 만났습니다. 애주가 사고뭉치가 된 건 버림받은 상처 때문이었습니다. 소년원에서 나와서도 경찰서에 붙잡혀 가고 보호관찰법 위반 등의 문제를 일으켰습니다. 용바마는 경찰서와 보호관찰소를 찾아가 내 딸이라고, 죄송하다고 굽실거리며 데리고와 자신의 집에서 같이 지내기도 했습니다.

"달아나고, 싸우고, 잡혀가고…. 애주가 돌아오기까지 눈물을 제법 흘렸습니다. 친딸보다 애주를 더 챙긴 이유는 친딸은 엄마가 있으니 덜 챙겨도 되지만 애주는 챙겨줄 부모가 없잖습니까. 그래서 딸보다 애주를 더 자주 데리고 쇼핑을 다녔습니다. 소녀에겐 필요한 게 많잖아요. 화장품, 옷과 용돈을 챙겨주다 보니 주머니는 가벼워졌지만 부녀의 정은 두둑해졌습니다."

친정아빠가 된 용바마, 애주의 출산 준비물과 백일 선물 그리고 사돈과의 인사 등은 그의 몫이었습니다. 애주는 세 살 위의 남편을 만나 알콩달콩 살고 있습니다. 가족이 생겼다는 건 희망이고 기쁨입니다. 게다가 아이까지 낳으면서 자신의 아픔을 물려주지 않으려고 마음을 단단히 먹었습니다. 일하고 돌아온 어린 남편을 위해 따뜻한 밥상을 차리면서 작은 행복을 맛보고 있습니다.

가지 많은 나무에 바람 잘 날이 없다는 말처럼 딸이 많다 보니 마음 쓸 일, 돈 쓸 일이 많습니다. 열일곱에 첫째, 올해 둘째를 낳은 스물두 살 미혼모 은희는 애주보다 손길이 더 많이 갔습니다. 몸 풀 곳이 마땅치 않은 딸이 살 집을 마련하랴, 출산하고 산후조리를 받게 해주랴, 손자와 딸의 병원비를 해결하랴….

2015년 10월 24일에는 신대철 소년보호위원 전국연합회장의 도움으로 결혼식을 올려주려고 합니다. 결혼을 앞둔 은희가 아빠에게 이런 편지를 보냈습니다.

"아빠께서 우리 사랑이 200일 동영상도 만들어주시고, SNS에 올린 사랑이 사진에다 '장군 손자'라고 해서 정말 기뻤어요. (……) 친아빠한테 버림받고 엄마랑 단둘이 살면서 아빠의 빈자리를 많이 느끼고 그리웠는데 그 빈자리를 채워주시고, 사랑을 느끼게 해주셔서 정말 감사합니다. 아빠! 좋은 엄마, 멋진 딸이 될게요. 사랑합니다."

무한 돌봄이 필요한 소년원 아들딸

2015년 8월 경기도 광주경찰서에서 용바마에게 연락이 왔습니다. 열아홉 살 준석이를 인수하라는 연락을 받고 부리나케 달려갔습니다. 노숙인 꼴로 변한 아이를 씻기고 밥 먹여서 데려왔더니 또 사고를 쳤습니다. 애지중지하며 바리스타가 되게 했던 스물두 살 아들 중혁이는 춘천교도소에 가 있습니다. 사고뭉치 아들딸 데려오랴, 소년원과 교도소로 면회 가랴, 군에 복무 중인 소년원 출신 아들 위로하러 전방까지 찾아가랴….

참 이상한 공무원입니다. 수당도 없는데 왜 이러는지 모르겠습니다. 주말, 야간, 지역 상관없이 종횡무진합니다. 그 이유를 물으니, 부모 없는 아이들에겐 무한 돌봄이 필요하답니다. 용바마를 따라 사고뭉치 아이들을 만나러 다녔습니다. 힘들었던 저는 "아무리 도와줘도 고마운 줄 모르는 아이들을 보면 속이 터진다. 괜히 헛수고하는 것 아니냐?"고 말했다가 이런 이야기를 들었습니다.

"어른들이 속 터진다고 하는데 아이들 속은 오죽 터지겠습니까. 부모가 있나요, 살 집이 있나요, 돈이 있나요, 미래가 있나요? 벌거숭이로 살아가는 아이들에게 이 세상이 얼마나 무섭고 불안하겠어요. 열다섯 어린 나이에 성폭행당하고, 원치 않는 출산을 하고, 정신병원에 가고…. 이 죄가 누구의 죄입니까. 어른으로서 속죄하는 마음으로 아이들이 돌아올 때까지 기다려주고, 안아주고, 바라봐 주려고 합니다."

용바마는 '희망 도우미 프로젝트'를 추진 중입니다. 이 프로젝트의 제목은 '믿기만 하자'입니다. '믿어주고 기다려주고 만나주면 하루하루 자란다!'의 준말입니다. 공무원으로서 상부 보고보다는 아이들 살리는 일을 더 중시하고, 아이들 살리는 일이라면 열일을 제쳐놓고 달려가는 용바마. 그는 공무원이기보다는 구원파 교주 같습니다. 수렁에 빠진 아이들을 구하는 진정한 구원파.

안양소년원 두 번, 분류심사원 네 번, 재판은 열네 번 받아본 경력의 스물세 살 박희야 사회복지사는 형사에게 대들면서 "소년원 보내라!"고 깡을 부리다 창살 안에 갇혀 인생을 자포자기했던 유명한 골통소녀였습니다. 세상을 포기했던 소녀는 용바마 덕분에 대학을 졸업했고, 사회복지사가 됐고, 취직까지 했습니다. 그랬던 희야 씨가 이제는 체포 영장이 떨어진 소년들을 경찰서에 찾아가 인수보호각서를 쓰고 데려오는 사회복지사가 됐습니다. 희야 씨가 저에게 이렇게 말합니다.

"아빠께 조건 없이 사랑하는 법을 배웠으니 아이들을 위해 울어주고 웃어주는 선생이 되고 싶어요. 우리 아이들을 포기하지 말아주세요. 우리 아이들도 대한민국 청년으로 살아갈 수 있도록 도와주세요."

열일곱 살에 안양소년원을 갔다 나온 지혜는 이제 대학교 2학년입니다. 장학금을 받는 과대표 학회장이지만 아빠에겐 어린양입니다. 지혜는 용바마에게 "아빠는 딸이 너무 많아요! 저는 몇 번째 딸이에요?"라고 투정부리면 그는 "네가 첫 번째"라면서 달랩니다. 그러면 "아빠, 최고"라며 좋아하지요. 아빠의 생일을 꼬박꼬박 챙기는 귀염둥이 딸 지혜가 용바마에게 보낸 편지입니다.

"가족에게 받은 상처가 커서 아버지라고 부르기까지 힘들었습니다. 어린 시절부터 가족에게 버림받아 다시 버림받을까 봐 불안했거든요. 철없는 저에게 항상 웃어주셔서 아버지처럼 기대 장난꾸러기도 됐다가 다른 아이들을 예뻐하면 질투도 했다가….

아버지의 관심과 사랑이 아니었더라면 공부는 포기한 채 화가 나면 화가 난 대로 행동하면서 살았을 겁니다. 버림받고 쓸모없는 아이라고 생각하며 살아온 20년, 앞으론 쓸모 있는 인재가 될 것이니 지켜봐 주세요. 내 인생의 마지막 아버지께 하나뿐인 딸이 되고 싶은 지혜 올림."

시댁은 소년원 출신이라고 냉대하지만

「소년의 눈물」에서 분유가 떨어진 솜이네 이야기를 했더니 독자들이 분유와 아기 옷을 많이 보내주셨습니다.* 소년들의 눈물을 닦아주시

---

* 2015년 7월 8일부터 4개월간 다음 스토리 펀딩을 통해 연재한 「소년의 눈물」에서 소년원 출신 미혼모들의 어려운 사정을 알리자 여러 독자들의 후원이 이어졌으며, 현재도 미혼모를 돕기 위한 사업을 진행하고 있다.

는 분들이 이렇게 많을 줄은 몰랐습니다. 그래서 소년원 출신 미혼모 엄마들을 도와달라고 다시 도움을 청합니다. 소년원 출신이라고 시댁에서 냉대받고, 그런 시댁조차 없어서 홀로 아기를 키우고, 분유가 줄어들면 가슴 졸이고, 떨어지면 막막해지는 어린 엄마들….

용바마는 박봉을 털어 딸들에게 분유 값을 보내지만 턱없이 부족합니다. 아빠도 딸도 막막해서 애만 태웁니다. 용바마에게 소년원 출신 미혼모가 몇 명인지 물었더니 마흔여덟 명이랍니다.

미혼모 엄마들에게 가장 필요한 건 분유입니다. 기저귀, 옷, 인형, 장난감, 책, 유모차 등 아기 용품(중고도 가능합니다)들을 아래의 주소로 보내주시면 잘 전달하겠습니다. 다가오는 한가위에는 넉넉하고 행복한 명절 보내시길 바랍니다. 핏줄의 아픔이 있거들랑 서로 어루만져 주며 용서하고 화해하시길…. 미우나 고우나 핏줄이 최곱니다.

혹시, 형편이 닿으시면 짠한 이웃을 살펴봐 주세요. 그러면 한가위 보름달이 예년보다 더 환하게 두리둥실 뜨리라 믿어 의심치 않습니다. 참, 솜이네 가족이 저희 집에서 명절을 보내기 위해 추석에 상경하기로 했습니다. 안전한 귀성과 귀경 길 되시길 빕니다.

● 보낼 곳
06720 서울특별시 서초구 효령로 304 국제전자센터 624호
위기 청소년의 좋은 친구 어게인
● 문의
02-6677-3288 / 010-5387-6839

"글을 읽고 울고 또 울었습니다. 힘든 시기이지만 주변에 용바마와 같
은 좋은 아빠가 계시니 용기 잃지 마시고 멋지게 이겨내세요. 아직은
좋은 사람, 따뜻한 사람들이 주변에 많다는 걸 잊지 마시고요."

소년원 출신 미혼모 이야기를 읽은 유미 엄마가 아기 책과 장난감
을 보내면서 동봉한 쪽지입니다. 그리고 또 많은 분들이 아기 용품을
보내주셨습니다. 세상에 이런 분유가 다 있네요. 세상에 이런 기저귀
는 처음 봅니다. 이런 책과 옷가지는 처음 봅니다. 포근하고 따뜻한 이
웃들 덕분에 한가위 보름달이 두리둥실 떴습니다. 고맙습니다.

두 아들의 엄마인 분당 전수진 님, 결혼을 앞둔 초등학교 교사 복
길연 샘, 분유 끊을 때까지 한 아기를 후원하겠다는 이기백 님, 기저
귀 한 박스와 분유 여섯 통을 보내준 정승돈 님, 분유 세 통과 아기 유
산균을 보내준 조규원 님, 유모차를 보내주기로 한 전남 광주의 황정
원 님, 딸 두 명을 키운다는 3549님, 기초생활수급자이지만 매월 3만
원씩 후원하겠다는 5998님, 친구 아기 '한지용' 이름으로 기부한 2520
님, 분유 값을 후원한 정재훈 님, 전미정 님, 김희정 님, 심이성 님, 이
봉주 님, 정찬용 님, 현명숙 님, 채사병 님 모두 모두 고맙습니다.

그리고 '위기 청소년의 좋은 친구 어게인'에 30대 남성 두 분이 분
유 열여섯 박스를 가져왔습니다. 후원자의 이름을 물었더니 사장님이
익명으로 전하라 했다며 함구했습니다. IT 업체를 운영하는 아기 아빠
라는 정도만 귀띔해 주었습니다. 생색낼 일이 아니라면서 분유를 매달
후원하고 싶다는 뜻을 조심스럽게 밝혔습니다.

이밖에 법무부 소년 담당 사무관인 용바마를 통해 그의 지인이

700만 원, KT&G 직원 모임이 300만 원을 분유 값으로 후원하기로 했답니다. 정식품에선 이유식을 매월 80박스 후원하기로 했고요. 용바마는 이렇게 감사 인사를 했습니다.

"많은 분들이 위기 청소년의 좋은 친구 어게인과 (재)한국소년보호협회 사회정착기금 통장으로 분유와 기저귀, 후원금을 보내주셔서 아이들에게 귀한 선물을 할 수 있는 행복한 한가위가 될 것 같습니다. 아름다운 세상, 천사님들과 함께할 수 있어서 감사합니다."

그리고 또 하나의 아주 기쁜 소식을 전합니다. 2016년에 윤용범 사무관이 서기관으로 승진했습니다. 그리고 대한민국 공무원상을 수상했습니다. 아빠 없는 소년원생들의 아빠가 되어 그 아픔을 감싸준 공복의 노고를 치하한 것입니다. 그 자리가 높아졌으니 수고와 사랑 또한 무거워질 것입니다. 자리는 높아졌으나 여전히 낮은 곳에 있는 소년원생들을 사랑으로 감싸주는 용바마 님께 감사드립니다. 이렇게 따뜻한 공직자와 소년의 눈물을 함께 닦아줄 수 있어서 참 기쁩니다.

12

위기 청소년의 무대에
함께한 전인권

한국 록의 전설이 일진 출신 청소년으로 구성된 소년 밴드의 무대에 올랐습니다. 청소년들의 상처를 치료하기 위해 만든 무명 밴드의 작은 무대에 록의 전설이 마이크를 잡는다는 것은 획기적인 사건입니다. 게다가 록의 전설은 성격이 까다롭기로 유명한 분이었으니까요.

가수 전인권은 마약 복용으로 다섯 차례 수감된 적이 있습니다. 전인권의 무대에 오르는 MG밴드 소년들은 경찰서를 드나들던 골통들이었습니다. 어두운 과거로 보면 이들의 만남은 절묘한 조합입니다. 오랜 세월을 방황하던 전인권이 아름다운 노래로 복귀했고, 학교폭력과 본드 중독으로 쓰레기 취급을 받던 소년들은 음악을 통해 기적의 세대로 변신했으니까요.

전인권과 MG밴드의 첫 만남은 2015년 5월 '위기 청소년의 눈물과 희망을 위한 과천 토크 콘서트'에서였습니다. 앞줄에 앉은 전인권은 조금 특별한 관객이었습니다. 지인과 함께 잠깐 들른 전인권을 무대에 서게 한 것은 그의 표현대로 '기가 막힌' 소년들의 사연 때문이었습니다. 버려진 아픔으로 얼룩진 소년들의 사연에 마음이 울컥한 전설이 무명 소년 밴드의 무대에 올라가 예정에도 없던 노래를 불렀던 것입니다. 동병상련의 무대였습니다.

그러고는 2015년 10월 23일 과천시민회관에서 '위기 청소년들에게 세컨드 찬스(SECOND CHANCE)'라는 타이틀로 전인권밴드 콘서트를 마련해 MG밴드를 무대에 서게 했습니다. 이를 색다르게 표현한다면, 위기 어른과 위기 청소년의 의기투합이었다고 말할 수 있겠습니다.

위기 청소년 희망 토크 콘서트는 당시 송호창 더불어민주당 의원이 세품아, 위기 청소년의 좋은 친구 어게인과 함께 2014년 12월 경기도 의왕시에서 첫출발해 2015년 1월 국회, 5월 과천, 7월 수원을 순회하며 진행한 청소년 토크 콘서트입니다.

한국 록의 전설 전인권,
"힘들고 아픈 사람들에게 힘이 되고 싶다"
절망의 바다를 건너온 전인권이 싱글 앨범 「너와 나」로 돌아왔습니다. 자이언티, 윤미래, 타이거JK, 서울전자음악단, 갤럭시 익스프레스, 구남과여라이딩스텔라, 그레이프 티 등 후배 음악인들이 앨범 제작에 동참해 「너와 나」를 함께 불렀습니다. 전인권은 이 곡에 대해 이렇게 말했습니다.

"이 노래는 여럿이 함께 불러야겠다고 생각했습니다. 노랫말을 쓸 때 그런 생각을 했습니다. '지난날의 나의 힘겨웠던 일들을 모두 바다 속에 묻자'는 생각도 했습니다. 힘들기 때문에, 아프기 때문에 똑같은 세상을 다르게 봐야 하는 사람들에게 힘이 되고 싶었습니다. 너와 내가 없으면 사회는 없는 법이니까요."

2015년 10월 2일, 마포의 한 연습실에서 전인권을 만났습니다. 소년들과 함께 무대에 서는 전인권은 지하 연습실에서 소년처럼 달리고 있었습니다. 들국화의 전설은 내려놓았습니다. 과거로 먹고살지 않기 위해 매일 연습했습니다. 술을 한 모금도 마시지 않는다고 했습니다. '후진 가수'라는 말을 듣고 싶지 않아서였습니다. 가수로서 떳떳하고 싶어서였습니다. 아주 진실한 걸음으로 무대에 오르고 싶어서였습니다. 딸에게 명예를 돌려주겠다고 약속했기 때문입니다.

그는 사회 탓을 하지 않겠다고 했습니다. 그건 재미도 없고 자신의 발전에도 도움이 안 되기 때문이랍니다. 마약과 그 이후 절망적이었던 인생을 후회하지는 않는다고 했습니다. 자신이 선택한 일이었기 때문입니다. 하지만 마약을 권하고 싶지는 않다고 했습니다. 나쁜 사람 혹은 후진 사람 취급을 받았지만 자신은 후진 사람이 아닌 건 분명하다고 강조했습니다.

그는 좋은 노래를 만들어 그동안의 신세를 갚겠다고 약속했습니다. 좋은 노래를 들려주면 자신을 이해하게 될 것이라고 했습니다. 그는 시한을 4년 3개월로 정했습니다. 예순다섯까지는 시시한 데 힘쓰지 않겠다고 했습니다. 멋진 삶으로 노래하면 자신의 시대가 다시 올 것이라고 했습니다. 가수는 가수다워야 한다고 했습니다. 재주를 부리면 안 된다고 했습니다. 좋은 노래를 부르면 주변에 꽃이 가득 피어날 것이라고 했습니다. 그 징후가 이렇다고 말합니다.

"나는 노래가 돼가고 있어요!"

노래로 소년들을 치유하고 싶다

그는 교도소에서 소년범을 만난 적이 있다고 했습니다. 희망이어야 할 소년들이 무슨 죄를 얼마나 저질렀기에 잡혀왔을까? 걱정됐다고 했습니다. 갇힌 소년들은 견딜 수 없는 아픔 때문에 반항했고, 독방에 갇혔고, 포승줄에 묶였다고 했습니다. 그건, 세상의 덫에 걸린 어린 아이들의 울부짖음이었다고 했습니다. 그때, 그 감옥, 그 상황에서 소년범이 이런 노래를 불렀다고 했습니다. 아주 구슬펐다고 말했습니다.

새벽이 오네요
이제 가요
당신은 나를 만난 적이 없어요
우리 기억은 내가 가져가요
처음부터 잊어요
부탁이 있네요
용서해요
오늘이 마지막인 것만 같아요
한번만 눈물을 내게 보여줘요
그저 날 위해서
- 김세영, 「밤의 길목에서」 중에서

열일곱에 학교를 그만둔 전인권은 그림을 그리고 싶었지만 가난 때문에 그림을 그리지 못했습니다. 학교 밖 소년이 된 것입니다. 학교 밖 청소년 전인권이 목격한 세상은 잔혹했습니다. 머리카락도 맘대로 기를 수 없었고, 노래를 맘껏 부를 자유도 없었고, 마음껏 소리칠 수도 없었습니다. 경찰들은 장발을 단속했고 군인들은 자유를 외치는 사람들을 마구 때리고 잡아 가두던 시대였습니다.

"억압이 두려웠어요. 억압 체제가 나를 바보로 만들었어요. 아무것도 할 수 없었어요."

그는 독학으로 음악을 배웠습니다. 악보도 볼 줄 몰랐지만 자신만의 노래로 인정받았습니다. 그가 아쉽다고 말했습니다. 음악을 체계적으로 배웠다면 더 좋은 가수가 됐을 텐데…. 그건 콤플렉스라고 했습니다. 아직도 그 콤플렉스에서 벗어나지 못했답니다. 자신은 억압의 세상을 살았지만 소년들에겐 소년원이나 교도소가 아닌 희망과 자유가 필요하다고 했습니다. 소년들의 희망과 자유를 위해 뭔가 하고 싶다고 했습니다.

"내가 꿈꾸는 세상은 자유로운 세상이에요. 나의 노래는 사랑과 자유, 평화예요. 우리는 폭력과 억압에 억눌렸지만 요즘 소년들은 경쟁 그리고 비인간적인 것에 억눌려 있어요. 소년은 소년답게 살아야 해요. 소년들은 꽃이 돼야 해요. 소년들을 꽃으로 만드는 건 노래예요. 흑인들을 노예에서 해방시키고 오바마를 대통령까지 만든 건 노래였어요. 음악으로 소년들을 치료하고 싶어요. 세컨드 찬스, 소년들에게 기회를 줘야 해요."

그는 삼청동 산 중턱에서 혼자 삽니다. 그래서 외롭다고 했습니다.

외로우면 슬퍼야 할 텐데, 슬프면 절망의 노래가 만들어질 것 같은데 반드시 그렇지만은 않은 것 같습니다. 그의 노래는 희망, 아름다움, 따뜻함입니다. 그는 자신을 "나는 나쁜 사람이 아닙니다. 후진 사람은 더욱 아닙니다"라고 말합니다. 그가 요즘 만드는 노래에 대해 이야기했습니다.

"요즘 쓰는 가사 중에 이런 게 있어요. '눈 오는 날, 내가 잘 만든 노래가 작은 마을 그대의 작은 방 라디오로 날아가 그대의 생각이 되고, 그대가 커피를 끓이는 그런 그림이 그려질 때 너와 난 힘겹지 않아요. 지금 그대가 갖고 있는 것 어떤 게 소중해요? 믿음 말고는 그냥 다 버려요. 아름다운 그대, 이제 곧 눈이 올 거예요.' 다시 또 정성을 다할게요. 좋은 음악 계속…."

너와 나, 사랑으로 넘쳐나자

소녀시대 멤버 써니가 전인권을 '싸부' 혹은 '아저씨'라고 부르자 그는 '친구'라고 부르라 했습니다. 이에 써니는 절반쯤 타협해서 '선배'라고 부릅니다. 후배들은 전설에 대한 존경을 표시하고 싶어 하지만 그는 사절합니다. 전인권, 그는 후진 꼰대가 되고 싶지 않은 것입니다. 권위와 나이로 후배를 누르는 게 후져 보이기 때문입니다.

전인권밴드가 무명의 MG밴드를 콘서트에 초청한 것도 그 때문입니다. 그는 문제 소년들이 아니라 아픈 소년들, 음악으로 아픔을 씻으려는 소년들의 좋은 친구이자 좋은 선배가 되고 싶어 합니다. 좀 더 넓고, 더 높은 곳으로 날아갈 수 있도록 날개를 달아주는 후견인이 되고 싶어 합니다. 「너와 나」의 가사처럼 말입니다.

너와 난 힘겨운 곳에서부터 시작한
너와 난 모두 버려도 힘이 넘치는 너와 난

서로 볼 수 없어도 믿을 수 있어
너와 나 만날 날 이제는 안다

아름다운 세상 아름다운 친구
아름다운 세상 아름다운 그대
아름다운 세상 아름다운 노래
아름다운 세상 아름다운 우리
- 전인권, 「너와 나」 중에서

　　소년들은 꼰대들을 싫어합니다. 무척 싫어합니다. 누가 꼰대일까
요? 나쁜 짓은 다 하면서도 거룩한 척하고, 한 손으론 뇌물받고 한 손
으론 단속하고, 급식비 안 낸다고 밥 못 먹게 하면서 급식비 떼어먹는
자들이 꼰대입니다. 겉과 속이 다른 위선적인 인간들은 자신의 큰 죄
를 감추기 위해 상대의 작은 잘못을 단죄합니다. 꼰대들이 휘두르는
폭력에 신음하는 세상입니다.

13

목사의 피 흘림으로
세상을 품은 아이들

사단법인 아쇼카 한국은 2014년 펠로우로 세월호 유족 등의 심리치료를 돕고 있는 정혜신 박사와 세상을 품은 아이들 대표인 명성진 목사를 선정했습니다.

미국 워싱턴에 본부를 둔 국제적 민간단체 아쇼카 재단은 사회 변화를 이끈 혁신가를 펠로우로 선정하고 3년간 생활비를 지원합니다. 목사가 펠로우로 선정된 건 처음입니다. 아쇼카 한국은 명성진 목사를 펠로우로 선정한 배경을 이렇게 설명했습니다.

"범죄 청소년들의 사회 재적응을 위한 엄청난 투자가 이뤄져 왔음에도, 한국의 청소년 재범률은 37퍼센트에 달할 정도로 여전히 높다. 명성진 펠로우는 인천과 부천 두 도시에서 청소년 본드 중독을 탁월

하게 해결한 성공 사례를 밑거름 삼아, 청소년 사법 시스템 변화를 추구하는 새로운 접근 방식으로서 판사·지방 정부와 소년범죄 관련 기관들과의 협력 모델을 만들고 이를 한국 정부의 첫 사회혁신채권의 첫 성공 모델로 만들고자 박차를 가하고 있다."

위기 청소년들이 목사를 신뢰하는 이유는?

명성진 목사는 아주 바쁩니다. 교회 일 때문이 아닙니다. 교인은 별로 없으니까요. 바쁜 건 위기 청소년들 때문입니다. 법원에서 위탁한 보호소년들, MG밴드 멤버, 직원 등 40여 명이 함께 사는 청소년공동체 세품아를 운영하는 건 작은 일이 아닙니다.

최근엔 2~5층까지 내부 공사를 진행했습니다. 아이들이 생활하는 공간과 사무 공간이 열악하고 불편했기 때문입니다. 겨울엔 춥고 여름엔 덥습니다. 그는 "내 새끼들이 힘들게 사는 게 속상해서" 2억 5,000만 원 규모의 공사를 2,000만 원으로 시작했습니다. 자금이 부족해 공사가 중단되는 일이 잦았습니다. 아쇼카에서 받은 생활비를 공사비에 보탰는데도 1억 원의 부채가 생겼습니다.

그가 바쁜 건 운영비 마련 때문입니다. 후원금이 많지 않기 때문에 운영비를 마련해야만 합니다. 세품아의 주요 수입원은 그의 강연료입니다. 교회·단체 등의 설교와 강연으로 운영비를 충당합니다. 2015년 9월에는 몸이 아파서 강연을 쉬었습니다. 그래서 10월 강연 일정이 빡빡합니다. 운영비 마련은 그의 몫이지만 월급은 없습니다. 소년들과 직원들이 그를 전적으로 신뢰하는 것은 그 때문입니다. 자신들을 이용하기는커녕 골통인 자신들을 보살피기 위해 불철주야 뛰어다니는데 어찌 불신하겠습니까?

2015년 10월 13일 밤 열 시에 인터뷰 약속을 잡았던 것은 그가 그만큼 바쁘기 때문입니다. 명성진 목사는 소년들과 금요 철야 예배 중이었습니다. 저는 서울소년원에서 진행되는 주일예배에 여러 번 참석했습니다. 소년원생들은 졸거나 딴전 피우거나 장난을 칩니다. 설교를 듣는 소년은 많지 않았습니다. 소년원생들의 관심은 설교가 아니라 간식이었으니까요.

그런데 세품아 소년들은 달랐습니다. 예배가 끝난 뒤에는 성경 공부까지 했습니다. 세품아의 공동체 운영의 근간은 기독교 신앙입니다. 예수를 좋아하는 명 목사는 스승의 가르침대로 소년들이 속이면 알면서도 당해주고, 배신해도 믿어주고, 뛰쳐나가도 돌아오기를 기다려줍니다. 서울소년원생과 세품아 소년 들은 별반 다르지 않습니다. 다른 게 있다면 예수의 마음으로 당해주느냐 아니냐의 차이입니다. 소년들을 변화시킨 이야기를 명 목사에게 들어봤습니다.

당신에게 목사란 무엇입니까?

"아쇼카 펠로우에 선정된 사회혁신가의 역할도 있지만 나의 본질은 목사입니다. 목사의 사명은 인간 욕망에 의해 파괴된 자연과 인간을 회복시키는 것입니다. 70억 개의 욕망이 지구를 위협하고 있습니다. 목사로서 나의 목표는 이 세상에 의해 망가지고 깨지고 병든 아이들을 돌보고 회복시키는 것입니다."

어떤 계기로 위기 청소년을 돌보게 됐는지요?

"2000년, 전도사 시절이었습니다. 교회 집사의 아들인 조폭 소년이 싸우다 경찰에 잡혀가서 엄마 대신에 경찰서에 찾아가서 데려왔습니다. 교회가 외진 곳에 있어서인지 동네 소년들이 교회 주변에서 자주 싸웠습니다. 싸우는 아이들과 이야기하고 음식을 사주며 친하게 지냈습니다. 어른들은 소년들을 무서워했지만 저는 소년들이 불쌍했습니다. 그런 마음으로 대했더니 소년들이 자주 찾아왔고 그러면서 제 곁엔 언제나 소년들이 있었습니다."

어떻게 공동체를 시작했는지요?

"2007년이었습니다. 한 소년이 거리에 주차한 트럭 밑에서 자고 있었습니다. 아는 소년이기에 이름을 불렀더니 도망갔습니다. 소년의 아빠는 시각장애인이었고 엄마는 강직성 척추염을 오래 앓았으며 소년은 태어날 때부터 신장병을 앓았습니다. 노숙 생활을 하는 그 소년을 찾아서 집에 데려왔습니다.

소년을 설득해 중학교에 데려갔더니 선생이 '이놈 데리고 오면 뭐합니까! 또다시 뛰어나갈 텐데…'라며 고압적으로 대했습니다. 학교가 소년을 쓰레기 취급을 하는 것을 보고 속이 상했습니다. 그 소년을 데리고 집에 갔더니 어머니가 문을 열어주지 않았습니다. 그래서 소년을 데리고 살기 시작했습니다."

같이 살면서 문제는 없었나요?

"소년은 초등학교 3학년 때부터 가출과 절도, 폭력 등으로 소년원에 갔다 오는 등 동네 아이들에게 각종 비행을 전수한 유명한 아이였습니다. 이 소년은 세품아에서 가장 오랫동안, 가장 많이 나가고 돌아오길 반복했습니다. 본드 중독과 후유증으로 정신병원에 일곱 차례나 입원했으니까요. 그런 와중에 소년의 아빠가 인생을 비관해 자살하는 사건이 발생했습니다. 소년은 장례식장에서도 본드를 했습니다. 본드 중독은 그만큼 심각합니다.

소년은 아빠의 죽음 뒤 본드를 끊었습니다. 그런데 정신 차리고 보니 병든 엄마와 어린 두 동생을 책임져야만 했습니다. 그때가 2년 전이었는데 당시 제 월급은 없고 선생들 월급으로 30만 원을 지급하던 시기였습니다. 소년을 생활교사로 채용해 100만 원을 주기로 결정했습니다. 이런 결정은 가족 공동체였기에 가능했습니다. 모두들 자기보다 더 힘든 식구를 배려한 것입니다. 그 덕분에 소년은 빠르게 회복됐고 대학에 진학해 청소년학을 배우고 있습니다. 지금은 세품아 아이들의 따뜻한 형이자 좋은 선생 역할을 톡톡히 하고 있습니다."

힘든 순간이 적지 않았겠습니다.
"그 아이는 1년 동안 본드를 끊고 잘 지냈는데, 소년원에 갔던 친구가 세품아에 다시 돌아오자 본드와 방황을 다시 시작했습니다. 엄청난 충격이었습니다. 위기 청소년을 돌보는 데 성공한 목사로 이름이 알려진 시기였는데 실패한 것입니다. 실패했다는 사실에 화가 났습니다. 제겐 아이들을 불쌍히 여기는 마음도 있었지만 유명해지려는 욕망이 마음 밑바닥에 숨어 있었던 것입니다.

당시엔 재범률과 본드 중독 줄이기 실적에 관심이 집중됐습니다. 실적 달성을 위해 다양한 시도를 했습니다. 그런데 아이들은 자신들을 이해해주고 끝까지 기다려주는 '아버지'를 원했습니다. 아이들이 속물인 저를 변화시켜준 것입니다. 그 사건을 계기로 재범률에 관심을 끊었습니다.

'아이들은 다시 범죄를 저지를 수 있다. 재범보다 더 중요한 건 아이들의 미래다. 재범하면 다시 시작하면 된다. 아이들이 내 등에 칼을 꽂고 가도, 아픈 시간을 견디면서 기다려주고 손을 잡아주면 반드시 돌아온다'고 생각하게 됐습니다.

공동체는 누군가를 변화시키는 집단이 아니라 그냥 같이 사는 '가족'이라는 것도 깨달았습니다. 버림받고 상처받은 아이들 곁에 있어주고, 이야기를 들어주고, 공감해줬더니 아이들이 회복됐습니다. 그제야 마음이 편해졌습니다. 그제야 아이들이 변했습니다. 어줍잖은 잔소리와 훈육으로는 아이들이 달라지지 않습니다. 그저 재수 없어 할 뿐입니다."

소년원을 비롯한 여타의 소년보호시설과 세품아의 차이는 무엇이라고 생각하십니까?

"소년들은 소년원을 비롯한 소년보호시설에서 생활할 때 변한 척합니다. 하지만 사회에 복귀하면 거의 다 원점으로 돌아갑니다. 세품아에 들어온 아이 중에 착실한 모습을 보이면 오히려 불안합니다. 깽판 치며 살아온 아이들이 깽판 치는 것은 정상입니다. 살아온 방식과 습관이 있는데 그걸 쉽게 버릴 수 있겠습니까? 시간이 필요합니다. 회복하려면 망가진 시간보다 더 많은 시간이 필요합니다. 잠시 돌봐주는 방법으론 한계가 있습니다."

소년들을 회복시키는 좋은 방법은 무엇입니까?

"위기 청소년에겐 문신과 비행, 폭력 등의 하위문화가 있습니다. 아이들은 그 문화에서 벗어나면 안 된다는 강박에 사로잡혀 있습니다. 특히 폭력에 중독돼 있습니다. 부모, 특히 아빠에게 맞으면서 자란 아이들은 다른 아이들을 괴롭히는 폭행 청소년이 됩니다. 소년들을 회복시키는 좋은 방법은 하위문화와 단절시키는 것인데 3대 핵심은 '같이 있어주고' '들어주고' '기다려주는' 것입니다.

세품아에 위탁된 보호소년들에게 하위문화와의 단절과 3대 핵심 요소가 제공되면서 치유와 회복을 넘어 꿈과 희망을 갖게 합니다. 소년들을 변화시키는 해답은 공동체입니다. 아이들은 나쁜 아이들이 아니라 아픈 아이들입니다.

아이들은 집에서 가출한 게 아니라 지옥 같은 집을 탈출한 것입니다. 세상이 아이들을 쓰레기 취급하지만 아이들은 쓰레기가 아니라 소중한 자원입니다. 그런데 학교와 소년원 등에선 아픈 아이를 잘 돌봐주지 않습니다. 감옥이란 공간에서 사고 치지 못하도록 관리하거나 방치하거나 외면합니다. 학교와 소년원의 각종 규칙은 관리 시스템이지 변화시키는 시스템이 아닙니다."

세품아의 힘은 무엇입니까?

"우리는 아이들을 관리하지 않습니다. 다양한 아이들을 규칙에 담을 수는 없습니다. 논리적으로 설득해야 될 아이와 안아줘야 할 아이가 있습니다. 학교와 소년원에서 문제가 생기는 이유는 획일화된 규칙을 강제로 적용하기 때문입니다. 하지만 세품아는 아이들의 다양성을 존중합니다. 거창하게 만든 규칙은 없습니다. 대신에 아이 한 명 한 명에 게 맞는 규칙을 적용합니다. 세품아의 취침 시간은 자정 혹은 새벽 한 시입니다. 아이들의 문화를 반영한 규칙입니다. 아이들끼리 모여 사니 얼마나 놀고 싶겠습니까?

세품아에는 세품아만의 문제 해결 방식이 있습니다. 싸움이 벌어 지면 모두가 둘러앉아 싸움을 하거나 보면서 느낀 감정을 이야기하고 의견을 나눕니다. 쪽팔려 할 것 같지만 그렇지 않습니다. 이 과정을 통 해 화해하고 더 친해집니다. 아이들에겐 경험해보지 못한 방식이고 낯 선 방법이지만 효과가 있으니 받아들이고 익숙해지면서 스스로 갈등 을 해결합니다."

세품아는 어떤 공동체입니까?
"세품아는 가족 공동체입니다. 소년원에선 주먹이 센 사람이 중심이 지만 세품아에서는 형이 중심입니다. 아버지는 아버지니까, 엄마는 엄 마니까, 형은 형이니까 존중하며 사는 게 가족입니다. 소년원에선 살 아남기 위해 센 척 해야 하지만 여기서는 그럴 필요가 없습니다. 어깨 에 힘을 빼고 원래 자기 모습 그대로 푼수 짓도 하면서 자유롭게 지냅 니다.

가족이란 서로가 서로에게 폐를 끼치는 사이 아닐까요? 저는 어머 니에게 폐를 끼치면서 살았습니다. 그러다 어머니가 파킨슨병을 앓으 시면서 저에게 조금 폐를 끼치고 계십니다. 어머니가 폐를 끼치는 자 식을 버리지 않고 끝까지 지켜줬듯이 저도 당연히 그렇게 하고 있습 니다. 가족공동체는 가장 안전한 곳이어야 합니다. 가족이란 끝까지 책임지고 지켜줘야 한다고 저는 믿습니다. 세품아 아이들은 제 새끼들입니다. 이 아이들과 함께 평생을 가족으로 살 것입니다."

세품아에는 몇 명이 살고 있나요?

"인천지방법원이 위탁한 보호소년 열세 명, 세품아에서 살기로 한 위탁 만료 보호소년 세 명, MG밴드 멤버 등 서른여 명의 소년과 직원 열한 명 등, 모두 마흔 명가량이 함께 살고 있습니다."*

운영비 마련에 어려움이 많겠습니다.

"소년들과 살다 보니 쫓겨나야 했습니다. 사고뭉치 소년들을 좋아하는 집주인도, 동네 사람도 없으니까요. 현재의 건물로 옮기면서 제 가족이 살던 전셋집을 월셋집으로 바꿨습니다. 집을 계속 줄이다 보니 2년 전에는 보증금 500만 원만 남았습니다. 저희 네 식구가 밥 먹을 공간이 부족했던 적도 있었는데 지금은 은행에서 돈을 빌려서 빌라를 샀습니다.

고마운 것은 두 아들이 부끄러워하지 않는다는 점입니다. 큰아들은 MG밴드에서 기타를 맡고 있고 작은아들은 공동체에서 아이들과 함께 생활하며 지냅니다."

후원 모금을 못하는 것 같습니다.

"선한 뜻으로 후원하는 사람도 많지만 과시를 위해 후원하는 경우도

---

* 2015년 10월 인터뷰 당시의 상황. 2017년 현재는 식구들이 더 많이 늘었다.

적지 않습니다. 과시하기 위해 후원하는 사람들은 사진 촬영을 요구합니다. 우리 아이들은 사진 촬영을 무척 싫어합니다. 아니, 매우 힘들어합니다. 그래서 아이들이 힘들어하는 후원금은 받지 않습니다. 아이들도 이구동성으로 '비굴하지 말자', '구걸하지 말자'고 합니다. 그래서 제가 후원금을 마련하기 위해 여기저기 다닙니다."

전망은?

"들꽃청소년세상 대표 김현수 목사가 좋은 아저씨 노릇 그만하라고 조언했습니다. 좋은 아저씨는 아이들과 살면서 작은 변화에 행복해하고, 가난을 괜찮다고 여깁니다. 하지만 문제는 자기 품에 안은 아이들에서만 끝난다는 겁니다. 언제까지 '동네 아이들'만 품으려고 하느냐란 지적이었습니다. 우리 아이들 돌보기도 힘들어서 다른 동네 힘든 아이들을 외면하고 있었거든요.

그래서 그다음으로는 이 세상 아이들의 아픔을 회복시키는 일을 계획하고 있습니다. 아무리 바빠도 일주일에 두 번은 세품아 아이들과 함께 잡니다. 아이들을 봐야 힘이 나고 아이디어가 떠오릅니다. 지쳐 쓰러졌다가도 일어날 힘이 생깁니다."

그 이후의 이야기

명성진 목사가 세품아를 운영하면서 겪었던 이야기를 책으로 펴냈습니다. 2016년 5월에 발간한 책의 제목은 『세상을 품은 아이들』(스마트북스, 2016)입니다. 명 목사가 저에게 책을 선물하면서 이런 글을 써주었습니다.

"인생길에서 피 하나 섞이지 않았지만 함께 아파하고 함께 기뻐하며 가족이 되어주셔서 진심으로 감사합니다. 고단한 인생길에서 서로가 힘이 되고 버팀목이 되어 살아갈 수 있어 정말 행복합니다."

14

'공포의 야구단' 감독 이야기

「돌아와요 부산항에」는 흘러간 노래입니다. 지금은 '떠나가는 부산항' 이 됐습니다. 한국 제2의 도시 부산 시민들이 야구에 열광하는 것은 부산의 영광과 부활을 향한 목마름인지도 모릅니다. 전남·광주 시민 들이 해태 타이거즈에 열광했던 것처럼 말입니다. 부산 사직 야구장에 서 목이 터져라 노래를 부르고 응원의 함성을 터트리는 건 「부산 갈매 기」의 꿈이 유효하기 때문입니다.

　타석에 들어서면 몸을 흔드는 독특한 타격 폼과 매서운 눈매로 투 수의 기선을 제압하는 선수, 악착 같은 승부 끝에 날리는 안타와 홈 런. 부상으로 선수 생명이 끝날 위기에서도 기적처럼 일어나 달리던 '탱크' 박정태. 롯데 자이언츠 팬들은 투혼을 발휘하며 승부를 겨루던

173센티미터의 작은 체구인 그를 '거인'이라고 부릅니다.

통산 타율 0.296, 골든 글러브 다섯 차례 수상, 2년 연속 올스타전 MVP…. 야도(野都) 부산 시민의 자랑인 박정태는 진짜 부산 갈매기입니다. 대연초등학교, 부산중학교, 동래고등학교, 경성대학교를 거쳐 롯데에서만 14년 동안 뛰었고 2004년에 프로생활을 마친 뒤에는 롯데 1군 타격 코치와 2군 감독을 맡기도 했습니다. 롯데의 내홍과 저조한 성적에 실망한 부산 팬들은 '악바리' 박정태를 그리워합니다.

박정태는 부산 팬들에게 감독 영입 0순위입니다. 그런데 그는 롯데가 아닌 신생 구단 감독에 취임했습니다. 그를 영입한 구단주는 최인석 부산가정법원장입니다. 단장은 보호소년들의 대부인 천종호 부장판사입니다. 부산가정법원이 보호소년 서른여 명으로 야구단을 창단한 건 소년들의 비행 예방과 사회 복귀를 위해서입니다. 스포츠 프로그램을 운영하는 미국과 일본은 이것으로 보호소년의 비행 예방과 사회 복귀 효과를 톡톡히 보고 있습니다.

박정태가 이사장으로 있는 레인보우희망재단과 부산가정법원은 2015년 10월 24일 부산 기장군 도예촌 야구장에서 창단식 및 시범 경기를 했습니다. 우스갯소리로 자신을 '바지 사장(구단주)'이라고 소개한 최 법원장은 창단식 때 이런 인사말을 했습니다.

"저는 박정태 감독의 팬입니다. 선수로서 승부사 기질과 좌절을 이겨낸 근성을 좋아합니다. 롯데 팬인 저는 박 감독이 자이언츠 감독이 돼야 한다고 생각했지만, 보호소년 야구단을 만들면서 롯데 감독으로 영입될까 봐 근심하고 있습니다. 우리 아이들은 문제가 조금 있지만 나쁜 아이들은 아닙니다. 힘없고 불쌍한 우리 아이들을 누가 돌보겠습니까? 아무런 대가 없이 우리 아이들을 맡아준 박정태 감독님께 감사드립니다."

제2의 추신수와 이대호를 키우는 레인보우희망재단

박정태 감독은 2011년부터 다문화 아이들과 저소득층 아이들의 희망 전도사가 됐습니다. 그는 얼마 전에 지인의 소개로 방문한 금정구 평안교회에 찾아온 부산 성애원 아이들에게 사인 볼을 선물했다가 야구 선수가 꿈인 아이들의 눈빛을 외면하지 못하고 야구 교실을 열어주었습니다. 다문화 아이들 역시 그랬습니다. 가벼운 마음으로 나섰다가 다문화 아이들과 보육원 아이들에게 빠져들면서 야구단까지 만들어주었습니다.

"나 자신도 그랬고, 이대호 선수도, 조카인 추신수 선수도 가난과 아픔을 야구로 떨쳐내지 않았는가! 이 아이들에게 야구가 희망이 된다면, 그래서 제2의 이대호와 추신수가 나온다면 얼마나 보람찬 일이겠는가!"

5년 전에 창단한 다문화 아동 야구단은 현재 부산 16개 구·군과 양산 그리고 울산까지 확대되면서 모두 28개 팀이 운영될 예정입니다. 최근 레인보우희망재단은 재단법인 인가를 받았습니다. 박정태 이사장은 재단을 통해 다문화 아동 야구단과 보호소년 야구단에 이어 북한 이탈 가정, 고아, 장애인 등 7개 소년 야구단 창단을 추진할 계획입니다. 일곱 색깔 무지개를 채워가기 위해 야구단 이름은 '레인보우 카운트(Rainbow count)'로 정했습니다.

저는 2015년 10월 23일 부산 기장군에 있는 한 횟집에서 박정태 감독을 인터뷰했습니다. 박 감독 덕분에 횟집 주인에게 덩달아 환대받았습니다. 횟집 주인도 박정태 감독의 팬이었습니다. 팬의 사랑은 쫄깃한 회와 장어구이로 증명됐습니다. 차려진 음식들을 맛있게 먹으면서 인터뷰를 진행했습니다.

여러 곳에서 러브콜이 있었는데 왜 사서 고생을 하시나요?

"박정태는 부산 팬들의 사랑으로 만들어진 이름입니다. 너무 큰 사랑을 받았습니다. 프로구단으로부터 코치 영입, 방송국으로부터 야구 해설가 제안을 받았지만 소외된 아이들에게 꿈과 희망을 주는 일이 더 중요하다고 생각했습니다. 아이들을 위한 길이 힘들지만 행복합니다. 낮은 곳에서 빛과 소금이 될 수 있다는 게 기쁩니다. 박정태라는 이름값을 하려면 받은 만큼 돌려줘야 하는데 아직은 멀었습니다."

다문화 아동 야구단을 운영하고 있는데 어렵지 않나요?

"처음에는 다문화 가족들이 색안경을 끼고 봤습니다. '왜 돈도 안 받고 우리 아이들에게 저렇게 잘해주나?' 의심했습니다. 주위의 눈빛도 차가웠습니다. 1군 타격 코치와 2군 감독할 때까지는 사비를 들여 야구단을 운영했는데, 수입이 끊기면서 운영이 힘들어 주위의 도움을 받기 시작했습니다. 처음엔 도와달라는 말이 나오지 않았는데 요즘엔 '우리 아이들 도와주세요!', '형, 돈 좀 주세요!'라는 말이 입에 붙었습니다. 도움이 필요합니다."

보호소년 야구단 감독은 어떻게 맡게 됐나요?

"최인석 부산가정법원장과 천종호 부장판사에게 부모 부재 등으로 보호받지 못하는 비행소년들의 사정을 들었습니다. 스포츠를 통한 비행예방과 건강한 사회 복귀 방안을 나누다가 야구단 창단까지 이어졌습니다. 다문화 소년 야구단 창단과 고아 소년들에게 야구를 지도했던 경험이 있어서 선뜻 응했습니다."

소년들이 만만치 않을 텐데요.

"옛일을 고백하자면 저는 비행소년이었습니다. 우리 아이들보다 훨씬 심각한 문제아였습니다. 중학교 1학년 때 아버지께서 돌아가셨는데, 아버지의 오랜 투병 생활로 집안 형편이 어려워지면서 형제들(3남 5녀)이 뿔뿔이 흩어져 살게 됐습니다. 올해 아흔을 넘기신 어머니는 그때 막내인 저만 데리고 살면서 장사를 시작하셨는데 집에 가도 어머니께서 안 계셨습니다. 빈집에 들어가기 싫어서 비행소년들과 어울리다가 가출도 하고 문제 행동도 꽤 했습니다."

얼마나 심했나요?

"부산중학교 시절엔 제법 센 싸움꾼이었습니다. 야구보다 싸움을 열심히 했으니까요. 중학교에 가서 주먹이 센 아이들을 다 꺾었습니다. 그다음엔 부산중학교의 자존심을 걸고 다른 학교 주먹들과 싸워서 이겼습니다. 다른 주먹들에게 지지 않으려고 권투와 태권도를 배웠습니다. 싸움을 정말 잘했습니다. 그냥 싸운 게 아니라 살아남기 위해 싸웠습니다. 그때도 근성으로 싸웠습니다. 그러다 다른 학교 패거리들과 패싸움을 크게 벌인 게 사건이 되면서 경찰에 붙잡혀 갔는데 감독님이 꺼내주셨습니다. 만약에 감독님이 지켜주지 않았다면 소년원에 갔을 겁니다."

야구부 활동은 어떻게 했나요?
"어머니께는 열심히 야구하고 있다고 거짓말했는데 들통이 나고 말았습니다. 가출하고 결석하면서 야구부에 계속 나타나지 않자 감독님이 어머니를 찾아가신 것입니다. 그날 밤, 어머니가 밤새 우셨습니다. 아무 말도 하지 않으시고 우시기만 해서 '집안이 더 어려워졌나 보다'라고만 생각했습니다. 다음 날 학교에 갔더니 감독님이 이제 그만 놀고 야구하자고 하면서 어머니를 찾아갔다는 이야기를 하셨습니다."

어머니의 자식 사랑이 참 크셨군요.
"야구부 학부모 회식이 학교 식당에서 있었습니다. 회식을 끝내고 돌아가는데 식당에서 물소리가 들려 창문을 살짝 열고 봤는데 야구부원과 학부모들이 먹은 그 많은 그릇을 어떤 아줌마 혼자 설거지하고 있었습니다. 고무장갑도 없이 차가운 물에 손을 담근 채였습니다. 기분이 이상해서 자세히 봤더니 어머니였습니다. 야구부 회비를 못 낸 대신에 설거지를 하셨던 것입니다.

나 같은 놈도 자식이라고 저렇게 고생하시나 싶어 눈물이 쏟아졌습니다. 어머니의 모습을 보면서 결심했습니다. 성공해서 어머니 은혜에 보답하겠다고요. 그 이후로는 하루에 1,000개 이상 스윙하는 등 양손 피부가 벗겨질 정도로 피나는 노력을 했습니다. 어머니는 저를 위해 모든 것을 희생하셨습니다. 동래고등학교 야구부에 스카우트되자

초량 시장에 있던 집을 학교 정문 쪽으로 옮겼습니다. 통학 시간 때문에 야구 연습 시간이 줄어들까 봐 그렇게까지 하셨던 것입니다."

비행소년 출신이니 아이들의 대한 생각이 남다르겠습니다.
"아이들을 보면 방황하고 반항하던 옛날의 제가 생각납니다. 부모에게 사랑을 제대로 받지 못하고 의지할 데도 없으니 방황하고 반항하는 것입니다. 아이들이 무슨 잘못이 있겠습니까? 아이들을 돼지국밥 집에 데려가면 네다섯 공기씩 먹습니다. 먹고 먹어도 허기가 채워지지 않는 건 마음의 허기 때문입니다."

그런데, 소년들과 야구단이 가능하겠습니까?
"2주 동안 창단 준비로 바빠서 아이들을 못 봤습니다. 그러다 선수들을 집합시켰는데 주장이 보이지 않아서 '주장 어디 갔냐?'고 물었더니 아이들이 킥킥거리면서 '소년원에 갔어요!'라는 것이었습니다. 기가 찼습니다. 아이들 유니폼을 맞추면서 이름은 새기지 못하고 등 번호만 새긴 건 아이들이 언제 어떻게 될지 모르기 때문입니다. 그래서 '공포의 청소년 야구단'입니다."

거듭 질문하지만 보호소년 야구단이 정말 가능하겠습니까?
"힘들긴 하지만 일반 아이들보다 성공 확률이 높다고 봅니다. 이 아이들은 밑바닥 인생을 경험했고 열정도 있습니다. 열정이 없었으면 학교 밖으로 뛰쳐나오지도 않았을 것입니다. 아이들이 공을 잘 칠 수 있게끔 던져주는 것은 자신감을 갖게 하기 위해서입니다. 칭찬했더니 빠르게 반응했습니다. 이대로 방치하면 나쁜 길로 가겠지만 잘 가르치면 훌륭하게 성장할 수도 있을 것입니다. 위험한 아이들을 좋은 선수로 만드는 게 지도자의 역할이라고 생각합니다."

야구는 팀플레이가 중요하지 않습니까? 소년들은 독불장군 스타일인데 말입니다.

"아이들은 법원의 보호 처분 중인 상태에서 야구단에 위탁됐습니다. 싫든 좋든 야구단에 와야 합니다. 처음에는 고개 숙인 채 눈치만 보면서 시간을 때우려는 아이들에게 정성을 쏟았더니 서서히 땀을 흘리며 뛰기 시작했습니다. 그런 아이들에게 '이런 식으로 하려면 나오지 말라'고 하면 그 말을 무서워합니다. 재미가 붙은 것입니다."

야구단 구성원은 어떻게 되나요?

"중학교 2학년부터 고등학교 3학년까지 다양합니다. 야구를 했던 아이도 있고 처음 하는 아이도 있습니다. 열 명가량은 여학생입니다."

제2의 박정태 선수가 탄생하는 것이 가능할까요?

"야구단의 현재 목표는 닫힌 마음을 열게 하는 것입니다. 뭔가 할 수 있다는 자신감과 도전 의식을 갖게 하는 것, 음지 문화를 양지로 전환시키는 것이 목표입니다. 선수로서의 가능성은 그 이후입니다."

마지막으로 박정태의 야구와 인생에 대해 듣고 싶습니다.

"언젠가는 감독으로 돌아가 좋은 성적으로 팬들에게 보답할 것입니다. 하지만 지금은 부족합니다. 그래서 공부하고 있습니다. 지금은 아이들을 잘 돌보는 것이 중요하고요. 아이들을 통해 야구장에서 배우지 못한 인생을 배우고 있는 중입니다."

욕망의 별은 추락하고, 아름다운 별은 낮은 곳에 머물고

스타는 빛나는 존재입니다. 그런데 빛의 역할은 외면한 채 돈과 인기에 사고팔리면서 영광에 도취하는 경우가 있습니다. 주체할 수 없는 돈방석에 앉은 몇몇 별들은 욕망의 전차를 타고 과속 질주하다 추락합니다. 스타를 우상처럼 숭배하던 대중들은 추락한 스타를 하루아침에 외면합니다. 심지어 실망시킨 대가로 돌을 던지기도 합니다. 인기란 그렇게 허망한 것입니다.

　진짜 아름다운 별은 하늘에 뜨지 않고 가난하고, 외롭고, 힘든 이들 곁에서 그들의 아픔을 비춰주는 별입니다. 별이 빛나는 밤은 어둡기 때문입니다. 별빛이 필요한 이유는 세상이 아프기 때문입니다. 어둡고 아픈 세상을 비추고 안아주는 별은 잔잔하고 은은한 빛을 발산합니다. 부산 시민의 사랑으로 스타가 된 박정태 감독이 소년들을 아름답게 비추어주면 좋겠습니다.

15

소년의 눈물을 닦아준
아름다운 사람들

"나쁜 놈들", "인간쓰레기들", "양아치 새끼들". 세상 사람들은 소년범과 일진 등 위기 청소년들을 이렇게 욕합니다. 왜 욕하지 않겠습니까. 자신의 자녀를 때리고, 돈 뺏고, 물건을 훔치는 등 반사회적 행동을 하는 소위 불량 청소년들을 좋게 볼 순 없지요. 뿐만 아니라 그런 행동을 제지하거나 타이르면 거칠게 반발하거나 공격까지 하니까요. 저 또한 학창시절에 그들에게 돈을 빼앗기고 맞은 적도 있습니다.

비난이 얼마나 쏟아질까? 우려의 마음으로 쓰기 시작한 「소년의 눈물」에는 연재 초반부터 악성 댓글이 쏟아졌습니다. 예상대로였습니다. "소년범, 엄벌할 것인가? vs. 용서할 것인가?"라는 제목을 단 천종호 부장판사 이야기와 "돌 던지면 돌 맞겠습니다!"라는 제목의 일진 출신 소년 이야기에 악성 댓글이 집중포화로 쏟아졌습니다. 과거의 잘못을 반성하면서 청소년 비행 예방 활동가로 거듭난 소년은 악성 댓글을 읽은 후에 공황장애를 앓았습니다.

세상에 이런 반전이

돌 던지는 사람들만 있었다면 4개월 연재를 계획하고 시작한 「소년의 눈물」은 모금 목표를 달성하지 못했거나 연재가 중단됐을지도 모릅니다. 그런데 수많은 사람들이 따뜻한 손을 내밀어주셨습니다. 연재 초와 달리 중반에 접어들면서 돌을 던지는 사람들보다 소년의 눈물을 닦아주는 사람들의 성원과 후원이 이어진 것입니다. 「소년의 눈물」을 통해 따뜻한 여러분을 만난 것은 행운이고 축복이었습니다.

「소년의 눈물」을 연재하는 내내 소년들의 아픈 이야기로 인해 제 가슴에는 눈물이 고였습니다. 「소년의 눈물」에서 이야기했던 소년들의 십중팔구는 엄마를 잃어버렸거나 버림받은 아이들이었습니다. 소년들의 아픔을 이야기하면서 엄마와 헤어져 지내야 했던 저의 어린 시절이 떠올라서 한동안 힘들었습니다. 그런데 여러 사람들이 소년의 눈물을 닦아주신 덕분에 아픈 가슴이 치유됐습니다.

그동안 「소년의 눈물」을 후원해주신 분들은 모두 2,899명, 총 모금액은 6,923만 7,000원입니다. 예상을 뛰어넘는 돈이 모금됐습니다. 제가 한 작은 수고로 큰 희망이 만들어진 것입니다. 한 푼 두 푼 십시일반의 힘이 세상에 없는 소년희망공장을 만드는 토대가 될 것입니다. 세상의 공장들은 아픈 소년들을 더 아프게 하지만 소년희망공장은 소년들의 아픔을 낫게 하면서 절망을 희망으로 바꿀 것입니다. 절망을 희망으로 바꿔주신 아름다운 여러분께 감사드립니다.

"울고만 있을 순 없어" 후원해주신 여러분

"「소년의 눈물」의 연재를 기다리며 보고 있습니다. 비록 월세도 못 내는 어려운 살림이지만 있어서 나누는 것보다 없어서 나누는 것이 더 행복합니다. 누군가에게는 흘러가는 돈이겠지만 제게는 사랑과 마음을 담은 헌신입니다. 함께할 수 있게 해주셔서 감사드립니다."

후원에 참여한 김소운 님의 댓글입니다. 어려운 상황에도 행복한 마음으로 참여하셨습니다. 가슴 미어지는 참여입니다. 이렇듯 정성스런 마음들이 모인 약 7,000만 원은 7억 원, 70억 원보다 크고 값진 돈입니다. 그냥 돈이 아니라 희망의 종잣돈입니다. 희망의 후원금이 쓰러진 소년들을 일으켜 세워줄 것이라 믿어 의심치 않습니다.

「소년의 눈물」을 연재하면서 가장 바랐던 것은 눈물입니다. 눈물이 아니면 소년들의 아픔을 이해할 수 없습니다. 환자의 아픔을 이해하지 못하는 의사는 기계적으로 진단하거나 오진할 수 있습니다. 그렇듯이 눈물 없이 바라보면 소년들을 인간쓰레기라고 판단하게 됩니다. 눈물 없이 바라보면 나쁜 놈, 양아치라고 낙인찍게 됩니다. 우리 사회의 이런 판단과 낙인이 오류는 아닙니다만 정확한 판단이라고 할 수도 없습니다.

정확하게 판단하려면 '소년들이 왜 그런 행동을 할까?' 하고 질문해야 합니다. 그런 질문도 없이 무조건 돌을 던지기 때문에 소년들의 행동이 수정되지 않는 것입니다. 간음한 여인에게 돌을 던지려고 하던 군중에게 예수가 물었던 것처럼 '소년들에게 돌을 던질 만큼 여러분은 죄가 없습니까?'라고 묻고 싶었습니다. 「소년의 눈물」을 읽은 따뜻한 사람들은 짠한 마음으로, 엄마의 마음으로 소년들의 가슴 아픈 사연들을 읽으면서 이렇게 반응했습니다.

"눈물이 나네요. 저도 아이를 키우는 엄마 입장에서 마음이 아프네요. 탈선한 아이들, 버림받은 아이들, 마음이 아픈 아이들, 그 아이들도 남의 아이가 아니에요. 비록 내 손으로 키우지는 않았지만, 내 아이들의 친구이고, 내 아이들입니다. 그들을 사랑스런 눈으로 보고 응원할게요. 엄마 여기 있으니 부디 아프지 말고 씩씩하게 꿈을 펼치라고요." - 주절주절g

"이 시대를 사는 엄마로서 안아주고 싶네요. 기회가 된다면 김밥 한 광주리 싸서 찾아뵙고 싶습니다. 연락주세요. 그래도 세상은 살 만합니다. 힘든 우리끼리 서로 등 기대며 살아가요." - 헤이즐넛

"회사에서 짬 나는 시간에 글을 읽고 계속 눈물이 흘러 혼났네요…. 나쁜 아이들이 아니라 아픈 아이라는 말이 왜 그렇게 가슴 찡한지…. 그리고 어른들이 아이들을 보듬어주지 못한다는 말에도 또 눈물이 흐릅니다." - 여누맘

"나쁜 아이는 없다. 아픈 아이가 있을 뿐이다. 이 말이 가슴에 크게 와 닿네요. 사람들은 나쁜 사람을 손가락질하기 바쁘지만 사실은 아픈 사람들을 지나쳐버린 우리들을 돌아봐야 하는 건

아닐까라는 생각이 듭니다. 조그만 도움과 응원이라도 보태고 싶네요. 모두 다 사랑하고 사랑받는 세상이 오길 기도합니다."

- GAAP

"너무 많이 울었습니다. 울고만 있을 순 없어 후원했습니다. 버림받고 상처받은 아이들에게 작은 힘이라도 되어주고 싶네요."

- 윤원서맘

「소년의 눈물」 후원금으로 짓게 될 '소년희망공장'

소년원 출원생과 위기 청소년의 치유와 자립을 위한 '사회적협동조합 소년희망공장추진위원회(이하 희망공장추진위)'가 2015년 10월 26일 발기인 대회를 열어 사업체 이름과 공장 설립 등 추진 계획안을 확정했습니다.

　「소년의 눈물」 후원금을 종잣돈으로 추진되는 사업체의 이름은 실패와 포기에 익숙한 소년들이 일어설 때까지 희망과 기회를 준다는 뜻에서 '어게인(Again)'으로 정했습니다. 희망공장추진위에는 김광민 변호사, 세품아 명성진 대표, 위기 청소년의 좋은 친구 어게인 최승주 대표, AJ네크웍스 박소원 상무, 15디자인랩 나웅주 대표, (주)태흥가설산업 문자평 대표, (주)메르디안솔라앤디스플레이 임창건 대표, (주)롯데베르살리스엘라스토머스 최남식 대표 등이 참여한 가운데 임창건 대표를 추진위원장으로 추대했습니다.

　임창건 추진위원장은 "희망공장의 목표는 소년들을 치유해서 사회에 복귀시키는 것"이라며 "공장과 매장 운영에 따른 수익은 소년들의 심리 상담, 교육 훈련, 자립 생활 등 소년들의 치료 및 복지에 사용하고, 일부는 희망공장의 지속과 확대를 위해 재투자하게 될 것"이라고 밝혔습니다.

누군가는 소년들에게 돌을 던졌지만 누군가는 소년들에게 따뜻한 손을 내밀었습니다. 「소년의 눈물」을 통해 따뜻한 이웃들을 만난 것은 행운이고 기쁨이었습니다. 고아원과 소년원 출신 미혼모들의 딱한 사연이 알려지면서 분유와 기저귀 등 아기 용품과 분유 값 등의 후원이 이어졌습니다. 미혼모 돕기 사업을 추진 중인 위기 청소년의 좋은 친구 어게인 최승주 대표는 분유 사업에 대해 이렇게 말했습니다.

"분유와 기저귀, 옷과 동화책, 장난감과 유모차, 쌀과 식품 등의 후원 물품 1차분은 법무부 산하 소년보호협회에 전달했습니다. 1차에 분유 열여섯 박스를 후원해주신 익명의 IT 업체 대표는 매월 100만 원 상당의 분유를 지원하겠다고 밝히는 등 각계각층에서 미혼모들을 돕는 따뜻한 손길이 이어지고 있습니다. 부모가 없는 등의 딱한 사정으로 어려움을 겪는 어린 엄마들을 지속적으로 돕기 위한 다양한 방법을 모색해나갈 예정입니다."

좋은 일은 잇따랐습니다. 2부에 소개할 천종호 부산가정법원 부장판사는 2015년 9월 11일 대법원에서 열린 제1회 대한민국 법원의 날 기념식에서 대법원장 표창을 수상했고, 법무부 윤용범 사무관은 서기관으로 승진했습니다. 김기헌 씨와 박용호 경위는 KBS 「아침 마당」 등의 방송에 출연했습니다. 선한 이웃이 칭찬받고 상을 받게 되어 참 기뻤습니다.

소년의 희망으로 다시 돌아오겠습니다

「소년의 눈물」을 연재하는 내내 소년들의 가슴 아픈 이야기로 인해 가슴에 눈물 고였지만 독자들의 눈물로 인해 아픈 가슴이 치유됐습니다. 눈물을 눈물로 씻어주던 치유의 시간이었습니다. 4개월의 여정을 지치지 않고 완주할 수 있었던 것은 많은 분들의 응원과 격려 덕분이었습니다. 힘들었지만 행복했습니다.

"소년의 눈물이 소년의 웃음이 되게 해주십시오!"

한 독자가 저에게 부탁한 것입니다. 저도 여러분들에게 부탁합니다. 소년희망공장이 희망을 생산할 수 있도록 지속적인 관심과 참여를 보여주십사 부탁드립니다. 세상에 없는 소년희망공장이 만들어진다는 것은 놀랍기도 하고 두렵기도 한 일입니다. 놀라운 것은 작은 참여로 공장을 만드는 것이고, 두려운 것은 무한 경쟁에서 살아남아 투자자들에게 희망을 배당하는 것입니다.

다시 돌아오고 싶습니다. 불러주시면 다시 돌아오겠습니다. 다시 돌아온다면 소년의 기쁨, 소년의 희망, 소년의 행복한 이야기를 나누고 싶습니다. 소년이 기쁘지 않은 가정, 소년이 희망 없는 세상, 소년이 행복하지 않은 나라가 희망의 나라가 될 수 있을까요. 나만 잘 먹고 잘사는 가정이 진정으로 행복한 가정일까요. 연재하는 동안 여행도, 휴식도, 제대로 취하지 못했던 조호진 시인이여, 참으로 수고했고 참 잘했다고 저를 위로하고 싶습니다. 감사의 마음으로 저의 졸시 한 편을 올립니다.

사랑 없이
봄이 올까요.

사랑 없이
아이들이 태어날까요.

희망 없이 과연
살아갈 수 있을까요.

누군가, 사랑하기에
따뜻한 봄이 오는 거지요.

누군가, 사랑하기에
아이들이 자라는 거지요.

누군가, 울어주었기에
쓰러진 아이들이 일어설 것입니다.

– 조호진,「누군가」

2부

소년이
희망이다

소년 희망 그리고
해피 크리스마스

신정동 뚝방 판자촌에서 어린 시절을 보낸 저는 크리스마스가 되면
더 우울했습니다. 노점상 아버지는 너무 가난했기 때문에 크리스마스
선물을 사줄 수 없었고 어머니는 가정불화로 집을 떠났기 때문에 크
리스마스 선물을 기대할 수 없었습니다. 그런 탓인지 저는 선물을 주
고받는 것에 익숙하지 않습니다. 저와 같이 가난한 사람들, 특히 불우
청소년들은 선물을 주고받거나 생일잔치를 해본 경우가 많지 않기 때
문에 그런 문화에 잘 적응하지 못합니다.

　저희 판잣집보다 더 누추한 곳에서 태어난 예수는 제 마음을 조금
은 이해하실 것입니다. 예수는 크리스마스와 선물에 대해 어떻게 생각
하실까요? 고아나 다름없던 어머니는 저를 피난민촌 판잣집에서 혼자
낳았습니다. 탯줄도 스스로 끊었다고 했습니다. 연년생인 저를 낳을

형편이 안 되어서 낙태를 하려고 애썼는데도 태어난, 병약했던 저는 태어나자마자 병원에 입원했다고 했습니다.

병약하고 소심했던 저는 외로움을 많이 탔습니다. 허기를 채우려면 넉살이 좋아야 하는데 그렇지 못했습니다. 동네 친구들은 교회도 다니지 않으면서 크리스마스가 되면 교회에 갔습니다. 주기도문이 뭔지도 모르면서 선물을 챙겨 오는 것에 대해 저는 염치없는 짓이라고 생각했습니다. 사실은 저도 교회에 가서 선물을 받고 싶었지만 수줍음이 많던 저는 그런 용기를 내지 못했습니다.

아픔 중에 가장 큰 아픔은 자기 아픔입니다. 크리스마스에 대한 슬픈 기억 때문인지 "메리 크리스마스"라는 말이 입에서 잘 떨어지지 않습니다. 가난한 아이들을 더 가난하게 만드는 날, 가난한 연인을 더 가난하게 만드는 날, 슬픈 이웃들을 더 슬프게 만드는 날인 크리스마스가 다가오면 저는 행복하지 않습니다. 예수도 제 마음을 충분히 이해하실 것입니다. 남의 아픔을 해결해주지도 못하면서 아픈 이웃을 보면 애달파하는 것은, 슬퍼봤기 때문에 그런지도 모르겠습니다. 그래서 부탁드립니다.

선물 주고받는 사람들이여!
캐럴 부르며 행복한 사람들이여!
행복과 축복을 맘껏 누리는 그대들로 인해
어떤 사람들은 더 슬퍼하고 있음을 기억해주세요.

2015년은 저에게 뜻 깊은 해였습니다. 「소년의 눈물」 연재를 통해 소년희망공장을 짓게 됐고 『소년원의 봄』이란 시집도 펴냈습니다. 이런 일들을 통해서 따뜻한 이웃도 많이 만나면서 제 능력으론 상상조차 못할 일을 추진하게 됐으니 제 생애에서 가장 보람 있었던 해였던 것이 틀림없습니다. 그래서 어린 시절의 저처럼 슬픈 크리스마스를 보낼 소년들에게 행복한 크리스마스를 선물하고 싶어서 「소년의 눈물」 주인공 중 하나인 인천남동경찰서 박용호 경위와 제자들인 유도하는 소년들을 크리스마스 파티에 초대했습니다.

일진 출신 또는 학교폭력 피해자인 소년들은 유도를 통해 달라졌습니다. 2015년 11월 유도보급회 주최로 열린 전국유도대회에서 중3 강준혁 금메달, 중3 김동인 은메달, 중3 전영하와 중1 강준서는 함께 동메달을 땄습니다. 집에 가봐야 반겨줄 누구도 없기에 학교 끝나면 거리를 배회하다 사고를 치던 소년들이 유도라는 운동을 통해 멋지게 변해가고 있는 것입니다. 이처럼 기쁜 소식도 있지만 가슴 아픈 소식도 있습니다.

무도관 신입 여학생 중1 주희는 최근 고층 아파트에서 자살 소동을 벌였습니다. 엄마가 자신을 버리고 떠났기 때문입니다. 아파트 난간에서 경찰 타격대, 형사와 대치하던 주희가 무사히 내려올 수 있었던 것은 사부 박용호 경위의 설득 때문이었습니다. 난간에선 내려왔지만 주희가 살아갈 학교 밖 세상은 여전히 불안하고 두렵습니다. 그나마 다행인 것은 박 경위가 소녀 곁에 있다는 것입니다.

해피 크리스마스 파티에는 "서창동 왕제비", "작전동 왕모기", "만수동 까시" 같은 무시무시한 별명을 가진 불우소년들이 참석했습니다. 해피 크리스마스는 익명의 산타클로스 덕분에 풍성해졌습니다. 자신도 아기 아빠라고 밝힌 착한 기업 대표는 "청소년들에게 따뜻한 크리스마스가 될 수 있도록 해달라!"며 성탄 후원금 100만 원을 보내왔습니다.

광고 회사에 근무한다는 익명의 후원자는 소이 캔들을 만들어 판매한 수익금 40만 원을 후원했고, 「소년의 눈물」후원자인 'jo' 님은 비행소년들을 돌본 박용호 경위의 노고에 찬사를 보내면서 아이들에게 자장면과 탕수육을 사주라고 20만 원을 후원해주었습니다. 저는 박 경위와 아이들을 아주 근사한 레스토랑으로 초대했습니다. 예약한 곳은 허브 향기 가득한 고급 레스토랑이었습니다. 식탁에는 등심, 안심, 살치살 세트와 피자, 스파게티로 구성된 스페셜 메뉴가 있었습니다.

고급 음식을 앞에 둔 소년들의 눈이 휘둥그레 해졌습니다. 소년들은 게 눈 감추듯 음식을 먹어치웠지만 순댓국밥처럼 속이 든든해지지 않아서인지 아쉬워했습니다. 그래서 돈가스를 추가로 주문해주었더니 그것을 먹고 나서야 만족한 표정을 지었습니다. 이날 해피 크리스마스 행사에는 학교폭력으로 자녀를 잃은 이기철 님이 함께했습니다. 이기철 님은 아이들에게 "힘든 환경인데도 희망을 잃지 않고 살아줘서 고맙다"며 엄마처럼 아이들의 음식을 챙겨주었습니다. 특히, 학교폭력에 시달리다 자살을 시도하려고 했던 소년에게 살아줘서 고맙다고 말했습니다.

저녁을 먹은 뒤에 인천 남동구의 한 신발 매장으로 우르르 몰려갔습니다. 크리스마스 대목을 맞은 매장은 부모와 아이 들로 붐볐습니다. 유도 소년들은 크리스마스 선물로 고급 운동화를 사주겠다고 하자 흥분한 표정을 지었습니다. 주희는 "생전 처음 받는 크리스마스 선물"

이라며 좋아했고 '왕코'를 비롯한 소년들은 "캡 좋아요!"라며 들뜬 표정으로 이 신발 저 신발 골랐습니다. 박 경위가 제자들에게 "너무 비싼 운동화는 고르지 마라!"고 소리치자 제 아내가 아이들에게 이렇게 큰 소리쳤습니다.

"아이들아, 돈 걱정은 말고 맘에 드는 신발 맘대로 골라!"

고급 운동화를 고르는 일은 쉽지 않았습니다. 한 시간가량 걸려 신발을 고른 소년들은 계산을 마친 뒤에 신발 선물을 받자 입이 귀에 걸렸습니다. 이 아이들에게 이렇게 행복한 크리스마스가 있었을까? 크리스마스가 되면 단칸방에 누워 우울해하던 아이들과 호롱불 어두운 방에서 모로 누웠던 어린 시절의 제가 겹쳐졌습니다. 멋진 음식점에서 고급 음식을 먹고 최고의 선물을 받아 든 소년들에게 올해 크리스마스만큼은 해피 크리스마스가 아니었을까요?

2015년을 「소년의 눈물」로 작은 기쁨을 누린 저는 2016년에 소년희망프로젝트를 추진하려고 계획했습니다. 물론 저의 능력으로는 불가능하죠. 제가 소년희망에 대한 꿈을 꿀 수 있었던 것은 아름다운 후원자 덕분이었습니다. 「소년의 눈물」 독자들이 소년들을 돕고 싶다는 뜻을 전해왔습니다. 그중에 한 분이 28세 아들과 25세 딸을 둔 주부 엄재숙 님입니다. 엄재숙 님께서는 면회 올 누구도 없는 소년들이 가슴 아프다고 했습니다. 엄마 없는 소년원 아이를 돌보고 싶다고 했습니다. 소년의 눈물을 닦아주려는 엄재숙 님의 마음은 성탄의 기쁜 소식이었습니다.

"사실 오래전부터 소년원에 관심이 있었습니다. 그들과 가까이 지내면서 힘이 되고 싶다는 생각이 있었지만 현실적으론 용기가 나질 않고 과연 나 같은 사람이 할 수 있을까 하는 마음에 실천하지 못하고 있었지요. 지금도 용기가 없기는 마찬가지지만 조심스럽게 조호진 기자님께 상담을 드려봅니다. 소년원의 한 아이와 결연을 맺어서 그 아이가 출소할 때까지 한 달에 한 번 정도 면회를 가고 영치금을 넣어주고 싶은데 가능할지요? 아이들이 면회 오는 사람이 없어서 외롭다는 말에 가슴이 아팠습니다. 저의 모자란 마음으로라도 그 외로움을 달래줄 수 있다면 좋겠습니다. 서민의 삶이라 영치금을 많이 넣지는 못하겠지만 면회를 통해서 마음의 위로를 전하고 싶습니다."

엄재숙 님은 따뜻한 마음 한편으론 "제가 과연 잘 감당할 수 있을지 걱정"이라고 하셨습니다. 그렇습니다. 버려지고 상처를 입은 소년의 눈물을 닦아주면서 안아주기란 쉽지 않습니다. 안아주어도 잘 안기지 않으니까요. 안겨봤어야 안기니까요. 엄재숙 후원자님의 고민에 대해 이렇게 답했습니다.

"아이를 키우실 때 실수도 하고, 어려움도 겪었지만 이렇게 잘 키우신 위대한 엄마이십니다. 그 마음만으로도 소년들에겐 크나큰 위로와 용기가 될 것입니다. 세상을 바꾸는 것은 돈과 권력이 아니라 사랑이니까요. 그 사랑이 소년들을 살리면서 자녀들과 가정을 행복과 평안의 지대로 만들 것임을 믿어 의심치 않습니다. 저희 가정이 그런 경험을 하고 있습니다."

1
천종호 부장판사 이야기(1)

빈민가 출신 판사가
선택한 외로운 길

저는 2012년 연쇄 방화로 구속된 소년을 돌보면서 법무부 보호관찰소로부터 특별범죄예방위원에 위촉됐습니다. 그리고 서울가정법원으로부터 보호소년 신병인수위원에 위촉되면서 보호소년들을 돌보는 '사법형 그룹홈'을 운영했습니다. 이때 '소년범의 아빠'로 불리는 천종호 부산가정법원 부장판사님을 만났습니다. 사법형 그룹홈은 천 판사님에 의해 만들어졌고 천 판사님에 의해 확산되고 있습니다. 소년들을 위한 일은 모두 기피하고, 아무도 소년들을 편들어주지 않는데(대개 편이 되어주는 척은 합니다) 그는 진짜 소년들의 진짜 편이 되어준 '만사소년(萬事少年)'입니다.

그가 법복의 권위에 갇혔다면 속마음을 주고받지 못했을 것입니다. 작은 교회의 장로이기도 한 그는 소년의 눈물을 진정으로 닦아주었습니다. 소년을 위한 일이라면 높은 자리에서 낮은 자리로 내려왔습니다. 그와 많은 이야기를 나누었고 이를 언론에 보도했습니다. 제가 하고 싶은 이야기는 판사의 성공 이야기가 아닙니다. 아픔 속에서 자란 그가 아픈 아이들의 아픔을 대변하고, 호소하고, 안아주는 삶을 이야기하고 싶은 것입니다. 부산의 최고 빈민가 출신으로 뼈저린 가난을 극복하고 부장판사가 된 천종호 판사가 연어처럼 가난한 아이들 곁으로 돌아와 소년 희망을 위해 고투하는 이야기를 세 차례에 걸쳐 해보도록 하겠습니다.

"아니야, 우리가 미안하다!"

한 소년범이 소년법정에서 "판사님, 잘못했습니다!"라고 울며불며 선처를 구했습니다. 판사의 엄벌을 우려했기 때문입니다. 그런데 판사가 소년범에게 미안하다고 사과했습니다. 소년범들의 죄가 소년에게 없진 않으나 그보다는 소년들의 아픔을 외면한 어른들의 잘못이 더 크기 때문에 사과한 것입니다. 판사는 부모와 사회의 잘못을 대신해서 "어른인 우리가 미안하다"고 사과하고 눈물을 닦아주었습니다. 죄는 밉지만 그 아이들의 아픔을 안아주면 소년범들도 진심으로 뉘우친다는 것을 알기 때문입니다.

천종호 부산가정법원 부장판사는 성인 못지않게 그악한 소년범들은 엄벌에 처합니다. 소년들을 범죄자로 만든 부모들은 무섭게 호통칩니다. 그래서 '호통 판사'라는 별칭이 붙은 것입니다. 하지만 그의 진짜 별칭은 소년범의 아빠입니다. 그는 훈계와 처벌에 그치는 응보적 방식을 휘두르기보다 회복적 정의 즉, 아이들의 아픔을 이해하고, 치료하고, 대변하는 데 힘씁니다. 세상을 향해 "아이들의 아픔에 귀 기울이고, 안아주면 아이들은 회복되고, 세상은 행복해질 수 있다"고 호소합니다.

소년범의 70퍼센트는 결손 가정과 빈곤 가정 출신입니다. 부모는 행방불명이거나 사망했거나, 이혼 혹은 별거 중이거나, 알코올 중독 등의 정신 질환을 앓는 경우가 많습니다. 부모의 돌봄을 제대로 받지 못한 소년들은 흡연, 음주, 가출, 도벽, 폭력 등의 문제 행동을 하게 됩니다. 소년의 문제는 소년보다 부모와 사회에 있습니다. 소년들은 자신들이 선택하지 않은 부모와 사회에 의해 소년범으로 만들어진 측면이 있다고 할 수 있습니다.

소년범들은 죄를 잘 뉘우치지 않습니다. 어른들이 만들어놓은 승자 독식의 질서에서 힘이 없기 때문에 편파적인 판정을 당했다는 억울함 때문입니다. 소년범 또한 모든 아기들처럼 천사로 태어났습니다. 그런데 빈곤과 학대, 버려짐을 당하면서 어둠의 자식이 된 것입니다. 자기 자식만을 끔찍하게 여기는 우리 사회는 소년범들을 위험인물로 낙인찍으면서 이 세상에서 추방시킵니다. 분명히 존재하는데도 투명 인간으로 취급합니다. 이 아이들이 주목받을 때는 범죄자로 뉴스에 등장할 때입니다.

천종호 판사는 왜 부귀영화를 택하지 않았을까?

천종호 부장판사는 1997년 부산지법 판사로 임관해 올해로 20년째 판사 생활을 하고 있습니다. 2010년 2월 창원지법에 부임하면서 소년재판을 시작했으니 소년재판 전담 판사로만 7년째입니다. 대한민국 사법부 역사 이래 천 판사처럼 소년재판을 오래한 판사는 없습니다. 매우 이례적인 경우입니다. 대개는 1~2년가량 소년재판을 하다가 이동합니다.

소년재판은 인기가 없습니다. 퇴임 후에 전관예우를 누릴 수도 없고 사건 수임도 많지 않기 때문입니다. 이와 함께 가슴 아픈 아이들의 재판을 맡는 게 힘들기 때문이기도 합니다. 주로 빈곤 가정 출신의 소년범들의 부모는 변호사를 선임하지 못합니다. 이처럼 소년재판 전담 판사라는 경력은 퇴임 후에 도움은커녕 불리하기만 한데 그는 왜 소년재판 전담 판사를 고집할까요?

경남 산청이 고향인 천종호 판사의 가족은 그가 초등학교 2학년 때, 부산의 대표적인 빈민가였던 아미동으로 이주했습니다. 일곱 남매 중 넷째로, 장남인 그는 단칸방에서 아홉 식구와 비좁게 살았습니다. 육성회비를 못 내 학교에서 쫓겨난 적도 있습니다. 도시락을 싸 가지 못해 수돗물로 허기를 달래기도 했습니다. 빈민가 아이들은 비행소년이 될 확률이 높습니다. 실화를 바탕으로 만들어진 곽경택 감독의 영화 「친구」에 나온 주인공 조폭 중 한 명이 천 판사의 동네 친구입니다. 그에게 꿈이 없었다면 친구처럼 비행소년이 됐을지도 모릅니다.

그의 꿈은 판사였습니다. 공부방이 없었기 때문에 가족이 모두 잠든 뒤에 밤을 새워 공부했습니다. 우수한 학생으로 촉망받았지만 부모님은 학비를 대주지 못했습니다. 가난에서 탈출하기 위해 발버둥 치며 공부했지만 등록금이 없어 대학 진학을 포기해야했습니다. 그런데 우연히 만난 친구의 도움으로 접수 마감 한 시간 전에 부산대학교 법대에 입학 원서를 내면서 대학생이 됐습니다. 장학금을 받아야만 했기에 억척같이 공부했습니다. 하지만 판사의 꿈은 멀었습니다. 사법 고시에 다섯 번 연거푸 떨어진 것입니다. 그러다 여섯 번만에 합격했습니다.

동기에 비해 늦깎이 판사였던 그는 부모의 당부처럼 가난한 형제들을 돕고 싶었습니다. 위로 누님 세 분은 여전히 가난하고, 동생들 역시 대학에 진학한 형 때문에 고등학교 진학을 포기하고 중학교만 졸업한 학력으로 가난하게 삽니다. 일곱 남매 중에 대학을 나온 사람은 그가 유일합니다. 가난한 집안의 대표 선수가 된다는 것은 참 괴로운 일입니다. 자신을 위해 희생한 부모 형제의 기대에 부응하려면 보통 선수 정도로 뛰어선 안 됩니다. 죽기 살기로 뛰어야만 하는데 그게 어디 쉽습니까? 그 사회에 진입하면 가난뱅이 방식이 아닌 그 사회의 방식으로 살아야 하는데 말입니다.

'개천에서 용 난다'는 말처럼 빈민가 출신이 판사가 되었으니 대단한 일입니다. 이제부터는 출세와 성공의 가도를 달려야 합니다. 그래야 가난한 부모 형제를 도울 수 있습니다. 야망을 품은 그는 퇴임 이후를 생각했습니다. 높은 수입을 벌어들이는 변호사가 되기 위해 사법연수원에서부터 술을 마시며 인맥을 쌓았습니다. 이대로 처세하면서 인맥과 판사 경력을 쌓으면 그것이 큰돈을 벌게 해줄 것이라고 생각했습니다. 그러면 가난한 부모 형제를 도울 수 있을 것입니다.

그런데 독실한 크리스천인 아내가 제동을 걸었습니다. 교사이기도 한 아내는 이렇게 살기 위해 판사가 됐냐고, 명예와 부가 그렇게 중요하냐면서 첫 마음으로 돌아가자고 호소했습니다. 그는 아내의 간청을 받아들였습니다. 10년간 마셨던 술을 끊고 인맥 쌓기를 중단하자 주변 사람들이 서서히 떠났습니다. 돈이 되지 않는 소년재판의 길을 줄 기차게 걷자 전화조차 오지 않았습니다.

천종호 판사는 '욕망의 절정기'인 50대입니다. 욕망에도 때가 있습니다. 50대는 부귀영화를 쌓을 수 있는 절정기입니다. 그러나 그가 욕망을 외면하자 욕망은 그를 떠나버렸습니다. 부장판사인 그는 이제야 겨우 내 집이 생겼습니다. 주택 할부금을 다 갚기 전까지는 내 집이 내 집이 아닙니다. 지난해에 주택 할부금을 다 갚으면서 비로소 내 집을 마련한 그는 빈민가에 금의환향할 수도 없습니다. 부모 형제를 힘껏 돕는 금력의 판사도 될 수 없습니다.

그를 좁고 힘든 길로 인도한 사람은 아내입니다. 가난한 사법 고시 합격생은 가난한 아내를 선택했고 가난한 아내는 하늘의 뜻을 받들며 살자고 했습니다. 소년범의 아픔을 다룬 천 판사의 첫 번째 책 『아니야, 우리가 미안하다』(우리학교, 2013)가 제법 팔렸습니다. 그래서 인세로 받은 3,700여만 원 중 일부를 가난한 형제들을 돕는 데 사용하고 싶었지만 아내가 반대했습니다. 아내는 "아이들의 아픔을 알리려고 쓴 책이니 우리에겐 그 돈을 사용할 권리가 없어요. 그러니 인세의 1원이라도 손대면 안 됩니다"라고 말렸습니다. 그는 아내의 뜻에 따라 인세 전액을 '사법형 그룹홈' 운영진들에게 기부했습니다.

보호소년을 돌보는 대안 가정, 사법형 그룹홈

'판사는 판결로 말한다'는 직무에 충실해야 한다는 말이지만 금과옥조는 아닙니다. 창원지법에 부임해 소년재판을 맡은 천 판사는 고민에 빠졌습니다. 재비행하고, 재판받고, 소년원 갔다가 또다시 재비행해서

170
171

잡혀 오고, 또 재판받고, 또 소년원 가고…. 한 소년범을 다섯 번이나 재판한 경우도 있었습니다. 보호자가 없는 소년들은 소년원을 마치고 사회에 복귀해도 돌아갈 가정이 없기 때문에 재비행의 늪에 빠지는 경우가 많습니다.

천 판사 또한 판결로 말하는 판사입니다. 판결로만 말하면 판사의 직무와 권위는 자동으로 보장됩니다. 하지만 소년재판은 달라야 한다는 게 그의 철학입니다. 그는 "소년법의 덕목은 관용과 용서에 있고, 그래서 처벌보다는 회복이 목적이어야 한다"라며 "피해소년이든 비행소년이든 모두 건강하고 건전하게 육성되어야 우리의 장래가 밝다"고 강조합니다. 소년범의 구조적인 악순환을 파악한 그는 판결과 권위 뒤로 숨지 않고 소년범들을 살릴 수 있는 길을 모색했습니다.

해답은 처벌과 격리가 아닌 따뜻한 가정입니다. 아이들은 부모와 사회에서 버림받고 떠돌면서 비행소년이 됩니다. 천 판사는 소년들을 따뜻하게 돌볼 사람들을 찾아 법정 밖으로 뛰어다녔습니다. 창원과 부산 지역 종교계 인사와 사회복지 관계자들에게 대안 가정 '사법형 그룹홈(일명 청소년회복센터)'을 만들어 아이들을 살려야 한다며 동참을 호소했습니다. 그렇게 해서 2010년 처음으로 사법형 그룹홈이 창원에 만들어졌습니다. 2016년 현재 경남 여섯 곳, 부산 여섯 곳, 울산 두 곳, 대전·충남 세 곳 등 모두 열일곱 군데에서 사법형 그룹홈이 운영되고 있습니다.

사법형 그룹홈은 법원으로부터 위촉된 신병인수위원이 자비로 집을 마련해 공동생활가정을 만들면, 판사가 소년범들을 위탁하고, 신병인수위원은 부모를 대신해 소년범들을 돌보는 대안 가정입니다. 하지만 일반 그룹홈(공동생활가정)과 달리 사법형 그룹홈은 정부나 지자체로부터 지원이 전혀 없었습니다. 그런데 천 판사가 발 벗고 나서면서 국비 지원을 받을 수 있는 법이 만들어졌습니다. 그가 국회의원들에게 편지를 쓰고 정부 관계자를 만나 호소하면서 보호소년과 사법형 그룹홈에 대한 지원 체계가 만들어진 것입니다.

사법형 그룹홈의 효과는 컸습니다. 소년원에 보낸 경우에는 70퍼센트가량의 재비행률을 보였지만 사법형 그룹홈에 보냈을 때는 20퍼센트대의 낮은 재비행률을 보였습니다. UN은 아동권리협약을 통해 소년들의 인권 보호와 정서 안정 그리고 사회 안정을 위해서는 소년원 등의 대규모 시설보다는 가정 위탁(그룹홈)을 실시해야 한다고 권고했습니다. 유럽과 미국, 일본 등의 사회복지 선진국들은 지역 사회에 설치한 가정(그룹홈)에서 소년들을 돌보면서 소년범죄를 최소화시키고 있습니다.

천종호 판사는 "소년원 등의 대규모 시설에선 소년들의 상처를 치유하기 어렵고, 상처가 낫지 않은 아이들은 사회에 복귀하면 재비행하게 된다"면서 "그룹홈이 재비행을 막는 데 가장 적합한 시설"이라고 강조했습니다. 판사는 판결로 정의를 말하지만 사명을 가진 판사는 판결을 뛰어 넘어 범죄의 원인을 파악하고 대안을 제시하면서 사회적인 질병인 범죄를 차단합니다. 그의 수고와 헌신에 의해 아무도 돌보지 않는 소년들의 아픔이 치유되기 시작했습니다.

2

가난한 애인을 선택한
순정의 사나이

대한민국 판사는 특권층입니다. 고시생들이 청춘을 희생하면서까지 사법시험에 합격하려고 하는 것은 법의 정의를 구현하기보다는 특별한 권리를 누리며 살기 위해서입니다. 그렇지 않다고 항변하는 판사들도 있을 것입니다. 정의와 진실을 밝히기 위해 퇴근을 미룬 채 서류에 파묻혀 일하는 판사들이 많다는 것을 알고 있습니다. 하지만 세간에 떠도는 '무전유죄 유전무죄'라는 말처럼 사법부에 대한 국민들의 불신은 매우 큽니다. 바라기는 특권을 누리기보다 사법 정의를 세우기 위해 가시밭길을 가는 판사들이 많았으면 아주 많으면 좋겠습니다.

판사가 비행소년의 편이 될 수 있을까요? 소년들을 딱하게 여기고 선처를 베풀 순 있으나 자신의 인생을 희생하면서까지 소년들의 편이 될 수 있을까요? 입으론 그렇게 살겠다고 말할 수 있지만 세상은 말처럼 쉽지 않죠. 천종호 부장판사를 여러 번 만나고 수년 간 지켜본 끝에, 그가 법복의 권위를 벗고 사랑의 옷을 입은 것은 일시적인 쇼가 아닌 진실한 것임을 알게 됐습니다.

천종호 부장판사는 법정의 판사이기도 하지만 소년범과 사회를 치유하려는 사랑의 판사입니다. 그의 이런 모습에 감동한 많은 사람들이 박수를 보내지만 질시하는 사람도 있기 마련입니다. 유명해진다는 것은 영광의 길인 것 같지만 사실은 외로운 길입니다. 소년의 편이 되어 외롭고 힘든 길을 가겠다는 대한민국 부장판사 천종호, 제 가슴을 울린 그의 말을 오래도록 잊지 못할 것입니다. 그가 믿는 예수는 그의 가시밭길을 기뻐할 것입니다. 그래서 저는 그의 편이 되려고 합니다.

"권력과 부를 가진 사람들은 힘 있는 사람 편에 서서 살아갑니다. 그래야 이익이 커지니까요. 그 누구도 우리 아이들 편에 서지 않으려는 게 현실입니다. 그래서 외롭고 상처 입은 우리 아이들은 세상을 향해 분노를 터트립니다. 그러니 저라도 아이들 편에 서야 하지 않을까요? 그 아이들 편에 아무도 없는 사회는 망하는 사회입니다. 비행소년들도 대한민국의 희망이고 주역이 될 수 있습니다."

소년범의 아버지가 되기까지

2014년 11월 14일 여자소년원인 안양소년원에서 있었던 일입니다.

"판사님", "판사님!"

"내가 누군지 알아?"

"예, 잘 알아요. 천 판사님!"

안양소년원 특별 강사로 초청받은 천종호 부장판사가 소년원 강당에 들어서자 환호성이 들렸습니다. 소녀들이 천 판사를 환대한 것은 아빠처럼 친절하게 대해주었기 때문입니다. 천 판사는 아이들을 보면 미안합니다. 아이들의 아픔을 어떻게 할 수 없기 때문에 속울음을 웁니다. 아빠 없이 태어나고, 자라고, 아빠에게 맞고 버려지면서 어둠의 자식이 된 아이들….

아이들의 아빠가 되어준 것은 그 때문입니다. '이 아이들에게도 험한 세상에 다리가 되어줄 든든한 아빠, 저녁 바람에 덜컹거리는 문을 닫아주는 따뜻한 아빠가 필요하지 않겠는가' 하는 생각 때문이었습니다. 아빠의 마음으로 소녀들을 만나러 온 천 판사는 가난을 딛고 일어선 자신의 이야기를 들려주었습니다. 용기를 잃지 말라고, 다시 일어서라고 격려했습니다. 소녀들은 천 판사의 이야기에 울고 웃었습니다.

강연을 마친 천 판사는 악수를 청하는 소녀들의 손을 일일이 잡아주었습니다. 자신이 재판한 소녀들인 '희망', '신희', '규선' 등의 이름을 부르며 안부를 묻고 격려했습니다. 소년재판에서 가장 무거운 10호 처분으로 안양소년원에 보낸 아이들입니다. 엄벌에 처하면 앙심을 품기 마련인데 이 아이들은 오히려 사랑과 희망의 마음을 품었습니다. 강연을 마친 천 판사는 소년원을 떠나기 전에 소년원 원장에게 5만 원짜리 지폐를 주면서 "신희 용돈인데 대신 좀 전해주세요!"라고 부탁했습니다.

신희는 조부모 품에서 자랐습니다. 엄마는 연락 두절 상태이고 아빠는 딸의 양육을 거부했습니다. 천 판사는 또래의 휴대폰을 뺏고 훔친 사건으로 법정에 선 신희를 보호기관에 6개월 위탁하는 6호 처분을 내리려고 했습니다. 그런데 신희가 더 무거운 10호 처분을 요청했습니다. 비행을 끊기 위해서라고 했습니다. 천 판사는 고심 끝에 10호 처분을 내리면서 재판정에 온 할아버지에게 인사드리라고 했고, 신희는 법정 바닥에 끓어 앉아 "할아버지 사랑합니다! 감사합니다!"라고 외치며 흐느꼈습니다.

할아버지 눈에선 굵고 뜨거운 눈물이 흘렀습니다. 그러자 신희는 "울지 마, 할아버지"라며 울면서 안았습니다. 이를 지켜본 천 판사는 "소년원에서 검정고시 합격도 하고, 미용자격증도 따. 돈이 필요하면 훔치지 말고 판사님께 전화해라"라고 당부했습니다. 신희는 안양 소년원에서 "'판사님께 전화하라'는 말씀이 잊혀지지 않았습니다. 빈말이든 아니든 저에게 그렇게 말해주신 분은 아무도 없었습니다"라며 "판사님과 할아버지께 한 약속을 꼭 지키겠다"고 다짐하는 편지를 천 판사에게 부쳤습니다.

천 판사는 소년원에서 온 편지를 종종 받습니다. 외로운 아이들의 편지를 읽으면 가슴이 저려옵니다. "판사님이 저의 아빠였으면 좋겠다"는 바람을 담은 희망이의 편지에 천 판사는 눈물이 핑 돌았습니다. 아빠의 정이 얼마나 그리웠으면…. 천 판사는 소년원과 교도소에서 편지가 오면 자신이 펴낸 책에 소망의 글귀를 적어 보냅니다. 신희에게는 용돈도 같이 보냈습니다. 아빠가 엄마 몰래 쥐어준 용돈을 받아본 적이 없는 소녀에게 아빠의 마음으로 용돈을 준 것입니다.

천종호 판사의 아내가 흘린 눈물
5전 6기로 사법 고시에 합격한 청년 천종호, 가난한 고시생 곁에는 가난한 애인이 있었습니다. 통속 드라마에선 사법 고시에 합격한 가난한 주인공이 가난한 애인을 버리고 부잣집 여자를 선택합니다. 사법 고시에 합격한 천 판사에게도 중매쟁이의 발길이 끊이지 않았습니다. 부잣집 사위가 되면 앞길이 탄탄대로였을 것인데 그는 뒤도 돌아보지 않고 가난한 애인을 선택했습니다. 가난한 애인을 선택한 가난한 그는 지하 단칸방에 신혼살림을 차렸습니다.

환경재단은 천종호 부장판사를 '2014 세상을 밝게 만든 사람'으로 선정했습니다. 그해 12월 19일 서울 광화문 씨네큐브에서 열린 시상식엔 천 판사의 아내가 대신 참석했습니다. 시상식을 마치고 천 판사의 아내와 식사를 함께했습니다. 그의 아내는 살아온 이야기를 하면서 눈물을 흘렸습니다. 기쁨과 감사의 눈물입니다. 최근에 장기주택상환을 끝내면서 내 집을 마련한 기쁨, 늦둥이가 태어난 기쁨, 가난한 부모 형제를 도우며 사는 기쁨…. 그리고 남편에 대한 감사의 눈물을 흘리면서 이렇게 말했습니다.

"그이는 성격상 불의와 타협하지 못하는 꼿꼿한 사람이에요. 또 어려운 사람들의 사정을 보면 외면을 못해요. 그래서 소년범의 아버지가 됐나 봐요. 그이는 저에게 분이 넘치는 사람이에요. 그이가 고생 끝에 사법 고시에 합격하자 주변은 물론이고 시부모님까지도 부잣집 혼처를 알아봤어요. 가난한 저를 버리고 부잣집 여자와 결혼해도 됐는데 그이는 저를 버리지 않았어요."

천 판사는 순정의 사나이입니다. 심순애는 김중배의 다이아몬드 반지를 택하며 배신했지만 가난한 애인을 택한 천 판사는 사랑하는 아내와 세 자녀를 낳고 오순도순 살고 있습니다. 힘들고 외로운 길을 선택할 수 있었던 것은 아내 때문입니다. 그의 아내는 분에 넘치는 삶보다 하늘의 뜻을 받들며 살자고 합니다. 부창부수라는 말처럼 천 판사가 궂은일을 하면 아내는 소년들의 밥을 챙겨주는 등 힘든 일을 기쁘게 해내고 있습니다. 최근에는 늦둥이 딸까지 낳아주었습니다. 집에 빨리 오라는 늦둥이 딸의 채근에 천 판사는 싱글벙글 웃습니다. 하늘이 보기에 참 아름다운 부부입니다.

3

천종호 부장판사 이야기(3)

"소년들에게 아빠 같은 판사가 되고 싶습니다!"

만사소년 천종호 부장판사는 "소년 전담 판사가 된 것을 하늘의 뜻이라고 생각한다"면서 "퇴임할 때까지 소년 판사, 만사소년이고 싶다"고 말합니다.

그는 6년 동안 1만여 명의 소년범을 만났습니다. 폭력, 상해, 갈취, 절도, 강도, 성폭행 등의 범죄를 저지른 소년범들과 원조교제와 성매매를 하면서 혼숙 가출팸을 하는 소녀들도 만났습니다. 이들은 선처를 구하기 위해 임신과 낙태를 하기도 합니다. 성인 범죄를 능가하는 소년범죄가 발생할 때마다 우리 사회는 판사에게 엄벌을 요구합니다. 소년범의 죄만 보기 때문입니다. 하지만 천 판사는 소년범의 아픔과 눈물까지 봅니다. 형벌의 망치 대신에 두 팔로 안아주면 소년들이 달라지기 때문입니다.

임신한 소년범에겐 배냇저고리를 사주고, 절도 소년범에겐 용돈 넣은 지갑을 선물하면서 "돈이 필요하면 훔치지 말고 연락하라"고 했습니다. 한 소녀가 천 판사에게 차비가 떨어졌다고 전화했습니다. 그대로 두면 비행을 저지를 게 뻔해서 택시 타고 법원으로 오라고 했습니다. 법원에 도착한 그 소녀를 부장판사 집무실에 데려다놨더니 잠이 들었습니다.

"사는 게 얼마나 고단하면 자신을 처벌하는 판사 집무실에서 단잠을 잘까." 잠든 소녀를 측은히 바라보는 판사. 이 세상을 향해 칼을 겨눈 아이들은 법관의 양심과 아빠의 마음으로 자신들을 대해주는 판사 앞에서 분노의 칼을 내려놓았습니다. "판사님이 아빠였으면 좋겠다!"는 아이들의 소원처럼 천종호 판사는 소년범의 아빠가 되어주었습니다.

천 부장판사가 소년재판 이야기를 담은 두 번째 책 『이 아이들에게도 아버지가 필요합니다』(우리학교, 2015)를 펴냈습니다.

첫 번째 책에 이어 두 번째 책에도 소년범의 아픔과 눈물 이야기로 독자들의 가슴을 울립니다. 가난한 목수의 아들로 태어나 부산 달동네에서 자란 천 판사는 동역자로 함께 활동하고 있는 저와의 인터뷰에서 엄벌의 법전 대신 관용의 법전을 펼쳤습니다. 아래의 인터뷰는 2015년 3월 28일 『오마이뉴스』에 보도된 기사로 일부 수정한 것입니다.

"소년범죄의 주범은 승자 독식 사회"

소년 재판은 일반인 방청이 불가능합니다. 그래서 소년 재판 첫 번째 이야기 『아니야, 우리가 미안하다』(이하 『미안하다』)를 읽으면서 충격이

컸고 가슴이 아팠습니다. 독자들의 반응이 궁금합니다.

"예상외로 호응이 컸습니다. 호응이 가장 컸던 독자는 소년원생들입니다. 광주가정법원에서 10호 처분을 받은 희망이는 자신을 안양소년원에 보낸 판사님을 몹시 미워했다고 했습니다. 그런데『미안하다』를 읽으면서 미운 마음이 없어졌다고 저에게 편지를 보냈습니다.

소년 판사들은 희망이 표현대로 '엄청 가슴 아파하며' 처분을 내립니다. 희망이는『미안하다』를 읽으면서 판사의 마음을 알게 됐고 그래서 편지를 보냈다고 했습니다. 소년원뿐 아니라 교도소에서도 '판사님 책을 읽으면서 후회했고, 반성의 눈물을 흘렸다', '우리들의 아픔을 이해하고 대변해주셔서 감사하다'는 편지를 보내왔습니다.

처벌과 격리로는 아이들을 변화시키기 어렵습니다. 반면 아이들의 아픔을 이해하면서 손을 잡아주면 아이들은 달라집니다. 두 번째로 호응이 컸던 독자는 교사와 청소년 활동가 등 위기 청소년과 관련된 분야에서 일하는 분들입니다. 이분들은『미안하다』가 위기 청소년의 실상을 알리는 데 도움이 됐다고 합니다. 세 번째로 호응한 독자는 학부모들입니다.『미안하다』를 통해 위기 청소년의 아픔을 알게 된 부모들은 자녀들이 큰 문제없이 성장해준 것만으로도 감사하다는 마음을 갖는가 봅니다."

소년범죄가 갈수록 심각해지고 있습니다. 소년범죄가 발생할 때마다 처벌을 강화해야 한다는 여론이 기세등등합니다. 그런데 판사님께서는 용서와 관용을 해법으로 제시하고 있습니다. 판사님의 해법에 반발하는 독자는 없었나요?

"우리나라는 아직도 가해자의 입장 역시 존중해야 한다는 사고를 가진 것 같습니다. 이 책도 피해자가 아닌 가해자에게 초점을 맞추고, 법정에 세우고, 반성하고, 편지 읽히고, 눈물 흘리게 하는 것이 싫어서 읽는 내내 좋은 감정이 생기지 않았습니다.'

『미안하다』를 읽은 한 학생이 보내온 독서 감상문입니다. 학생의 의견에 충분히 공감합니다. 폭력, 상해, 갈취, 절도, 강도, 성폭행, 성매매 등 소년범죄는 위험 수위에 도달했습니다. 소년범들은 무엇을 잘못했는지 모르거나 알고도 반성하지 않는 경우가 적지 않습니다. 이런 소년범에 대한 여론이 차가운 것은 어쩌면 당연합니다. 관용을 전제로 한 소년처분을 '솜방망이 처분'이라고 비난하며 처벌 수위를 높이라고 주문하는 여론 또한 잘 알고 있습니다.

그런데 우리 사회가 놓친 부분이 있습니다. 이 아이들도 한때는 예쁜 꽃이었습니다. 그런데 꺾이고 짓밟히는 냉혹한 환경에서 살아남으려고 몸부림치다 보니 칼이 되고 말았습니다. 저는 판사 이전에 세 아이의 아빠입니다. 내 아이뿐 아니라 모든 아이들은 보호받아야 합니다.

우리 사회에 묻고 싶습니다. 이 아이들이 소년범이 되는 동안 우리는 무엇을 했습니까? 소년범들 태반이 결손 가정과 빈곤 가정 아이들입니다. 가난과 결핍이 아이들을 비행으로 내몰고 있는 것입니다. 문제 가정이 있을 뿐 문제아는 없습니다."

가난하다는 이유로 소년범죄를 용서해야 하나요?

"어른들은 가난하다고 다 문제아가 되지는 않는다고 말합니다. 맞는 말입니다. 하지만 절반은 맞고 절반은 틀렸습니다. 어른들의 시대는 가난한 시대였습니다. 다 가난했기 때문에 견딜 만했고, 근면 성실하면 가난에서 탈출도 할 수 있었습니다. 그런데 지금은 가난이 구조화되고 세습화되고 있습니다. 소년들은 분노하고 좌절하면서 꿈과 희망을 포기합니다. 아이들의 인간성을 황폐화시킨 주범은 소년 스스로가 아니라 무한 경쟁과 승자 독식의 사회라고 생각합니다.

저는 부산에서 가장 가난한 산동네에서 자랐습니다. '하꼬방' 판잣집 골목이 거미줄처럼 얽힌 산동네 단칸방에서 아홉 식구가 부대끼며 살았습니다. 극심한 가난은 모루* 처럼 가족을 짓눌렀습니다. 도시락을 싸 갈 수 없어 수돗물로 배를 채우는 건 참을 수 있었지만 육성회비를 내지 않았다고 수업 도중에 집으로 쫓아 보내는 것은 참기 어려웠습니다. 제가 가난을 통해 갖게 된 것은 뼈아픈 수치심이었습니다."

가난뿐 아니라 소년범죄도 구조화되는 것 같습니다.

"소년범들은 아픕니다. 그런데 아이들은 아파도 아프다고 소리 지르지 못합니다. 비명도 들어줄 사람이 있어야 지르고, 도움도 손을 내밀어줄 사람이 있어야 청합니다. 재비행을 막으려면 따뜻한 가정이 필요한데 부모 이혼, 사망, 행방불명, 방치 등의 이유로 버려졌기 때문에 아이들은 오갈 곳이 없습니다. 이 아이들은 이런 환경을 선택한 적도, 원한 적도 없습니다. 국가는 이 아이들을 보호해야 할 책임이 있고, 사회는 이 아이들을 돌봐야 할 공동체적 의무가 있습니다.

그런데 국가와 사회가 아이들을 봐줍니까? 아이들을 외면하고 낙

쇠를 두드릴 때 받침으로 쓰는 쇳덩이.

인찍는 환경이 소년 비행 구조화의 원인입니다. 작은 실수조차 용납하지 않는 사회이다 보니 경미한 비행이 재비행이 되고, 소년범이 되어 자포자기하고, 범죄의 학습화와 고착화를 거치면서 성인범이 됩니다. 구조적인 악순환입니다. 문제아로 태어난 아이는 한 명도 없습니다. 아이들보다는 낙인찍고, 외면하고, 격리하는 방법으로 문제를 덮으려는 사회가 더 큰 문제라고 할 수 있습니다."

그러면 어떻게 해야 할까요?

"자연의 숲에선 간벌(間伐)이 이루어집니다. 비싼 재목을 만들기 위해 방해되는 나무들은 솎아내는 것이죠. 하지만 인간의 숲은 간벌이 불가능할 뿐만 아니라 그렇게 해선 절대 안 됩니다. 강자를 위해 약자를 간벌하면 우리 사회는 심각한 위기에 직면하게 됩니다. 잘난 사람이나 못난 사람이나 함께 살아가야 하는 곳이 인간의 숲입니다. 구조화되는 소년범죄를 줄이는 최고의 방법은 처벌과 격리가 아니라 용서와 관용입니다. 위기 청소년도 대한민국 청소년입니다."

"판사는 잘못 저지른 아이들이 마지막에 만나는 어른"

대개의 판사들이 기피하는 소년재판을 6년째 전담하고 있습니다. 이유가 뭔가요?

"제 아버지는 가난한 목수였습니다. 아버지의 일이 끊기면 끼니도 때우기 힘들었습니다. 목수의 아들이 판사가 되고 싶었던 것은 가난의 억울함을 벗고 싶어서였습니다. 가난하다는 이유만으로 수치를 당하고, 억울함을 당해도 호소할 곳조차 없는 동네 사람들 속에서 자랐습니다. 미련할 정도로 악착같이 고시 공부를 한 것은 아버지와 같은 약자를 돕고 싶어서였습니다. 그런데 판사가 되자마자 생각이 달라졌습니다.

돈 잘 버는 변호사가 되려면 인맥을 쌓아야 했기 때문에 밤마다 술자리를 쫓아다녔습니다. 그러다 소년재판을 맡으면서 고시생 시절 '약자를 돕는 법조인이 되자!'라고 다짐했던 것이 생각났습니다. 소년전담 판사가 된 건 하늘의 뜻이라고 생각합니다. 한 아이의 일생을 좌우하는 판사보다 더 귀한 일이 있을까 싶습니다. 그래서 퇴임할 때까지 소년 판사, 만사소년으로 살고 싶습니다."

천 판사의 소년재판은 다른 판사의 재판과 아주 다릅니다. 호통을 치기도 하고, 용서와 사랑을 외치기도 합니다. 효과가 얼마나 있나요?
"법정은 법을 집행하는 엄숙하고 신성한 공간입니다. 그런 소년법정에서 퍼포먼스를 연출하는 목적은 재범 방지와 사회 해악을 줄이기 위함입니다. 엄벌만으론 재범을 막기가 어렵다는 것을 역사와 통계가 증명합니다. 죄를 뉘우치는 아이의 눈물, 자녀의 눈물을 닦아주며 부모의 잘못을 고백하는 법정은 엄벌의 장소를 넘어 관용과 희망을 일구는 장소가 되고 있습니다. 효과가 아주 크다고 말할 수 있습니다."

소년 판사의 보람에 대해 듣고 싶습니다.
"판사는 잘못을 저지른 아이들이 만나는 마지막 어른입니다. 소년들은 판사 앞에 서면 단단히 주눅 듭니다. 그런데 마음을 알아주면 아이들의 눈빛이 달라집니다. 임신한 소녀에게 배냇저고리를 사주고, 절도로 붙잡힌 아이에게 지갑에 돈을 넣어 선물한 적이 있습니다. 남의 물건에 손대지 말고 돈이 필요하면 연락하라고 했더니 아이가 눈물을 흘렸습니다.

한 소녀가 있었습니다. 음주와 흡연, 성매매와 자해로 몸을 망치다 재판을 받게 된 소녀였는데 그 아이에게 소원을 물었더니 '한 끼라도 좋으니 온 가족이 모여 밥을 먹는 것'이라고 했습니다. 이 아이가 방황할 때, 죽고 싶을 만큼 힘들 때, 가족의 정이 그리울 때 우리는 따뜻한 말 한마디 해주지 않았고, 손 한번 잡아주지 못했습니다. 그 아이가 재판받는 내내 '죄송합니다!'라고 용서를 빌었습니다. 용서를 빌 사람은 소년범이 아니라 우리 어른입니다. 그래서 '아니다, 오히려 우리가 미안하다'고 사과했습니다. 소녀도 울고, 법정 사람들도 울었습니다."

소년재판의 어려움은 무엇인가요?

"일반 청소년뿐 아니라 위기 청소년도 우리의 미래입니다. 소년재판을 받는 아이들에게도, 강연장과 언론 등에서 만나는 어른들에게도 절대 포기하지 말라고 호소하는 이유는 그것입니다. 미래가 없는 사회에 희망이 있을까요? 한 소년의 재판에 소요되는 시간은 10분가량입니다. 사건이 많으면 3~4분가량으로 줄어듭니다. 3~4분이면 컵라면 하나 익히는 시간에 불과합니다. 한 소년의 미래가 결정되는 중대한 재판을 컵라면 익히는 것처럼 급하게 처리하는 것은 괴로운 일입니다."

두 번째로 펴낸 책의 제목이 『이 아이들에게도 아버지가 필요합니다』(이하 『아버지가 필요합니다』)입니다. 아버지를 주제로 선정한 특별한 이유

가 있나요?

"아버지의 부재가 소년 비행에 악영향을 끼칩니다. 한 사회의 수준은 그 사회의 가장 낮은 곳에 의해 결정된다는 말이 있습니다. 위기 청소년은 우리 사회의 춥고 쓸쓸한 그림자입니다. 이 아이들에게도 아버지가 꼭 필요합니다. 핏줄의 아버지가 없다면 아버지 역할을 해줄 누군가가 필요합니다. 그래서 누군가는 이 아이들에게 따뜻한 아버지가 되어주어야 한다고 생각합니다.

이 땅의 아버지들에게 부탁하고 싶습니다. 아이들은 아버지의 등을 보고 자란다는 말이 있습니다. 그러므로 든든한 등을 가진 아버지가 되어주십시오. 자녀들을 관용의 마음을 가진 시민으로 키워주십사 부탁드립니다. 그래서 그들이 비행소년들을 감싸고 아픔을 이해해준다면 우리 사회는 지금보다 안전하고 살맛 나는 세상으로 변할 것입니다. 이런 바람 때문에 아버지를 주제로 삼았습니다."

『아버지가 필요합니다』를 읽으면서 가슴이 아팠습니다.

"그런 반응을 보인 분들이 많았습니다. 가슴이 아파서 책 읽기를 멈추고 한참 울었다는 이야기를 들었는데 저 역시도 글을 쓰면서 가슴이 아파서 쓰다가 멈추기를 반복해야 했습니다."

『아버지가 필요합니다』에는 시가 배치됐습니다. 어떤 의도인가요?

"소년범들의 아버지들은 대체로 끔찍합니다. 『아버지가 필요합니다』에는 친족 성폭력 아버지, 가정폭력 아버지, 알코올 중독 아버지, 부도가 나자 가족을 내팽개치고 숨어버린 아버지, 아이에게 음란물을 보여주며 변태적 가혹 행위를 저지른 의붓아버지, 불륜을 일삼으며 가정을 버렸다가 건강을 잃자 자녀에게 양육비를 달라며 소송을 한 늙은 아버지 등 '불량 아버지'가 등장합니다.

소년범죄를 이야기하기 위해서는 원인의 한 축인 아버지들을 등장시킬 수밖에 없었습니다. 그런데 출간 전 원고를 읽었던 분들이 하나같이 마음이 아프고 분노가 차올라 글을 읽기가 힘들다고 했습니다. 그래서 김현승 시인의 「아버지의 마음으로」, 칼릴 지브란의 「아이들에 대하여」 그리고 소년원 아이가 쓴 자작시 등 모두 12편의 시를 실었습니다. 12편의 시 중에 첫 번째로 배치한 시는 작자 미상의 「아버지의 조건」이란 시입니다.

'산처럼 힘세고/나무처럼 멋있고/여름 햇살처럼 따뜻하고/고요한 바다처럼 침착하고/자연처럼 관대한 영혼을 지니고/밤처럼 다독일 줄 알고/역사의 지혜를 깨닫고/비상하는 독수리처럼 강하고/봄날 아침처럼 기쁘고/영원한 인내심을 가진 사람 (……) 하느님은 그를 아버지라 불렀다.'"

"법정 밖으로 나선 것은 법관의 양심, 아버지의 마음 때문"
사법부는 보수적인 곳입니다. "판사는 판결로 말한다!"는 말도 있습니다. 그런데 천 판사는 법과 제도를 뛰어넘었습니다. 사법형 그룹홈을 만들기 위해 법정 밖으로 나서면서 사법부 안팎에서 적지 않은 어려움을 겪었을 것 같습니다.

"사법부가 보수적이라는 시각이 있지만 법과 양심의 테두리에서 행동한다면 큰 제약은 없습니다. 소년법에는 보호자가 없는 비행소년을 법원이 위촉한 '신병인수위원'에게 위탁하고 보호 비용을 지급하는 제도가 있습니다. 그런데 이 제도가 거의 활용되지 못했습니다. 창원지법 소년 판사로 근무하면서 이 제도를 발견하고 적극 활용하면서 만든 게 사법형 그룹홈입니다.

매년 3만 명 정도의 소년재판을 하는데 비행이 가벼운 소년들은 보호자에게 위탁하는 1호 처분을 합니다. 그런데 결손가정 소년들은 보호자도 없고, 가정도 없기 때문에 위탁할 곳이 없습니다. 창원지법 소년 판사로 근무하면서 재비행 사건을 살펴봤는데 70퍼센트가량이 결손가정 소년들이었습니다.

이 소년들을 방치하면 성인범이 되는 것은 시간문제입니다. 그런데 정부와 사회는 이 아이들을 차가운 시선으로 바라볼 뿐 어떤 대책도 없습니다. 그래서 법정 밖으로 나간 것입니다. 법관과 아버지의 양심상 아이들의 아픔을 두고 볼 수만은 없었습니다."

일반 그룹홈은 정부 지원을 받는데 사법형 그룹홈은 정부 지원을 못 받고 있습니다. 사법형 그룹홈 현황과 어려움에 대해 듣고 싶습니다.[*]

"사법형 그룹홈은 2010년 창원에서 처음 시작됐고 현재 부산 여섯 곳, 경남 여섯 곳, 대전 한 곳 등 모두 열세 곳이 운영되고 있습니다.[**] 사법형 그룹홈의 가장 큰 어려움은 재정 문제입니다. 그룹홈을 운영하려면

---

[*] 2016년 5월 19일 청소년복지지원법 일부 개정 법률안이 국회 본회의에서 통과되면서 사법형 그룹홈에 대한 국비 지원 근거가 마련됐다. 하지만 예산을 배정하는 기획재정부의 반대로 지원비를 받기까지는 넘어야 할 산이 여전히 많은 상태다.
[**] 2016년 8월을 기준해 17곳으로 늘어났다.

아이들과 함께 살 집을 직접 마련해야 하는데 정부의 도움은 전혀 없습니다.

법원이 위탁한 소년 한 명 당 매월 40만 원을 지급하는 것이 지원의 전부입니다. 그룹홈을 운영하는 분들은 거의 신앙인들입니다. 아이들을 돌보는 어려움뿐 아니라 재정적인 어려움에 시달리면서도 아이들을 회복시키기 위해 사명을 다하는 모습을 볼 때마다 존경스럽기도 하고, 죄송스럽기도 합니다."

사법형 그룹홈을 만드셨으니 부담이 크겠습니다.
"죄송스러움을 조금이라도 덜기 위해 『미안하다』인세를 전액 기부했습니다. 저는 성격상 누구에게 도와달라는 말을 잘 못합니다. 그런데 사법형 그룹홈 때문에 판사 체면을 잠시 내려놓았습니다. 아이들에게 도움이 되는 일이면 부탁도 하고 도움도 받습니다. 그룹홈 운영자들이 아이들 문제와 운영비 때문에 법원에 찾아오면 이야기를 들어주고 식사 대접을 하며 위로합니다. 그런데 저는 하소연할 곳이 없습니다. 그래서 새벽 예배에 참석해 하나님께 하소연합니다. 무엇보다 독자와 국민들의 따뜻한 격려가 큰 힘이 됩니다."

사법형 그룹홈을 도와달라는 호소 편지를 국회의원들에게 보냈다고 들었습니다.
"2014년 9월, 송호창 의원이 아동복지법 개정안을 발의했습니다. 사법형 그룹홈도 지원받을 수 있도록 아동복지법을 개정하는 법안입니다. 2014년 12월, 법안 통과를 호소하는 장문의 편지를 정의화 국회의

장과 김춘진 보건복지위원장 등 보건복지위 소속 국회의원 21명, 부산과 창원지역 국회의원 22명 등 모두 43명의 국회의원들에게 보냈습니다.

공직자인 판사는 정치에 개입하면 안 되지만 사법형 그룹홈을 만든 책임이 있기 때문에, 소년들을 살려야 할 어른의 책임이 있기 때문에 정치인들에게 호소했습니다. 송 의원이 발의한 법안은 현재 보건복지위원회에서 심의 중입니다."

"버려진 아이들도 행복해지는 숲을 만들고 싶습니다!"
2014년 11월에 개최된 SBS '미래한국리포트'에서 장덕진 서울대 사회발전연구소장이 발표한 보고서에 따르면 '타인에 대한 관용'을 묻는 설문조사에서 한국은 조사 대상 62개국 중 꼴찌로 나타났습니다. 천판사께서는 소년범을 관용으로 품어야 한다고 호소하지만, 우리 사회의 관용 정신은 매우 부족합니다. 한국 사회가 관용 사회로 진입할 수 있을까요?
"용서와 관용이 사라진 배경에는 '용서와 관용을 베풀어도 아무런 도움이 되지 않더라!'는 경험이 자리 잡고 있습니다. 관용과 용서를 베풀면 손해 본다는 가치관이 팽배하면 회복적 정의보다는 죄인을 형벌로 보복하자는 응보주의를 선호하게 됩니다.

용서와 관용의 사회를 만들려면 내가 베푼 용서와 관용이 나와 내가족에게도 도움이 된다는 현실적 이해타산이 성립돼야 합니다. 나는

천종호 부장판사의 노력에 힘입어 2016년 5월에 해당 법안이 만들어졌다.

운전 중에 발생한 접촉 사고 피해를 용서했는데, 누군가에게 용서는커녕 피해 이상의 보복을 당하게 되면 관용과 용서의 마음은 사라질 수밖에 없습니다.

관용과 용서의 열매를 맺게 하려면 누군가 농부가 되어 관용과 용서의 씨앗을 뿌려야 합니다. 그런데 누가 농부가 될 것인가가 문제입니다. 사실 그것은 종교인의 몫인데 농부 역할을 해야 할 종교인들이 앞다투어 지주 역할을 하려고 하면서 세상이 살벌해졌습니다. 개신교 신앙인의 한 사람으로서 부끄럽습니다. 하지만 희망이 없진 않습니다.

관용과 용서의 세상을 만들기 위해 희생하고 헌신하는, 이름도 없고 빛도 없는 작은 농부들이 많진 않지만 분명히 있습니다. 인류 역사를 발전시킨 것은 법전이 아니라 빛과 소금의 소명을 감당한 작은 농부들이었습니다. 관용과 용서 대신에 형벌이 지배하면 모두가 피해자가 됩니다. 내가 용서와 관용의 법전을 선택한 것은 그 때문입니다."

재판과 강연 등의 일로 바쁠 것 같습니다. 가족들의 불만은 없나요?
"일요일에는 어떤 요청이 있어도 절대 응하지 않습니다. 가족과 함께 예배와 휴식과 대화를 나누는 가족의 날이기 때문입니다. 이날만큼은 아이들을 놀게 합니다. 평일 퇴근 이후의 저녁 약속은 부득이한 것이 아니면 잡지 않습니다. 여섯 살짜리 늦둥이가 아빠와 노는 것을 좋아하기 때문입니다.

늦둥이는 특히 아빠와 물놀이하며 목욕하는 것을 좋아합니다. 아이들과 함께하는 시간이 '골든 타임'이고, 가정을 안정 기지로 만드는 금쪽같은 시기입니다. 이 시간을 외면하면 아이들은 떠나고 돌아오지 않는다는 것을 압니다. 야근과 술자리, 회식 등으로 아버지를 뺏는 우리 사회의 패러다임은 바뀌어야 한다고 생각합니다."

마지막으로 꿈과 희망에 대해 듣고 싶습니다.
"한국 사람에게 아베 총리는 원성의 대상입니다. 군사대국화로 한국을 위협하기 때문입니다. 하지만 같은 일본 사람인 미야자키 하야오 감독은 환영받습니다. 애니메이션을 통해 아름다운 추억과 꿈을 주기 때문이죠.

　판사는 아름다운 꿈과 추억을 심어주는 예술가가 아닙니다. 어떤 경우에는 원성까지 듣습니다. 그래서 아이들이 행복해지는 세상을 위해 씨를 뿌리는 작은 농부가 되는 게 꿈이고 희망입니다. 세상은 버려진 아이들은 간벌하고 잘난 아이들만 재목으로 키우자고 하지만 저는 버려진 아이들도 행복해지는 숲을 만들고 싶습니다. 그 아이들에게도 아버지가 필요하고, 아름다운 추억이 필요하고, 꿈과 희망이 꼭 필요합니다. 그래서 법관의 양심과 아버지의 마음으로 소년범의 대변자 역할을 계속할 계획입니다. 바람이 있다면 아이들에게 따뜻한 아빠 같은 소년 판사, 세상 사람들에겐 만사소년으로 기억되고 싶습니다."

4

청개구리
밥차

한 소녀가 죽었습니다. 해변에서 발견된 난민 꼬마 쿠르디의 주검은
안아줄 수라도 있었지만 아빠에게 맞아 죽은 소녀는 안아줄 수도 없
었습니다. 아빠의 폭력을 좀 말려달라고, 지옥 같은 집에서 나 좀 꺼내
달라고 구조 요청할 때 손을 내밀었어야 했는데 아무도, 누구도 그렇
게 하지 못했습니다. 소녀여, 미안합니다.

　백골로 발견된 여중생 소녀는 가정폭력에 무관심한 사회와 정부의
미비한 시스템을 끔찍한 죽음으로 고발했습니다. 소녀의 죽음에 충격
받은 정부와 사회는 어떤 대책을 세울까요? 난무하던 대책과 구호는
흐지부지되고 우리들의 자책은 소녀처럼 재가 되어 사라질 것만 같아
안타깝습니다. 소녀의 죽음을 헛되게 하지 말아야 합니다.

정부와 사회에 책임을 추궁하는 것보다 더 시급하고 중요한 것은 위기의 아이들을 구하는 것입니다. 엄마의 마음으로 달려가 아이들의 손을 잡아주는 것입니다. 천하보다 더 귀한 아이들, 봄꽃으로 피어야 할 아이들을 안아주는 것입니다. 이 사건을 접한 저는 「소년의 눈물」에 이어 '소년이 희망이다'라는 제목으로 두 번째 스토리 펀딩을 시작하기로 했습니다.

『국민일보』와 함께하기로 한 「소년이 희망이다」는 2016년 3월부터 6월까지 진행됐습니다. 이 스토리 펀딩으로 후원금이 모이면 가정폭력을 피해 거리로 탈출한 소년들을 위한 공간을 마련하고, 공사비 부족으로 중단된 소년희망공장을 다시 일으켜 세우고, 전남 여수의 산동네 합주단 소년들에게 악기 또는 운영비를 지원하고, 일진 출신 유도 소년들을 돕는 일에 지원하기로 계획했습니다.

소녀의 죽음, 그 이후 부천역

2016년 2월부터 3월까지 부천역을 찾았습니다. 거리 소년들을 만나기 위해서입니다. 부천역 일대는 저렴한 노래방과 PC방, 당구장과 만화카페, 그리고 주민등록증 없이도 이용할 수 있는 여관과 모텔 등 숙박 시설과 유흥업소가 밀집해 있어 수도권 가출 청소년들이 주로 모이는 곳입니다.

학교 밖 청소년 39만 명 가운데 거리를 떠도는 청소년에 대한 정확한 통계는 없습니다. 가정 해체로 돌아갈 가정이 없어졌거나 가정폭력 때문에 귀가할 수 없는 소년이 12~14만 명가량이라고 추산될 뿐입니다. 거리 소년의 70퍼센트는 이혼, 재혼, 한부모, 조손 가정 출신이며

이들 중 30퍼센트는 하루에 한 끼를 먹거나 며칠씩 굶기도 합니다. 어른들은 가출 소년들을 문제시할 뿐, 가정폭력에 시달리는 아이들의 고통은 외면합니다. 그래서 가정을 탈출하지 못한 여중생은 목사이자 신학대학 교수인 아빠에게 맞아 죽었고, 이를 피해 거리로 탈출한 여중생의 오빠는 살았습니다. 하지만 거리 소년이 된 여중생의 오빠는 빵을 훔치다 붙잡혀 소년재판에 넘겨졌습니다.

거리 소년들은 앵벌이와 갈취, 절도와 성매매 등의 방법으로 생존합니다. 알바를 하기도 하지만 주거지가 불안정한 탓에 지속하진 못합니다. 아이들을 알바로 고용한 어떤 어른들은 최저임금마저 떼어먹습니다. 무정할 뿐 아니라 비열한 거리입니다. 이 거리에서 살아남기 위해 훔치고 빼앗는 아이들…. 하지만 자비와 용서만은 훔치지도 빼앗지도 못합니다. 거리 소년들은 사회복지 사각지대에 버려졌습니다. 표도 없고, 부모도 없고, 편들어줄 누구도 없기 때문입니다.

훔치지 않아도 먹을 수 있는 천막 식당

부천역 거리 소년들은 매주 목요일 밤이면 무료 심야 식당 '청개구리 밥차'를 찾아옵니다. 훔치고 빼앗지 않아도 먹고 마실 수 있는 유일한 곳입니다. 이곳에서 고민 상담도 하고 긴급 상황이 발생하면 도움도 받습니다. 2011년에 문을 연 천막 식당은 부천 북부역 먹자골목 상상마당 귀퉁이에 있습니다. 천막 식당의 주요 고객인 거리 소년들은 짧게는 1~2년, 길게는 4~5년차 단골손님입니다.

천막 식당 운영자인 이정아 물푸레나무 청소년공동체 대표는 부천 토박이입니다. 숙명여자대학교 1학년 시절에 했던 복사골 야간학교

국어 교사를 시작으로 30년가량을 부천 지역 불우 소년들과 함께하고 있습니다. 참 묘한 것은 아프고 힘들게 자란 이들이 소년들을 돕는다는 것입니다. 위기 청소년들을 돕는 천종호 판사와 명성진 목사가 그런 아픔을 먹고 자랐는데 이정아 대표 역시 불우한 환경에서 자랐습니다. 금형 기술자였던 아빠가 사업에 실패한 이후 방황하면서 가족의 고통이 심각했던 것입니다.

또한 묘한 것은 불우함이 소명으로 변한다는 것입니다. 어머니를 따라 기도원을 다니던 중학교 2학년 때, '나처럼 상처받은 아이들을 돌보는 사람이 되겠다'고 하나님께 서원한 것입니다. 거리 소녀들은 소년들보다 더 위험한 일에 처합니다. 하지만 속을 털어놓을 곳이 별로 없습니다. 그런데 이 대표를 찾아와서는 가슴속에 꽁꽁 숨겼던 끔찍한 사연들을 꺼냈습니다. 이정아 대표가 들려준 이야기입니다.

"피투성이가 되도록 때리던 친아빠에게 버림받은 뒤, 재혼한 엄마와 살면서 새아빠에게 가정폭력을, 그다음 세 번째 새아빠에겐 성추행을 당한 16세 소녀. 친아빠에게 성폭행을 당한 뒤 자해하고 방황하는 18세 소녀. 아빠처럼 변호사로 만들려는 엄마로부터 공부 강요와 폭력에 시달리다 거리로 탈출한 15세 소녀, 깡패에게 납치돼 성폭행 위기에 처했다며 도움을 청한 15세 거리 소녀들의 이야기를 듣다 보면 가슴이 무너집니다. 어떻게 이런 일이 벌어질 수 있는지…."

그렇게 끔찍한 사연을 가진 소녀와 소년들이 천막 식당에선 울고 웃습니다. 따뜻한 밥을 먹으면서 종종 웃는 소녀들, 천막 식당은 가정폭력에 희생된 아이들의 야전병원입니다. 세상이 천막 식당 같다면 아이들은 훔치거나 빼앗지 않을 것입니다. 천막 식당이 더 많아진다면 소년범죄는 상당히 줄어들 것입니다. 그래서 자원봉사자들과 보드게임을 하거나 악기를 배우고 노래를 부르는 소년 소녀의 그 모습 그대로 살면 얼마나 좋을까요?

"거리 소년에게 대안공간이 필요합니다!"

"비가 오고 눈이 내리고 태풍이 불어도 천막을 쳤습니다. 아이들이 찾아오기 때문입니다. 천막을 치지 않으면 아이들이 굶기 때문입니다. 나이가 들어서인지 비바람 추위에 시달린 다음 날엔 몸살을 앓습니다. 너무 힘들어서 그만두고 싶다고 했더니 아이들이 절대 안 된다고 아우성이었습니다. 아이들이 비바람을 피할 수 있는 공간을 달라고 기도하고 있습니다."

이정아 대표는 네 아이의 엄마입니다. 그리고 건물 없는 교회 목사의 아내입니다. 이 대표의 소망은 자녀와 남편의 성공이 아닙니다. 가정폭력과 가정 해체로 거리를 떠도는 소년들에게 살 곳을 마련해주는 것입니다. 2016년의 목표는 대안 공간 마련입니다. 이름은 미리 지었습니다. '청소년드림충전소'. 빼앗긴 밥과 꿈을 충전해주기 위해 상시로 운영하는 공간을 만들 것입니다. 소년들의 가장 큰 범행 이유는 배고픔인데 주 1회 운영하는 천막 식당으론 배고픔을 해결해줄 수가 없습니다.

이 대표는 거리 소년들에게 대안 공간을 마련해주겠다고 약속했습니다. 훔쳐 먹던 손으로 스스로 밥해 먹고 운영할 수 있겠냐고 묻자 그렇게 하겠다며 환영했습니다. 인간쓰레기? 양아치? 아닙니다. 속아주고 믿어주고 칭찬하면 놀랍게 변합니다. 거리에서 깨달은 믿음입니다.

이 대표는 거리 소년들을 자립 가정과 독립 가정에서 살게 해주고 싶다고 말합니다. 거리 생활이 만성화되면 노숙자로 전락하기 때문입니다. 이 대표는 이렇게 말합니다.

"청소년드림충전소를 마련하기 위해서는 임대 비용과 자원활동가가 필요합니다. 거리 소년들을 수상하다며 신고하는 시민보다 희생하고 헌신하고 책임지려는 시민공동체가 필요합니다. 일시적인 후원금과 헌금보다 현장에 와주시면 좋겠습니다. 현장에 와서 이 소년들을 보고, 느끼고, 참여해야 그나마 조금이라도 세상이 바뀔 수 있습니다. 거리 소년 문제의 답은 현장에 있습니다."

새아빠의 폭행, "차라리 맞지 않는 거리가 편해요!"

"새아빠에게 흉기로 여러 번 찔려서 여기저기 다쳤어요. 새아빠가 너무 무서워요."

스물한 살 민우는 새아빠의 폭력 때문에 거리로 탈출했습니다. 초등학교 6학년 때 부모의 이혼으로 보육원에서 지내던 민우가 엄마와 다시 살게 된 것은 엄마가 재혼한 중학교 3학년 때였습니다. 기쁨은 잠시였습니다. 새아빠는 주먹질에 그치지 않고 쇠 파이프와 식칼까지 휘둘렀습니다. 경찰이 몇 차례 출동했지만 소용없었습니다. 가정 문제이니 가정에서 알아서 하라는 것입니다. 사람이 죽거나 크게 다쳐야 그제야 가정폭력으로 취급합니다.

"내가 맞고 칼에 찔린 것은 참을 수 있지만 엄마를 때리는 것은 참을 수 없었어요. 새아빠가 엄마를 쇠 파이프로 때리려고 해서 막다가 다쳤어요. 어느 날은 엄마가 자살하려고 했어요. 잠긴 문을 강제로 열

2부
소년이 희망이다

고 들어갔더니 엄마가 식칼로 자살을 시도해 병원에 모시고 간 적이 있어요. 새아빠의 폭력이 너무 무섭고, 폭력에 시달리는 엄마는 너무 불쌍해요."

민우는 키가 아주 큰 청년입니다. 하지만 마음은 아주 여린 아이와 같습니다. 민우는 엄마를 지켜주지 못하고 도망 나왔습니다. 흉포한 새아빠에게 맞섰다면 끔찍한 사건이 발생했을 것입니다. 힘도 맘도 약한 민우지만 천막 식당에선 1등 봉사자입니다. 지난 1년 동안 성실하게 봉사한 민우, 새아빠의 폭력 때문에 거리를 떠돌 수밖에 없는 민우는 언제쯤 귀가할 수 있을까요?

열아홉 살 철호는 초등학교 6학년 때 처음 가출했다고 했습니다. 엄마와 헤어진 뒤 딴 여자와 사는 아빠는 철호에게 소주병과 유리컵을 집어던졌다고 했습니다. 칼을 든 적도 있다고 했습니다. 철호가 담배를 물면서 말했습니다.

"너무 맞을 때는 아빠를 죽이고 싶다는 생각도 했어요. 차마 그럴 순 없어서 도망 나왔어요. 맞기 위해 태어난 것도 아닌데 살면서 맞은 기억밖에 없어요. 세상에서 집 나가고 싶은 사람이 어디 있어요? 집 나가면 개고생이잖아요. 그래도 거리가 편해요. 아빠에게 맞지 않아도 되니까요."

키가 작고 앙상한 철호를 안아주었습니다. 천막 식당에서 같이 밥을 먹어서인지 철호는 가만히 안겼습니다. 거리 소년이 된 철호는 물건을 훔치고, 잡히고, 재판받고, 소년원 가고, 나와서 보호관찰받다가 도망가고, 구인당하면 소년원에 다시 들어가기를 반복했다고 했습니다. 아직 겨울 추위가 가시지 않은 2월의 늦은 밤, 철호에게 "오늘은 어디서 잘 거니?"라고 물었더니 이렇게 답했습니다.

"잘 데가 없어요. 부천역 어디서 자거나 그냥 밤새도록 돌아다닐 거예요. 근데 새벽이 가장 힘들어요. 그때가 가장 춥거든요."

봄비 그치면 봄꽃 필 텐데 소년의 꿈은 언제쯤 필까

스무 살 영진이는 스물두 살 주희 누나가 얻은 월세방에서 열아홉 살 철민이, 열일곱 살 지혜, 열다섯 살 민애와 함께 삽니다. 영진이는 지난 2월 김천소년교도소에서 나왔고, 철민이는 소년보호시설에서 6개월을 살았습니다. 지혜와 민애는 보호처분을 받고 있는 중입니다. 부천역 거리에서 만난 이들은 가족이 됐습니다. 일명 '가출팸'입니다. 이들은 배고픔 못지않게 외로움도 견디기 힘들다고 했습니다. 그래서 함께 살게 됐다고 했습니다.

2016년 3월 3일 늦은 밤, 부천역 근처에 있는 이들의 월세방을 방문했습니다. 방문을 열었더니 그 안은 소년들의 인생처럼 캄캄했습니다. 월세와 관리비가 밀리면서 단전, 단수에 가스까지 끊긴 것입니다. 전기밥솥이 콘센트에 꽂혀 있었지만 무용지물이었습니다. 영진이가 밥차에서 얻어온 밥과 반찬을 먹으려고 주희와 민애를 깨웠지만 아이들은 어둠에 파묻혀 일어나지 않습니다. 영진이와 철민이 그리고 지혜와 함께 소주에 과자를 안주 삼아 살아온 이야기를 나누었습니다. 이야기는 자정을 넘겼고 방 안은 담배 연기로 자욱했습니다.

철민이는 엄마가 기억나지 않는다고 했습니다. 너무 일찍 떠난 것입니다. 아빠는 술만 마시면 화를 내고 때린다고 했습니다. 철민이는 아빠처럼 살지 않을 거라고 했습니다. 지혜는 세 살 때 부모에게 버려졌다고 했습니다. 아빠가 재혼한 여덟 살 때부터 함께 살았지만 새엄마의 학대에 시달렸다고 했습니다. 고통에서 벗어나기 위해 중학교 3학년 때부터 술을 마셨다고 했습니다. 그런데 술을 마시면 마실수록 견딜 수 없는 슬픔 때문에 자해와 자살을 시도했다고 했습니다.

영진이가 고아 출신 성악가 최성봉 씨 이야기를 했습니다. "껌팔이 생활하며 폭력배에 시달렸던 그 사람도 살았는데 왜 인생을 포기하려고 하니? 살려고 하면 살 길이 있어. 우리에겐 나쁜 기억도 있지만 좋은 기억도 있잖아. 부모에게 맞고 싸웠던 기억보다 좋았던 기억을 하자"면서 절망의 늪에 빠진 동생들을 북돋웠습니다. 어둠보다 더 어둠이 되어버린 소년들이 상처 입은 꿈과 희망에 대해 이야기했습니다.

"제 꿈은 헤어 디자이너입니다. 소년원에서
미용사 자격증도 땄고, 미용사로 봉사도 했습니다.
헤어 디자이너가 돼 동생들을 도와주고 싶습니다." - 영진

"제 꿈은 가수입니다.
아픔을 노래하는 가수가 되고 싶습니다." - 철민

"저처럼 고통받는 아이들에게 꿈과 희망을 주는
작가가 되고 싶습니다." - 지혜

봄비 쏟아지던 지난 5일, 영진이에게서 전화가 왔습니다. 월세방에서 쫓겨났다고 했습니다. 비를 피할 곳을 찾고 있다며 도움을 청했습

니다. 소년의 계좌로 돈을 얼마 부쳤습니다. 그런데 봄은 부치지 못했습니다. 봄비 그치면 봄꽃들이 무수히 필 텐데 거리 소년들의 꿈은 언제쯤 피어날까요? 거리 소년들의 봄은 오긴 올까요?

5

가난하고 아픈 이들의
선한 목자

선한공동체의 김명현 목사를 지난 2~3월 내내 취재했습니다. 공동체를 만든 김 목사는 수많은 사역을 하면서도 대표나 회장 등의 그럴싸한 직함이 없습니다. '선한공동체' 서번트* 다섯 명 중에 한 명일 뿐입니다. 가난한 사람과 학대아동 그리고 장애인을 20년 넘게 섬겼으니 자랑할 게 많을 텐데도 자랑할 게 없다고 말합니다. 무엇인가 자랑을 해주어야 취재가 수월할 텐데 별 말이 없습니다. 그래서 그의 아내와 주변을 한 달가량 취재해야 했습니다.

김명현 목사는 CBS 「새롭게 하소서」에서 출연 제안이 왔는데도

---

* '섬기는 사람'이라는 뜻.

정중하게 사양했습니다. 목사와 선교사 등 기독교계 인사들은 이 프로그램에 출연하는 것을 선호합니다. 방송을 타면 유명해질 수도 있고 도움받을 수도 있기 때문입니다. 하지만 유명세도 큰 조직도 원치 않는 그는 작은 자들을 잘 섬기다 하늘로 돌아가고 싶어 합니다. 취재는 힘들었지만 참목사를 만난 것은 행운이었습니다. 참목사를 통해 진짜 희망을 이야기할 수 있어서 행복했습니다.

아프리카를 품었던 의대생

그의 꿈은 슈바이처와 같은 의사였습니다. 의사가 돼 아프리카에 갈 계획이었습니다. 그런데 한국에도 아프리카가 있다는 사실을 알게 됐습니다. 그곳은 구로공단입니다. 육사 출신 군인 아버지와 교사 출신 어머니 품에서 유복하게 자란 그는 구로공단 야학 교사를 하면서 충격을 받았습니다.

그때 김명현 목사가 만난 열세 살 소녀는 계부의 폭력에 시달리다 공장에 왔고, 시골 출신의 열다섯 살 소녀는 장시간 노동과 불규칙한 식사 때문에 위장병을 앓았습니다. 야학 교사였던 의대생은 여공들을 가르치는 일만 하지 않았습니다. 몸 아픈 소녀들을 병원에 데리고 다니던 의대생의 고민은 점점 커졌습니다. 가난 때문에 많은 것을 포기한 어린 여공들의 꿈마저 빼앗는 장시간 노동과 저임금 그리고 냉혹한 세상, 부조리한 이 세상을 어떻게 해야 하나?

하나님 보러갈 짬이 없어요
새벽 별 보며 일터에 가고

어스름 등에 지고 돌아오는 나날
조출한 잔업 특근 철야 그물에 갇혀
일에 쫓기다 바라본 창 밖 새까만 연기 하늘을 가려
닫힌 하늘 문 두드려도 열리지 않고
하나님 보러갈 짬이 없어요
- 고승하 작곡, 「여공 일기」

기독교인 전태일은 가난한 사람은 왜 주일을 지킬 권리마저 없느
냐면서 노동자를 기계 취급하는 세상에 항의했습니다. 그리고 응답이
없자 제 몸을 불살랐습니다. 일요일 특근 때문에 하나님 보러갈 짬도
없는 소녀들 앞에서 아프리카의 꿈은 낭만이었습니다. 2년가량 방황
하던 그는 중앙대학교 의학대학 의예과를 그만두고 연세대학교 신학
과와 신학대학원을 졸업했습니다. 가난한 사람들을 섬기는 목회자가
되기 위해….

교회 건물 대신 공동체 세운 목사
김명현 목사에게는 교회 건물이 없습니다. 목회 초기에 교회를 개척했
지만 교인들은 다 떠났습니다. 불우소년과 장애인 등을 섬기는 힘겨운
목회 때문입니다. 교인들은 그럴싸한 교회 건물을 세워서 부흥의 불길
로 타오르는 교회를 원했지만 김 목사의 목회 방향은 그와 정반대였
습니다. 결국 세속 교회를 좇던 교인들은 떠났고 그는 가난한 공동체
를 만들었습니다. 교회의 본질은 건물이 아니라 사랑이기 때문입니다.
야간학교 교사였던 이정아 대표와 결혼한 그는 부천의 가난한 동

네에서 20년 넘게 살고 있습니다. 네 명의 자녀들도 가난하게 키웠습니다. 부천역 거리 소년들에게 5년째 밥을 주고 있는 그의 아내는 고된 사역에 종종 앓아눕더니 급기야 병원에 입원했습니다. 그의 아내는 "도와야 할 이웃들은 늘고 할 일은 많은데 몸은 점점 쇠약해진다"고 탄식합니다. 가도 가도 힘겨운 가시밭길입니다.

　김 목사의 선한공동체는 부천시 소사구 기찻길 옆에 있습니다. 지나는 전철과 뛰노는 아이들로 늘 시끌벅적합니다. 선한공동체가 운영하는 대안 가정 '샬롬 빌리지' 여섯 가구에는 10여 명의 고아와 장애인이 살고 있습니다. 한참 많을 때는 20명이 넘었습니다. 거리 소년들도 데려와 살았습니다. 샬롬 빌리지 아이들의 사연은 이렇습니다.

　현미 남매는 아빠에게 학대당했습니다. 초등학생 현미는 아빠와 동네 노인에게 성추행까지 당했습니다. 법원은 친권을 박탈했고 아동보호 전문기관은 남매를 시설로 보내려고 했습니다. 부모 잃은 남매를 떼어놓다니…. 비인간적인 처사에 항의하던 김 목사는 남매를 집으로 데려왔습니다. 샬롬 빌리지에서 10년 넘게 살던 현미는 지금 회사 기숙사에서 생활 중입니다.

　할머니에게 맡겨진 미연이는 삼촌에게 학대와 성폭행을 당했습니다. 학교는 이 사실을 알고도 덮어버렸습니다. 학교를 떠난 미연이는 쉼터 생활 중에 만난 언니들에 의해 모텔에 감금당한 채 성매매를 강요당하다 경찰에 구출됐습니다. 환청과 우울증, 정신분열 등에 시달리던 미연이는 샬롬 빌리지에 와서야 악몽에서 벗어났습니다. 미연이는 올해 고등학교에 진학했습니다.

　열아홉 살 은아, 열여섯 살 세연이 남매와 스물두 살 연미는 지적

장애인입니다. 시설에서도 잘 받아주지 않는 아이들입니다. 샬롬 빌리지에 사는 아이들은 1인 1실에서 지냅니다. 아동보호시설과 그룹홈에선 상상할 수 없는 생활 조건입니다. 초등학교 5학년 훈이의 방은 개구쟁이답게 투박하고 연미의 방은 소녀답게 예쁘게 꾸며졌습니다. 빨강 스웨터를 입은 연미가 수줍어하며 방을 보여주었습니다.

10년 넘게 아이들을 섬기는 정봉임 씨는 '이모'로 불립니다. 그는 "8년 전에 훈이를 맡기고 간 할아버지는 그 뒤로 연락을 끊었습니다. 부모는 아이를 버렸고, 할아버지는 연락을 끊었는데도 아이는 간혹 핏줄을 그리워합니다"라며 안타까워합니다. 아이의 맘을 울리는 그리움, 전철은 기적(汽笛) 소리도 없이 어둠을 흔들며 지나갑니다.

선한공동체의 운영 주체는 서번트

선한공동체의 운영 주체는 서번트입니다. 서번트가 되려면 3년이란 인턴 과정을 거쳐야 합니다. 서번트는 김명현 목사 부부와 정봉임, 박현주 씨를 비롯해 모두 다섯 명입니다. 선한공동체는 헌금과 후원금, 월급 등의 수입을 공동 재정으로 운영합니다. 직장 생활을 하는 서번트는 월급을 공동체에 내놓습니다. 각각의 서번트에게 분배된 월 사례비는 30만 원일 때도 있고, 100만 원일 때도 있습니다.

서번트가 되기 위해 3년째 인턴 생활 중인 조형래 씨를 만났습니다. 캐나다 유학생 출신으로 부동산 중개사였던 그는 16세, 17세 장애인 소년과 한 가정에서 살고 있습니다. 그에게 고민을 물었더니 "아이들과 함께 살고 있는 전셋집 주인이 집을 팔려고 내놨으니 이사 갈 준비를 하라고 통보했다"고 말합니다. 인턴 생활이 힘들다면서도 아이들과 살아갈 집을 더 걱정합니다. 곧 서번트 한 명이 더 늘어날 것 같습니다.

선한공동체는 정부나 지방자치단체의 지원금을 받지 않습니다. 지원금을 받는 순간 아이들이 대상으로 전락하기 때문입니다. 김명현 목사는 "지원금을 받으면 성년이 된 아이들을 내보내야 하는 등 비인간적으로 운영해야 합니다. 조건에 따라 돌보고 외면하는 것은 가족이 아닙니다. 선한공동체는 아이들을 무한으로 책임집니다"라면서 이렇게 강조합니다.

"아이들의 문제를 놓고 어른들이 선택하는데, 그건 옳지 않습니다. 아이들이 선택하게 해야 합니다. 신앙이든, 살고 싶은 방이든, 진로든, 삶이든, 무엇이든 아이들이 자신의 삶을 결정할 수 있도록 권리를 보장해주어야 합니다. 선한공동체 아이들은 스스로 선택하고 결정합니다. 설령 힘든 결정을 해도 존중합니다. 실패와 아픔 또한 성장을 위해 필요하기 때문입니다."

선한공동체는 기독교공동체이지만 신앙과 예배를 강요하지 않습니다. 진정한 사랑은 스스로 행하고 택하는 것이랍니다. 그리스도인은 어떤 사람이냐고 질문했더니 이렇게 일러줍니다.

"이 땅을 하늘나라로 만드는 사람, 어두움을 밝히는 사람, 헌신과 희생으로 공동체를 세우는 사람, 외치기보다 실천하는 사람, 가난한 사람의 손을 선뜻 잡아주는 사람이 진정한 그리스도인입니다."

"저희들은 학대 방임 아이들을 내보내지 않습니다!"
선한공동체는 샬롬 빌리지 외에도 '쉼터(장애아동지원센터)', '좋은 친구

(장애우자립생활공동체)', '물푸레나무(거리청소년지원센터)', '사마리아-인(청소년예비가정)', '두루두루(식당 겸 카페)' 등도 운영 중입니다. 정부 지원금도 받지 않으면서 이 많은 일을 어떻게 감당할 수 있을까? 김명현 목사가 운영 비결에 대해 들려주었는데, 들으면서도 그게 가능할까 의아했습니다.

"사회복지기관과 아동보호기관들은 인건비와 사업비를 확보해야 복지 서비스를 제공할 수 있습니다. 반면 선한공동체는 헌신과 희생으로 이웃을 섬깁니다. 누구도 인건비를 받지 않습니다. 위기 가정이 도움을 요청하면 달려갑니다. 가장 중요한 것은 돈이 아니라 아이들 생명이니까요."

아빠에게 맞아 죽은 부천 여중생, 계모 학대로 숨진 일곱 살 신영이, 욕조에서 숨진 네 살 어린이…. 예산과 인건비가 없으면 중단되는 사회복지 서비스. 아이들은 가정폭력과 아동학대의 사각지대에서 희생됐습니다. 지원금과 인건비 없이도 운영되는 선한공동체 쉼터는 학대와 방임 아동을 13년째 돌봅니다. 선한공동체 서번트인 박현주 쉼터 센터장의 말입니다.

"학대와 방임 아동의 부모는 주로 한부모, 알코올중독, 정신질환, 장애인입니다. 아이들은 쓰레기 더미가 된 방 안에서 대소변을 보고, 자고, 먹습니다. 그래서 저희들이 가정을 방문해 청소하고, 빨래하고, 아이들 씻기고, 준비물 챙겨 학교 보내고, 선생님을 찾아가 상담하고, 공공주택에 살도록 돕습니다.

누군가 돕지 않으면 가정과 아이들의 위험은 더 심각해집니다. 저희가 돕던 한 엄마가 자식을 두고 죽어가면서 아이들 걱정에 눈을 감지 못했습니다. 그래서 아들을 끝까지 챙기겠다고 약속했습니다. 그리고 약속대로 아들을 계속 보살피고 있습니다."

박 센터장은 정우 엄마에게 "걱정하지 말고 편하게 떠나요. 정우는 내가 챙길게요"라고 약속했습니다. 그제서야 정우 엄마는 눈을 감았습니다. 박 센터장은 정우 엄마에게 약속한 대로 지적장애인인 정우를 10년째 돌보고 있습니다. 앞으로도 손을 놓지 않겠답니다.

폐지 줍는 할머니와 사는 철호도 박 센터장이 오래 돌보고 있는 소년 중 한 명입니다. 철호를 방치하던 엄마는 떠났고 간혹 나타나는 아빠의 폭력은 끔찍합니다. 철호는 학교와 동네의 골칫거리입니다. 급우들은 물론이고 선생을 죽인다고 위협할 정도입니다. 쉼터 멤버들은 3년 동안 철호를 돌봤습니다. 집 청소를 해주고, 밥해주고, 목욕탕에도 데려가자 철호 얼굴이 밝아졌습니다. 중학생이 된 철호는 학교 끝나면 쉼터에 와서 놀고, 씻고, 밥 먹은 뒤에 귀가합니다.

아동을 보호하는 최고의 해법은 지역공동체

김명현 목사는 날마다 두루두루에 갑니다. 부천시 원미구 도당동에 위치한 두루두루는 지역 기업인과 시민단체 그리고 선한공동체가 합심해 2015년 9월 문을 연 식당 겸 카페입니다. 도당동 공원에서 3년 동안 무료 밥차를 하던 김명현 목사의 선한공동체가 운영을 맡게 됐습니다. 김 목사가 지역공동체에 힘쓰는 것은 가난한 사람들과 함께 울고 웃기 위해서입니다. 크리스천이라면 그렇게 살아야 한다고 믿기 때문입니다.

두루두루에는 하루에 40~50명의 동네 아이들이 찾아옵니다. 밥은 물론 핫 초콜릿과 스무디까지 전부 무료입니다. 두루두루로 인해 아이들은 행복해졌고 동네는 안전해졌습니다. 대개의 학생들은 학교가 끝나면 학원으로 가지만 가난한 이곳 아이들은 두루두루에 옵니다. 이곳에서 숙제하고, 책 읽고, 떠들고, 놀다가 저녁을 먹습니다. 크리스마스와 대보름이면 자원봉사자, 후원자들과 함께 행사를 하면서 웃음꽃을 피웁니다. 예전에는 휑한 방에 홀로 우두커니 있어야 했습니다.

가정폭력과 아동학대 사건이 잇따라 발생합니다. 끔찍한 뉴스에 원성이 자자할 때마다 정부와 지자체는 여론 무마에 급급합니다. 구호성 대책을 세우지만 여론이 잠잠해지면 유야무야됩니다. 김 목사는 "정부와 아동기관만으론 아이들을 지켜줄 수 없다", "지역공동체를 만들면 가정폭력과 아동학대, 가출 등의 조기 발견과 보호 조치가 가능하다"면서 중훈이와 은정이 이야기를 들려줍니다.

중훈이는 초등학생 때부터 동네 옥상과 공원에서 노숙을 했습니다. 동네 사람들과 지역 기관 등은 이를 알면서도 외면했습니다. 뾰족한 방법이 없기 때문입니다. 지역공동체를 통해 사정을 알게 된 김 목사는 중훈이를 선한공동체에 데려왔습니다. 버려졌던 중훈이는 처음엔 눈을 마주치는 것도 잘 되지 않았지만 이젠 종종 웃고 이야기도 곧잘 합니다. 중훈이는 검정고시를 준비하고 있습니다.

두루두루는 열다섯 살 은정이의 이를 치료해주기로 했습니다. 엄마의 생계까지 책임져야 하는 소녀가장 은정이는 치아가 상해도 별도리가 없었습니다. 그렇게 방치하다 보니 치아가 심각한 상황이 됐습니다. 김명현 목사는 은정이의 치아를 치료하기 위해 지역공동체와 논의했습니다. 두루두루 공동체가 500만 원의 치료비 중 50퍼센트를, 나머지 50퍼센트는 지역의 맘씨 좋은 치과 원장님이 부담하겠다고 했습니다. 2년의 치료를 마치면 은정이가 맘껏 웃을 수 있을 것입니다.

"임금이 대답하여 가라사대 내가 진실로 너희에게 이르노니 너희가 여기 내 형제 중에 지극히 작은 자 하나에게 한 것이 곧 내게 한 것이니라 하시고" (마태복음 25:40)

6

세 미혼모의
희망 찾기

이 세상에서 가장 그리운 이름. 이 세상 고락(苦樂)에 지친 몸 의지할 곳 없을 때 달려가서 엄마, 엄마, 우리 엄마…. 그 이름을 부르면 포근하게 안아주는 엄마는 안식처입니다. 우주에서 가장 따뜻한 품입니다.

그런데, 슬픈 이름이 있습니다. 미혼모입니다. 생명을 낳았지만 위로와 축복은 없습니다. 청소년 미혼모(만 24세 이하)에 대한 낙인은 혹독합니다. 가족들은 딸의 출산을 수치로 여기고 세상의 시선은 차갑습니다. 낙태와 영아 유기 등이 발생하는 배경입니다. 10대의 경우 매년 1만 5,000여 명이 임신하고 1만 1,000여 명이 낙태한다고 합니다. 미혼모 차별 사회가 조장한 살인 행위입니다.

그래도 이 가운데 3,000~4,000여 명은 출산한답니다. 출산 뒤 40

퍼센트는 국내외로 입양되고 60퍼센트는 미혼모가 양육한다고 합니다. 불행 중 다행인 것은 아기를 양육하는 미혼모가 증가하고 있다는 것입니다. 하지만 양육과 공부 그리고 자립하려면 그 짐이 보통 무거운 것이 아닙니다. 저출산 고령화로 미래가 어두운 이 나라에서 자녀 양육을 선택한 미혼모는 철부지가 아닌 영웅입니다. 수십 조 원의 국고를 쏟아부으면서도 저출산 문제를 해결하지 못하는 정부는 나라의 미래를 낳아 키우는 미혼모를 홀대 아닌 우대해야 합니다.

아기를 키우는 두 명의 미혼모와 자립에 성공한 한 엄마를 만났습니다. 세 사람의 삶은 엄마가 되면서 크게 바뀌었습니다. 우주에서 가장 따뜻한 품이 되어야 하기 때문입니다. 좋은 엄마가 되기 위해 양육하고, 공부하며, 자립을 준비하는 엄마들의 희망 찾기 이야기를 들려드립니다.

백일잔치 축복받은 아기는 장군감

2016년 3월 8일 애란원 '청소년 미혼모자 공동생활가정'에서 세훈이 백일잔치가 열렸습니다. 정희는 4.36킬로그램으로 태어난 아들 세훈이를 안고 함박 웃습니다. 우람한 세훈이는 장군감입니다. 이곳에서 함께 지내는 일곱 명의 어린 엄마들이 덕담 세례를 해주었습니다.

"아프지 말고 잘 커라!"

"엄마랑 행복한 시간을 보내라!"

"왕자님처럼 축복받은 아이로 크길 바란다!"

정희는 고등학교 2학년이던 지난해 임신했습니다. 3개월 무렵에 임신 사실을 알고 낙태를 생각했습니다. 부모님께는 8개월 때 말씀드렸습니다. 처음엔 지우라고 했습니다. 그러다 내 핏줄을 어떻게 입양 보내겠냐면서 낳아 키우라고 했습니다. 문제는 주위의 시선이었습니다. 성적이 우수해 상위권 대학을 준비했던 정희는 담임선생님께 자퇴 의사를 밝혔습니다. 애제자의 갑작스런 상황에 속상하던 선생님은 학업을 포기하지 말라고 당부했습니다. 그러고는 아기를 낳고 키우면서 공부할 수 있는 곳을 찾아주었는데 그곳이 바로 애란원이었습니다. 그리고 선생님은 아기가 태어나자 먼 길을 찾아와 축하해주셨습니다. 아기 옷과 돈을 선물로 주신 선생님이 이렇게 말했습니다.

"정희는 심성이 곱고 부모님은 따뜻한 분이어서 아기를 잘 키울 겁니다. 임신 당시, 친구들은 정희의 어려움을 함께 해결하려 했고 학교는 최선의 방법을 찾기 위해 노력했습니다. 정희를 통해서 학생들과 교사 간의 신뢰가 더 쌓였습니다. 학생들의 임신과 낙태 심지어, 영아 유기 사건이 발생할 때마다 안타깝습니다. 학생들이 생명을 존중하면 참 좋겠는데…."

정희가 다닌 학교는 시골 학교입니다. 만일 도시 학교였다면 어떻게 됐을까요? 시골 학교 친구들이 정희의 임신 문제를 함께 해결하기 위해 발 벗고 나서고, 학교와 교사들이 대안을 마련한 것처럼 도시 학교에서도 그렇게 했을까요? 제자를 살리고 생명을 살린 시골 학교 선생님의 따뜻한 배려와 가르침에 존경의 마음을 보냅니다.

백일 아들에게 쓴 편지, "엄마가 행복한 가정 만들어줄게"
정희의 꿈은 유치원 교사입니다. 아기를 키우면서 품은 희망입니다. 이를 위해 애란원이 운영하는 '나래대안학교'에 다닙니다. 아기 돌보고, 공부하고, 자립 준비하느라 바쁘지만 잘 감당하고 있습니다. 주말이면 세훈이를 안고 미혼부인 고3 남자친구 부모님과 친정 부모님께 갑니다. 임신 당시엔 옥신각신했는데 지금은 양가 부모님이 세훈이를 너무 예뻐합니다. 어린 엄마가 백일을 맞은 아들에게 편지를 썼습니다. 봄날처럼 따뜻한 속삭임입니다.

"안녕, 세훈아? 100일 된 거 축하해. 엄마 품에서 태어난 게 엊그제 같은데 왜 이렇게 시간이 빨리 가는지 모르겠어. 조금만 더 지나면 뒤집고, 기어 다니고 더욱더 많이 지나면 걷고 뛰고 장난 아니겠네. 나중에 크면 동물원도 가고 벚꽃 보러 가고 놀이동산도 가자. 네가 크는 게 무섭기도 하지만 같이 손잡고 돌아다닐 생각을 해보면 빨리 컸으면 좋겠어.

엄마가 처음에 두렵고 무서워서 세훈이를 숨기고 또 나쁜 생각도 해서 미안해. 엄마가 세훈이를 위해서도 열심히 하고 행복한 가정을 만들어주고 싶어. 하나밖에 없는 아들! 엄마가 사랑 많이 주고 또 사랑 많이 받게 하고, 넘치지도 않고 부족하지도 않게 해줄게. 지금 코도 막히고 기침도 해서 컨디션이 안 좋아 힘들어하는 모습을 보니까 엄마도 힘들기만 하네. 대신 아파줄 수 있다면 참 좋을 텐데. 얼른 나아서 웃는 모습, 활기찬 모습 보여줘. 엄마가 사랑해."

아기 키우며 공부하는 소녀의 꿈

나래대안학교는 애란원이 운영하는 청소녀 미혼모 대안학교입니다. 각 교육청으로부터 미혼모 학생들을 위탁받아 가르칩니다. 학적은 재학했던 본교에 있고 졸업장도 본교에서 받습니다. 서울시 서대문구 대신동에 학교를 신축 중인 가운데 임시 교실을 운영 중입니다.

2016년 3월 15일 서울시 마포구 임시 교실에서 만난 고등학교 2학년 희진이는 쾌활한 소녀입니다. 하지만 웃음 뒤엔 아픔이 있습니다. 부모님은 세 살 때 이혼했고, 희진이를 버리고 떠난 엄마는 기억나지 않습니다. 아빠마저 방황하면서 떠돌이가 된 희진이는 쉼터에서 생활했습니다. 너무 외로워 남자친구를 사귀었는데 남자친구 또한 엄마가 없긴 마찬가지였습니다.

희진이는 중학교 3학년 겨울방학 때 임신했습니다. 고등학교에 진학했지만 임신 사실이 알려지면서 자퇴했습니다. 2014년 9월 1일, 애란원에 들어와서 아기를 낳았습니다. 아기를 낳으면 대개 엄마를 보고 싶어 하는데 희진이는 아빠가 보고 싶었습니다. 하지만 환자인 아빠는 요양원에 누워 계시기 때문에 손자를 만나러 올 수가 없습니다. 들장미 소녀 캔디처럼 명랑한 희진이는 외로워도 슬퍼도 울지 않습니다. 이젠 소녀도 혼자도 아니기 때문입니다. 희진이에게 몇 가지 질문을 했습니다.

힘든 점은?
"아기 키우면서 공부하는 것. 그리고 아기가 고집 피울 때."

좋은 점은?
"혼자였을 때는 외로웠는데 아기를 낳으면서 외롭지 않게 된 것. 그리고 아기가 말을 하며 재롱을 피울 때."

희진이는 아기를 데리고 요양원에 계신 아빠를 찾아갔습니다. 아빠처럼 인생이 부서질까 봐 출산을 반대했던 아빠였지만 손자를 보고는 몹시 기뻐했습니다. 불쌍한 아빠에게 드린 최고의 선물입니다. 눈물 대신 웃음, 절망 대신 희망을 택한 희진이는 위대한 영웅입니다.

꿈은?
"대학교에 진학해 사회복지를 공부하는 것!"

희망은?
"사랑하는 내 아들을 예쁘게 잘 키우는 것!"

미혼모, 아픔과 눈물을 딛고…
세무사무소 과장 윤선 씨는 '워킹 맘'입니다. 꿈은 세무사가 되는 것, 목표는 방송통신대 졸업장을 받는 것, 희망은 예쁜 딸과 행복하게 사는 것입니다. 최선을 다하면서 살아온 윤선 씨의 내력을 들어보니 세 가지의 꿈 모두 성취할 것이란 믿음이 들었습니다. 세상의 어떤 엄마 못지않게 자식을 사랑하는 최고의 엄마 윤선 씨를 응원합니다.

"내 자신 말고는 믿을 구석이 없었습니다."

미혼모였던 윤선 씨는 2009년 당시의 처지를 이렇게 설명했습니다. 오갈 곳도, 기댈 곳도 없던 윤선 씨는 애란원에 입소했습니다. 애란원은 미혼모 직업 교육과 자격증 취득 그리고 취업에 집중 투자합니다. 빈곤의 악순환을 끊어주기 위해서입니다. 윤선 씨는 전산세무회계 교육을 통해 자격증을 취득하면서 세무사무소에 취업했습니다.

취업하자마자 청약 저축에 가입했습니다. 정기적금, 희망키움통장, 장기우대 저축통장…, 조약돌로 돌탑을 쌓듯 한 푼 두 푼 모은 윤선 씨는 LH 한부모가족 전세임대주택에 입주해 살고 있습니다. 한번은 이런 일이 있었습니다. 딸이 일곱 살이던 지난해, 지하철을 타고 가다 어린이집 친구를 만났는데 그 친구가 아빠에 대해 물었습니다. 엄마 아빠와 함께 가던 그 친구 눈에는 엄마와 단둘뿐인 친구의 모습이 이상해 보였던 것입니다. 딸아이는 대답하지 못했습니다. 가슴이 미어졌습니다. 윤선 씨는 '아비 없는 자식'이란 소리 듣고 싶지 않습니다. 한부모에 대한 편견을 극복하기 위해 양부모 가정 못지않게 아이를 키우려고 애씁니다.

"아이의 행복을 중요하게 생각하며 키웁니다. 동시에 타인에 대한 예의와 배려를 가르칩니다. 딸아이는 엄마가 안아주는 걸 좋아하지만 친구가 있을 때는 안아달라고 하지 않습니다. '다른 친구들도 하고 싶은데 못하면 속상하잖아, 우리 둘이 있을 때 안아줘!'라고 속삭입니다. 친구를 배려하는 딸아이를 보면서 제가 큰 어른이 된 것을 알게 됐습니다."

윤선 씨의 꿈과 희망은 하늘색입니다. 거리에서 만난 강아지에게도 인사하는 예의 바른 딸에게 좋은 엄마가 되기 위해, 좋은 세상을 선물하기 위해 그 무엇도 두려워하지 않고 최선을 다하겠다고 다짐합니다. 윤선 씨는 여자로선 약했지만 엄마가 되면서 강해졌습니다. 찬사 받아 마땅한 그대는 위대한 엄마입니다.

7

"엄마가 되면서 자살한 엄마를
이해하게 됐어요."

4월입니다. 봄 산천은 울긋불긋 꽃 대궐입니다. 꽃은 피어 환장할 지경인데 희망은 어디서 무얼 하고 있을까요? 희망은 공기와 같습니다. 잘 보이진 않지만 어딘가에 있습니다. 그렇지 않다면 우린 이미 질식했을 것입니다. 절망의 골짜기를 헤매다 마른 뼈가 됐을 것입니다.

희망은 무엇일까요? 비천에 처해본 적도, 궁핍에 처해본 적도 없는 희망이 과연 희망일까요? 부귀와 영화에 족하는 게 희망일까요? 그건 희망이 아니라 욕망입니다. 희망은 절망의 친구입니다. 절망과 어깨동무하면서 눈물의 고개를 넘으며 피워낸 꽃이 희망입니다. 그렇게 아픈 희망의 주인공들을 소개합니다.

내 앞에서 뛰어내린 엄마

"초등학교 3학년 때 아빠가 돌아가셨어요. 아빠가 돌아가신 후 엄마는 우울증을 앓았어요. 동맥을 끊으려고도 하셨고…. 힘든 나날이 계속 됐어요. 그때가 중학교 2학년 때였어요. 창가에 서 있던 엄마가, 엄마 가… 제가 보는 앞에서 8층 아래로 뛰어내렸어요. 아빠도 없는데 엄마 마저 떠났어요.

갈 데가 없어서 친구 집에서 지내다 거리를 떠돌았어요. 너무 배고 파서 물건을 훔치다 붙잡혔어요. 중학교 3학년 때였어요. 소년원에서 1년 3개월을 살았어요. 그만 나갈 때가 됐는데, 그냥 내보내면 또 사고 치기 때문에 밖으로 나가려면 보호자가 있어야 했어요. 친구 아빠가 인계받아서 양딸로 삼아주셨어요.

양부모님이 밥도 주고 용돈도 주시고 검정고시 학원에도 보내주셨 어요. 참 고마운 분들이셨어요. 그러다가 또다시 혼자가 됐어요. 겁이 났어요. 사고 쳐서 또 소년원 갈까 봐. 혼자서 어떻게 살지…. 버림받고 떠도는 인생이 괴로워서 죽으려고, 또 죽으려고 했어요. 우리 엄마처 럼요…."

소녀 혼자서 어떻게 이런 고통을 견뎠을까! 소녀의 이야기를 듣는 내내 가슴이 아팠지만 훌륭하다는 생각이 들었습니다. 훌륭하다는 말 은 성공한 사람에게만 바치는 찬사가 아니란 생각이 들었습니다. 소녀 는 자신의 괴로운 이야기를 계속 들려주었습니다. 미안하고 고마웠습 니다.

"남자친구를 사귀면서 임신했어요. 무거운 몸으로 떠돌다 이곳에 왔어요. 별이를 낳고 나서 엄마가 보고 싶어졌어요. 엄마는 왜 나를 버리고 갔어야만 했는지, 혼자서 아기를 어떻게 키워야 할지 생각이 많았어요. 그러다 산후 우울증이 와서 너무 힘들었어요. 제가 아프니까 아기도 힘든지 같이 아팠어요. 엄마 입장을 생각했어요. 아빠 보내고 나서 얼마나 힘들었을까? 엄마 입장이 되어보니까 엄마를 원망하면 안 된다는 생각이 들었어요. 엄마를 이해할 수 있을 것 같아요. 엄마를 언젠가 만나면 안아주고 싶어요. 지금은 많이 좋아졌어요. 제가 좋아지니까 아기도 좋아졌어요.

아기 이름을 '별'이라고 지었어요. 엄마처럼 살지 말고 별처럼 살라고…. 별이는 아주 특별한 선물이에요. 초롱초롱 빛나는 눈빛으로 엄마를 보고 웃어주면 너무 행복하고 감사해요. 뒤집고, 굴러다니고, 옹알이하는 별이를 보면 마음이 따뜻해져요. 더 이상 바랄 것이 없어요. 햇볕 잘 드는 방에서 아이와 함께 지내는 게 꿈만 같아요. 난생 처음 맛보는 행복이에요. 이렇게 행복해도 되나 싶어요."

'별이 엄마 웃게 하기' 프로젝트

봄볕 따사롭던 지난 3월 초순, 애란원에서 별이 엄마를 만나 들은 이야기입니다. 별이는 4개월 된 여자 아기입니다. 엄마의 자랑처럼 눈빛이 초롱초롱합니다. 앵두 같은 입술로 오물오물하는 별이가 너무 예뻐서 볼을 부비며 안았습니다. 별이를 안고 따뜻했다가, 엄마의 기구한 인생 이야기를 듣다가 목이 메이고 가슴이 아파서 눈물이 핑 돌았습니다.

별이 엄마는 손으로 입을 자꾸 가렸습니다. 굳은 표정을 잘 풀지 않았습니다. 삶의 고통 때문만은 아니었습니다. 앞니가 없는 등 치아 상태가 심각한 탓입니다. 부모를 잃은 뒤 홀로 살면서 그렇게 된 것입니다. 별이 엄마를 이대로 두면 삶이 피폐해질 가능성이 매우 큽니다.

누가 앞니 없는 엄마를 채용하겠습니까? 그 누가 입을 앙다문 사람을 좋아하겠습니까? 그러면 별이 엄마뿐 아니라 별이의 눈빛도 빛을 잃게 될 것입니다. 난생 처음 행복감을 느낀다는 별이 엄마에게 웃음을 선물해주고 싶었습니다. 별이 엄마를 데리고 아내의 대학원 동문이 운영하는 치과에 찾아갔습니다.

별이 엄마의 치아 상태는 예상보다 심각했습니다. 앞니 여섯 개와 어금니 네 개가 없는 데다 남은 이도 충치가 심해 뽑아야 할 상황입니다. 성치과의원 원장님께서는 "임플란트와 발치 등 대단한 공사가 될 것"이라고 했습니다. 별이 엄마의 딱한 사정을 들은 원장님이 비용의 50퍼센트를 부담하겠다며 임시 틀니를 해주었습니다. 그런데도 워낙 큰 수술과 장기 치료가 필요했기 때문에 적지 않은 비용을 들여야 했습니다.

희소식이 들려왔습니다. 아내가 운영하는 위기 청소년의 좋은 친구 어게인 후원자인 수녀님께서 서울성모병원을 통해 전액 무료로 임플란트 등을 해주겠다는 것입니다. 이름을 밝히지 말아달라고 부탁하신 수녀님은 "하느님은 손발이 없다"고 하시면서 "이름 없는 손발 역할을 할 뿐, 자랑할 것이 없다"라고 말하셨습니다. 병원에서는 별이 엄마의 건강 상태가 썩 좋지 않았기 때문에 2년에 걸쳐 수술과 임플란트를 해야 한다고 했습니다. 치과 치료를 해본 분은 아실 것입니다. 그 고통이 얼마나 큰지요. 그런데 별이 엄마는 그 고통을 잘 견디면서 치료를 받고 있습니다.

아내는 별이 엄마의 친정엄마 역할을 했습니다. 병원에 오가는 차비를 지원한 아내는 이가 없는 별이 엄마에게 부드러운 음식을 만들어 갖다주었습니다. 추석에는 저희 집에 초대했습니다. 2016년 10월엔 별이가 폐렴으로 병원에 입원했습니다. 저희 부부가 병문안을 갔더니 참 좋아했습니다. 어떤 사람들은 병문안 오는 사람이 많아서 귀찮겠지만 병문안 올 누구도 없는 별이 엄마는 참 반가워했습니다.

별이 엄마가 맘껏 웃는 날이 꼭 왔으면 좋겠습니다. 의지할 곳이 없이 살다보면 무엇이든 쉽게 포기하게 됩니다. 산 넘어 산, 강 건너 강이었던 험난한 인생에서 의지를 갖고 고난을 이기기란 쉽지 않기 때문에 가장 손쉬운 방법 즉, 포기를 택합니다. 그게 가장 편하고 익숙하기 때문입니다. 그런데 별이 엄마는 별이를 위해서라도 참고 견디는 중입니다. 별이 엄마의 아름다운 인간 승리를 위해 기도하겠습니다. 성심성의껏 돕겠습니다.

"아기에게 해줄 게 너무 없어서 입양 선택"
스물셋 혜은 씨는 혼자입니다. 어릴 때 이혼한 엄마는 새아빠와 살고 있습니다. 정도 없는 새아빠와 사는 괴로움보다 외로움을 선택했습니다. 혼자라는 외로움을 달래려고 남자를 사귀었는데 덜컥 임신했습니다. 그런데 남자는 떠났고 아기를 낳아 혼자 키웠습니다. 혜은 씨는 지난 2014년 9월에 사내 아기를 낳았습니다. 1년 넘게 아기를 키우다 2015년 12월, 몸도 마음도 춥던 그 겨울에 아이를 입양 보냈습니다. 가난하게 자랐기 때문에 아기에게만큼은 가난을 물려주고 싶지 않아서 입양 보냈습니다. 새아빠와 사는 아픔을 겪게 하지 않으려고 입양 보냈습니다. 눈물 적시던 혜은 씨가 이렇게 말합니다.

"아기에게 해줄 게 너무 없기 때문에 좋은 가정에서 잘 살게 해주고 싶어서 아이를 보냈어요. 아기가 행복하고 건강하게 자랐으면 좋겠어요. 아기가 나중에 커서라도 엄마가 버린 게 아니었다고 생각해주면 고마울 것 같아요. 저도 힘을 내서 살려고 합니다."

혜은 씨는 피부 미용을 배우고 있습니다. 혼자이기 때문에 홀로 서야만 합니다. 실력을 갈고닦아 피부관리실을 운영하고 싶습니다. 나중에 아이를 만나면 최선을 다하며 산 엄마의 모습을 보여주고 싶습니다. 아기를 떠나보냈어도 엄마는 엄마이기 때문입니다. 그 엄마의 다짐입니다.

"아가야, 엄마가 열심히 살게!"

이 편지는 아이를 입양 보낸 어떤 엄마가 눈물로 쓴 편지입니다.

사랑하는 나의 아가에게.

아가야!
오늘도 난 너를 어설프게나마 그려본다.
그래, 난 널 보지 못했다.
그럼에도 어떻게 해서든지 너를 그려보고 싶다.
눈, 코, 입, 손, 발 너의 모든 것을….

아가야!
한숨에 또 한숨, 그리고 또 한숨….

널 위해 부르던 노래, 널 그리던 마음, 이제는 모두 덧없다.
무수히 다가오는, 그러나 너와 함께할 수 없는 시간들.
내겐, 그저 아픔일 뿐이다.

널 그려보는 멍한 의식 위로 눈물이 입을 막는다.
볼 수도 만질 수도 없는 내 아가야!
그래서 가슴속으로 작게나마 외쳐본다. 아가야.
곁엔 없지만 영원히 내 가슴속에 자랄 내 아기,
넌 그래서 내 가슴꽃이 되었다.

보고 싶다, 보고 싶다, 보고 싶다, 보고 싶다.
연꽃보다 깨끗하며 이슬보다 영롱하고
장미꽃보다 사랑스런 내 가슴꽃 아가야!
지금 하고픈 말은 무엇보다 '미안하다', '사랑한다',
'보고 싶다'이다.

널 내 손으로 내 품 안에서 꼭 키우고 싶었는데….
마지막으로 널 길러주실 양부모님과 네가 행복하기를
두 손 모아 기도드린다.

"입양 보낸 미혼모의 고통을 어루만져 주시기를!"
애란원은 양육 미혼모뿐 아니라 입양 보낸 미혼모를 위한 공동생활가
정도 운영하고 있습니다. 강영실 애란원 원장은 미혼모에 대해 이렇게

말합니다.

"아기는 태어날 권리와 낳아준 부모 밑에서 자랄 권리가 있습니다. 미혼모는 잉태된 아기를 낳을 권리와 키울 권리가 있습니다. '모성 보호와 생명 존중, 가족 보존의 가치'는 지켜져야 하며 입양과 낙태는 숙려되어야 합니다."

아기를 포기한 엄마는 나쁜 엄마일까요? 아니랍니다. 절대 아니랍니다. 아기를 포기할 수밖에 없는 가혹한 현실에 부딪친 엄마들은 소리 죽여 흐느낀답니다. 자식 잃은 어미의 흐느낌을 들어본 적 있습니까? 그렇지 않으면 함부로 돌을 던지지 마시길 바랍니다. 강 원장이 그 엄마들의 아픔에 대해 이렇게 설명하며 호소합니다.

"낙태하고 입양한 엄마에게도 모성이 있습니다. 모성이 없어서 그 선택을 한 게 아닙니다. 중요한 것은 미혼모의 모성과 아기의 생명을 보호할 수 있는 환경을 사회가 조성해야 한다는 것입니다. 미혼모의 선택은 옳고 그름의 문제가 아닙니다. 거듭 강조하지만 입양 보내고 낙태했다고 엄마가 아닌 것은 아닙니다. 아기를 떠나보낸 아픔을 평생 안고 살아가야 하는 엄마의 고통을 우리 사회가 어루만져 주시기를 부탁드립니다."

8

헤어진 엄마를
7년 만에 만난 소년범

10호 처분을 받은
너는 억울하다고 했다.
아내를 병으로 떠나보낸
너의 아버지는 판사에게
선처를 호소했지만 돌아온 것은
무능한 아비의 등 굽은 눈물이었다.
너를 소년원에 보내고 객지로 떠나
공사판 떠돌이로 저녁을 술로 때운
너의 아버지는 면회도 가지 못한 아비를
용서해라 미안하다 술에 취해 울다 잠들고

까까머리 소년수인 넌 신입 방이 춥다고 했다.
죽은 엄마도 억울하고 노가다 아버지도 억울하고
무전유죄의 10호 처분이 니기미 × 같다고 말했다.
엄마가 살았으면 면회 올 텐데, 하늘나라는 특별사면도 없나
밤마다 술에 취한 아버지는 억울한 게 아니라 못난 거라는데
독감 걸린 너는 아버지가 불쌍하다고 사랑한다고 보고 싶다고
이불 덮어쓰고 덜덜 떨면서 홀아버지를 그리는 소년원의 겨울
― 조호진, 「10호」

　　2014년 겨울, 서울소년원 신입 방에서 10호 처분을 받은 열일곱 살 동갑내기 두 소년범을 만났습니다. 훈이는 엄마를 병으로 잃었고 준이는 엄마와 소식이 끊긴 지 오래됐습니다. 그동안 만났던 소년범들의 90퍼센트가량은 엄마가 없었습니다. 기다려도 오지 않고 불러도 대답 없는 엄마…. 그 이름을 지워버리기 위해 울부짖는 소년…. 이들에게 엄마는 그리운 이름이자 미움의 대상입니다.

　　일용할 양식을 챙긴 이웃집 엄마 아빠는 해저물녘에 귀가해 도란도란 저녁밥을 먹는데 울 엄마 아빠는 왜 아니 오시나…. 돌아오지 않는 엄마를 우두커니 기다려본 적 있는 사람은 압니다. 버림받음, 그건 단순한 상처가 아니라 각인된다는 것, 평생 지워지지 않는 흉터가 되어 인생을 만신창이로 만든다는 것을…. 엄마 잃은 소년범을 만날 때마다 심연 깊숙한 곳에 가라앉아 있던 아픔이 뿌옇게 일면서 마음이 짠해집니다.

　　서울소년원 신입 방에서 만났던 훈이는 지방 소년원으로 이송 갔

고 준이는 본 방에 배치됐습니다. 준이를 만나러 소년원에 갔습니다. 허름한 추리닝 차림의 까까머리 소년들은 예배드리고 있었습니다. 더러는 졸고, 더러는 장난치고, 더러는 창밖을 멍하니 보고…. 예배를 마친 준이를 만났습니다. 밤톨 같은 머리를 쓰다듬으며 안아주었습니다. 엄마가 안아주면 얼마나 좋을까. 준이는 암 투병하던 엄마를 무척 그리워했습니다.

큰아들은 교도소, 작은아들은 소년원

준이는 김경수 목사를 '큰아빠'라고 부릅니다. 김 목사는 준이와 석이 형제를 7년째 돌보고 있습니다. 준이 형인 스물한 살 석이는 2015년 12월에 수감됐습니다. 김 목사는 엄마가 떠난 뒤로 가출과 자퇴, 사건·사고를 일으키는 석이를 부모 대신 돌보며 고등학교까지 졸업시켰는데 형제는 수인이 되고 말았습니다. 김 목사가 형제의 엄마를 찾아나선 것은 버림받은 상처를 씻어주기 위해서였습니다. 이들이 사고뭉치가 된 것은 버림받은 상처 때문임을 알기 때문입니다.

7년 전, 준이 엄마는 암 투병 중이었습니다. 병마와 가정폭력의 고통에 시달리던 준이 엄마는 살기 위해 두 아들을 떠났던 것입니다. 김 목사는 수소문 끝에 준이 엄마를 만났습니다. 완치되진 않았지만 건강이 많이 좋아졌다고 했습니다. 큰아들은 교도소 그리고 작은아들은 소년원에 있다는 소식을 전했습니다. 두 아들이 엄마를 몹시 그리워한다는 소식까지 전하자 준이 엄마는 망연자실했습니다.

"자식을 버린 저로 인해 죄를 짓게 된 제 아이들을 용서해주십시오. 저만 살고자 애들을 떠나온 제 죄를 아이들이 대신 받는 것 같아 너무나 고통스럽습니다. 판사님, 마지막 딱 한 번 용서를 베푸신다면 제 아들이 다시는 잘못된 길을 걷지 않도록 지도하겠습니다. 간곡히 용서를 청합니다."

준이 엄마는 눈물의 탄원서로 선처를 구하면서 두 아들이 갇혀 있는 교도소와 소년원을 찾았습니다. 큰아들 석이는 2016년 8월 석방될 예정입니다. 준이 얼굴이 밝아진 것은 꿈에 그리던 엄마를 만났기 때문입니다. 지난 2월에 소년원에서 나온 준이는 그토록 먹고 싶던 엄마 밥을 먹으며 엄마와 함께 지냅니다. 엄마는 훌쩍 커버린 아들을 안으면서 속죄의 눈물을 흘립니다. 엄마의 사랑을 되찾은 준이는 검정고시를 준비하고 있습니다. 준이에게 엄마를 만난 소감을 묻자 이렇게 대답합니다.

"엄마랑 사니까 좋아요. 너무 좋아요!"

사랑하는 내 아들아, 너를 버렸던 엄마를 용서해라

김경수 목사의 초대로 2016년 3월 13일에 대구행 KTX를 탔습니다. 지난해 5월에 개척했다는 교회는 경북 경산시 경산 시장 입구에 위치한 낡은 건물 3층에 있습니다. 스무 명 남짓의 교인들은 가난한 이들입니다. 저를 초대한 까닭은 가슴 아픈 사연을 가진 모자의 노래를 들려주기 위해서였습니다. 열일곱 살 철이는 드럼을 치고 철이 엄마는 「사랑하는 내 아들아」라는 가스펠송을 불렀는데 어찌나 구슬프고 절절하게 들리던지….

억새풀 우거지고 어둠 내린 험한 산길에
방황하며 헤매일 때 주님 음성을 들었어요
사랑하는 내 아들아 너는 내 것이라
사랑하는 내 아들아 너는 내 것이라
쉴 곳 없는 나그네 두 손을 마주잡고
너는 내 것이라 너는 내 것이라

　　철이 아빠는 13년 전에 행방불명됐습니다. 네 살배기 아들을 5년
간 홀로 키우던 엄마는 형편이 어려워지자 보육원에 맡겨야만 했습니
다. 그리고 5년 뒤인 중학교 1학년 때 다시 데려와 함께 살았는데 아들
의 눈빛이 달라진 것입니다. 순한 눈빛엔 원망이 가득 찼습니다. 버림
받은 상처가 소년의 눈빛을 그렇게 만든 것입니다. 행동도 거칠어졌습
니다. 예전의 아들이 아닙니다.

　　험난한 인생입니다. 엄마는 기구한 인생에 쓰러졌고 아들은 버림
받은 상처로 사고뭉치가 된 것입니다. 소년재판에 넘겨졌던 철이는 김
목사의 도움으로 구속을 겨우 면했습니다. 그런 뒤로는 TV 오디션 프
로그램인 「슈퍼스타 K」 대구 예선전에도 나갔습니다. 그리고 교회 찬
양 팀에서 기타와 드럼을 연주하면서 달라지기 시작했습니다. 엄마는
지난 아픔을 노래하고 아들은 드럼을 연주하면서 고통의 세월을 씻었
습니다. 모자의 모습을 보노라니 가슴이 먹먹해졌습니다. 길을 잃고
헤매던 철이가 교인들 앞에서 이렇게 다짐했습니다.

　　"드럼과 기타를 연주하는 전도사가 되어 과거의 저처럼 방황하는
아이들에게 희망의 다리 역할을 하고 싶습니다. 지켜봐 주십시오."

"우리마저 사고뭉치라고 내치면 이 아이들은 도대체 어디로 가야 합니까?"

뒤늦게 목회자가 된 김경수 목사가 돌보는 소년들은 하나같이 가슴 아픈 사연을 가지고 있습니다. 아빠와 둘이 사는 열여덟 살 상록이는 어렸을 때 헤어졌던 엄마를 8년 만에 만났습니다. 가정불화로 이혼하면서 따로 살던 열일곱 살 석훈이의 엄마는 가정으로 돌아왔습니다. 김 목사의 개입과 중재 덕분입니다. 마트에서 담배를 훔치다 붙잡힌 열여섯 살 창호가 경찰에 넘겨지지 않은 것 또한 김 목사가 나서서 용서를 빌었기 때문입니다. 김 목사는 사택으로 사용하려던 교회 4층을 철이네 모자에게 내어주면서 살길을 마련해주었습니다.

목사(牧師)를 '목자(牧者)'라고 부르기도 합니다. 양을 치는 사람이란 뜻이죠. 교회에선 교인을 양에 비유합니다. 양은 순하기도 하지만 이기적이고 제멋대로여서 길을 잘 잃습니다. 성경에선 길 잃은 한 마리 양을 찾으라고 당부합니다. 은그릇을 훔친 장발장에게 은촛대까지 내어준 『레 미제라블』의 미리엘 신부는 잃어버린 양을 찾은 진정한 목자입니다. 그런데 사고뭉치 양을 찾기란 보통 힘든 일이 아닙니다.

김 목사가 돌본 소년 중에는 노트북을 훔쳐 달아나는 잘못을 저지르고도 사과와 시인은커녕 반발한 경우도 있습니다. 새벽에 경찰서에서 전화가 왔는데, 잡혀 온 아이가 큰아빠라고 하는데 맞느냐고, 경찰서에 와줄 수 있냐고 형사가 요구했습니다. 소년들의 아빠들은 가정폭력이 심합니다. 살림을 때려 부수고, 아이들을 마구 팹니다. 형사에게 연락이 오면 새벽에도 달려가고 가정폭력이 발생하면 술 취한 아빠를 말리러 가야 합니다. 김 목사가 저에게 들려준 말입니다.

"엄마에게 버려지고 아빠에게 매 맞은 아이들은 집을 뛰쳐나가고, 물건을 훔치고, 붙잡혀서야 연락해옵니다. 아이들을 교회에 데려가면 교인들이 싫어합니다. 사고뭉치들이니 당연히 싫어합니다. 그러면 아이들이 얼마나 힘들겠냐고, 우리마저 내치면 이 아이들이 어디로 가겠냐고 설득하고 사정하다 보면 눈물이 납니다. 하도 그러니까 교인들이 저를 울보 목사라고 부릅니다."

관용과 사랑을 말로만 하지 말기를…

대구가정법원 위탁보호위원이자 대구보호관찰소 특별범죄예방위원인 김경수 목사는 위기 청소년을 위한 공간을 마련 중입니다. 소년들을 돌보는 일을 본격적으로 시작할 참입니다. 하지만 쉽지 않을 것입니다. 한 명의 사고뭉치 소년들을 데려오면 아흔아홉 명의 교인들이 교회를 떠날 것이기 때문입니다. 이런 일이 있었습니다.

어떤 목사가 가정법원 측의 부탁으로 사고뭉치 소년을 가정에 데려왔습니다. 부모에게 버려진 소년이 교회에 온 이후로 도난 사고가 자주 발생했습니다. 소년은 교인들의 돈을 훔치고, 교회 아이들을 때리고, 심지어는 교회 아이들을 데리고 다니며 비행을 저질렀습니다. 교회가 쑥대밭이 됐습니다. 교인들의 원성과 반발에 못 견딘 목사는 소년을 포기했습니다. 소년은 목사와 교회가 말한 사랑과 용서는 거짓이라며 비난했습니다.

목사와 교회뿐 아니라 수많은 종교인들과 종교 시설들이 문을 걸어 잠그는 것은 이 때문입니다. 종교인들이 관용과 사랑을 강조하지만 행하기란 말처럼 쉽지 않습니다. 그래서 잃어버린 한 마리 양보다

말 잘 듣는 아흔아홉 마리 양을 선택합니다. 그게 이익이고 편하니까요. 그래서 걱정입니다. 잃어버린 양을 찾으려는 김 목사의 길은 실패할 가능성이 크기 때문입니다. 하지만 누군가 해야 할 일입니다. 소년에게 희망을 주기 위해 가시밭길을 택한 김 목사를 응원합니다.

9

거리 소년들의 스승,
제자에게 희망 주고 병들다

최연수 사단법인 한빛청소년대안센터(이하 한빛센터) 센터장은 24년째 거리의 스승입니다. 그동안 배출한 제자들은 1,000여 명. 학교는 소년들을 폐석(廢石) 취급하며 학교 밖으로 추방했지만 그는 거친 원석을 다듬어 사업가, 경찰관, 대기업 사원, 뮤지컬 배우, 요리사, 유치원장 등으로 거듭나게 했습니다. 학교는 상처 입은 아이들을 버리기 일쑤지만 거리의 스승은 버림받은 아이들을 살려서 빛나는 돌로 만들고 있습니다.

전라도의 한 가난한 집안에서 태어난 그는 교사를 꿈꾸었습니다. 그래서 교육대학교에 진학했습니다. 그런데 꿈이 깨졌습니다. 전남의 한 사립 고등학교에서 영어 교사로 1년간 근무하다 학교 밖으로 추방

된 것입니다. 학생운동 전력이 밝혀지면서 재임용에서 탈락한 그는 은행원 아내를 따라 상경했습니다. 그러고는 이민을 꿈꾸었습니다. 불의와 차별이 판치는 이 나라를 떠나고 싶었던 것입니다.

"서울에 올라와 학원 강사와 과외 교사를 했는데 시험 때가 되면 학부모들이 돈 봉투를 들고 찾아와 시험 문제를 알려달라고 했습니다. 그건 아이들을 망치는 것이라고, 그렇게 하면 안 된다며 거절했다가 학원에서도 쫓겨났습니다. 운동권 출신이라고, 전라도 출신이라고 차별하는 이 나라를 떠나고 싶었습니다. 정의를 따를수록, 양심을 지킬수록 이방인 취급하는 이 땅에서 살 자신이 없어서 떠나려고 했는데 그 아이들이 저를 잡아주었습니다."

그가 말하는 아이들은 강남의 빈민촌인 송파구 거여·마천 지역 아이들입니다. 이곳은 도심 철거민이 집단 이주한 대단위 판자촌으로 지금은 뉴타운으로 변했습니다. 1992년, 그가 만난 판자촌 아이들의 엄마들은 가출했고, 막노동하는 아빠들은 술독에 빠졌고, 아이들은 비가 새는 판자촌에서 담배를 피우고 술과 본드에 취해 뒹굴었습니다. 최연수 씨는 야학 교사로 봉사하다 이 아이들을 만났습니다.

머리카락은 요란하게 염색하고, 코와 귀에 피어싱을 하고, 살벌하게 문신한 아이들을 다들 꺼렸는데 그는 외려 정이 갔습니다. 학원 끝나면 부잣집 부모들이 아이들을 고급 승용차로 태워가던 동네에서 학원 선생 일을 하던 그는 자신처럼 가난한 아이들에게 정이 더 갔습니다. 그것은 쫓겨난 자의 동병상련이었고 짠한 끌림이었습니다. 그가 23년 전의 이야기를 들려주었습니다.

"야학에 나오다 결석한 아이를 찾으러 거여동 판자촌에 갔다가 본드와 가스에 취해 뒹구는 아이들을 만났습니다. 충격과 동시에 마음이 울컥했습니다. 오메, 이 아이들을 어쩌면 좋을까…. 엄마는 가출했고, 절망한 아빠는 술에 젖어 사는, 가정이 엉망이 된 아이들에게 왜 학교에 안 가고, 왜 공부하지 않냐고 나무랄 수가 없었습니다.

이 땅에서 살아야 할 이유가 생겼습니다. 배곯는 아이들에게 먹이기 위해 빵과 김밥 등을 사 가지고 판자촌을 드나들었습니다. 처음엔 이상한 아저씨, 스토커라고 부르며 거부하더니 차츰 저를 기다렸습니다. 문만 열어준 게 아니라 마음도 열어주었습니다. 저에게 거리는 학교였고 거리 아이들은 제자들이었습니다. 해직되지 않았다면 이 아이들을 만나지 못했을 것입니다. 하늘의 뜻에 감사할 뿐입니다."

"10년만 더 해보고 그만둘게"

"제가 잘한 일이 있다면 버틴 것입니다. 부모의 이혼과 가정 해체 등으로 절망한 아이들은 쉽게 좌절합니다. 겉으론 거칠고 강한 것 같지만 실은 연약한 아이들입니다. 어려움이 닥치면 곧잘 포기합니다. 그동안 여덟 명의 제자들이 절망과 좌절에 시달리다 자살했습니다. 아이들이 무너질 때면 저도 덩달아 무너졌습니다. 이 아이들에게 희망이 있을까? 저도 모르게 절망에 빠지면서 이 길을 포기하고 싶었습니다.

가장 가슴 아픈 사건을 꼽는다면 한 제자의 비극적인 가족사입니다. 제자의 가족 네 명이 연달아 사망했는데 아무도 없었기 때문에 제가 장례를 도와주어야 했습니다. 장례를 다 치른 뒤에 제자가 '이제는 아무도 없네요'라고 말하면서 '선생님, 아버지가 되어주세요'라고 하기에 '그래, 너는 혼자가 아니야'라며 안아주었습니다. 그 제자는 직장 생활을 하며 잘 지내고 있습니다."

상처투성이 아이들을 외면하는 세상, 사람들은 피가 묻을까 봐 상처투성이 아이들을 안아주지 않습니다. 하지만 그는 안아줄 뿐 아니라 안고 뒹굴었습니다. 그래서 그의 몸은 피투성이입니다. 그런데도 "제가 좋아서 선택한 길이기에 힘들지 않았다"고 담담하게 말합니다. 주변 사람들은 그런 그를 칭찬하기보다 미친 사람 취급했습니다. 혹시 정치하려고 아이들을 이용하는 것 아니냐고 의심했습니다.

은행원 아내가 명예퇴직하면서 생활비가 끊겼습니다. 아내는 남편에게 생활 전선에 나서달라고 부탁했지만 그는 외려 상담소를 만들어야 하니 퇴직금을 달라고 했습니다. 이혼 이야기를 꺼내면 그만둘 줄 알았는데 "10년만 더 해보고 그래도 안 되면 그만둘게"라는 대답이 돌아왔습니다. 그 이후엔 "20년도 버텨보지 않고 포기할 순 없지 않느냐"고 했습니다. '아, 남편은 미친 게 아니라 사명을 받았구나.' 아내는 깨달았습니다. 끊임없는 고통에도 흔들리지 않고 길을 가는 남편을 보면서 아내는 비판적 지지자가 됐습니다.

2011년은 악전고투의 해였습니다. 그해 3월 한빛센터 이사장이 돌아가셨습니다. 하지만 아무도 이사장 자리를 맡지 않으려고 했습니다. 재정은 어렵고 할 일만 많은 한빛센터 이사장직은 부담스러운 자리였습니다. 게다가 건물주가 사무실을 비우라고 통보했습니다. 괴상한 복장을 하고, 욕설하고, 아무데서나 담배를 피우고, 오토바이를 몰고 와서 소음을 일으키는 아이들로 인해 민원이 계속 발생하자 추방을 단행한 것입니다.

후임 이사장 선임, 악화된 재정, 사무실 이전 문제 등에 시달리면서 건강에 이상 신호가 왔습니다. 입이 삐뚤어지고 눈이 감기지 않았습니다. 안면이 마비되는 '구안와사'라는 병이 덮친 것입니다. 10년 넘게 미친 듯이 일했습니다. 거리 소년 돕는 일은 오래하면 3~5년입니다. 심신이 지치고 재정이 악화되면 그만두는 데 비해 그는 너무 오래 일했습니다. 그 대가가 병으로 나타난 것입니다.

그의 관심사는 큰 조직이 아니라 소년들을 살리는 일입니다. 직원들이 쉬는 주말이면 제자들의 가정을 방문했습니다. 아이들이 헛걸음질을 할까 봐 매일매일 문을 열었습니다. 명절에도 문을 열었고 휴가는 아예 없었습니다. 20년 넘게 미친 듯이 활동했으면 낡은 건물이라도 마련할 법한데 전세 보증금 4,000만 원에 월세 신세입니다. 활동 능력은 뛰어나지만 돈 모으는 재주는 매우 부족한 그가 한숨을 토하며 말합니다.

"그동안 여섯 번이나 쫓겨났습니다. 2년 6개월 전에 이 건물로 이사 왔는데 나가라고 할까 봐 걱정입니다. 쫓겨날 때마다 어디로 가야 하나 하는 걱정과 스트레스가 이만저만이 아닙니다."

소년 살리기 해법은 마을공동체

길거리 상담소로 시작한 한빛센터는 도시형 대안학교 '사랑의학교'와 '세움학교', 집 없는 소년을 위한 '자립관(그룹홈)'과 직업훈련을 위한 '자립사업장' 그리고 '학교밖청소년지원센터(이하 학교밖센터)'를 위탁 운영하는 등 거리 소년들의 단체로 성장했습니다.

어떻게 해야 거리 소년에게 희망을 줄 수 있을까? 그는 오랜 실패와 좌절을 통해 해답을 얻었습니다. 마을공동체가 해답입니다. 마을 안에서 위기 소년들을 발굴하고 욕구를 파악해(발굴과 상담), 학교 밖 청소년들을 도시형 대안학교에서 가르치고(교육), 집 없는 아이들에게는 그룹홈 생활(보호)과 직업훈련(자립)을 시켰더니 절망의 소년들이 희망으로 거듭났습니다. 24년 거리 스승이 도출한 이 해법을 저는 '소년 희망 시스템'이라고 명명하렵니다.

"송파에서만 24년간 활동하면서 얻은 결론은 마을 아이들은 마을에서야 살려야 한다는 것입니다. 마을의 당구장, 화원, 카페, 교회 등이 교실이 되고, 주민들이 선생이 돼 당구와 꽃꽂이 등을 가르쳤습니다. 대안학교에서 난타와 춤 등을 배운 아이들은 마을 축제에 참여해 꿈과 끼를 맘껏 발휘했습니다. 서로 불신하던 주민과 아이들이 마을 축제에서 신뢰의 눈빛을 주고받았습니다.

반면 마을이 아이들을 포기하면 아이들은 비행소년 그리고 범죄자로 전락합니다. 마을에선 보는 눈 때문에 조심하지만 마을을 떠나면 과감해집니다. 부천과 신림동 등 가출 청소년 밀집 지역으로 진출하면 사기 치고, 훔치고, 성매매를 하는 등 비행에 전염되면서 범죄의 늪으로 빠집니다. 마을이 아이들을 포기하면 위험한 범죄자가 되어 나타나고 마을이 아이들을 품으면 고령화 사회를 책임질 미래가 됩니다."

그가 '20+2' 법칙을 제시했습니다. 20세 이전에 발굴해 2년간 소년 희망 시스템으로 돌봤더니 아이들이 변화했습니다. 반면 보호관찰소와 소년원을 전전하다 20세를 넘긴 소년들은 뼈가 굳어져 변화가 어려웠다는 것입니다. 한빛센터 제자들을 2년 동안 돌보면서 도보 여행과 검정고시와 직업훈련을 시켰더니 확 달라졌다고 했습니다. 그의 제자인 소년들은 성취 경험을 통해 자신감을 갖고 자존감이 형성되면서 건강한 시민으로 성장했다고 했습니다.

"부모 품에서 편하게 자란 아이들보다 거리 제자들의 성장 속도가 훨씬 빠릅니다. 부모가 없거나 가정환경이 불우한 제자들은 일찍 경험한 바닥 생활을 거름 삼아 훌쩍 성장합니다. 주례를 선 30쌍의 제자 가운데 대다수가 행복하게 살고 있습니다. 성숙한 시민으로 살아가는 제자들을 보면 마음이 뿌듯합니다. 거리 아이들에겐 절망도 있지만 그만큼 희망도 있습니다."

여성가족부, "학교 밖 청소년들이 꿈을 되찾도록 돕겠다"

최연수 센터장은 "24년간 거리를 헤매며 아이들을 발굴했지만 민간단체의 힘으로는 한계가 있다"고 강조합니다. 자의든 타의든 아이가 잠적하면 도울 수 없습니다. 부천 여중생 사망 사건의 경우가 그렇습니다. 소녀의 소재를 파악할 수 있었다면 비극을 막거나 좀 더 일찍 밝힐 수 있었을 것입니다. 학교 밖 청소년들을 효과적으로 발굴하고 도울 수 있는 방법이 생겼습니다.

2015년 5월 '학교 밖 청소년 지원에 관한 법률'이 시행되면서 학교 밖 청소년에 대한 발굴과 대책이 마련된 것입니다. 이전에는 학교 밖 청소년이 어디서 무엇을 하는지 파악조차 할 수 없었습니다. 김숙자 여성가족부 학교밖청소년지원과 과장이 이 법과 학교밖센터 운영에 대해 설명했습니다.

"학교를 떠난 청소년들을 보호하고 지원할 수 있는 법적 근거가 지난해 마련되면서 여성가족부에 학교밖청소년지원과가 신설됐습니다. 교육부, 법무부, 경찰청 등 관계 부처와의 협력을 통해 학교 밖 청소년을 발굴하고 있습니다. 이렇게 발굴된 소년들은 전국 202개 학교밖센터에서 각종 도움을 주고 있습니다.

이들 센터에 배치된 전문 상담원들은 학교 밖 청소년에게 맞는 학업과 취업 등 자립 지원 서비스를 제공하고 있습니다. 오는 6월부터는 학교 밖 청소년들에게 건강 검진 서비스를 제공할 예정입니다. 학교 밖 청소년들이 포기했던 꿈과 희망을 되찾을 수 있도록, 미래의 자원으로 성장할 수 있도록 여성가족부가 최선을 다해 돕겠습니다."

최 센터장은 "정부와 사회에 학교 밖 청소년 대책을 호소한 끝에 법과 대책이 마련됐다"면서 "아직은 예산과 대책이 부족하지만 학교 밖 청소년이 정책에서 다뤄지기 시작했다는 점이 중요하다"고 의미를 부여했습니다. 그러면서 학교밖센터가 성공하려면 발굴, 상담, 보호, 자립으로 이어지는 소년 희망 시스템이 가동되어야 한다고 강조했습니다. 그러면서 거리 소년들을 제대로 살릴 수 있다면 민관 협력과 공조를 아끼지 않겠다고 말했습니다.

거리 소년들은 정부 위탁 상담소를 꺼립니다. 소년들의 욕구가 배제된 채 실적 위주로 운영되기 때문입니다. 학교밖센터가 성공하려면 첫째, 센터의 주인은 위탁 기관이 아니라 소년들이어야 합니다. 둘째, 센터 운영은 위탁 기관 편의가 아니라 소년 편의에 맞춰져야 합니다. 셋째, 실적보다 소년의 욕구 중심으로 운영되어야 합니다. 그렇지 않으면 학교밖센터 또한 소년들에게 외면당할지도 모릅니다.

10

앵벌이 소년을
대학생으로 만든 '사랑의학교'

"공부만 한다고 잘난 것도 아니잖아? 무엇이든지 최선을 다해 이 사회에 봉사, 가난하고 불쌍한 사람을 위해 조금이라도 도움을 주면 그것이 보람 있고 행복한 거잖아. 꼭 돈 벌고, 명예가 많은 것이 행복한 게 아니잖아. 나만 그렇게 살면 뭐해? 나만 편안하면 뭐해?"

1986년 1월 15일, 전교 1등이던 중학교 3학년 여학생이 '행복은 성적순이 아니잖아요!'라는 유서를 남기고 목숨을 끊었습니다. 성공한 부자보다 가난한 사람을 돕는 삶을 원했던 소녀가 성적만 강요하는 세상을 향해 '나만 잘살면 뭐해! 나만 편안하면 뭐해!'라고 항의했던 것입니다. 소녀가 행복을 가르쳐주고 떠난 지 30년이 지난 2016년, 세상은 어떻게 달라졌을까요?

장덕진 서울대 사회발전연구소장은 2014년 11월 제12차 미래한국리포트에서 한국인의 핵심 가치관은 '경쟁'과 '성공'이라고 밝혔습니다. 청소년들의 더불어 사는 능력은 조사 대상 36개국 중 35등, 어른들의 관용에 대한 의지는 조사 대상 62개국 중 꼴찌라는 충격적인 사실도 발표했습니다. 그러면서 "한국 사회는 모두가 알아서 자기 살 길을 찾아야 하는 '각자도생'의 사회가 되었다"고 안타까워했습니다.

"선생님은 공부 못하는 애들을 사람 취급하지 않았어요."
2016년 학교 밖 청소년은 39만 명으로 추산됩니다. 학교 밖 청소년은 학교 부적응, 유학, 질병, 가정 사정, 비행 등의 사유로 학업을 중단했습니다. 이 가운데 학교 밖 청소년이 되는 가장 큰 사유는 학교 부적응이었습니다. 서울 송파구에 위치한 도시형 대안학교 '사랑의학교'에 다니는 학교 밖 청소년들에게 기존 학교에 부적응했던 이유를 들어보았습니다.

"선생님은 공부 못하는 애들을 사람 취급하지 않았어요."
- 철호, 19세

"선생님들과 담을 쌓고 살았어요.
학교가 싫었고 공부도 따라갈 수 없었어요." - 수아, 18세

학교의 관심은 여전히 성적입니다. 교사들은 그렇게 취급하지 않았겠지만 철호와 수아처럼 공부 못하는 학생들은 '사람 취급을 받지

못했다'고 생각합니다. 성적이 바닥에 깔린 학생들은 수업을 따라갈 수 없기 때문에 수업 시간에 잠을 자고 학교에 결석합니다. 교사들은 수업 방해만 하지 말라고 이런 행동을 묵인하며 방치합니다. 학교를 다녀야 할 의미를 상실한 학생들은 학칙을 위반하고 찍히다가 끝내는 자퇴합니다.

자퇴(自退)란 스스로 물러난다는 뜻입니다. 과연 학생 스스로 학교를 그만둔 걸까요? 아니면 성적 지상주의에 의해 학교 밖으로 쫓겨난 걸까요? 학교 밖 청소년들이 어떻게 지내는지를 살펴보면 대안학교 진학과 검정고시 등 학습형이 41.7퍼센트, 방황하고 배회하는 유형이 20.1퍼센트, 아르바이트 등 취업형이 11.8퍼센트 순입니다. 학교 밖 청소년 범죄율이 23.1퍼센트로 나타난 것처럼 학교 밖 청소년의 상당수는 위험에 처하게 됩니다.[*]

학교를 그만두는 것은 가정과 학교의 압박과 무관심에서 벗어나기 위한 행동이라고 합니다. 변화를 시도하기 위해 학교 밖을 선택하지만 청소년들의 막연한 기대는 순식간에 깨집니다. 생존 방법과 기술을 습득하지 못한 채 정글 같은 세상으로 나온 청소년들은 학교 밖에서 학교 안을 그리워합니다.

"낮에 자고 오후에 일어나 밤새 게임하는 등 밤낮이 바뀌면서
가족과의 갈등이 심했어요." - 창훈, 19세

---

[*] 최연수, 「학교 밖 청소년의 도시형 대안학교 적응 과정 연구」, 명지대학교 청소년지도학과 박사 학위 논문, 2015.

"학교 그만둔 것을 후회해요. 처음에는 자유롭고 좋았는데 시간이 지나면서 교복 입은 애들이 부럽기도 하고, 복학하고 싶은데 후배들과 함께 다닐 자신은 없고 막막했어요."
- 휘재, 18세

"학교가 싫었는데 그만두고 나서 노는 게 지겹고 할 일도 없고, 혼자라는 외로움이 가장 컸어요. 학교가 그렇게 싫었는데 교복 입고 있는 애들이 부러워요." - 성훈, 20세

깜깜했던 미래에 희망이 생겼어요

2001년 공부방으로 출발한 사랑의학교는 시설과 재정 등에서 제도권 학교에 비해 매우 부족합니다. 그런데 학교에서 절망했던 학생들이 부족한 게 많은 이곳에서 희망이 생겼다고 말합니다. 그 이유는 무엇일까요? 절망 대신 희망을 품은 학교 밖 청소년들의 이야기를 들어보시죠.

"공부에 익숙하지 않았지만 일대일 수업으로 모르는 것은 기초부터 가르쳐줘서 적응하게 되었어요. 캠프 활동, 여행, 마술, 난타 등 다양한 체험 활동과 가족적인 분위기, 맞춤식 학습 지도가 도움이 됐고, 중학교 검정고시에 합격하면서 공부에 자신감과 꿈을 갖게 됐어요." - 철호, 19세

"적응이 힘들어서 나오지 않으면 [자원봉사 교사가] 집으로

찾아와서 처음에는 귀찮기도 했지만 점점 마음이 열렸고, 나만 힘들고 불행한 줄 알았는데 나보다 더 불행한 애들을 만나면서 생각이 바뀌었어요. 대인 관계가 어려웠는데 나와 비슷하거나 나보다 더 어려운 애들을 만나면서 서로 위로도 되고 친해지니까 생각이 긍정적으로 바뀌게 됐어요." - 수남, 22세

"초졸 학력이 검정고시로 중졸과 고졸까지 딴 것은 저에게 기적이었어요. 지금은 옷 가게에 취업해서 돈도 벌고, 방송통신대학교 교육학과에 입학해 공부하면서 앵벌이 안 하고 내가 번 돈으로 월세를 내면서 살게 됐어요." - 원진, 20세

　기존 학교의 교사들은 소년들의 마음을 닫게 했지만 사랑의학교 자원봉사 교사들은 마음을 열게 했습니다. 알아서 따라오라는 학교나 학원의 수업 방식이 아닌 일대일 맞춤식으로 진행한 수업은 학습 의욕과 능력을 고취시키면서 공부해야 할 이유를 갖도록 했습니다. 무엇보다 자기만 힘든 줄 알고 원망하고 불평했는데 자신보다 더 큰 아픔을 겪은 친구들을 만나면서 용기를 얻기도 했습니다.
　초등학교 졸업 학력이 전부인 원진이는 중졸과 고졸 검정고시에 합격했습니다. 앵벌이 소년에서 자립 생활을 하는 대학생이 된 것은 그의 표현대로 기적입니다. 원진이뿐 아니라 다른 학생들도 미래가 깜깜했는데 공부와 다양한 활동을 통해 희망과 의욕이 생겼다고 말합니다. 무엇보다 가족 간의 갈등이 해소되면서 집안이 편안해졌다는 것은 모두에게 기쁜 소식입니다.

"어머니와는 관계가 많이 회복됐어요. 대안학교에서 친구들과 함께 공부하고 여행 다니고 마을 축제도 하면서 형, 동생들과 많이 친해졌어요. 동물학과에 진학하려고 지원했는데 탈락했어요. 좌절도 했지만 그래도 내년에 도전해보고 안 되면 군대 가려고요." - 철호

열여섯 살 은희는 어렸을 때 손을 다치면서 의수를 했습니다. 학교 친구들은 그런 은희를 배려하기는커녕 놀리고 왕따시켰습니다. 초등학교 5학년 때 학교를 그만둔 은희는 사랑의학교에서 중학교와 고등학교 검정고시에 합격했습니다. 뿐만 아니라 엑셀, 파워포인트, 한글, 포토샵 자격증도 땄습니다. 불편한 몸으로 난타 공연을 하고 130킬로미터 도보 여행을 완주한 은희는 이런 사람이 되고 싶다고 했습니다.

"제가 도움을 받았으니 어려운 사람들을 도와주고 나눠주는 사람이 되고 싶어요."

행복은 학벌이 아닌 봉사순

사랑의학교를 거쳐간 자원봉사 교사들은 200여 명입니다. 이들은 행복은 학벌과 성적이 아니라 나눔과 봉사라는 것을 깨닫고 실천했습니다. 스펙 쌓기가 아닌 사랑의 수고로 청년 시절을 보낸 자원봉사 교사들은 어느덧 의사, 변호사, 대기업 임원 등이 되어서 사랑의학교를 후원합니다. 이들에게 사랑의학교는 마음의 고향입니다. 삶의 아픔과 기쁨이 있으면 연어처럼 돌아와 봉사하며 아픔과 기쁨을 나눕니다.

익명을 요청한 변호사는 10년 전에 자원봉사를 했습니다. 사법 고

시 1차 시험에 합격한 그는 2차 시험을 준비해야 함에도 교사 생활에 충실했습니다. 하늘은 스스로 돕는 자를 돕는다지만 자신보다 남을 돕는 자를 더 돕지 않을까요? 마침내 사법 고시에 합격한 그는 결혼을 하고 변호사로 바쁜 나날을 보내던 중에 지난달부터 자원봉사를 다시 시작했습니다. 인터뷰 요청을 정중하게 사양한 변호사가 들려준 짧은 코멘트는 이렇습니다.

"제가 행복해지려고 자원봉사를 다시 시작한 것뿐입니다."

한 회사의 해외사업 팀에서 일하는 서성구 씨는 2013년 10월부터 사회 과목을 가르치고 있습니다. 그는 자원봉사가 아니라 빚을 갚는 중이라고 했습니다. 무료 급식 쿠폰을 받을 정도로 가난했던 그는 담임 선생님이 베풀어주신 사랑 덕분에 가난한 시절을 잘 극복했다면서 자원봉사 활동에 대해 이렇게 말했습니다.

"학교에서 상처 입고 밖으로 나온 제자들에게 정을 나누는 사람이 있다는 것을 알려주고 싶어서 봉사를 시작했습니다. 선생님보다는 형이나 오빠처럼 지내고 있습니다. 힘든 점이 있냐고요? 그냥 재밌고 행복합니다."

자살한 소녀의 메시지

"난 나의 죽음이 결코 남에게 슬픔만 주리라고는 생각지 않아. 그것만 주는 헛된 것이라면, 난 가지 않을 거야. 비록 겉으로는 슬픔을 줄지는 몰라도, 난 그것보다 더 큰 것을 줄 자신을 가지고 그것을 신에게 기도한다."

소녀가 남긴 유서의 끝부분입니다. 유서를 읽는 것은 고통입니다.

하지만 소녀가 남긴 유서에서 성적과 경쟁을 강요하는 한국 사회에 대한 경고를 듣습니다. 2016년 대한민국이 채택할 것은 각자도생과 승자독식이 아니라 1986년에 소녀가 남기고 간 메시지입니다. 소녀는 경고합니다. 이대로 욕망에 쫓겨 살면 재난이 덮칠 거라고, 도움과 사랑을 구하는 이웃을 문전박대하고, 아이들을 학교 밖으로 쫓아내는 세상을 신은 축복하지 않을 거라고….

우리에게 더 큰 것을 주기 위해 떠난 소녀여, 학교 안에 있든 밖에 있든 소년에겐 희망이 필요하다는 것을 세상이 알게 해주십시오. 희망은 공기와 같아서 희망이 없으면 소년들은 절망으로 질식한다는 것을 사람들에게 일러주십시오. 소년에게 절망을 권하면 나라가 절망으로 붕괴할 것이요, 소년에게 희망을 주면 희망공화국이 될 것입니다. 소년에게 희망으로 손을 잡아주면 세상이 희망으로 일어설 것임을 깨닫게 도와주십시오. 저 또한 소녀처럼 간구합니다.

행복은 성적과 학벌이 아닌
나눔과 사랑이라는 소녀의 기도를
신이여, 이제라도 들어주소서, 제발!

11

법무부 장관님,
보호관찰 1년만 더 연장해주세요!

배상혁 씨는 보호직 공무원입니다. 그가 일하는 곳은 서울동부보호관찰소입니다. 보호관찰소는 죄를 지은 사람들을 선도하고 교화시키는 법무부 소속 기관으로 주무관인 그는 보호관찰 대상자들을 지도하고 감독하는 일을 합니다. 언뜻 보면 따분하고 삭막할 것 같은 직업인데 그렇지 않습니다.

그는 지난 4월 27일, 자신을 따르던 보호소년들과 함께 사진을 촬영했습니다. 「소년이 희망이다」에 등장하기 위해서입니다. 그는 박기명, 소기정, 이진실 등 보호소년 세 명을 강남구 역삼동의 한 스튜디오로 불러 모았습니다. 유럽의 귀족 저택처럼 클래식한 곳입니다.

이 스튜디오에서 그와 소년들은 모델처럼 포즈를 취했습니다. 사진작가의 요청에 따라 이런저런 포즈를 취하면서 환한 웃음을 터트리는 그들을 보면서 화보 이름을 '소년 희망 화보'라고 명명하기로 했습니다. 아직은 어두운 터널에서 완전히 빠져나오지 못했고, 상처와 아픔이 다 낫진 않았지만 끝끝내 희망의 주인공이 되길 기대하고 응원하기에….

소년원에 간 제자가 심어준 보호직 공무원의 꿈

배상혁 씨의 꿈은 교사였습니다. 그는 2004년 임용 고시에 합격했습니다. 교육청은 배상혁 씨를 사립학교에 발령했지만 막상 채용된 이는 뒷구멍으로 기부금을 낸 사람이었습니다. 2년간의 민사소송 끝에 승소하면서 손해배상을 받아냈습니다. 그러고는 부패한 교육 현장을 떠났습니다. 임용의 권리를 주장할 순 있었지만 2년간 싸우면서 비교육적인 교육 환경에 환멸을 느낀 것입니다.

대신에 학원 강사로 일했습니다. 학생들에게 햄버거도 자주 사주었습니다. 그런데, 그를 따르던 열여섯 살 학원 제자가 학교폭력 사건에 휘말리면서 소년원에 갔습니다. 소녀는 치즈 케이크가 먹고 싶다고 했습니다. 소년원 규정을 어기는 것이었지만 치즈 케이크를 가져가서 몰래 떠먹였습니다. 세 번째로 간 면회에서 소녀에게 "무엇이 되고 싶냐?"고 물었더니 "소년원 선생님이 되고 싶다"고 했습니다.

소년원을 교도소와 같은 곳으로 알았는데 알고 보니 학교였습니다. 소녀가 생활하던 안양소년원의 다른 이름은 '정심여자정보산업학교'입니다. 제자의 꿈 이야기를 들으면서 자신의 꿈이 떠올랐습니다. '그래, 나의 꿈이 선생이었어. 진실과 정의를 가르치는 선생. 억울한 아이들의 편이 되어주는 선생. 부패한 사학 때문에 선생이 되지 못했지만 상처받은 보호소년들을 돌보는 선생은 되고 싶다.' 교육대학원에 재학 중이던 그는 보호직 공무원 시험을 준비했습니다.

"선생님 덕분에 터널 밖으로 나왔습니다!"
2013년 경력직 특채로 보호직 공무원이 된 그는 최선을 다했습니다. 각종 비행으로 재판을 받고 보호관찰소에 온 소년들을 가르치는 것이 천직 같았습니다. 반항하기 일쑤인 소년들을 휘어잡을 뿐 아니라 도움을 요청한 소년들은 어렵더라도 지켜주었습니다. 그랬더니 아이들이 '의리 있는 선생님'이라며 따르고 좋아했습니다. 소년 희망 화보를 촬영한 기명이와 기정이가 그를 따르는 것은 이런 이유 때문입니다. 건국대학교 일대에서 유명한 주먹이던 기정이는 그를 만나면서 조금씩 변했습니다.

　건국대학교 일대의 소년 중에 '일짱'인 열아홉 살 채문이는 작심하고 소년원에 보냈습니다. 그랬더니 부산소년원에서 검정고시에 합격하고 자동차 정비자격증을 비롯한 세 개의 자격증을 땄습니다. 소년원을 나와 찾아온 채문이는 "선생님이 소년원에 보내주셔서 제 인생이 달라졌습니다. 고맙습니다"라고 인사했습니다. 채문이는 자동차 정비업체에서 성실하게 일하고 있습니다.

　소년 중에 싸움으로 전국구였던 기명이는 4년 전 경찰에 쫓기는 신세였습니다. 공무집행방해 혐의로 쫓기던 그는 배상혁 씨를 찾아왔습니다. 배상혁 씨가 기명이를 보호하고 있다는 사실을 안 경찰이 신병 인수를 요청했지만 그는 거절했습니다. 경찰은 공무집행범인 기명이를 잡으려고 이를 갈았습니다. 그런 기명이를 경찰에 넘겨주지 않고 직접 소년원에 넘기면서 보호관찰소와 경찰 간의 긴장이 한동안 조성됐습니다. 기명이를 보호해준 사건 후로 배상혁 씨는 소년 패거리 사이에서 더 유명해졌습니다. 의리 있는 선생님, 자신들을 이해하고 지켜주는 선생님이라고 말입니다.

팔로우하는 사람만 20만 7,127명인 페이스북 스타 박기명은 사업가가 됐습니다. SNS 스타들을 대거 영입해 종합 마케팅 사업을 하는 디다일리아 엔터테인먼트를 2016년 3월부터 시작한 그가 이렇게 말했습니다.

"청소년기를 긴 터널이라 생각합니다. 터널 안에서 나오지 못하고 쓰러진 친구들을 많이 봤고, 저도 그중에 한 명이었는데 선생님의 도움으로 터널 밖으로 나오게 됐습니다. 진실한 모습으로 살면서 은혜에 보답하겠습니다. 위기 청소년을 돕는 사업가로 성장하고 싶습니다."

간호사 꿈을 이루기 위해 보호관찰 연장을 호소한 진실이

"김현웅 법무부 장관님! 19년간의 길을 돌아보면 후회스러운 일들이 너무 많습니다. 법정에도 가고, 학교도 그만둔 일을 돌아보면 후회스럽지만 경험이라고 생각합니다. 보호관찰을 받으면서 배상혁 선생님을 알게 되었고 검정고시 학원 추천과 반값 혜택을 지원해주셔서 1년 동안 열심히 공부한 결과 대입 검정고시 전 과목을 합격했고 지금은 간호사라는 꿈을 꾸고 있습니다.

만일 그 누구도 손을 안 내밀어주었으면 미래에 대한 의지도 희망도 갖지 않았을 겁니다. 빌 게이츠와 스티브 잡스도 학교 자퇴하고 큰

인물이 되었잖아요. 저는 몇 년 뒤에 훌륭한 간호사가 될 거라고 믿고 있어요. 그래서 부탁이 있습니다. 보호관찰을 1년만 연장해주세요. 배상혁 선생님 밑으로요. 배상혁 선생님은 장학금도 주시고 좋은 조언도 해주시는 참 고마운 선생님입니다. 엄마는 지금 몸이 아파서 비싼 학원비 부담하기도 좀 그렇습니다. 장관님, 보호관찰 1년만 연장해주시면 은혜 잊지 않겠습니다. 부탁드립니다."

2015년 9월에 보호관찰이 종료된 진실이는 김현웅 법무부 장관과 엄기표 판사에게 보호관찰을 연장해달라는 편지를 보냈습니다. 간호조무사의 꿈을 이루기 위해서였습니다. 아빠를 암으로 잃는 등 가정 형편이 어려운 진실이는 배상혁 주무관의 도움이 필요했습니다. 배 주무관은 진실이에게 장학금과 학원비를 지원하기 위해 여러 곳에 도움을 요청했습니다.

그런데 보호관찰이 끝나면 제도적으로는 더 이상 도울 수 없습니다. 보호관찰소의 주요 임무는 재범 방지와 건전한 사회 복귀입니다. 검정고시와 직업 교육 등을 지원하는 것은 그 때문입니다. 법무부 장관과 판사는 진실이의 간절한 요청을 들어주었고 서울동부보호관찰소는 한국법무복지공단을 통해 진실이의 간호학원비와 취업을 지원하고 있습니다.

참 다행한 일입니다. 진실이의 꿈이 대단한 꿈은 아니지만 절박한 꿈인 것은 사실입니다. 진실이가 간호사가 되면 가난한 형편이 다소나마 해결될 수 있을 것입니다. 아픈 엄마는 덜 아플 것입니다.

아들은 투신자살하고, 아버지는 사회봉사 명령을 받고

김영호 씨는 지난해 6월 벌금 300만 원을 선고받았지만 사업에 실패하면서 벌금을 낼 형편이 못 됐습니다. 법원은 이런 경우에 벌금 대신에 사회봉사를 명령합니다. 240시간의 봉사 명령을 받고도 출석 기일을 한참 어기다 나타난 김 씨가 배상혁 주무관에게 내민 것은 아들의 사망진단서였습니다. 카드 빚에 쫓기다 투신자살한 것입니다. 게다가 아내는 병 들었고 딸은 장애인입니다. 얼마나 막막했으면 배 주무관 앞에서 하염없이 울었을까요.

김 씨가 돈을 벌지 않으면 남은 가족마저 위험해질 수 있는 상황이었습니다. 배 주무관은 일자리를 알선해주면서 일주일의 5일은 일하고 2일은 사회봉사를 하도록 배려했습니다. 화급한 사정을 살피지 않고 봉사 명령을 내렸다면 김 씨와 가족은 극단적 선택을 했을지도 모릅니다. 사회봉사를 무사히 마친 김 씨는 배 주무관에게 "막막한 세상에서 처음으로 따뜻함을 느꼈다"며 고마워했습니다.

문희정 씨는 7년 송사로 사업도 가정도 파탄 났습니다. 자살 우려까지 있었던 문 씨를 장애인 목욕 봉사에 배치했습니다. 상한 마음을 달래주기 위한 배치였습니다. 그랬더니 표정이 점차 밝아졌습니다. 장애인의 몸을 씻겨주면서 지치고 상한 심신이 회복된 것입니다. 문 씨는 240시간 봉사를 마친 후에도 자그만치 1년 4개월이나 자원봉사를 이어갔습니다. 문 씨는 이렇게 말했습니다.

"배상혁 주무관의 배려가 아니었으면 자살했을지도 모릅니다. 나보다 어려운 장애인을 도우면서 자살하려는 마음이 사라졌습니다. 봉사가 저의 생명을 구해주고, 제 인생을 바꾸어주었습니다."

배상혁 주무관이 학교 선생이 되지 못한 것은 불행 중 다행입니다. 교사가 됐어도 잘했겠지만 학교보다 손길이 더 필요한 곳이 보호관찰소이기 때문입니다. 마흔에 공무원이 된 그의 열정은 청년보다 더 뜨겁습니다. 휴일과 퇴근 시간을 반납한 채 후원과 협찬을 받기 위해 동분서주 뛰어다닙니다. 소년들을 먹이고, 가르치고, 여행 보내기 위해 그런 것입니다. 그가 뛴 만큼 소년들에게 혜택과 기회가 주어졌습니다. 지난해에는 소년들을 데리고 해외 여행을 다녀왔습니다.

공무원 시험 경쟁률이 천정부지로 높아지고 있습니다. '7포 세대' 혹은 '5포 세대'라 불리는 청년 중에 '공시족'은 더욱 늘어나는 추세입니다. 안정된 직업인 공무원은 예전보다 더 상한가입니다. 국민들은 외롭고 힘든 이웃을 위해 헌신하는 공복을 원하는데 공무원 지망생들은 안정된 직업이라는 점 때문에 공무원이 되기를 원합니다. 늦깎이 공무원인 그가 돋보이는 것은 이 때문입니다. 그의 수고와 헌신으로 소년들이 희망을 더 갖게 되는 것을 보면서 그와 같은 공무원이 더 많아졌으면 하는 바람을 가져봅니다.

12

안양소년원에 간
미스코리아

"어머, 저 다리 좀 봐!"

"언니, 정말 예뻐요. 날씬해요!"

"언니, 언니 사인 좀 해주세요!"

2015 미스코리아 진 이민지와 미 한호정 언니가 담장 안 동생들과 함께 나누는 희망 토크쇼를 하기 위해 2016년 5월 12일 경기도 안양 소년원을 찾았습니다. 정갈한 교복 차림의 소녀들이 미스코리아 언니들을 반겨 맞아주었고 언니들은 아낌없는 환대에 행복한 표정을 지었습니다.

안양소년원의 다른 이름은 정심여자정보산업학교입니다. 불우한 가정환경 등의 피치 못할 사정에 의해 소년원 처분을 받고 이곳에 온

200여 명의 소녀들은 중학교 과정과 검정고시를 공부하며 대학 진학을 준비하거나 제과·제빵, 텔레마케팅, 피부 미용, 헤어 디자인 등의 직업훈련을 통해 거듭나고 있습니다.

2015 미스코리아 언니와 함께하는 안양소년원 희망 토크쇼

미스코리아 언니와 소년원 동생들은 금세 친해졌습니다. 미스코리아는 교만할 것이란 편견과 소년원생들은 사나울 것이란 낙인은 사실이 아니었기 때문입니다. 우리가 서로 만날 때 편견과 낙인을 거두고 진실과 진심으로 만난다면 이렇게 행복할 수 있음을 보여주는 자리였습니다. 두 언니는 동생들을 먹이기 위해 사 온 멜론과 파인애플을 나눠 준 뒤에 점심을 함께 먹으며 웃음꽃을 피웠습니다.

　'2015 미스코리아 언니와 함께하는 안양소년원 희망 토크쇼'를 위해 강당으로 들어서자 정심 관악대의 우렁찬 연주와 동생들의 환호가 울려 퍼졌습니다. 위기 청소년의 좋은 친구 어게인 최승주 대표의 사회로 진행된 희망 토크쇼에서 한호정 언니가 저의 시 「담장꽃」을 낭송했습니다. 세상이 야속할지라도 마침내 희망이 되어 세상을 밝히는 꽃이 되어달라는 소망을 담아서….

사랑한다 사랑한다 너희는
그냥 깨질 수 없는 꽃 담장꽃
담장 안에서도 피는 꽃 담장꽃
밟혀도 피고 슬퍼도 피는 담장꽃
너희는 그냥 희망이 아냐 깨져도 희망

울어도 희망 마침내 희망인 담장꽃들아
가자, 버리고 짓밟은 세상에 꽃을 피우러
- 조호진, 「담장꽃」 중에서

　　성악을 전공한 이민지 언니는 신가곡 「아리아리랑」을 불렀습니다.
구성진 아리랑이 이민지 언니를 통해 밝고 힘찬 아리랑이 되어 객석
을 흔들었습니다. 오는 12월, 미스 유니버스 대회에 참가하게 되는 이
민지 언니는 그 대회에서도 이 곡을 부를 계획이라고 합니다. 한국인
의 뜨거운 노래로 세계인의 가슴을 울릴 것이 틀림없습니다.
　　언니들의 시와 노래에 화답하기 위해 일곱 명으로 구성된 텔레마
케팅 반 소녀들이 무대에 올랐습니다. 색색의 추리닝을 입은 소녀들이
빅뱅의 「FANTASTIC BABY」라는 음악에 맞추어 우스꽝스런 춤으로
무대를 달군 데 이어 교장 선생님을 비롯한 50여 명 학생들의 막춤이
진행되면서 강당은 열광의 도가니가 됐습니다.
　　"남자친구 있어요?", "미스코리아에 왜 도전했어요?", "미스코리아
에 출전하려면 돈이 얼마나 들어요?", "언니처럼 몸매를 만들려면 어
떻게 해야 되요?" 등의 질문이 쏟아졌습니다. 소녀들의 큰 관심사는
몸매와 아름다움이었습니다. 미스코리아 경연 기간 동안 합숙하면서
교육받은 아름다운 자세 교정법과 다이어트 비법 등을 알려준 미스코
리아 두 언니는 아름다움, 그리고 꿈과 희망에 대해 이렇게 대답했습
니다.

"저를 예쁘다고 응원해줘서 고마워요. 세상에는 저보다 예쁜

사람이 많아요. 그런데 마음이 아름다운 사람은 많지 않은 것
같아요. 실수하고, 깨닫고, 성장하면서 아름다워지는 것 같아요.
어렸을 때 피부가 까무잡잡해서 외모에 콤플렉스가 있었고,
성악을 전공했지만 다른 사람과 비교하면서 자신감이 없어서
위축된 적이 있어요.
그런데 교수님께서 '왜 미리 포기하느냐'고 하시면서 '할 수
있다'는 말을 외치라고 하셨어요. 처음에는 매우 어색했지만
계속 외치면서 자신감을 찾을 수 있었고 꿈도 이루어졌어요.
미스코리아 경연에서는 검은 피부가 건강하게 보여 오히려
가산점이 되었고요. 자신이 단점이라고만 여겼던 부분이 오히려
장점이 될 수 있어요. 힘들 때면 위축되지 말고 마음속으로 '할 수
있다'고 외쳐보세요. 포기하지 않으면 꿈은 이루어져요." - 이민지

"자기를 사랑하고 자기의 발전을 위해 노력하면 더 예뻐지는 것
같아요. 시간을 소중히 여기면서 자신의 꿈과 목표를 위해 잘
사용하세요. 꿈을 꼭 이루길 바랄게요. 언니들이 응원할게요.
저는 동생이 없어서 동생들을 보면 반가워요. 저를 큰언니처럼
생각해주세요. 여러분과의 인연을 소중하게 만들어가고 싶어요.
여러분을 위해 기도할게요." - 한호정

　　미스코리아 언니들과 함께하는 희망 토크쇼는 예정된 한 시간을
훌쩍 넘겼습니다. 미스코리아라는 위치보다는 동네 언니처럼 동생들
과 스스럼없이 어울린 시간이었습니다. 두 언니는 정심 관악대 연주에

맞춰 가수 김세환의 「사랑하는 마음」과 이문세의 「붉은 노을」을 함께 부르면서 헤어지는 아쉬움을 달랬습니다. 5월, 안양소년원의 하루는 꽃보다 아름다웠고 봄 햇살보다 따뜻했습니다.

소년원 동생들의 손을 잡아주고 싶어요!

안양소년원을 출발한 미스코리아 언니들은 인근의 '경기도여자청소년자립생활관'에 도착했습니다. 한국소년보호협회가 운영하는 이곳은 그룹홈 형태의 자립 보호 공간으로 10~20대 소녀 20명이 생활하고 있습니다. 소년원 출원 이후에도 돌아갈 집과 반겨줄 부모가 없는 소녀들이 사는 곳입니다.

스물한 살 수정이는 할머니 손에 자랐습니다. 엄마 아빠는 수정이 남매를 두고 떠난 뒤에 소식이 끊겼습니다. 초등학교 때부터 가출하고 방황하던 수정이와 오빠는 서로 연락이 끊겼습니다. 오갈 곳이 없어진 수정이에게 생활관은 집이고 관장님은 엄마입니다. 관장님의 지극한 돌봄에 힘입어 2016년에 대학생이 됐습니다.

열여덟 살 주희는 아빠와 살았습니다. 주희가 거리를 떠돌게 된 것은 아빠가 알코올에 중독되면서였습니다. 주희가 생활관에 입주하지 않았다면 더 깊은 절망에 빠졌을 것입니다. 야간 고등학교 2학년인 주희의 꿈은 유치원 교사입니다. 누구나 꿈을 꾸지만 누구나 꿈을 이루진 못합니다. 버리고 떠난 엄마와 술에 쓰러진 아빠처럼 되지 않기 위해 몸부림치는 주희에겐 응원과 격려가 필요합니다.

미스코리아 언니들은 안양소년원과 생활관 동생들의 모습에 놀라워했습니다. 그렇게 아팠고, 여전히 아플 텐데도 씩씩하고 밝았기 때문입니다. 그래서 동생들에게 미안했다고 말했습니다. 민지 씨와 호정 씨가 안양소년원과 생활관 동생들에 대해 이렇게 말했습니다.

"저는 동생들에 비해 아픔을 겪어본 적이 없어요.
동생들의 아픔과 고통을 저는 알 수 없어요.
동생들의 뼈아픈 고통을 겪어보지 못했으니까요.
동생들의 고통을 어떻게 해줄 순 없지만
제 어깨에 기대라고 말해주고 싶어요.
힘들지만 잘하고 있잖아. 괜찮아, 힘내.
그런 언니가 되고 싶어요. '언니, 손 좀 잡아주세요!'
요청하면 손을 잡아주고 위로하고 싶어요.
그렇게 다가가고 싶어요." - 이민지

"더 유명해지려고 하는 삶보다 누군가에게 도움이 되는 삶을
살고 싶어요. 영향력이 생긴다면 선한 일에 쓰고 싶어요.
아름다움을 개인의 이익을 위해서만 사용하지 말고 동생들처럼
어려운 사람들을 위해 사용해야 한다고 생각해요. 오늘 그런
생각을 마음속에 더 새겨야겠다고 생각했어요." - 한호정

오드리 헵번처럼 아름다운 여성이 되길

아름다운 입술을 갖고 싶으면 친절한 말을 하라.
사랑스런 눈을 갖고 싶으면 사람들에게서 좋은 점을 보아라.

날씬한 몸매를 갖고 싶으면 너의 음식을 배고픈 사람과 나누라.

기억하라. 만약 네가 도움을 주는 손이 필요하다면

너의 팔 끝에 있는 손을 이용하면 된다.

네가 더 나이가 들면 손이 두 개라는 것을 발견하게 될 것이다.

한 손은 너 자신을 돕는 손이고,

다른 한 손은 타인을 돕는 손이다.

세계적인 여배우 오드리 헵번이 자녀에게 남긴 유언 중 일부입니다. 유니세프 명예 대사로 활동한 그녀는 굶주림과 병으로 죽어가는 아이들을 살리기 위해 아프리카와 남미로 달려갔습니다. 세상의 많은 여배우들은 늙은 얼굴을 노출하지 않았지만 그녀는 병든 모습을 드러내면서까지 죽어가는 아이들을 살려달라고 호소했습니다. 오드리 헵번을 진정 아름다운 여인으로 기억하는 것은 이 때문입니다.

미스코리아 이민지, 한호정 양은 한국 최고의 미인입니다. 두 사람의 말처럼 세상에는 미인이 많습니다. 하지만 내면까지 아름다운 미인은 많지 않습니다. 두 사람은 세상이 낙인찍은 소년원 동생들을 위해 기도하겠다고 약속했습니다. 하늘이 내려준 미모를 선한 일에 쓰겠다고 서로 다짐했습니다. 두 미스코리아가 오드리 헵번처럼 절망에 처한 소년들의 손을 잡아주면 좋겠습니다.

13

국민 아버지 최불암의
마지막 꿈

2016년 5월 3일 「소년이 희망이다」 인터뷰를 요청하려고 최불암 이사장님을 만났습니다. 최 이사장은 소년 수형자 교화와 소년범죄 예방을 위한 비영리 문화 예술단체 '사단법인 제로캠프'를 운영하고 있습니다.

최 이사장님께선 감자탕은 사주셨지만 인터뷰는 사양했습니다. "하는 것도 별로 없는 데 무엇이나 하는 양 비춰지는 게 쑥스럽다"는 것이었습니다. 정중히 사양하시기에 스토리 펀딩 「소년의 눈물」 리워드로 제작한 시화 액자 「누군가」와 시집 『소년원의 봄』을 선물로 드리고 헤어졌습니다.

그런데 이틀 뒤에 최 이사장님께서 연락을 주셨습니다. "시인이 입을 만한 옷을 챙겨놓았다"며 자택으로 오라고 하셨습니다. 처음 뵌 날,

10년 된 낡은 셔츠를 입었는데 가난한 시인의 모습이 맘에 걸렸던 것 같습니다. 옷을 챙겨주시면서 "잠바 주머니에 봉투를 넣었으니 집에 가서 보라"고 하셔서 귀가하자마자 보았더니 책값이라며 주신 금일봉과 봉투 겉에 이런 글이 쓰여 있었습니다.

"「누군가」를 책상 앞에 붙여놓았습니다. 그리고 호진 님의 시를 다지고, 나를 다지고, 사랑을 다지는 시간을 갖게 되었습니다. 고맙소."

옷과 봉투를 챙겨주면서 "바쁠 테니 어서 가보라"고 배웅하는 손짓에 가슴이 울컥거렸습니다. 최 이사장님의 모습에서 세상을 떠난 아버지의 모습이 겹쳐졌기 때문입니다. 가난한 시인에게 어버이날은 불효의 날이었는데 이사장님이 주신 금일봉 덕분에 올해만큼은 효자가 됐습니다. 주신 옷은 맞춤복처럼 딱 맞았습니다.

사형수 출신 대통령에게 걸려온 전화

2000년 4월 15일, 소년 수형자 500명이 무대에 오르는 초대형 뮤지컬 「춤추는 별들」(연출 정일성)이 천안소년교도소 특설 무대에 올랐습니다. 줄거리는 불우한 가정환경과 사회의 무관심으로 수형자가 된 청소년들이 주위의 관심과 사랑에 힘입어 분노와 절망을 삭히고 밝은 미래를 열어간다는 이야기입니다. 최 이사장님은 공연 전에 이런 일이 있었다며 이야기를 들려주었습니다.

"그날 연극을 하기 위해 천안소년교도소에 막 도착했는데 대통령이라며 전화가 왔어요. '나, 김대중입니다. 아이들을 위해 연극하러 갔다면서요. 어른들이 아니라 아이들을 위한 시간이 되면 좋겠습니다', 기억이 다 나진 않지만 대략 이런 말씀이었습니다. 아이들을 위해 연극한다고 대통령이 직접 전화를 한다는 게 놀랍기도 하고 감동스럽기도 하고…. 어려움에 처한 아이들에게 관심을 갖는 대통령의 전화는 굉장한 감동이고 충격이었습니다."

최불암 이사장님을 2016년 5월 13일 홍대 인근 스페이스 제로에서 만났습니다. 인터뷰의 시작은 16년 전의 일화로 열었습니다. 사형수 신분으로 옥중 생활을 했던 김대중 대통령이 소년 수형자들에게 보여준 애정에 감동받았다고 했습니다. 뮤지컬에 우정 출연한 최 이사장님께선 소년교도소 재소자 1,000명을 위한 뮤지컬 「춤추는 별들」을 무대에 올린 그날의 감동을 이렇게 들려주었습니다.

"무대에 오른 소년 코러스단 500명이 뮤지컬 곡을 합창으로 허밍하는데 무대에 오른 소년들과 관객인 재소자 소년들까지 모두 울었어요. 지독한 충격을 받으면서 이 아이들을 위한 일을 놓지 말아야겠다고 다짐했어요. 안타까운 점도 있었어요. 그날 일본 NHK와 미국 NBC가 와서 취재했는데 우리 언론은 오지 않았어요. 언론이 우리 아이들을 밝게 비춰주어야 국민들이 사랑이든 환한 빛이든 나눠줄 텐데 그렇지 못한 게 아쉬워요."

제로캠프는 2013년부터 3년째 김천소년교도소에서 뮤지컬 공연을 하고 있습니다. 2015년 12월 22일 뮤지컬 공연 「날개」에는 소년 수형자 20여 명이 출연했습니다. 무대에 오르는 소년들은 10개월 동안의 춤과 연기 그리고 노래 연습을 통해 삶의 아픔을 돌아보고 반성하면서 새로운 꿈과 희망을 다집니다. 최 이사장님께선 소년 수형자들의 공연은 매년 눈물바다라면서 이런 이야기를 들려줍니다.

"제가 여진이와 함께 불렀던 「아빠의 말씀(Life Itself Will Let You

Know)」을 김천소년교도소 뮤지컬에서 다시 한 번 불렀는데 가사 중에 '나는 누가 이끌어주나요/그냥 어른이 되나요/나는 어떻게 하면 되나요' 등의 대목에서 아이들이 모두 우는 거예요. 부모의 보살핌을 제대로 받지 못한 아이들이 자기 아픔에 우는 거지요. 공연이 끝난 뒤에 출연자 아이들의 부모들을 무대에 올라오라고 했는데 한 아이가 눈물을 그렁그렁 흘리는 거예요. '왜 그러니' 했더니 부모가 오지 않았다는 겁니다. 그런 모습을 볼 때마다 가슴이 아파요."

학창 시절엔 패싸움, 그땐 그래도 낭만이 있었지!

「수사 반장」의 '박 반장'이자 「전원 일기」의 '김 회장' 그리고 「한국인의 밥상」을 찾아 전국 방방곡곡을 다니는 국민 아버지 최불암 이사장님의 청소년 시절은 어땠을까요? 모범생은 아니었습니다. 중앙고등학교 시절 '주먹잡이'였던 그가 패싸움에 얽힌 일화를 들려주었습니다.

"중앙고와 경복고가 농구 시합 중에 시비가 벌어지면서 경복고 아이를 내가 손을 좀 봤지. 그 사건 후, 친구 네 명과 함께 낙원 상가 부근을 지나는데 경복고 우두머리인 중덕이(가수 차중락의 형)가 패거리 열 명을 데리고 나타났어. 막다른 골목에 끌고 가더니 자기 경복고 모자를 내 발 아래 던지면서 밟으라는 거야. 만일 밟았다면 큰 사고가 생겼을 거야. 중덕이 패거리에겐 자전거 체인과 쇠 파이프 등의 무기가 있었거든. 그래서 농구 선수 팬 것을 사과했어. 그랬더니 내가 쓴 중앙고 모자를 벗겨서 땅에 던지더니 몇 번 밟고는 자기 패거리들에게 '야, 가자!' 하면서 떠나는 거야.

나와 모교의 자존심이 짓밟혔다는 생각에 한숨을 못 잤어. 복수하기 위해 다음 날 아침 일찍 우리 패거리들을 데리고 중덕이 집에 찾아갔어. 눈치를 챈 중덕이 어머님이 아침을 같이 먹자면서 방 안으로 끌어들였어. 집 밖에 대기하던 패거리들은 내가 명령하면 뛰어 들어오기로 했으니 중덕이에겐 큰 위기였지. 그런데 어머니 앞에서 자식을 팰 순 없어서 사과를 받고는 바로 나왔어. 그러고는 「LA 주부 가요 열창」 출연 때문에 그곳에 갔다가 중덕이를 40~50년 만에 만나 회포를 풀었어. 대기업 임원을 지내다 지금은 교회 장로가 되었더라고."

6·25 전쟁 세대인 그의 청소년 시절은 지금보다 더 가난했고 더 거칠었습니다. 쇠 파이프 등 무기로 중무장하고 패싸움을 벌였으니 경찰도 쉽게 개입하지 못할 정도였다고 합니다. 그래도 그 시절엔 낭만이 있었다고 했습니다. 승복하면 더 이상 보복하지 않았으니까요. 학교 폭력과 왕따 문제가 지금처럼 심각하지 않았다는 것입니다. 그때와 지금의 차이에 대해 여쭈었더니 이렇게 지적했습니다.

"옛날보다 잘살게 됐으면 가난한 시절보다 평화와 행복을 더 누려야 되는데 오히려 시기와 질투, 분노와 적개심이 더 커졌어요. 청소년들은 TV, 인터넷, 스마트폰 등을 통해 자본주의의 모순과 폐해를 빠르게 흡수합니다. 부모와 선생에게 지혜를 배우려 하기보다 정답만 써내면 된다고 생각합니다. 생각의 힘을 키우지 않은 채 자본주의 틀에서 몸부림치다가 좌절하면 생명을 버리기까지 합니다. OECD 국가 중 청소년 자살률 1위인 국가가 되고 말았습니다."

초록우산 어린이재단 전국후원회장을 31년째 맡고 있는 그는 생명 경시 풍조의 원인은 탐욕의 자본주의라고 지적했습니다. 그러면서 미국에서 경험한 오래 전의 일화를 들려주었습니다.

"1984년 어린이재단 본부가 있는 미국 리치몬드를 방문해서 한국 소녀를 입양한 미국인 부부를 만났어요. 일주일에 두세 번 뇌전증 증세로 발작을 일으키는, 그레이스(당시 22세, 대학교 3학년)라는 이름의 소녀를 극진히 돌보는 부부였습니다. 한편으론 부끄럽고 한편으론 존경스러워서 '당신들의 정신엔 무엇이 있냐?'라고 물었더니 저에게 '[어린이재단 후원회장으로] 당신이 앞장서서 하는 헌신과 사랑'이라는 겁니다. 한국이 미국에게 자본주의를 배우면서 미국의 문화 예술 정책과 사랑보다 인간을 파멸시키는 탐욕을 숭배하면서 나라가 이렇게 되고 말았습니다."

위기 청소년을 위한 대안예술학교 설립이 꿈

노배우들이 망가지는 시대입니다. 왕년의 근엄한 모습을 보여주던 배우보다는 우스꽝스러운 모습을 보여주는 배우를 원하는 시대이다 보니 명배우들이 너나 할 것 없이 시트콤 대사와 피에로 몸짓을 해야 출연 기회와 인기를 누릴 수 있습니다. 그런데 최불암 이사장님은 50년 배우 생활 중 30년을 봉사와 나눔으로 살다 보니 이미지가 굳어졌습니다. 겉과 속이 다른 것을 용납하지 못하는 꼿꼿한 성격 때문에 그런 출연은 거절합니다. 돈과 인기보다 명분을 중시하는 그는 천상 국민 아버지입니다.

최불암 이사장님의 마지막 꿈은 위기 청소년들을 위한 예술학교를 세우는 것입니다. 소년 수형자들을 문화 예술로 치료하고 위기 청소년들을 연극으로 지도하면서 내린 결론은 '상처로 얼룩진 소년들을 치유하면서 꿈과 희망을 갖게 하는 가장 좋은 방법은 예술'이라는 것입니다. 아버지를 일찍 잃은 뒤 홀어머니(문인들의 아지트 은성 주점을 운영한 이명숙 여사)의 손에서 자라면서 방황하던 자신을 구한 것도 연극이었습니다.

"예술은 상처를 치유해줍니다. 예술은 분쟁보다 평화를 사랑합니다. 예술은 우리를 자유롭고 행복하게 해줍니다. 청소년들을 살리고 나라의 미래를 밝히려면 천민자본주의의 길이 아닌 문화 보국의 길로 방향을 전환해야 합니다. 위기 청소년을 위한 대안예술학교를 만들어 희곡, 미술, 음악, 무용, 조명, 의상, 배우 등의 종합 예술을 가르치고 싶습니다. 인생의 마지막까지 봉사하는 게 저의 꿈입니다."

스물둘 새한이는 열 살 때부터 엄마 없이 살았습니다. 버림받은 상처로 방황하던 새한이에게 '울림 있는 배우'의 꿈이 생긴 것은 제로캠프에서 연극을 배우면서입니다. 새한이는 2015년 8월부터 연극 공부를 시작하면서 조연출과 오퍼레이터도 해봤습니다. 새한이를 비롯해 연극을 배우는 위기 청소년 열네 명 모두 제로캠프가 아니었다면 방황과 좌절의 세상 무대에서 분노와 증오를 토하며 쓰러졌을 가능성이 큽니다.

최불암 이사장님은 연극을 배우는 위기 청소년들을 위해 사비를 털어 공연장을 마련했습니다. 어린이재단 후원회장을 30년 넘게 했으면서도 자신이 운영하는 제로캠프에 대해선 도와달라고 손을 벌리지 못합니다. 아버지의 자존심이란 그런 것입니다. 명품 배우란 이름으로 다양한 배역을 한 그에게 가장 힘겨운 배역은 돈을 마련하는 것입니다. 그러나 아이들을 살리는 예술학교 설립을 위해선 각계의 도움을 요청해야만 합니다.

"제로캠프를 하면서 인연을 맺은 황교안 국무총리가 예술학교 설립을 돕겠다고 하셨고, 현대자동차 정의선 부회장이 '좋은 일 하시는 데 무엇을 도와드릴까요?'라면서 깍듯이 대해주었지만 이런 일을 하는 데는 아마추어입니다. 돈을 달라고 해야 하는데 입이 잘 떨어지지 않아요. 하지만 아이들을 위한 대안학교 세우는 일이니 각계각층에 도움을 청하려고 합니다. 위기 청소년을 위한 예술학교를 꼭 세워야 한다고 말하고 다니려고 합니다."

국민 아버지 최불암의 꿈은 무엇일까요? 손자뻘인 위기 청소년들에게 연기를 지도하고 밥을 사주는 모습, 소년교도소에 갇힌 수형자들의 아픔을 치유해주는 모습을 보면서 최불암의 꿈은 청년처럼 푸르다는 생각이 들었습니다. 50년 배우 생활과 30년 봉사 인생으로 수고하셨으니 이제 그만 쉬셔도 될 텐데 표도 나지 않고, 돈도 안 되는 위기 청소년에게 마지막까지 희망을 보태려고 하십니다. 그의 순정을 보면서 대안예술학교 세우는 일에 벽돌 하나라도 보태고 싶어졌습니다. 가난한 시인에게 베푼 따뜻한 사랑에 보답하고 싶어집니다.

14

바닷가 달동네에 울려 퍼진
소년 오케스트라

정한수 목사를 처음 만난 곳은 28년 전 항구도시에서였습니다. 당시 전도사였던 그는 백내장을 앓았습니다. 공장 생활로 대학 입학금을 마련한 그는 신문 배달과 우유 배달 등을 하며 한신대학교를 어렵게 졸업했습니다. 고된 노동과 학업 그리고 누적된 영양 결핍이 청년 목회자를 아프게 한 것입니다. 못 먹고 자란 탓인지 그의 체구는 작습니다. 하지만 정의감만큼은 골리앗을 쓰러뜨린 다윗처럼 뜨겁습니다. 이상훈 여수 YMCA 사무총장의 증언입니다.

"1991년 5·18 시위 당시 정한수 전도사가 시위에 가장 앞섰습니다. 그리고 가장 먼저 경찰에 붙잡혀 끌려갔습니다. 불의한 독재 정권에 정의로 맞서면서 가난한 이웃을 사랑으로 섬긴 그는 진정한 목회자입니다."

그는 1988년 전남 여수시 관문동 삼일 문화사 뒷골목에 '여수열린 교회'와 '열린공동체'를 개척했습니다. 장애인들과 예배드리는 한편, 노동 상담소와 야학, 사회과학 도서를 대여해주는 '열린글밭'과 '한울림사물패' 등을 운영하면서 이곳을 여수 지역 운동권 아지트로 만들었습니다. 1987년 대선 공정선거감시단 사무국장으로 활동하면서 독재 정권에 맞선 그는 요시찰 인물이었습니다. 경찰은 건물주에게 압력을 가하면서 눈엣가시였던 그의 아지트를 해체시켰습니다.

운동권 출신 목회자, 경찰에 쫓기다 가난한 달동네로

1991년에 쫓겨나 개척한 곳이 지금의 달동네입니다. 여수시 광무동은 선원과 일용 노동자, 노점상과 시장 상인 등이 사는 여수에서 가장 가난한 달동네입니다. 아내 이인애 씨와 가장 먼저 시작한 것은 무료 탁아소였습니다. 그런 다음에 동네 아이들을 데려와 먹이고 씻기면서 공부방을 개설했습니다. 하루 벌어 하루 먹고사는 동네 사람들에게 정 목사 부부는 그야말로 구세주였습니다.

스물네 살 진영이의 아빠는 두 달에 한 번 집에 오는 선원이었습니다. 새엄마에게 정을 붙이지 못한 진영이는 초등학교 2학년 때부터 가출을 일삼았습니다. 정 목사 부부는 산동네를 배회하던 진영이를 데려와 돌봤지만 절도와 폭력 등으로 경찰에 다시 붙잡히기 일쑤였습니다. 그러면 부모를 대신해 경찰서에서 데려오곤 했습니다. 애정을 다해 보살폈던 소년은 모종의 사건에 휘말리면서 5년 형을 받고 복역 중입니다. 그가 기다리는 것은 돈 많은 교인이 아닌 죄로 얼룩진 청년의 귀향입니다.

"진영이에게 공부방은 집이었습니다. 학교 끝나면 공부방에 와서 밥 먹고, 숙제하고, 놀았습니다. 종종 사고를 치긴 했지만 플루트를 배우면서 거듭나고 있었는데 모종의 사건에 휘말리면서 그만…. 잘 돌보지 못한 것만 같아서 미안하고 마음이 아픕니다. 오는 12월에 출소할 예정인데 다시 돌아오기를 기도하고 있습니다."

그는 25년째 가난한 달동네 목회자입니다. 교인은 20명도 채 안 됩니다. 그가 운영하는 여수열린지역아동센터의 아동 35명 중 30명은 이혼 가정, 한부모 가정, 조손 가정, 소년소녀가장 등 불우 아동입니다. 동네가 가난하니 교회도 가난하고 목회자도 가난합니다. 예수는 머리 둘 곳이 없을 정도로 가난했으니 목회자의 가난은 숙명인지도 모릅니다. 그에게 "교회와 목회자가 섬겨야 할 이웃이 누구냐"고 물었더니 이렇게 대답합니다.

"구약에선 고아와 과부 그리고 나그네를 돌보라고 했습니다. 신약에선 이들과 함께 창녀와 세리(세금 징수원), 어린이와 장애인 등 소외된 이웃을 섬기라고 했습니다. 가난한 우리 동네에는 그들이 살고 있습니다. 제가 능력이 부족해서 잘 섬기진 못하지만 이들과 함께 살다 죽으려고 합니다."

그의 교회도 옮길 뻔했습니다. 2004년 여수의 신도시인 장성 지구가 조성되자 일부 교인들이 "가난한 동네에 있어봐야 골치만 아프니 우리도 신도시로 이전해 다른 교회처럼 성장해보자"고 요구한 것입니다. 이에 정 목사는 "우리가 떠나면 가난한 동네 사람들을 누가 돌보고, 방과 후에 와서 공부하고 밥 먹던 아이들을 누가 책임질 것입니까? 이들을 두고 떠날 순 없습니다"라고 결정하자 이전을 요구하던 교인들이 떠났습니다.

달동네 오케스트라단을 결성하다

부모에게 돌봄을 제대로 받지 못하는 아이들. 공부 못한다고, 가난하다는 이유로 무시당하는 아이들. 자존감이 무너질 대로 무너져 의욕도 희망도 없는 아이들. 어떻게 해야 아이들이 희망을 가질 수 있을까요?

가난한 아이들은 대부분 공부에 흥미가 없습니다. 공부를 잘하려면 사교육 등에 투자를 해야 하는데 달동네 가정은 그럴 형편이 못 됩니다. 공부를 못한다는 이유로 학교와 사회에서 무시당하는 아이들에게 자존감을 심어주기 위해 그가 선택한 것은 음악이었습니다. 그는 2003년 한 기업의 후원을 통해 바이올린, 첼로, 플루트, 클라리넷, 비올라 등을 장만하면서 '열린합주단(열린체임버오케스트라)'을 창단했습니다.

동네 이발사 강준아 씨가 악기를 가르쳤습니다. 강 씨는 독학으로 바이올린, 첼로, 플루트를 배운 뒤 교회 성가대와 합주단을 지휘하는 무명의 연주자 겸 지휘자였습니다. 강 씨의 지도 아래 1년 동안 연습한 아이들이 작은 음악회 무대에 섰습니다. 연주가 끝나자 박수갈채가 쏟아졌습니다. 아이들과 가족들은 난생처음 받아본 갈채와 꽃다발에 자못 흥분했습니다. 당시 이야기로 콧날이 시큰해진 정 목사가 이렇게 말했습니다.

"불우한 아이들은 보살핌과 애정을 별로 받지 못한 탓에 정서가 메마르고 산만하며 욕설과 거짓말을 입에 달고 삽니다. 걸핏하면 싸우고 반항하고 물건을 부숩니다. 그랬던 아이들이 악기를 배우면서 몸과 마음이 부드러워졌습니다. 가난 때문에 꿈도 없던 아이들, 미래에 대한 희망도 없던 아이들, 대학 진학을 꿈도 꾸지 않던 아이들이 음악을 하면서 희망을 품기 시작했습니다."

학예회 발표 수준이던 합주단은 지난해 10회 정기 연주회에서 모차르트 교향곡 40번을 모두 연주할 정도로 실력이 향상됐습니다. 2012년부터 광신대학교 음악학과 강사로 활동 중인 전문 음악인 김사도 씨의 지도와 객원 연주자가 합류하면서 달동네 오케스트라의 수준이 한껏 높아진 것입니다. 이제는 도처에서 초청할 정도로 지역의 유명한 오케스트라로 각광을 받고 있습니다.

달동네 아이들이 바이올린을 켜다니?

"아이들이 오케스트라 단원이 되면서 갖게 된 것은 자부심입니다. 이전에는 달동네 출신이란 낙인 때문에 자존심이 상했지만 지금은 '너희들은 못하는 악기로 우리는 연주한다!'는 자존심과 자부심이 대단합니다. 음악을 배우면서 공부 욕심도 생겼습니다. 합주단 선배들이 음악대학에 진학하는 것을 보면서 대학 진학에 대한 꿈을 갖게 된 것입니다."

정한수 목사의 부인 이인애 씨의 말입니다. 달동네 합주단 출신 네 명이 목포, 광주, 전주 등지의 음악대학에 진학한 것입니다. 이들은 매주 토요일이면 달동네로 돌아와 동생들을 가르칩니다. 달동네 아이들이 오케스트라 단원이 됐지만 가난은 여전합니다. 단원 서른 명 대부분은 기초생활수급자, 차상위계층, 한부모·조손 가정 아이들입니다. 하지만 예전의 아이들이 아닙니다. 이제는 꿈과 희망을 연주하는 미래의 베토벤과 모차르트입니다.

열한 살 때부터 공부방에서 바이올린을 배운 박지수 양은 국립 목포대학교 음악과를 2016년에 졸업했습니다. 대학원 진학을 준비 중인 그의 꿈은 시립 합창단 바이올린 연주자입니다. 바이올린을 통해 꿈과 희망이 달라진 그는 공부방 동생들의 악기를 지도하면서 꿈을 키우고 있습니다. 가난한 바이올린 연주자의 말입니다.

"개인 레슨을 한 번도 받아본 적 없이 음대에 진학하고 열린합주단 단원이 되어 연주회를 갖는 것은 꿈 같은 일입니다. 가난한 동네 아이들이 부잣집 아이들이나 만질 수 있는 악기로 멋지게 연주하는 것을 볼 때마다 묘한 성취감과 희열을 느낍니다."

바이올린은 불평등한 사회를 상징하는 악기입니다. 가난하면 바이올린을 살 수도, 개인 레슨을 받을 수도 없습니다. 가난하면 꿈도 가난해야 한다고 믿는 세상 사람들은 달동네 오케스트라를 곱게만 보진 않습니다. 그래서 정한수 목사가 만든 달동네 오케스트라는 불평등한 사회에서 일으킨 희망의 쿠데타입니다. 쿠데타에 성공한 그의 오케스트라는 더 가난하고 외로운 이들을 찾아가 희망의 소리를 들려줍니다.

열린합주단은 2009년과 2013년 국제청소년축제에 초청됐고 2010년에는 일본 도쿄, 오사카, 교토 등에서 연주회를 가졌습니다. 2012년부터는 매년 한두 번 낙도의 주민들을 찾아가 음악을 들려주고, 매년 열 번 이상 노인 시설과 병원의 암 환자들을 찾아가 음악으로 위로합니다. 정 목사는 아이들에게 음악만 가르치진 않습니다. 산동네 독거 노인들에게 연탄난로를 놓아드리고 공부방 아이들과 함께 연탄을 배달하면서 사랑과 나눔을 가르칩니다.

그는 음악 사회적 기업을 고민하고 있습니다. 음악대학까지 졸업한 단원들이 음악인이 되지 못할 경우 좌절할 수 있기 때문입니다. 이것이 달동네 음악가들이 행복하게 일하는 사회적 기업을 만들고 싶은 까닭입니다. 연주 공간을 만드는 것 또한 소망입니다. 공부방과 교회에서 연습하다 보면 공부와 예배가 뒤섞일 때가 있기 때문입니다. 가장 시급한 것을 묻자 이렇게 대답합니다.

"중고 악기와 오케스트라 운영 비용이 가장 시급합니다. 오래된 악기로 연습하다 보니 종종 고장 날 때가 있습니다. 가난한 오케스트라이다 보니 연습과 연주회 비용에 어려움을 겪습니다."

달동네 주민들이 함께 건축한 교회

30년 목회에 20명도 채 안 되는 교인. 그는 대형 교회의 연예인 같은 목사처럼 유창하게 설교하지 못합니다. 예수 천국 불신 지옥이라며 겁주지도 못합니다. 축복과 헌금을 맞바꾸지도 못합니다. 한국 교회의 세속적인 기준으로 보면 그는 실패한 목사입니다. 그런 그가 교회를 건축하면서 겪은 이상한 일을 들려주었습니다.

교회를 건축하는데 교회에 다니지 않는 달동네 사람들이 벽돌과 모래를 지고 날랐습니다. 바쁜 사정으로 건축에 동참하지 못한 이들은 간식 등을 댔습니다. 주민들의 반대와 민원으로 곤욕을 치르는 대형 교회 건축 과정과는 다른 현상입니다. 그의 교회는 마을공동체의 힘으로 지어졌습니다. 그래서 달동네 사람들은 그의 공동체에 아이들을 맡기고 문제가 발생하면 상담하고, 밥상을 같이합니다. 그래서 교회 이름이 '열린교회'입니다. 가난하지만 따뜻한 산동네의 목회자가 이렇게 말합니다.

"교회는 교인만의 공간이 아니라 마을공동체의 공간이어야 합니다. 교회에 나오든 안 나오든 달동네 주민들은 제가 보살피고 섬겨야 할 이웃입니다. 저에게 중요한 것은 교인이 많고 적은 게 아니라 주민에게 제가 필요한 존재인가 아니면 상대하고 싶지 않은 존재인가입니다. 달동네 주민들이 저를 필요하다고 해주시니 행복합니다."

그를 찾아간 2016년 4월 10일에는 하루 종일 봄비가 내렸습니다. 항구의 갈매기들은 비를 피해 어디론가 사라졌고 달동네에는 가로등이 켜졌습니다. 비와 어둠이 내리면 달동네는 더욱 우울하기 마련인데 '우리 집 같은 신나는 공부방'을 지향하는 '여수열린지역아동센터' 아이들의 표정은 참 밝았습니다. 공부하고, 놀고, 악기 연습하던 아이들은 숲의 새처럼 웃고 떠들다 자기 둥지로 돌아갔습니다. 달동네 교회 지붕에 달린 십자가가 세상을 밝히는 것을 봤습니다.

15

짭새 아닌 민중의
지팡이가 필요합니다

학교 전담 경찰관 왕태진 남대문경찰서 경위는 매일 아침 여섯 시면 집을 나섭니다. 학생들의 안전한 등교를 돕기 위해서입니다. 17년째 이어지는 이른 출근은 상부의 지시가 아닙니다. 학생들의 안전을 도와야 한다는 사명감이 부추긴 자발적 출근입니다.

"20년 전, 등교 안전을 지도하는 제 눈앞에서 초등학교 3학년 어린이가 교통사고를 당해 3개월간 뇌사 상태에 있다가 세상을 떠나고 말았습니다. 아침밥 잘 먹여 보낸 자식이 교통사고를 당하면 부모 심정이 어떨까…. 2000년, 딸을 초등학교에 입학시키면서 내 아이와 같은 학생들의 안전을 위해 뭔가 해야 한다는 생각에 등하굣길 교통사고 예방에 나섰습니다."

2016년 6월 3일의 이른 아침, 그와 동행했습니다. 관내인 이화외국어고등학교에 도착한 그는 학생, 교사들과 아침 인사를 나누면서 학교 곳곳을 순찰한 뒤에 덕수초등학교로 옮겨 자신의 이름과 전화번호가 새겨진 캐릭터 연필을 나누어주었습니다. 그는 연필뿐 아니라 캐릭터 호루라기, 열쇠고리, 물티슈 등의 홍보물을 영업 사원처럼 나누어줍니다. 홍보물을 나눠주는 까닭은 이렇습니다.

"학교 전담 경찰관이 항상 곁에 있으니 언제든 연락하라는 뜻입니다. 관계가 형성되고 친해져야 말하고 들을 수 있습니다. 말하고 듣기만 해도 문제의 절반은 해결됩니다. 학생에겐 큰 문제지만 들어보면 큰 문제가 아닌 경우가 태반입니다. 학교폭력 문제는 학생들과 어울리고 부딪쳐야 해결됩니다. 현장에 답이 있다는 것을 깨달았습니다."

아빠 혹은 삼촌 같은 경찰

남대문경찰서 관내 학교에서 그는 유명 인사입니다. 이종기 예원학교장이 "학생들이 교장 선생 이름은 몰라도 학교 전담 경찰 왕태진 경위의 이름은 다 안다"고 말할 정도입니다. 각 학교 급식실 및 학교 정문엔 그의 사진과 전화번호가 새겨진 배너가 서 있습니다. 학생들은 무서운 경찰보다 친절한 경찰을 좋아합니다.

김순임 덕수초등학교 녹색어머니회 회장은 왕 경위를 "아빠 혹은 삼촌 같은 경찰"이라면서 "친절하고 부지런한 왕 경위께서는 아침저녁 등하굣길은 물론 도움이 필요하면 언제든 찾아와 친절하게 도와준다"고 칭찬합니다.

2015년 연말엔 창덕여자중학교의 한 학생이 전화했습니다. 친구

네가 전세금을 떼였으니 도와달라는 것이었습니다. 경찰이 개입할 문제가 아니어서 당황했지만 속으론 '성공했다'는 생각이 들었습니다. 학교폭력 문제뿐 아니라 생활 문제까지 상담한다는 것은 마음을 열었다는 증거이기 때문입니다. '짭새'가 아닌 '민중의 지팡이'로 인정받았다는 사실에 그는 기뻐했습니다.

화해와 용서의 메신저 역할도 했습니다. '은따'를 방치하면서 악화된 사건을 그가 신속하게 개입해 조치하자 피해 학생 아빠의 감정이 누그러진 것입니다. 그는 가해 학생들이 깊이 반성하는 모습을 전했습니다. 그러자 피해 학생의 아빠가 용서했고 가해 학생에 대한 처벌은 중단됐습니다. 학교의 안이한 대처와 부모의 감정 대립이 학생 싸움을 부모 싸움으로 확대시킵니다. 신속한 개입과 조치 그리고, 열정에서 학교폭력의 해법을 찾을 수 있지 않을까요?

강력범 검거보다 중요한 건 범죄 예방과 교육

충격적인 사건이 발생해야 반성하는 나라는 후진국입니다. 아빠의 폭력에 의해 부천 여중생이 백골 시신으로 발견되는 등 비극적인 사건이 잇따르고 있음에도 이내 망각하고 반복하는 사회는 무지한 사회입니다. 왕태진 경위는 이런 나라에서 예방 치안의 중요성을 강조하며 최선을 다해 활동합니다.

지구대 근무할 때 비번이면 관내 학교를 찾아가 학교폭력, 성범죄, 사이버 폭력, 청소년 자살 등 4대 예방 교육을 했습니다. 학생뿐 아니라 학부모와 교사 들에게도 교육합니다. 삼위일체로 교육해야 효과를 거둘 수 있기 때문입니다. 17년 동안 600여 회에 걸쳐 55만 명에게 무료로 강의했습니다.

학교 전담 경찰이 된 2013년 주말부터는 '꿈터'와 '꿈트리'를 진행하고 있습니다. 꿈터(Dream School)는 학교폭력 가해자와 피해자, 학교 부적응자, 모범생 등 기수별로 40명을 모아 문화 체험과 봉사활동 등을 나누는 프로그램입니다. '꿈트리'는 학교 밖 청소년들의 비행 예방과 자립을 돕는 활동입니다.

꿈터 학생들은 격주 토요일마다 덕수궁 함녕전을 청소한 뒤 학교폭력 예방 프로그램에 참여합니다. 꿈터 학생들은 "재미있고 이해하기 쉽게 가르쳐준다"고 입을 모읍니다. 전문 강사진이 진행하는 역할극을 통해 피해자의 고통을 느끼면서 학교폭력 방관자도 가해자와 마찬가지로 나쁘다는 것을 깨닫습니다. 꿈터 2기 한 학생의 참가 소감입니다.

"자살 예방 교육을 듣고 나서 생각이 많이 변한 것 같아요.
힘들어도 이제는 견딜 수 있을 것 같아요. 친구들이랑 학교폭력
연극도 해보니 피해자와 가해자들의 생각도 알 수 있었던 것
같습니다. 좋은 시간이었어요!" - 꿈터 2기, 김나은

31개 서울경찰 중 자랑스러운 꼴찌

전담 경찰관에겐 사명감과 열정 그리고 전문성이 요구된다고 강조합니다. 청소년학을 전공한 그는 서울시 교육청 명예 교사이자 서울시립 청소년문화교류센터 기획위원입니다. 그리고 청소년지도사 2급과 학교폭력상담사 2급, 미디어중독상담사 등 다섯 개의 청소년 자격증 소

지자입니다. 그가 사명과 열정을 다해 구축한 것은 학교폭력 청정 지역입니다.

남대문경찰서에 따르면 2015년 31개 서울경찰서 '117 학교폭력 신고센터'에 접수된 학교폭력 신고 1만 7,100여 건 가운데 남대문경찰서에 신고된 사건은 불과 12건입니다. 불철주야 학교폭력 예방에 힘쓴 결과입니다. 학교폭력에 의한 희생과 갈등 비용을 감안하면 막대한 예산 절감입니다.

학교폭력 청정 지역 구축에는 남대문경찰서 청소년문화발전위원회의 역할이 큽니다. 이 위원회에는 병원장과 기업체 CEO, 대기업 임원, 은행 부행장, 대학 교수 등 스물한 명이 참여하고 있습니다. 서울중앙의료원 대표 원장 양우진 위원장은 저와의 전화 통화에서 왕 경위를 이렇게 평가했습니다.

"청소년을 위해 매주 토요일을 쉬지 않고 봉사하는 왕태진 경위를 보면서 미안하고 고맙다는 생각이 듭니다. 청소년문화발전위원들이 바쁜데도 적극 참여하는 것은 왕 경위를 비롯한 남대문경찰서 여성청소년과 직원들의 열정 때문이기도 합니다. 왕 경위처럼 묵묵히 헌신하는 경찰들이 인정받았으면 좋겠습니다."

가정폭력 피해자인 소년을 격리해야만 하나요?

열여섯 살 희망이를 처음 만난 것은 2016년 6월입니다. 희망이 집을 찾아갔더니 희망이 엄마는 병을 앓고 있었습니다. 이혼한 희망이네는 아무리 찾아봐도 희망이 보이질 않았습니다. 공과금이 체납될 정도로 생활고에 시달렸지만 정부 지원은 미치지 못했습니다. 왕 경위가 담당 사회복지사를 찾아가 호소하면서 희망이네는 기초생활수급자가 됐습니다. 참 다행입니다.

희망이가 거리 소년이 된 것은 부모의 이혼 때문입니다. 특히, 아빠의 폭력에 시달리다 가출과 쉼터, 그리고 가출팸 생활로 이어진 것입니다. 그런 희망이가 학교로 돌아온 것은 기적입니다. 유급 닷새를 남긴 희망이는 왕 경위의 손에 이끌려 학교에 갔고 학교는 왕 경위 때문에 희망이를 받아들였습니다. 왕 경위는 희망이가 아프면 병원에 데려갔습니다. 아이의 닫힌 마음을 열기 위해 영화관과 패스트푸드 가게에 데려가는 등 아빠처럼 돌봤더니 희망이가 마음의 문을 열었습니다.

"이제는 가출하지 않고 학교에 잘 다닐 거예요!"

희망이의 다짐에 가슴이 울컥거렸습니다. 자신을 도와줄 사람이 아무도 없다는 불신에 가득 찼던 희망이가 달라졌기 때문입니다. 왕 경위는 희망이의 든든한 울타리였습니다. 학교생활에 적응해가던 지난해 11월, 희망이가 서울소년분류심사원에 인치됐습니다. 가출팸 생활 당시의 폭행 사건이 밝혀진 것입니다. 왕 경위가 판사에게 선처를 호소하면서 희망이는 가까스로 풀려났습니다.

중학교 3학년인 희망이는 선도부원이 됐습니다. 왕 경위가 학교에 부탁한 것입니다. 희망이가 변한 것은 그의 사랑과 관심 때문입니다. 또다시 가출할 것으로 예상했던 교사들도 놀랐습니다. 하지만 아빠의 폭력에 의해 전이된 분노조절 장애는 여전히 문제였습니다. 그의 요청으로 순천향대학병원 정신건강의학과가 지난 3월부터 분노조절 장애 치료를 시작했습니다.

그런데 사고가 발생했습니다. 1년 선배와 시비 끝에 서로 합의해

뜬 '맞짱'이 문제가 된 것입니다. 서로 치고받았는데 선배의 아빠가 신고하면서 희망이가 폭력 학생으로 붙잡혀 간 것입니다. 희망이 엄마는 "선배 아버지를 찾아가 치료비를 드리겠으니 합의해달라고 무릎 꿇고 사정했는데도 봐줄 수 없다고 했다"면서 "희망이를 위해 발 벗고 나선 왕 경위님께 죄송하다"고 울먹였습니다. 왕 경위는 가정폭력 피해자인 희망이를 포기해선 안 된다며 이렇게 말했습니다.

"우발적으로 발생한 쌍방 폭행 사건인데, 희망이를 겨우 살려놨는데, 분노조절 장애 치료를 시작했는데 이렇게 낙인찍고 처벌하면 어떡합니까. 희망이는 현재 모든 것을 포기한 상태입니다. 희망이의 폭력성은 아빠의 가정폭력에 의한 상처입니다. 가정폭력 희생자인 희망이를 이대로 포기하면 절망의 길로 빠질 수 있습니다. 앞으로 3년간 더 희망이를 보살피면 진짜 희망이가 될 수 있습니다. 판사님에게 한 번만 더 기회를 달라고 호소하려고 합니다. 도와주십시오."

왕태진 경위는 최근 업무 과로와 스트레스로 안구 실핏줄이 터졌습니다. 큰딸이 기흉으로 병원에 입원했지만 학교 밖 청소년들을 보살피느라 가보지 못했습니다. 청소년 주말 프로그램 때문에 부친 제사를 앞당긴 적도 있습니다. 그런데도 가족들은 그의 든든한 지원군입니다.

그의 아내는 꿈터 학생이 야외 활동을 할 때마다 마흔 명의 간식을 포장하고, 디자인 전공인 큰딸은 청소년문화제 포스터를 디자인해주고, 작은딸은 PPT 교육 자료 작성을 도와줍니다. 넷째 사위인데도 장모님을 15년간 봉양한 그는 빵점 아빠도, 불효자도 아닙니다.

그는 "가족들이 도와줘서 봉사에 몰두할 수 있었다"고 고마워하면서 "하지만 진급에 신경 쓰지 못한 탓에 하위직 경찰로 머문 점이 가족에게 미안하다"고 씁쓸하게 말합니다. 하지만 그의 가족들은 계급이 낮다고 무능한 아빠로 취급하지 않습니다. 성실하고 청렴한 경찰 아빠라며 존경합니다. 여러분도 마찬가지겠지요?

16

강력계 형사를 꿈꾸는
일진 소년들

"엄마, 엄마, 엄마….."

할머니와 단 둘이 사는 열여섯 형준이는 엄마가 보고 싶으면 이웃
동네에 사는 엄마의 집 근처를 배회합니다. 혹시라도 엄마를 볼 수 있
을까 싶어서입니다. 어쩌다 엄마를 만나면 엄마는 곤란해합니다. 발길
을 돌리며 돌아오는 길에 눈물을 흘립니다. 엄마는 아빠의 술주정과
가정폭력에 시달리다 이혼했습니다. 남의 엄마가 되어버린 엄마는 아
들의 발길이 부담스러웠던지 이사를 갔습니다. 이제 엄마는 그리워도
찾아갈 수 없는 먼 곳으로 갔습니다.

"엄마 아빠는 어디에 있어요?"

"우리는 왜 이렇게 가난해요?"

세 살 때, 부모 이혼으로 할머니 품에서 자란 열여덟 살 태민이는 이렇게 울부짖으며 소리치곤 했습니다. 불우한 가정환경에 비관하고 분노하던 태민이는 중학교에 입학하면서 사고뭉치가 됐습니다. 일진 친구들과 어울리면서 담배를 피우고, 친구들을 때리고, 패싸움하느라 공부와 담을 쌓았습니다. 새 학기에 교과서를 받으면 뜯어보지도 않고 쓰레기통에 버렸습니다.

친구들에게 뺏은 돈으로 PC방에서 하루 종일 게임을 했습니다. 가끔 학교에 가면 선생님은 수업 방해하지 말고 그냥 자라고 했습니다. 자신을 버리고 떠난 부모와 사회에 대한 분노를 폭력으로 표출한 태민이, 싸움에 관한 한 일등인 태민이를 조직폭력배들이 탐냈습니다. 학교를 쑥대밭으로 만드는 등 나쁜 짓을 일삼던 태민이는 결국 경찰에 붙잡혔고, 인천법원 301호 소년법정에 섰습니다. 그리고 소년원 전 단계인 서울소년분류심사원에 갔다 왔습니다.

열일곱 살 진수의 부모는 골통 짓을 하는 아들 때문에 홧병이 날 지경입니다. 선생들은 결석을 일삼는 사고뭉치 진수가 차라리 학교 밖으로 사라지기를 원했습니다. 진수의 부모 또한 이혼했습니다. 진수의 방황 또한 불우한 가정환경 때문이었습니다. 오토바이를 몰고 다니는 열여섯 살 준호는 친구들에게서 돈을 빼앗아 오토바이의 기름을 채웠고 담배와 술은 훔치는 방법으로 해결했습니다.

인천남동경찰서 학교 전담 경찰관이 일군 기적

2016년 6월 7일 오후 여섯 시, 인천지방경찰청 지하 1층 상무관에선 백색과 청색 유도복을 입은 열아홉 명의 소년들이 구슬땀을 흘리며 연습 중이었습니다. 형준, 태민, 진수, 준호를 비롯한 일진이었던 소년들입니다. 이 소년들은 인천남동경찰서 학교 전담 경찰관 박용호 경위의 제자들입니다. 소년들은 박 경위의 헌신적인 지도 덕분에 여러 대회에 출전해 각종 메달을 땄습니다.

인천 지역 중학교, 고등학교 소년들은 박 경위의 제자가 되기 전에는 학교와 지역사회에서 골칫거리였습니다. 하지만 조직폭력배들은 탐을 내는 먹잇감이었습니다. 소년들은 검은 양복에 고급 승용차를 타고 다니는 조직폭력배가 꿈입니다. 아무도 알아주지 않는 자신들을 알아주기 때문입니다. 박 경위는 그래서 소년들을 관리합니다. 조직폭력배가 되는 순간부터는 사회의 암적인 존재가 될 수밖에 없기 때문에 이를 차단할 방법을 모색하다 선택한 게 유도입니다.

소년들이 유도를 하지 않았다면 어떻게 됐을까요? 이미 중학생 때 소년원을 갔다 온 열여덟 살 동주는 다시 사고를 치면서 현재 소년원에 수감 중입니다. 박 경위에게 4개월 정도 유도를 배우던 동주는 이혼한 엄마의 외면에 절망하고 방황하다 범죄의 덫에 다시 걸렸습니다. 박 경위는 "엄마가 따뜻하게 보살폈다면 동주가 그렇게 되지 않았을 것"이라고 안타까워했습니다.

아파트에서 자살 소동을 벌였던 다문화 소녀 열다섯 살 수아는 사부 곁을 떠난 지 6개월 만에 학교폭력, 갈취, 절도 등의 전과 7범이 되고 말았습니다. 그러다 결국 경찰에 붙잡혀 소년법정에 섰습니다. 또다른 두 명의 소년 또한 강도와 절도 등의 죄를 짓고 소년원에 갔습니다. 반면에 유도에 심취한 소년들은 일진의 늪에서 빠져 나와서 꿈과 희망을 가진 소년으로 변했다면서 박 경위는 이렇게 강조했습니다.

"아이들이 범죄의 유혹을 이기지 못하고 망가지는 것을 볼 때마다 가슴이 아픕니다. 가정환경이 불우한 아이들에게 유혹의 손길이 그만큼 무섭습니다. 제가 관리하던 일진 아이들을 모두 구하지 못해 안타깝습니다. 반면에 판사님께 선처를 호소해 데려온 아이들, 폭탄 같았던 아이들은 유도를 하면서 180도 달라졌습니다. 골통으로 불리던 아이들, 공부 못하던 아이들이 모범생과 우등생으로 변한 것은 분명 기적입니다."

"첫 월급 타면 엄마에게 드리고 싶어요!"

"벌써 운동한 지 2년이라는 시간이 훌쩍 넘었습니다. 사부님을 만나지 않았더라면 저는 지금 어떻게 되었을까요? 사부님과의 만남이 저에게는 축복이었고 기회였습니다. 엄마께 효도해본 적이 없었는데 운동을 하면서 장학금도 타서 안겨 드리고 전국 대회에서 은메달도 따서 엄마 목에 걸어 드렸습니다. 사부님께 감사한 것이 너무 많습니다. 사랑합니다, 아버지."

인천 청학공업고등학교 1학년 성빈이가 스승의 날에 박용호 경위에게 쓴 편지입니다. 부모의 이혼으로 엄마와 사는 성빈이는 박 경위를 아버지라고 부르고 싶었습니다. 아버지의 정이 그리운 것입니다. 하지만 쑥스러워서 부르지 못했습니다. 그래서 편지에다 아버지라고 불러본 것입니다. 성빈이는 유도 소년 중에 가장 멋지게 성장한 유망주입니다. 유도 대회에서도 좋은 성적을 거두었을 뿐 아니라 지난 중간고사에선 반에서 6등을 했습니다.

성빈이의 꿈은 강력계 형사입니다. 사부님처럼 강력범 검거 1위의 형사가 되기 위해 운동도 공부도 열심입니다. 유도를 하지 않았다면 소년원에 가 있을지도 모른다는 성빈이는 과거의 잘못을 청산했습니다. 무도인의 자세를 배운 성빈이는 일진 시절에 괴롭혔던 친구들에게 과거의 잘못을 사과했습니다. 친구는 물론 선생들은 몰라보게 달라진 성빈이의 사과를 기뻐하며 받아주었습니다.

성빈이는 요즘 치킨 배달 아르바이트를 합니다. 교통비와 학교 준비물, 그리고 핸드폰 사용료 등을 제외한 돈은 엄마에게 드립니다. 성빈이는 "경찰이 되면 첫 월급을 엄마에게 드리고 싶다"면서 "유도를 통해 노력하면 된다는 것을 배웠다"고, 정정당당하게 살겠다는 각오를 밝혔습니다. 성빈이의 꿈이 이루어지면 좋겠습니다. 자신처럼 불우한 아이들을 돌보는 멋진 경찰이 되길 빕니다.

일진 짱이었던 원빈이, 중간고사에서 4등을 하다

박 경위는 청학공업고등학교 1학년 원빈이를 '300억짜리 제자'라고 부릅니다. 영화배우 원빈처럼 멋지게 생긴 원빈이는 스승의 기대에 부응하기 위해 노력 중입니다. 인천 '만수동 복개파' 일진 짱이었던 원빈이는 이번 중간고사에서 4등을 했습니다. 공부와 담을 쌓았던 원빈이가 새벽까지 시험공부를 한 것은 놀라운 일입니다. 2017년에는 총학생회장 선거에 출마할 계획입니다.

"[박용호 경위가 들려준] 한신 장군은 돈이 없어 어머니 장례도 못 치르고, 가랑이 밑으로 기어가는 굴욕도 참아내고 결국 나중엔 천하를 거머쥐었다는 이야기가 기억에 남습니다. 큰 그릇을 가진 사람은 아무리 어려운 일을 겪어도 참고 극복한다는 말씀이 너무 멋지고 좋았습니다. 제가 어떤 그릇인지 모르겠지만 사부님께서 300억으로 정해주셨으니 모두 참고 극복해보겠습니다.

그리고 사부님께서 저희 할머니가 오래 살게 해달라고 기도해주시면 좋겠습니다. 사부님 같은 분이 기도해주시면 하느님도 들어주실 것 같습니다. 할머니는 언제나 저에게 좋은 거 하나라도 더 챙겨주시려고 하는 분이십니다. 그래서 오래오래 사셔서 저의 효도를 받으시면 좋겠습니다."

원빈이가 스승의 날에 사부님께 쓴 편지입니다. 일진 시절에는 학교 끝나면 거리를 배회하던 원빈이는 이젠 학교 끝나면 상무관으로 직행해 유도복이 흠뻑 젖도록 연습합니다. 그리고 7월 중순에 실시되는 위험물 기능사 시험을 위해 공부에 몰두합니다. 원빈이는 300억짜리 인생이 되기 위해 시련을 극복하겠다고 다짐했습니다. 부모를 대신해 키워준 고마운 할머니에게 효도하겠다고 다짐합니다. 부모의 이혼으로 할머니 손에서 자란 원빈이가 희망의 한판승을 거두었으면 좋겠습니다.

"제가 운동하면서 달라진 것은 '나도 하면 할 수 있구나'라는 것입니다. 옛날의 저는 무엇이든지 포기했습니다. 그런데 상무관에서 운동하면서 꿈이 없던 저에게 꿈이라는 것이 찾아왔습니다. 그 꿈은 바로 경찰입니다. 경찰이 되면 저와 같이 의미 없이 하루를 보내는 학생들의 아픔을 들어주면서 사랑으로 보살펴주고 싶습니다. 꼭 경찰이 되어 사부님 뒤를 따르겠습니다."

청학공업고등학교 3학년 성웅이가 스승의 날에 사부에게 보낸 편지입니다. 중학교 때 부모의 사업 실패로 가세가 기울면서 방황하던 성웅이는 사부를 만나면서 확 달라졌습니다. 올해 인천시 삼일절 유도대회 100킬로그램 급에 출전해 금메달을 땄습니다. 그리고 사부님처럼 멋진 경찰이 되기로 했습니다. 2015년 4월 10일, 성웅이 엄마는 박용호 경위에 대한 감사의 글을 경찰청 홈페이지에 올렸습니다.

"사업 실패로 먹고살기에 급급해 방치하다 보니 어느 순간 불량 아이들과 어울리며 사고를 치고 심지어는 경찰서까지 가야 했던 아들이 한 경찰관의 헌신적인 도움과 관심으로 새사람이 되어 돌아왔습니다. 경찰관이 되겠다고 도서관을 다니면서 열심히 공부하는 아들은 예전의 불량한 아들이 아니었습니다. 저희 부부는 아들로 인해 삶과 희망을 갖게 되었습니다."

열아홉 명의 희망 소년들을 기억해주십시오!

만화『공포의 외인구단』주인공 까치에겐 엄마가 없었습니다. 가난한 술주정뱅이 아빠는 까치를 학대했습니다. 그런 까치에게 야구는 희망이었습니다. 세상으로부터 외면당한 까치를 비롯한 선수들을 공포의 외인구단으로 만든 것은 상처였고 분노였고 절박함이었습니다. 박용호 경위의 제자들은 까치 같은 아이들입니다. 아빠의 폭력에 시달리던 소년, 엄마가 그리워 우는 소년, 버림받은 아픔으로 방황하던 소년, 가난과 낙인에 찍힌 소년들은 까치 같은 주인공이 될지도 모릅니다.

열아홉 명의 소년 까치들을 주목해주십시오. 들꽃처럼 살아온 소년들은 짓밟고 무시당하며 살아왔기에 이대로 포기하면 끝장난다는 절박함을 압니다. 이 때문에 유도 시합에 출전하면 이가 깨지고 뼈가 상하는 고통이 와도 쉽게 항복하지 않습니다. 가난한 소년들의 근성을 높이 사주십시오. 정년을 앞둔 하위직 경찰 사부가 쏟아내는 구슬땀 또한 기억해주십시오. 이들이 연출할 감동의 드라마를 기대해주십시오.

제가 소년들과 인연을 맺은 지도 어느새 1년이 넘었습니다. 유도 대회에 출전하거나 수련회를 가면 대회장까지 달려가 밥과 고기를 사주었습니다. 지난해 크리스마스에는 후원자의 도움으로 소년과 사부에게 멋진 저녁과 고급 운동화를 선물했습니다. 어떤 소년은 난생처음 받아보는 선물이라며 몹시 좋아했습니다. 그런 모습을 보면서 가슴이 저릴 정도로 뭉클했습니다.

유도 소년들의 작은 소원은 한 달에 두 번 이상 순댓국을 먹는 것입니다. 박봉의 경찰관 사부는 운동 끝난 후 허기진 배를 맘껏 채워주지 못하는 게 괴롭습니다. 이날 취재 후에 소년들과 사부를 모시고 삼겹살집에 몰려가서 고기 냄새 좀 피웠습니다. 자식 입에 밥 들어가는 것만큼 행복한 일이 없다는 말처럼 신이 난 표정으로 고기 먹는 소년들의 모습을 보면서 행복했습니다. 고기 값을 보태준 털보 사진작가 김진석 후배에게 감사드립니다.

저는 300억짜리 소년과 강력계 형사를 꿈꾸는 소년, 할머니와 홀어머니에게 효도하는 소년에게 펀딩하기로 결정했습니다. 투자 가치가 충분한 미래의 소년들이기 때문입니다. 그래서 고기를 자주 사줄 작정입니다. 다만 미안한 것은 무도관을 만들어서 이들뿐 아니라 다른 소년들에게도 기회를 주고 싶었는데, 상황이 여의치 않은 것입니다. 소년들이 삼겹살을 맘껏 먹고 멋진 한판승을 거두면 좋겠습니다. 소년들은 누가 뭐래도 희망입니다.

그 이후의 이야기

유도 소년 이야기를 전한 직후인 2016년 6월 22일, 원빈이가 KBS「아침 마당」의 '전국 이야기 대회'에 출연해서 살아온 이야기를 했습니다. 말끔한 교복 차림으로 무대에 선 원빈이는 부모 이혼과 일진 시절을 이야기하면서 지난 시절을 반성했습니다. 유도를 통해 거듭나면서 우수한 성적까지 거두었다는 이야기를 듣던 이금희 아나운서를 비롯해 방청석의 어른들은 박수를 보냈고 시청자들이 성원해주면서 1등을 차지했습니다. 상금으로 100만 원을 받았습니다.

원빈이는 유도를 배운 이후 한 번도 싸운 적이 없다고 했습니다. 쓰레기통에 버렸던 책을 집어 들고 밤새워 공부해서 우수한 성적을 거두었다고 했습니다. 그동안은 어떤 어른이 될까에 대한 생각을 하지 않았는데 이제는 사회에 공헌하는 사람이 되고 싶다고 했습니다. 그러면서 속만 썩이던 손자를 포기하지 않고 사랑으로 보살펴준 할머니에게 죄송하다고 했습니다. 사랑한다고 말했습니다. 그리고 조직 폭력배의 길로 빠질 수도 있었던 자신을 돌봐준 박용호 경위와 여러 사람들에게 감사하다고 했습니다.

그렇게 열심히 운동하고 공부하던 원빈이가 2016년 10월에 병원에 입원했습니다. 유도 훈련 중에 십자 인대가 파열되는 부상을 입은 것입니다. 아내와 제가 병문안을 갔더니 좋아하더군요. 오른쪽 다리에 석고 붕대를 한 상태였습니다. 하지만 꿋꿋한 표정이었습니다. 잘 견뎌낼 것이란 믿음이 들었습니다. 희망을 가졌다고 해서 난관이 닥치지 않는 게 인생이듯, 난관에 부딪쳤다고 해서 다시 절망으로 돌아가진 않을 것입니다. 원빈이를 위해 더 기도하겠습니다.

17

공사비가 없어 중단된
소년희망공장

"언제부터 소년희망공장에서 일할 수 있어요?"

소년희망공장에서 일할 예정인 소년원 출원생과 보호소년 등 여섯 명이 자원봉사자 이금주 씨에게 고객 응대 및 서비스 교육을 받고 있습니다. 열아홉 살 경호가 불안한 목소리로 언제부터 일할 수 있는지 물은 것은 소년희망공장이 자금난에 의해 공사가 중단됐기 때문입니다. 함께 일하기로 한 30년 경력의 제빵사가 다른 일자리를 찾아 떠나는데도 붙잡지 못했습니다.

소년들은 가정이 해체되면서 떠돌이 생활을 하거나 조부모 품에서 자란 불우한 소년들입니다. 또한 함께 일하게 될 40대 여전도사는 소년원 출신으로 신학교를 다니면서 제과·제빵 및 바리스타 교육을 받고 있습니다. 소년희망공장에서 일할 것을 기대하고 서비스 교육 등을 받고 있는 소년들과 전도사에게 저는 할 말이 없습니다. 부도낸 사업자의 심정이 이럴까요?

제가 4개월간 「소년의 눈물」을 연재하는 동안 모두 2,899명이 6,923만 7,000원을 후원해주셨습니다. 저는 수수료(모금액의 15퍼센트)와 리워드 비용을 제외한 5273만 1,923원 전액을 소년희망공장을 추진하기 위해 설립한 스마일어게인사회적협동조합(이하 어게인협동조합)에 전달했습니다.

2016년 초까지만 해도 소년희망공장을 돕겠다는 기업과 개인의 발길이 이어졌습니다. 그러나 기업 내부 사정과 기부자의 변심으로 모두 무산되고 말았습니다.

2016년 2월 25일에 창립한 어게인협동조합은 6월 오픈을 목표로 노동부로부터 설립 인가를 받았고, 연성대학교 외래 교수이자 롯데호텔 셰프 정민호 님이 협동조합 이사로 참여하게 되었습니다. 또한 이석현 한국바텐더협회장이 기술 지원을 해주기로 했고, 소년희망공장에서 일하기로 한 소년 여섯 명은 바리스타 자격을 취득하고 제빵 기술을 교육받는 데 전념했습니다. 카페 전문 인테리어 업체 로이스 디자인랩도 동참해 소년희망공장 오픈에 만전을 기했습니다.

소년희망공장은 가출 청소년 집결지이자 소년범죄율 전국 1위 도시인 부천에 짓기로 했습니다. 제빵 공장 겸 매장을 보증금 1,500만 원, 월 임대료 160만 원에 계약하고 권리금과 철거비, 인테리어비, 인건비, 운영비 등에 7,000여 만 원을 지출했습니다. 그런데 후원금을 받으려던 계획이 무산되고 자금난이 겹치면서 공사가 중단되는 바람에,

가동되지도 않는 소년희망공장에 월세를 지불해야 하는 상황을 맞은 것입니다.

제가 떠넘긴 십자가로 인해 소년희망공장을 책임진 아내는 인테리어 비용(5,500만 원)과 제과·제빵 및 커피 장비(4,000만 원), 그리고 정착을 위한 3개월 재료비 및 운영비(4,000만 원) 등 모두 약 1억 5,000만 원을 마련하기 위해 여러 기업과 기관을 찾아다니며 도움을 요청했지만 자금 마련이 쉽지 않았습니다. 교회 권사인 아내는 금식 기도에 돌입했습니다. 세상의 도움이 끊기면서 하늘의 도움을 구하는 아내의 간절한 모습을 지켜보는 게 괴로웠습니다.

나는 왜 소년희망공장을 지으려고 했나

지난 2016년 6월 16일, 임대한 소년희망공장을 찾았습니다. 예정대로 후원이 됐다면 공사가 한창 진행 중일 텐데 기존 시설물이 철거된 공간은 삭막했습니다. 깨진 유리창으로 들어온 바람이 켜켜이 쌓인 먼지를 풀풀 날리는 소년희망공장을 찾은 저는 괴로운 심정으로 이렇게 자문했습니다.

'나는 왜 소년희망공장을 짓자고 했나?'

위기 청소년 중 상당수는 부모의 가난과 가정불화, 아빠의 알코올 중독과 가정폭력, 부모의 이혼·가출·사망, 한부모와 조부모 양육 그리고 방황과 가출 등을 거쳐 비행소년이 됩니다. 그리고 아빠처럼 살지 않겠다고 다짐한 소년들은 구조화된 세상에서 몸부림치다 끝내 빈곤과 불행을 대물림합니다.

저 또한 그랬습니다. 가난과 불화에 시달리던 어머니는 집을 떠났고 연년생 형은 어머니가 떠난 뒤에 소년원에 갔습니다. 그리고 저는 소년의 아빠처럼 가난한 여자와 결혼하고 이혼한 뒤, 아들을 혼자 키우다 천사 같은 아내와 재혼했습니다. 하늘이 긍휼히 여기지 않았다면, 좋은 이웃의 도움이 없었다면, 저 또한 소년들의 아빠처럼 좌절했을지도 모릅니다.

「소년의 눈물」을 이야기한 것은 그 때문이었습니다. 인생 눈물밥을 먹은 자로서, 고통의 터널에서 울부짖던 자로서, 하늘과 이웃에게 신세진 자로서 마땅히 갚아야 할 도리였습니다. 소년에겐 낙인보다 위로가 필요하고, 비난과 격리보다 밥과 잠자리가 절실한데 세상은 소년들을 미워할 뿐입니다. 절망을 강요하는 세상 대신 소년들을 희망으로 살리려고 소년희망공장을 짓자 한 것인데….

아내가 어게인협동조합 이사장을 맡았습니다. 하지만 저는 이사장 선출에 개입한 적이 없습니다. 「소년의 눈물」 후원금을 전달하고는 손을 뗐습니다. 다만 3,000명이 모아준 후원금을 지켜달라고 아내에게 도움을 청했습니다. 아내는 '사랑의장기기증운동본부' 사무국장을 비롯해 이주민 지원단체 이사 등으로 20년 넘게 활동한 경력자입니다. 소년희망공장 추진위원장이었던 기업체 사장에게 이사장을 부탁했지만 고사했습니다. 사실 이사장 자리는 빛나는 자리이기보다는 무거운 짐을 떠맡아야 하는 자리입니다. 그래서 추진위원들은 아내를 이사장에 추대했습니다.

"우리끼리 잘살지 맙시다!"

아내와 저는 2006년에 재혼하면서 하나님 앞에 서원했습니다. 우는 자와 함께 울라는 하늘의 가르침을 받들며 살자고 약속했습니다.

저는 일을 벌였고 아내는 그것을 늘 수습했습니다. 사법형 그룹홈을 만들 때는 전세 보증금을 대출로 마련해주었고, 연쇄 방화로 구속됐다 풀려난 후 오갈 데 없어진 다문화 소년과 보육원 출신 소년원 출원생을 선뜻 받아준 이도 아내였습니다.

아내는 올해 정년퇴직했습니다. 저는 지난 10년 동안 이주민 돕는 일과 소년 돕는 일을 한다는 이유로 가장의 책임을 다하지 못했습니다. 아내가 가장이었던 것입니다. 아내는 점심 값을 아끼기 위해 도시락을 가지고 다녔습니다. 몸에 밴 근검한 생활로 3남매의 학비를 마련했습니다. 저로 인해 은행 빚이 생기면서 빚을 어떻게 갚아야 하나 전전긍긍하면서도 아내는 아프리카 소년을 후원하고 몽골 대학생에게 장학금을 지원했습니다. 그러고는 퇴직금 2,000만 원의 10퍼센트를 캄보디아 선교사님에게 보냈습니다. 당장 소년희망공장 공사비가 없어 애를 태우면서도 우리보다는 선교사님이 더 절박한 상태라는 이유에서였습니다. 아내는 정년퇴직하면 여행을 다녀오고 싶다고 했습니다. 무거운 짐을 잠시라도 내려놓고 싶었던 것입니다. 마땅히 '그동안 수고했으니 하고 싶은 대로 하라'고 했어야 했는데 그렇게 말하지 못했습니다.

"나의 도움이 어디서 올꼬?"(시편 121:1)

한 달 넘게 금식하며 새벽 기도 중인 아내는 이 성경 구절이 가슴을 친다고 합니다. 사방팔방 막힌 것 같답니다. 소년희망공장 설립 자금을 구하기 위해 동분서주하며 애를 태우는 아내를 지켜보는 것은 괴로운 일입니다. 저로 인해 가시밭길을 걷고 있으니 포기하라고 말할 수도 없었습니다.

사회적협동조합의 공익적 가치는 뛰어나지만 시장에서의 생존 능력은 취약합니다. 사공이 많은 배처럼 분분한 의견 대립과 무책임함으로 난파한 경우 또한 적지 않습니다. 이런 환경에서 소년희망공장을 설립하는 일뿐 아니라 설립한 이후 시장에서 살아남는 일 또한 쉽지 않을 것입니다. 주변에선 소년희망공장이 생존하거나 성공할 확률이 높지 않을 것이라고 예측합니다. 그래서 좋은 일이긴 하지만 선뜻 돕지 못하겠다고 합니다.

소년희망공장은 설립될 수 있을까? 설립된다면 생존할 수 있을까? 소년희망공장의 갈 길은 첩첩산중과도 같을 것입니다. 소년희망공장이 가동되면 새벽부터 빵을 만들어야 하고, 밤늦도록은 물론 주말에도 장사를 하면서 판로를 개척해야 살아남을 수 있을 것입니다. 사고뭉치 소년들을 인내하며 자립시키는 일 또한 만만치 않을 것입니다.

소년희망공장의 성패는 소명과 헌신에 달렸다고 봅니다. 욕망과 경쟁으로 똘똘 뭉쳐도 살아남을까 말까 한 자본주의사회에서 선한 뜻으로만 사업을 한다면 소년희망공장은 백전백패할 것이 뻔합니다. 그래서 선한 사업을 좋은 일이라고 하면서도 불안해합니다. 선한 사업에는 소명과 헌신이 절대적으로 요구되지만 말처럼 쉽지 않습니다. 자기희생이 뒤따라야 하기 때문입니다. 그런데 아내라면 믿을 수 있습니다. 아내이기 때문에 믿는 것은 아닙니다. 자기 배로 낳지 않은 두 아들을 사랑과 희생으로 잘 키운 아내라면, 소년희망공장을 잘 세워서 소년들에게 희망을 나눠줄 것이란 믿음이 있습니다. 그러므로 하나님,

하늘의 뜻을 순명(順命)으로 여기며 살아온 여인의 간구를 들으시고 응답해주셔야 합니다.

"하나님, 소년희망공장을 세워보지도 못하고
이대로 주저앉을 순 없잖습니까!
3,000명의 귀한 후원금을 날릴 순 없잖습니까!
소년희망공장이 진짜 희망이 되어야 하잖습니까!
중단된 공사를 재개할 수 있도록 도와주셔야 합니다!"

그런데 말입니다. 제가 가장 실망하는 대상은 저입니다. 아내를 믿는다고 하면서 절대적으로 신뢰하지 않았던 것입니다. 한 입으로 두 말하는 제가 밉습니다. 「소년의 눈물」을 통해 소년희망공장 설립 기금을 모아주었다는 교만함으로 아내에게 위세를 부렸습니다. 자금난을 해결하지 못하는 아내에게 "이사장으로서 능력이 부족한 것 아니냐"고 추궁한 것입니다. 그럴 자격이 없는 줄 알면서도 어리석은 말로 아내를 울게 했습니다. 아내를 닦달했던 것은 소년희망공장을 6월까지 오픈하겠다고 후원자들에게 약속했기 때문입니다. 아내에게 십자가를 떠맡긴 주제에 가슴에 못질까지 한 것입니다. 아내여, 죄송합니다. 용서를 구합니다.

"눈물을 흘리며 씨를 뿌리는 자는 기쁨으로 거두리로다.
울며 씨를 뿌리러 나가는 자는 정녕 기쁨으로 그 단을 가지고
돌아오리로다."(시편 126:5~6)

그 이후의 이야기

소년희망공장을 열려면 인테리어 공사비 6,000만 원과 커피 등의 장비를 포함해 1억 원 정도가 필요했습니다. 「소년이 희망이다」 연재를 통해 확보한 후원금과 소년보호협회의 도움으로 공사비를 어느 정도 마련했지만 여전히 부족했습니다. 그래서 짜낸 방법이 직접 공사하는 것이었습니다. 공사를 책임진 아내는 전기 공사 등 기술자가 필요한 부분은 맡기고 바닥 공사와 페인트칠은 자원봉사자의 도움을 받으면서 직접 하기로 했습니다. 한 푼이라도 아끼기 위해 자재를 사러 다녔습니다.

지난여름은 견디기 힘들 정도로 뜨거웠습니다. 어게인협동조합 이사장인 아내와 사무국장 두현호 목사는 비 오듯 땀방울을 쏟았습니다. 그래서 6,000만 원짜리 인테리어 공사를 2,600만 원에 했고 장비 구입비는 1,000만 원으로 줄였습니다. 커피 장비는 기증을 받았습니다. 그리고 업종을 제과·제빵에서 컵밥으로 전환하면서 공사비가 많이 절감됐습니다. 아내의 금식과 간절한 기도 끝에 세상에 없던 소년희망공장이 만들어졌습니다. 자본이 아닌 수많은 사람들의 정성과 땀으로 지어진 공장입니다.

2016년 9월 23일, 부천시 중동 소년희망공장에서 후원자와 조합원 그리고 부천 지역 청소년단체 관계자 70여 명을 모시고 개소식을 진행했습니다. 소년희망공장에서는 소년원 출신 전도사님과 소년원 출원생 세 명이 일하고 있습니다. 수익이 발생하면 소년들을 더 채용할 계획입니다. 소년희망공장 주요 메뉴는 커피와 컵밥입니다. 거리 소년과 결식 아동 그리고 보호청소년에게 컵밥을 주기 위한 '미리내 운동'을 합니다. 이들 소년들에게 컵밥 값을 미리 내주는 방식의 운동입니다. 부천여성청소년재단의 박성숙 대표는 컵밥의 전단지를 잔뜩 가져가시면서 "소년희망공장의 홍보 대사가 되겠다"고 자청하셨습니다. 개소식에 참여한 여러 사람이 이 운동에 동참해주셨습니다.

'별 그리고 달'이라고 명명한 카페 유리에는 1만 원 이상의 후원자 2,600명의 이름과 아이디가 빼곡하게 새겨져 있습니다. 소년희망공장이 없어지지 않는 한 지워지지 않을 이름입니다. 한 사람, 한 사람 소중한 이름을 기억하겠습니다. 후원자 여러분, 짬이 나면 오셔서 숨은 이름 찾기를 해보세요.

● **소년희망공장 돕는 방법**: 직장과 단체, 교회 등의 모임과 행사에서 식사 제공이 필요할 때 컵밥을 단체 주문해주세요. 컵밥은 4,000원 대의 저렴한 가격, 편의, 배달 등의 장점이 있습니다.

● **출장 뷔페 신청 방법**: 심포지엄이나 대형 행사 때 케이터링도 가능합니다.

● **미리내 운동 참여 방법**: 거리 소년, 결식 아동, 보호관찰 소년에게 컵밥을 제공하실 분은 문의 및 상담을 통해 후원 계좌에 입금해주시면 전액 위기 청소년 식사비로 사용됩니다.

● **정기 후원 참여 방법** : 정기 후원금은 소년희망공장 운영과 청소년 교육비 등에 사용됩니다. 이와 함께 위기 청소년 자립을 위한 검정고시, 기술 교육, 훈련비 등에도 사용됩니다. (**문의** 032-3232-010/010-5387-6839)

소년희망공장 개소식을 마친 아내가 고통을 호소했습니다.
다리 마비 현상을 호소하던 아내가 병원을 찾아가
MRI 촬영을 한 결과 디스크와 척추 협착이 심한 것으로
나타났습니다. 우선 물리치료와 주사치료 그리고 운동치료를
통해 결과를 지켜본 뒤에 문제가 해결되지 않으면 수술을
해야 한다고 했습니다. 다리를 절뚝이는 아내는 걷다가
멈추거나 주저앉습니다. 그런 몸으로 소년희망공장 일이
밀렸다며, 쉴 수 없다며 집을 나섭니다.

18

그래도
소년은 희망입니다!

2016년 6월 24일 「소년이 희망이다」의 마지막 이야기를 하기 위해 부천역을 찾았습니다. 그런데 앞에서 이야기했던 천막 식당이 사라졌습니다. 6년째 운영 중인 천막 식당은 거리 소년들에게 밥을 주는 무료 식당입니다. 이정아 물푸레나무 청소년공동체 대표는 천막 식당을 중단한 이유를 이렇게 설명했습니다.

"땅 주인 측에서 '밥을 먹으러 온 아이들이 담배를 피우고 술 마시고 사고 치는 등 문제를 일으킨다'면서 천막 식당 철거를 요구했습니다. 철거하지 않으면 용역을 부르겠다고 해서 식당을 중단하고 인근 건물에 세를 얻어 아이들에게 밥을 먹이고 있는데 100만 원씩 드는 월세가 큰 부담입니다."

이정아 대표는 민원이 발생할 때마다 여러 번 쫓겨났다고 했습니다. 당신이 밥을 주기 때문에 이상한 애들이 꾄는다고, 밥을 주지 말라는 것입니다. 거리 아이들에게 밥 먹이는 것조차 봐주지 않는 세상입니다. 그런 민원을 무릅쓰고 아이들에게 밥을 주지만 천막이기 때문에 비가 오고, 눈이 오고, 바람 불면 속수무책입니다. 너무 힘들어서 눈물을 흘려야 했습니다. 그러다 땅 주인에게 쫓겨나면서 부천역 인근에 식당 공간을 얻은 것입니다. 이 대표는 "가정과 학교에서 내쳐진 청소년들이 여기서는 내쳐지지 않고 삶의 방향과 계획들을 실현해나갔으면 좋겠다"고 소망했습니다.

비바람을 피할 공간을 마련해 참으로 다행입니다. 하지만 월세를 내지 못하면 여기서도 쫓겨나야 했는데 다행하게도 「소년이 희망이다」 이야기를 읽은 독자들이 후원금을 보내주셨습니다. 『국민일보』와 '다음 스토리 펀딩'에서 연재한 이야기에 호응해주신 것입니다. 그래서 2016년 8일 1일 이정아 대표의 청개구리 식당에 1,200만 원을 전달했습니다. 그리고 전남 여수 달동네 열린합주단과 박용호 경위의 유도 소년들에게 일부 지원을 했습니다.

힘들어도 연락할 곳 없는 거리 소년들

다시 찾아간 부천역에서 열여덟 살 수환이와 민훈이를 만났습니다. 생일을 맞은 수환이가 밥을 사달라고 해서 '콩불'을 사주었습니다. 수환이는 2015년 11월 1호, 3호, 5호 처분을 받고 서울소년분류심사원에서 나왔습니다. 보호관찰 처분을 이행하지 못하면 소년원에 갈 수도 있습니다.

수환이 팔에 수갑 대신에 "힘들면 연락해"라는 글귀가 새겨진 손목 밴드가 채워졌습니다. 친구에게 생일 선물로 받았답니다. 힘들어도 연락할 곳이 없는 소년이 저에게 연락한 것은 고마운 일입니다. 소년들은 어른들에게 도움 요청을 잘 하지 않습니다. 도와주기는커녕 훈계만 하기 때문입니다. 소년들에게 밥을 주었는데도 훔치면 그땐 처벌해야 합니다. 하지만 밥을 주지 않으면서, 훔치게 만들면서 범죄자로만 내모는 건 정당하지 않습니다.

수환이에게 스무 살 영진이 소식을 들었습니다. 거리에서 만난 동생 세 명과 함께 가출팸 생활을 하던 영진이가 다시 교도소에 들어갔다는 것입니다. 월세를 못내 원룸에서 쫓겨난 영진이가 지난 4월 "며칠 굶었더니 배가 고파요. 돈 좀 보내주세요"라고 저에게 두 번 도움을 청한 적이 있습니다. 입금하고 얼마 뒤에 연락을 했더니 전화를 받지 않아 걱정하던 참이었는데 다시 교도소에 들어간 것입니다.

지난 2월 김천소년교도소에서 출소한 영진이가 귀가하지 않고 부천역으로 돌아온 것은 이혼한 엄마와의 갈등 때문입니다. 애증 관계의 불편한 가족보다 같은 처지인 거리 소년이 편했던 것입니다. 소년원에서 미용사 자격을 딴 영진이는 헤어 디자이너가 되는 게 꿈이라고 했습니다. 이제 영진이의 꿈은 이루어질까요? 아니면 법자로 방황하며 살아갈까요?

민훈이는 '알바 인생'입니다. 민훈이의 꿈은 성공하는 게 아니라 그냥 먹고사는 것입니다. 중학생 때부터 전단지 배포를 하고 웨딩홀 등에서 아르바이트를 했다는 민훈이는 몇 번이나 일당을 못 받은 적이 있다고 했습니다. 생존의 거리에 일찌감치 뛰어든 민훈이는 성공할 수 없다는 것을 깨달았기에 그냥 먹고살 수 있기만을 바라는 것입니다. 민훈이의 인생이 아르바이트로 끝날까 봐 걱정입니다. 그런 민훈이에게 세상에 대해 물었더니 이렇게 항의하듯 말했습니다.

"세상은 우리 같은 애들을 받아주지 않아요. 고등학교 졸업장이 없으니 알바밖에는 못하고요. 치사하게 애들 돈을 떼어먹는 어른들과 세상을 때려 엎고 싶지만 힘이 없으니 참아야죠."

복서가 되어 꿈을 키우는 소년

세품아는 보호소년 위탁 시설이자 기독교공동체입니다. 인천지방법원 소년부는 보호자가 돌보기 어려운 소년들을 세품아에 위탁합니다. 세품아 소년들은 가족에게 상처받은 아이들입니다. 아픔이 아물 날 없는 가운데 최근에 사고가 잇따라 발생했습니다.

세품아에서 지내다 잠시 귀가했던 열여덟살 준현이와 열아홉 살 태진이가 크게 다친 것은 아빠와의 갈등 때문이었습니다. 모처럼 만난 아빠와 다투다 높은 곳에서 뛰어내린 준현이는 중상을 입었고 태진이는 아빠가 휘두른 흉기에 크게 다쳤습니다. 세품아 대표인 명성진 목사에게는 아이들이 입은 마음의 상처도 문제지만 우선 치료비 마련이 다급했습니다. 태풍과 폭풍 속에서 방황하는 아이들을 겨우 치유해놓으면 그 부모들이 아이들을 또 상하게 하니 힘겹습니다. 그런데 복싱을 시작한 열아홉 살 경준이가 기쁨을 주었습니다.

1호와 5호 처분을 받은 경준이의 엄마도 경준이가 어렸을 때 떠났습니다. 형은 보호관찰 중이고 여동생은 안양소년원에서 생활 중입니다. 거칠고 어둡던 경준이가 밝은 표정을 짓기 시작한 것은 권투를 시작하면서입니다. 2016년 5월초부터 권투를 시작한 경준이는 같은 달 22일 부천시복싱연합회장배 생활체육대회 65킬로그램 급에 출전해 우승했습니다. 첫 출전에서 우승의 기쁨을 맛본 경준이는 권투가 재밌 어졌습니다. 스스로 샌드백을 치고 줄넘기를 하며 땀을 흘리는 것은 복서의 꿈이 생겼기 때문입니다. 경준이는 "UFC 챔피언이 되고 싶다" 면서 "나중에 권투 도장을 운영하면서 위기 청소년을 지도하고 싶다" 는 포부를 밝혔습니다.

경준이를 무료로 지도하는 부천 탑복싱체육관 최근식 관장은 "권 투를 배운 지 한 달도 안 된 경준이가 1년 이상 권투한 선수를 이겼다" 면서 "경준이에겐 다른 선수에게서 찾기 힘든 절박함과 투지가 있다. 경준이의 꿈을 최대한 지원하겠다"고 약속했습니다.

경준이가 권투를 하도록 도와준 이는 부천오정경찰서 배장환 학교 전담 경찰관입니다. 배장환씨는 학생뿐 아니라 거리 소년들이 도움을 요청하면 주말이든 야간이든 달려가는 슈퍼맨 같은 경찰입니다. 배장 환씨는 "검정고시를 준비하면서 복서의 꿈을 키우는 경준이가 기특하 다"면서 이렇게 말합니다.

"나쁜 아이들은 하나도 없습니다. 가정환경과 사회가 이 아이들을 그렇게 만들었을 뿐입니다."

절망의 시대에 부치는 소년 희망 편지

위가 아파서 내시경 검사를 받았더니 역류성 식도염과 용종 등이 발 견됐습니다. 2015년 「소년의 눈물」과 2016년 「소년이 희망이다」 연재 를 위해 글을 쓴다고 식사를 거르거나 라면을 먹고, 그것도 귀찮으면

과자, 빵에다 커피를 마셨더니 위장병이 생겼습니다.

「소년이 희망이다」에 동행한 '길 위의 사진가' 후배 김진석은 힘들다고 했습니다. 절망한 소년들을 구해줄 수도 없으니 답답하다고, 진이 빠지는 것 같다고 했습니다. 저 또한 마찬가지였습니다. 소년들을 제대로 돕지도 못하면서 아픔을 도지게 하는 것은 아닌가 하는 자괴감이 들었습니다. 아이들의 아픔을 이용해 저의 이름을 알리는 것은 아닌가 하는 의심도 들었습니다. 끊었던 담배를 다시 피운 것은 그 때문입니다. 손을 잡아주어도 범자가 되는 아이들, 미움과 증오로 세상을 적대시하는 아이들…. 이 아이들에게 과연 희망이 필요할까? 과연 사랑이 필요할까? 의심하지 않는 바는 아니지만 그래도 소망합니다. 음식이 차고 넘쳐서 비만을 걱정하는 사람들이 소년들에게 이렇게 말해주길 소망합니다.

"애야, 밥은 먹었니? 아직 먹지 않았으면 이리 오렴! 같이 나누어 먹자!"

또한 소망합니다. 이 세상 엄마들이 자기 자식을 사랑하고도 사랑이 남거든 세상의 자식들, 특히 엄마에게 버림받은 아이들을 안아주길 소망합니다. 남의 자식을 사랑하는 게 내 자식을 안전하게 지키는 길이라는 것을 깨닫기를 소망합니다. 나만 살려다가 같이 죽을 수도 있기 때문입니다. 이런저런 이유 불문하고 엄마니까, 생명을 낳은 엄마니까 엄마의 다정한 목소리로 이렇게 말해주길 소망합니다.

"엄마 없이 떠돌다가 그렇게 되었구나. 소년아, 이리 오렴. 내가 안아줄게!"

더욱 소망합니다. 우리가 우리를 용서해준 것 같이 소년들의 잘못을 관용으로 안아주면서 다시는 죄에 빠지지 않도록 돌봐주기를 소망합니다. 그래서 소년의 죄가 소년의 죄가 아니라 그 아픈 가정들을 외면했던 우리의 무정한 죄임을 시인하며 부디 이렇게 자복하기를 소망합니다.

"소년아, 너희를 죄의 구렁에 던져 놓고 낙인을 찍었구나. 미안하다, 너희의 죄가 아니다. 세상의 죄다, 우리의 죄다!"

희망 동지들에게 드리는
감사 편지

세상이 망망대해와 같아서 절망한 적이 있습니다. 절망만 했다면 여기에 서 있을 수 없었습니다. 절망으로 망망대해를 헤매다 가느다란 등대의 불빛으로 용기를 내어 희망의 노를 저었습니다. 세상이 미워하는 소년들도 그럴 것입니다. 세상에 자신을 미워하는 사람들이 너무 많아 적의를 품고 살다가도 누군가 내밀어준 손 때문에, 눈물을 닦아준 따뜻한 사람들 때문에 증오를 조금씩 풀기도 하는 것을 저는 보았습니다. 햇살처럼 희망이 마구 비치면 좋겠지만 어차피 그런 세상은 아니라는 것을 소년들은 압니다. 어둠의 터널에서 비치는 가느다란 빛, 그 빛 때문에 아이들이 어둠의 터널에서 빠져나올 용기를 갖게 되는 것을 봅니다.

소년희망공장을 만들어준 이들을 '희망의 동지'라고 부르렵니다.

희망의 동지들에 의해 지어진 소년희망공장에서 희망의 음식을 조리하면서 따뜻한 커피를 우려낼 것입니다. 세상의 공장들은 탐욕과 이윤에 급급하지만 세상에 없던 소년희망공장은 희망을 만들어낼 것입니다. 상처로 얼룩진 소년들은 온실의 꽃처럼 화사하지 않습니다. 비바람에 억세게 자란 들꽃 같은 거리의 아이들에게 희망을 준다면 좋은 이웃이 될 수 있을 것입니다. 아픈 상처를 끝내 이겨내면서 참혹한 아름다움을 보여준 소년들을 만난다면 안아주지 않고는 못 배길지도 모릅니다. 거리를 떠돌다 소년원에 가고, 구치소에 가고, 교도소에 가지만 그래도 소년은 희망입니다. 희망을 포기하지 않겠습니다. 희망의 동지 여러분, 함께해 주셔서 고맙습니다.

hdh3377	서암요	dinan1	노재은	whdrud1341	종경이	smokyeye	이게누구야
mmj2333	문민정	myeonga7737	박명아	gungde2	예준	graperany	Radio-Hi
sb6553	자유인	ihappy100	JLMEAll	ace4000	소나기	chadalli	김차선
kkumby	영주레요	anbongle	다리아	rachie	내안의 양심그릇	gambawoo	태움맘
hwan-ta2004	hwan-ta	jubarakisj	지니	kkexfile	hungrymind	penixia	쑥
whatmay	nortorious	read2080	킨던츠너도	youngoto12	수선화12	cyber9981	구루구루
adielkim	adielkim	lhcmo	김관숙	phiorina	Jieun	messmath	messmath
yunhojyh	나그네	10130328	이쁜하마	bolki21	흑성사랑	do_deux	블링블링민호
hanulpsyrichdad	richdad	mwj72	달님	sklue	배정미	agksdmstlf	한은실
asclephius	Heinstein_Jake	ahepfhj	희망나무	odry2005	오드리	jhn3106	Ha-na
ljhshadow-com	qlqp	joseprim	임용수	1285dia	김진희	maehwa73	이쁜덜렁이
kimbbab7343	김범택	misssong999	민트초코칩	mylek1008	지호	rely3	미용이
prayerm	이원경	8325sj	천4	laurel1	야모	caulis2	잘하자 쑥
chunghumoon	문흥만	madoonna	마둔나	amor1124	회복	guleepark	박병권
p0205kr	박가영	2thisweek	이금주	chunca1018	가타리나	ursid	김미정
yeoun82	운여	jmp1217	동삼동정이	rich0951	백두맘	horangeee0	호랑이
powertr12	은보기	psj1262	박순제	dkl004	창명곬	hidsun	하이디
jshine1130	1130	godoonglle	동그리	powermis	백다례	seounghyoun	MT
jojo111	지니	moonsinsa	moonsinsa	mmeeii78	메이시엔	choara1052	ara
fssword	파란바람	greenbee2119	그린비	yeonghui3491	희망둥	jh88527739	닉네임
heeyanolza	김선희	ljh8480556	로즈	perkchun	^^	newmnewworld	스쿠르
sini_a	루안	youdogo	youdogo	naldee	Galaxy	skaals	skaals
sky-sea2	김수자	999kn	엘리	bboyggirl	곽미정	konit2001	해적
hero868	닉네임	eon7797	김세언	k-bigsun	폰이03	solgasu	solgasu
wondh2000	원대한	yousunny	희망	mjc825	우리곰치	qkqhwndi3113	팅이
leejh4939	이지환	gyeonghui2622	윤경희	mylove3385	이쁜딸 시온	ju002	꼬모야
rark77	스테이시	esjang1974	봄바람	ekp710	ekp710	tajin119	침묵보다묵상
imstar1015	강숫	ejs1358	ejs1358	beldi	임혜경	joojs9	오드리
kihocms	김기호	noenemyhk	Dovy	goodluckey	Peace	gandarf2	하회탈 무사
youngjahn	믿음직한 사람	ruddla1003	이시오에	goam70	이태양	greenpia777	그린
missy13	ssunii	jlove0410	meil-gippeum	myj9912	ND-M	samsem	빨강파랑
karin991	다람쥐	s-dream713	lkr	joy777	Dana	pleur	꿀단지
josuayun	윤광일	feilcx	felicx	esk4659	esk	52suk	김외숙
bigmothersj	nada허무	kikiboy11	wizard	chss2347	다둥이맘	cheerselfup	박도경
ya0824	윤윤윤윤윤	pure1light	빛의꿈	stephanus1	성담 임상호	jenn-shin	호랑꽁땡엄마
zephysoul	김태경	snfjddl1	검누렁이	book4me	피리	hanab00	김하나
purm21	푸름	mpran15	현주	amstelbeer	미스마플	mr-yeon	바이올렛1004
k2zeus	산지기	freedom045	ertweasd	poliana	poli	pinkbear777	분홍곰
sk1517	blue스카이	platoshkim	plato	feel610	julie	scony	김소은
dewisaya	맹경숙	haram969867	말달리자	knj8853	김남정	wmu92	joo
enjoy-1224	인문학	misung2878	미성건설	d3282968369	시은시우	win79f	올라프
kcchung3w	태산이높다하되	qkzp9693	요요요요	dagouu1118	김수진	belle002	밀루유떼
bsgu1001	Bon	sun61420	팔용지역아동센터	stonej20077	전돈키호테	tnals628	박수민
choijinwoon	jinyeo	ck9797	대물낚시광	beomtae	Wizardly	parkhungee	마지막 편지
kumjongdae	종대	dakni31	다큰	8purplsuns	mission	66-mal	정영미
merritt329	김민정	nmtibet	견디지만말고	orangeksy	수연	galilee30	galilee
faye81	Sui_Park	yaeyae65	총무팀	beacoup	beacoup	jys1414	young
sunrise-hsj	선라이즈	muso0343	153부동산	sychar	이선영	8836166	청룡어천
kkoangho	산까치	heariam	자우림	lsllsllslls	입뽕	lavender5750	아토
hanna-bakery	한나	justintime00	budfkdhktp	bbangsc	방성철	ilovesunny0816	rainyday
tincup	사랑과진리	tarpo	조재현	applewitch	크림	lcy5321	이채영
mko0815	Moon	lim1404	나는야아줌마 ㅋ	miniru83	cdww	win8138	통닭
brillliancy0320	Dana	skyeong02	우울과몽상	flowerboss	이꽃님	elli322	aksmfdk
yjni22	용가리	tjsduddl002	슨여이	joylsy	이삼용	myneline	봄둘
ami9757	노스텔지아	hwa5874	제석맘	morning0308	지현	orchid1025	류상란
parkkang0797	은	9727029	파란바다	bumper21	날카로운 구름	hkledr	이화경
rlwjr9075	이천년의사랑	lovesu71	카르페디엠	lsy123_2000	이수연	pretty00aj	현애정
loveyhwh	김홍일	vov-5454	지혜림	ja1102	쫑알	lake1016	여름향기
i-seulbee	좋은나무	rifn_99	Reni	y7806	유화	cuocuohj	cuocuohj
minjun8171	오민준	lugia97	송주연	majic9124	박근영	aralet	하하하하
wangji23	와지	syh10110	황선영	faith-res	은쑤기	warumanse	waru
tobedaisy	백한아	lhl1964	이향림	chankyuya	꽃사슴	44424442	그리움
sojeong7482	김소정	jinhs8264	진향숙	hyeju7517	김혜련	lyuna1125	리에나
mari403	고운정	7global	글로벌센터	oyaat	이지애	kstar00	Bruce
qkrrkqrud	난 행복해.	mytger98	babytger	deasan2231	deasan	-chic	박근화
jjangys2000	시비짱	joau7074	딸기	gkrud21	라온제나	ppuppi	미쵸
violet640	플로라	d3750093721	쩡이	sgrm24	Pulcherrima	shulli	무위자연

ID	Name	ID	Name	ID	Name	ID	Name
krobinoh	life is cool	adrian77	수근수근	book5422	김민정	ball-a	바람
ddoddo8710	도깨비방망이	sunny14061971	온누리	gurinet	구리구리	580405lpk	도팍
prettyhs04	수⑦ㅣ~☆	lake6012	아비스	ningai_2000	ningai	kr_friend	사람이그립다
jiyoung8178	foryou	may6802	유리우스	bsj559	청소	try-to-remember	GApple
eui-joa	아네모네..	hwkim1433	KBIT 2공장	hui_min	파랑	skyboy300	그런거야
real1000	아추	happyhk1221	유현경	chjh1975	별셋대왕	nextia97	정진광
lydia0624	김귀영	syj2010	때지맘	cutcat	meimao	sejung52	마푸마푸
9love99	우니	nomusangdam	김정현노무사	knightofjune	stormtrooper	chermaak	경천위지
runeofwind	도래여울	koolgreen	아름다운향기	kmcard32	goodchance	yj.choi	최여진
saw_me	막내이모	youngmee5109	esther	gl-await-1	JOO YOUNG	+dana.kang	dana
90127942	젱이	drfaust	김태호	ljs3232	막걸리	sj.choi	pollyparis
yuri02000	이명희	runasuk	마마님	kykyok	옥스	b60	신회
bluerain678	봄날	deuxist77	꽃구경가자	faithfulleader	행운의여신	salang7681	사랑7681
paix-e	하늘바람	sungyazi	지으니	ugi52	오이	artsu71	내사랑 상용
yenny.j80	장소연	appleye2772	나리나리	7joan	joan	kss8911	김순식
wonpharm514	심영주	tomvoice	룩잇나우	milmmm	산호수	lemonlime1119	정유진
dumuri218	조정원	nuri74	바람	crazymiffy	남아미술관리부	woos0920	min_
skylark81	최원석	ootki	Wish happiness	komtel	책과함께	ckdgksl	이창환입니다
jaumind	하나님의 사람	kijinway	kiju	lee96769909	가시나무새	lsk6254	궁전공주
gracewithme0	최영혜	shinjung2	wonmom	yomiroo	minz	mlprime	웃음꽃
jiney219	지니	namsik9892	최남식	youlikim71	김지환	hkg1214	난이
gkqrur710	근일맘	nach0223	naohch	vintagegag	zauberkugel	sanghui8260	이상희
tigerhyun7	아이러니	ucllee	김연규	woodong25	jungsun	winterstory-	지성과미모
mmchoi	최명민	sinbidiom	이지혜	anhanla	할라	gksmslaekf	마음의
yoapp	복순이	cm_forever	별빛전사	ksd824	쌍쌍바		영혼의 동반자
ibbnijin	원희진	cang0668	보고파	jran70	해바라기	aldusl-2	aldusl2
resina20	resina	kmanggu10003	타미노	eunbine	현정	nujeehnoom23	위칼레인
haechul2	긴머리소녀	rurushin1	루루	sbbhrun	sbbhrun	kys231	김양수
heko1015	heko	do-um98	안상현	pink3495	무지씨	lsjae55	미키마우스
khjdds	juju	zen8024	정현	godislove-yoo	hyunsook	sangbul1378	상불
papirosd	bluewave	kbc09	너구리	stigma7681	꿈꾸는사람	cur85	rAinFall
uribambi	벨라	odlsothhml5	미담	garter12	sunah	+ivon.lim	이본입니다
hunterx2	dbsldbsl	chocodew	무럭무럭	yepannet	예판넷	suchi98	jinieoflamp
0955js	오뚜기	lena0907	ULTRA SEOUL BOYz	againsummer	윤대혁	ljwco	가을강
sohyun6389	통통	mojindol	mojindol	gasina-1978	나는나	jongwoo0525	쫑샘
pkyungae	박경애	queenhsy1	도도	thedreamism	이석호	habanaglory	saranghe
jodrrt	강지영	whatsnew11	물음표	shalom0731	박정순	youn43212005	칠유학
cyluxjvinc	정성훈	rhdotns1	김기용	+jabez.park	jabez	oz1968	loui
jinro-21	나쁜사회복지사	limecoco	limecoco	wwjddjfl	lisa	aah7mm	aah7mm
lovelygirl-jh	황지혜	olalala	ahnstory	wheatkkj	고광진	sh6290	임세희
bmw121	봄비	yujin778	sugar	janet2765	janet	ffish3	맛있는ffish
prof21	렛츠힙합	giwhaza	다웃365	eunyeong0439	송은영	akouo	니나
radioofjane	제인진영	sunday-hs	행복이	thedimibang	디미	bluefox62	작은꽃
art_unicon	가을이오면	ps1691	박상필	dlstod2088	그럼에도 감사2088	hasarang2	박동일
jsw990	jsw990	moonsunsea	이도영	iamsi23	이용은	ysy1987	Rany
gtrpib	gtrpib	sy73yun	이안	yoonhs4	윤호순	tnscjsdbs	lollipop
kdh0111	나	vineyard007	박병주	20100206	김상만-오늘도 힘	kmibmisson	미션라이프국민일보
phob2	노희경	jihyun00241052	초원의빛	s0206jk	할리맨	sohngsy	초록숲
lord0331	황우정	gum17	차인숙	yoodankun	유단군	mun-kwangki	문광기
845121012	아른	skymellon	최소희	cus65	이용기		
kidnogi	씩씩이	knkim204	김기남	calvincrom	크롬		
772nanuri	와플공장장	gg8113	이귀진	geddong-e	신혜원		
ddaoki99	토드	dododaisy1	뚜뚜데이지	dali715	올래		
love-kyo	조상욱	ysymcalee	이상훈	khj12270408	김현진		
ppaajop	ppaa90	jeongwon7988	정원	d4107948862	AdullamLim		
ybsoonb	바다	duchess7	duchess7	vievie2000	비사랑		
21chopeksy	주현선	myddgr	Ruda	zandy	푸른잔디		
godvna91	다산	jccean	애교	young0509	노영		
hws92	JuileWHan	lyg3569	아루	yulyanna91	whitefox		
skcc4624	태평성대	simonaus	이규	ghkwlsdudwls	공공의친구		
equal-007	참새짹짹	ssunjoo	ssunjoo	56seung	생각 너머 생각		
bjh6165	청보리	yun0031	당근	wauwind	파람		
tomato0728	밥팅	woojella	우젤라	bora-73	이영진		
nicegam	밀라	yesom2	예소미소	madam8242	태양은 저 멀리		
holy1102	소영	moga78	쌍둥맘	raoni7	raoni		
han77mo	한명욱민서서진	jybak0920	박지영	taeyeong2435	태영		
	진현바다맘	pisn9318	해피맘	98153137	엘리스		

이메일	이름	이메일	이름	이메일	이름
ujong0390@daum.net	허송세월	jkidung@daum.net	정기둥	kkh4407@daum.net	로사
boyf79@daum.net	미소	choi5941@daum.net	멋쟁이	life2200@daum.net	김명환
kkhsol1228@daum.net	솔바람	ckkcg.21@daum.net	생수	yesulmds@daum.net	삼총사
agnexlee@daum.net	하늘과 바다	donghol2@daum.net	dave	302wow@daum.net	홍세영
sangbul1378@daum.net	상불	myworldjhj@daum.net	Jang	hyunnews@daum.net	이현희
diencyoon@daum.net	윤형식	bksung715@daum.net	성병기	letmekong@daum.net	모자
cky01693@daum.net	Hannah	bm1642@daum.net	김형식	youngone5050@daum.net	영원한사랑
hoi79@daum.net	이현아	aa6822@daum.net	우리들의 꿈	kyungdong6363@daum.net	kyung dong metal
pkhee70@daum.net	박경희	do97@daum.net	설렘	55dream@daum.net	몽상이
asterics1230@daum.net	참자	sunrise120@daum.net	진실로	plus00110011@daum.net	황희란
ran0877@daum.net	비니맘	caulis2@daum.net	잘하자 쑥	sn9599@daum.net	꺼꾸리
rbs77@daum.net	어드레스진	dbsgml1519@daum.net	이미연	mi960925@daum.net	김미경
pinkdeg2354@daum.net	핑크댕기	j2m14@daum.net	초록빛	kde9714@daum.net	구 둑
miyoung0822@daum.net	최미영	csun1112@daum.net	최선영	gracej2000@daum.net	카리슐마7
fkqpsej353@daum.net	정채윤	hansan1004@daum.net	질래이	shaii-me@daum.net	정상윤
tanegg777@daum.net	탄계란	jujong9191@daum.net	주종	naomiboaz@daum.net	나승미
bongsam5433@daum.net	봉삼	pleur@daum.net	꿀단지	9654971cya@daum.net	최영아
haean@daum.net	박미숙	xodlswhgdk@daum.net	꿈꾸는별	kihocrns@daum.net	김기호
leeets70@daum.net	크리스천	tw145@daum.net	냐옹이	pppykh@daum.net	sdlove
ykna8523@daum.net	군군신신	kbluemarine@daum.net	황지희	raeng-ee@daum.net	말랭이
scoopful@daum.net	★현아 ^^★	imfreeto@daum.net	미자	yougki99@daum.net	프란카
oaktreepark@daum.net	oaktree	schipa@daum.net	Changryong Baek	yeoung889096@daum.net	ing
pulsoon@daum.net	Ro	opalsarang@daum.net	쭈꼬미	khyuck123@daum.net	김혁
peniel94@daum.net	정해영	photor74@daum.net	권인하	parkkb1@daum.net	하늘위에는
cafeblenz@daum.net	오렌지페코	wendy100@daum.net	김은희	phj3123@daum.net	비니주니
kong601@daum.net	유레카	jingeol21@daum.net	수정텔레콤	geummir@daum.net	하늘방랑객
kkksmd@daum.net	우리모두사랑	redjo91@daum.net	빨강머리조	lanicho@daum.net	조성란
carrot21c@daum.net	과천거사	tengli12@daum.net	호산나	nirhcat@daum.net	김수현
gicheol3561@daum.net	이기철	gouseong@daum.net	qkekqkfka	msd2001@daum.net	미진애드
gahee1824@daum.net	수련화	didruddo329@daum.net	루시아	happyan-55@daum.net	행복자
kiss-msk78@daum.net	콜	abn61@daum.net	abn	parkedward@daum.net	박오봉
k0128bsb@daum.net	태풍이엄마	siyong207@daum.net	이송	kk11023@daum.net	양꾼기획
packsw@daum.net	스나이퍼	nalssinhan@daum.net	Stuck On You	kku0513@daum.net	테니스
mhk19600@daum.net	skyisblue	midal1011@daum.net	토끼	fruitskjh@daum.net	김정희
iivex@daum.net	세아이아빠	koy0210@daum.net	koy0210	ljh0359@daum.net	이지현
ds_choi@daum.net	aminam	j-i-k9@daum.net	김종인	nuno798@daum.net	현석
kej6273@daum.net	바람소리	_faust_@daum.net	봉다리	dugudu@daum.net	물맷돌
ag-sanctuary@daum.net	모아	kj98ym@daum.net	야마	jmr0520@daum.net	daumjeong
77730@daum.net	장년부 이한영	hwankschoi@daum.net	김상환	cbi2979@daum.net	밤안개비
nito2@daum.net	천년수하치	yong0128@daum.net	레인메이커	mywebs@daum.net	원종엽
skycjs870@daum.net	Dandy Boy	praisej69@daum.net	이경숙	praise-1010@daum.net	반짝이
need1016@daum.net	언제나	theorbo@daum.net	헤세드비우엘라	dmstlf0721@daum.net	글쎄뭐가좋을까
jeong-ekg@daum.net	다니엘	qurtks114@daum.net	josep	mayworld@daum.net	민아영
freshsinger@daum.net	신선하게	kyen75@daum.net	키엔	jangyw7474@daum.net	호이삥삥
shimax79@daum.net	쉬맥스	youlove21@daum.net	노스모킹	kapa425@daum.net	예만
opendoor33@daum.net	nsh	eb010js@daum.net	모빌	soojp3@daum.net	그까이꺼
oumog@daum.net	soungyoulryu	kooljam2@daum.net	꿀잠이	lotbike@daum.net	하이폰
4thday@daum.net	메당	may84521@daum.net	세상만사	mooklovej@daum.net	김영묵
jongahome@daum.net	종하	helenjseo@daum.net	서진숙	rahh68@daum.net	바다향기
poljade@daum.net	민영희	policeje@daum.net	MyMil	coolman1225@daum.net	탄탄잉글리쉬
topnorth@daum.net	재치박사	les309@daum.net	avio	jjky1010@daum.net	피스메이커
cj00-kim@daum.net	어쩌다	loveme1229@daum.net	조율	bigdream21c@daum.net	갓개매취
junhodavid@daum.net	David	daybreak70@daum.net	푸른나무	crazyprincess@daum.net	박혜진
wowo7777@daum.net	warrior	namuabba@daum.net	나무아빠	js914u@daum.net	박희임
tellmehwan@daum.net	세븐블루스타	anya72@daum.net	김지화	tobby79@daum.net	나경화
dmoodengs@daum.net	무뎅스	9345kh@daum.net	들꽃향기	nikc80@daum.net	닉군
woon4545@daum.net	박종운	sideb917@daum.net	jeje917	suh7596@daum.net	맑은숲
jungsookeun@daum.net	운해바다	redheart77@daum.net	cute girl	leh6951@daum.net	이은희
juliia@daum.net	김지예	hdyn9471@daum.net	하이염	ssmirror@daum.net	손미경
mjchl@daum.net	전창훈	unicornj@daum.net	솔바람	rewsanha@daum.net	류상아
wjysy77@daum.net	sy0109	ellajh@daum.net	김지희	soungjurago@daum.net	생강빵
dongho.yang@daum.net	양동호	goodcaterpy@daum.net	배수현	ksprite@daum.net	달건TM
upmaker@daum.net	깡덤	hope41100115@daum.net	에스더	superj00@daum.net	로랑
naenamza123@daum.net	늘맑음	skcc4624@daum.net	태평성대	hojinpk@daum.net	녹색의 향기
wltnmam@daum.net	전선희	kane00@daum.net	flowerdoll	under-stand@daum.net	김복환

csj9101@daum.net	열방교회	junbaek0@daum.net	주바라기	ukuu5571@daum.net	땡경		
jo3306@daum.net	DoDream	minayeyo@daum.net	파란나라	parkymee@daum.net	소금인형		
yskim18832@daum.net	paul	jeonghui6806@daum.net	이정희	mysun123@daum.net	김현희		
songsuk0328@daum.net	종이	haejin9663@daum.net	찐	chezine@daum.net	채진		
jsgbt88@daum.net	지브이티	mbcbbs@daum.net	주사랑	cyjsim@daum.net	YJS		
miny-kang@daum.net	Jabez	shadia_kim@daum.net	가희KIM	jdpst@daum.net	lydia		
greatc@daum.net	이진오	ezenhamke@daum.net	유토피아	saram5501@daum.net	사람		
wky1717@daum.net	J Woo	1104_love@daum.net	거북이달린다	kji806611@daum.net	Harry Potter		
yeye1984@daum.net	스카이블루	kiosk3412@daum.net	윤미경	fill2122@daum.net	동문선맘		
sukhoonhan@daum.net	educator	nabee4834@daum.net	나비부인	hea4114@daum.net	한마음		
matizrs@daum.net	현진^^*	nayakjw@daum.net	IATIA	yonseimoram@daum.net	VISION 2015		
fbi8585@daum.net	Everest	sionbak@daum.net	아기움	nagiwana@daum.net	goodluck		
yabadada@daum.net	하늘구름	kidnogi@daum.net	씩씩이	gooppy3@daum.net	베지테리안		
leekh0720@daum.net	뒷산 소나무	joohyunsuh@daum.net	서주현	redsky66@daum.net	이진영		
sunja_yang@daum.net	sunja_yang	britboy22@daum.net	강동훈	sunny0860@daum.net	써니		
sohyun2611@daum.net	일체유아조	kiwoo5980@daum.net	kiwoo5980	jolly-sun@daum.net	아셀라		
7522317@daum.net	김미경	ditta@daum.net	nirvana	mercury0725@daum.net	귀염둥이		
hahahihi79@daum.net	이재선	rumpet3@daum.net	올레올레	catwum@daum.net	레번클로		
heesoon_yoon@daum.net	윤희순	skdmltkfkd_1@daum.net	123454321abc	mioo1210@daum.net	티티엘		
jmymj@daum.net	jmymj	telesa2@daum.net	무지개꿈	ursid@daum.net	김미정		
jague26@daum.net	소호강호	enrkwltjsxor@daum.net	으라차찻차	imiho@daum.net	정주미		
linday2k@daum.net	문영주	water264@daum.net	정승찬	didtjsal1210@daum.net	sunny		
emeraldsun@daum.net	행복한 시간으로	h-key@daum.net	고은영	asmoon0@daum.net	영		
yrhfdls@daum.net	붓대	sua2751@daum.net	푸른나무	eunj0421@daum.net	70dmswls		
janisjp@daum.net	apple	lj-mm4507@daum.net	지아맘	rosilyae@daum.net	~~happy♥		
ashyun14@daum.net	안세현	tintin666@daum.net	hamartia	lemures76@daum.net	안재진		
fireart01@daum.net	불놀이	gyungbae8020@daum.net	주경배	sunway81@daum.net	허선영		
jus765@daum.net	난지도	lsy901204@daum.net	`머리 터진 판떡`	dmsqlc143@daum.net	은빛나무		
0onefineday0@daum.net	someday01	kmin1305@daum.net	애플드림	ching5015@daum.net	초롱이		
juksal@daum.net	박미자	siondelo77@daum.net	sion77	seok8con@daum.net	제원생각		
zangga25@daum.net	해바라기	kea3018@daum.net	꿈을 쫓는 이	ymk4j@daum.net	dl-rucg-fef		
mygoldenface@daum.net	goldenface	alskzh33@daum.net	Kurma	siregikim@daum.net	시래기		
hts1013@daum.net	한경란	doeun10@daum.net	doeun10	ohmcg@daum.net	사람하나		
pretty7977@daum.net	문가영	gyrabbit@daum.net	iamme	goddung76@daum.net	goddung		
gil98_1@daum.net	한수정	ujeeyeon@daum.net	들꽃	mkshsm2@daum.net	엄마		
boriboba@daum.net	그랑블루	bhybyk@daum.net	박치치	kihyoung79@daum.net	workaholic		
dotoldosa@daum.net	되퇴리요	fiducia21@daum.net	듀	ejstone@daum.net	푸른하늘		
raspberry100@daum.net	박윤수	chinyin@daum.net	chinyin	kya351@daum.net	가을이		
jda99@daum.net	햇살가득바다	ejkim04@daum.net	sky	ssuminlove@daum.net	ssuminlove		
hsl3875@daum.net	하슬라	jamie0123@daum.net	이재림	kann78@daum.net	설렁설렁		
fivetwo73@daum.net	유명한	tntjsghk0714@daum.net	jaeeun	jksook3@daum.net	나라사랑		
sun882@daum.net	은	amosshin@daum.net	신승범	mj8842@daum.net	똑딱단추		
kimsangdan@daum.net	♡다니♡	kho0926@daum.net	김사현	flash_net@daum.net	그리운시절		
bestlife0108@daum.net	최선아	nakupenda@daum.net	허은정	silver830216@daum.net	명명		
soulnlife@daum.net	정한별	eunjuca@daum.net	olivetree	kmc2838@daum.net	KMC		
perkchun@daum.net	^^	calm21c@daum.net	풀잎향기	plus7431@daum.net	언제나자유		
lajoo@daum.net	hana	omslit@daum.net	오민석	gkc001@daum.net	앤더슨창호		
cosmo347@daum.net	수호신	mitty0808@daum.net	도미노	youngbeutry@daum.net	다선정		
j_clo@daum.net	oblivion	tiikii@daum.net	답답이	uzin20@daum.net	윤원서맘		
taxrmj@daum.net	쉐리궁	sonnenna@daum.net	sunking	daeunlee68@daum.net	서비		
nameiskhs@daum.net	김혜수	gihwan07@daum.net	kangsu	2corin98@daum.net	평안해		
esk2002@daum.net	상그릴라	aleee1203@daum.net	항상같음	deu3696@daum.net	빌리키드		
yyunane@daum.net	유나네	mite123@daum.net	이경숙	wedreamin@daum.net	상상속으로		
ssuni1996@daum.net	데이지	piglet0508@daum.net	임현정	lmspig@daum.net	왓칭		
knari2003@daum.net	강주영	choijji@daum.net	최지현	withsils@daum.net	zion35		
jshbliss@daum.net	bliss	isul1025@daum.net	제시	tinghoa@daum.net	백곰		
daeha1324@daum.net	각시	stoneuj@daum.net	소금사막	choiyoung2580@daum.net	사람이꽃보다아름다워		
orientalbeauty@daum.net	파니핑크	yeoun82@daum.net	운여	cti-logistics@daum.net	cti-logistics		
araking@daum.net	sky	mercy2000@daum.net	비닐공주	210903@daum.net	마리아		
tandem96@daum.net	jedi	stmkhcf@daum.net	김당쇠	hatscoi0714@daum.net	hats_____		
kihyunya58@daum.net	김말자	blueduckkk@daum.net	명랑오리	bumbang57@daum.net	안양지역범방		
ddookgeew@daum.net	크리켓	poksur2@daum.net	폭설	bsm7123@daum.net	배모씨		
bokjn@daum.net	12기이복전	gowest0101@daum.net	gowest0101	typicalmoon@daum.net	김문희		
futurehwa@daum.net	신성화	mira7013@daum.net	웬수같은	95soeun@daum.net	김소은		
na_mini@daum.net	코스모스	star_jong@daum.net	노서정	x-file-69@daum.net	린		
cutemammy@daum.net	기쁨이	min2256@daum.net	천사	comsokgi@daum.net	구자욱		
chan2510@daum.net	산래봉	scale3927@daum.net	GAAP	trueoddity@daum.net	큰땡이		

clcl7179@daum.net	내꺼양	pjn6317@daum.net	바위처럼	13queen@daum.net	김은옥
ccho1222@daum.net	모나리자	d-manura@daum.net	다뤄이-마누라	mi-0806@daum.net	피그말리온
jastech@daum.net	DAS	ship-e@daum.net	김영수	yunhi920@daum.net	sksms
shimeky@daum.net	심미경	meansun2@daum.net	자비선	alchunttung@daum.net	도르
1324mk@daum.net	무키양	1028j@daum.net	여유있는 삶♡	luck6016@daum.net	햇빛이 쨍쨍
kukydory@daum.net	김혜영	bundas@daum.net	임혜숙	wnsdudtkddud@daum.net	기업지원교육센터
elryudellia@daum.net	a_seeker	tlsrmawjd40@daum.net	to the sea	ssm1278@daum.net	은별암
soya3578@daum.net	소야	kinglovee@daum.net	J-Virus	junimam1004@daum.net	카페인사랑
pretty-ji@daum.net	true-i	590220s@daum.net	아리나사모	onelight9245@daum.net	OneLight
soo2jjang@daum.net	김주희	chulgamyeon@daum.net	이니오니맘	kjy32400@daum.net	독립
woosunju7@daum.net	은하수	hyunsugga@daum.net	딸기맘	lwg1207@daum.net	짱가
7777jis@daum.net	정인석	yesma0414@daum.net	공연기획	leeya0204@daum.net	한소리
rose7047@daum.net	rose	eon84@daum.net	개나리	dnlqktksk@daum.net	햇살
gold222222@daum.net	qkrdhr	g550731@daum.net	화본댁	kimyu77@daum.net	김영욱
prettymiso@daum.net	이쁜미소	maridomi@daum.net	잔다크	jksun007@daum.net	들국화007
leeo2526@daum.net	캔디	mayaya1@daum.net	Sign	kgf0202@daum.net	운 연 김승민
kim72020@daum.net	케빈	rtd1023@daum.net	행복하게	ljs3232@daum.net	막걸리
eva80377@daum.net	hyena	hanseohi@daum.net	성민영	reginayim@daum.net	graceful
kungeun201@daum.net	dms1220	yunjinlike@daum.net	들꽃	butterfly06@daum.net	김강민
boneu60@daum.net	아사녀	dyeonkyu@daum.net	YK	seolakmt@daum.net	dharma
advocat@daum.net	김민수	sunclew@daum.net	최향선	lnisi@daum.net	함재진
vaida1976@daum.net	바이다	flytosky71@daum.net	코스모스	sys417123@daum.net	sys417123
parkmama1004@daum.net	루살로메	lys6665@daum.net	이영숙	thgus591@daum.net	luckyhouse
son0519@daum.net	ㅡ_ㅡ)/	leeyeobi@daum.net	얼음꽃별	sizepus@daum.net	sizepus
bubu8871@daum.net	제주도	roju69@daum.net	로즈	goodjk0708@daum.net	좋은옷
donginmori@daum.net	동인	sujin9301@daum.net	지니	yunbaly@daum.net	강현수
lunar824@daum.net	-_-	ichi9300@daum.net	구주환	glara70@daum.net	김정희
rkrkaksu@daum.net	비움과채움	jmkim27@daum.net	미소	reciel@daum.net	유니
reyoon@daum.net	윤지영	rudwn120@daum.net	오등	bravo4u@daum.net	주혜영
cath0101@daum.net	외딴마을의 빈집	pharmyoon@daum.net	윤소영	narang3go@daum.net	레마르크
trsee32@daum.net	이광성	wwwksa@daum.net	아배	jaeyoung3y@daum.net	양재영
ssja1904@daum.net	파도타기	seumkim@daum.net	김형훈	minwe@daum.net	이민아
jhink@daum.net	김진아	kamee65@daum.net	인보영	gjaql7016@daum.net	제로
xodydahcls@daum.net	순하게 살자	immortaljdlee@daum.net	황야의 추접자	racy-r@daum.net	김유경
dmsto25@daum.net	화이불치	leegoung@daum.net	INAMOTHER	tankgirl1974@daum.net	seyoung
yeobac3@daum.net	dkwo	qhdtn68@daum.net	마음의평화	gracepk1@daum.net	그레이스
90tan96@daum.net	전지현	azrael93@daum.net	최현정	allcheju@daum.net	지나가길
hyuk0829@daum.net	투더리	ariaing1@daum.net	수호천사	dooly1974@daum.net	뽀들이
mbs7093@daum.net	mbs	nukru22@daum.net	지영	greentizzu@daum.net	파란나라
ksn-stream@daum.net	소망	snow4520@daum.net	데보라	dungyooni@daum.net	최정윤
cocoa100@daum.net	이뿐곰	gjqmskfk777@daum.net	노르웨이숲	fermata2@daum.net	최선자
mysunjjh@daum.net	민들레	smg502@daum.net	김수정	judyang@daum.net	jjuudd
nmn00@daum.net	니꾸망	tellme28@daum.net	박기덕	hada79@daum.net	always_ing
yhlsda@daum.net	최후승리	hyunjanejib@daum.net	lovely	lsh8111@daum.net	cheer up
jin3954@daum.net	열린하늘	yigarion@daum.net	이동욱	circleahn@daum.net	혜원
min227@daum.net	액션가면toy	jojibsa@daum.net	조애영	greentree04@daum.net	꿀한스푼
sery97@daum.net	sery	75springlight@daum.net	이춘광	yujiyul@daum.net	유지율
rlacjfr@daum.net	김철규	ravewave@daum.net	로렐라이	wonderlife78@daum.net	떠돌이
jojo111@daum.net	지니	sangjoo24@daum.net	망고	bleueun2023@daum.net	정고은
cherryjane@daum.net	지구별소녀	knk2017@daum.net	나경	feel7744@daum.net	silver0
seungju74@daum.net	흔들리지않게	yuneez@daum.net	조은하루	0196434247@daum.net	강현진
missingyou0810@daum.net	missing you	grace0203@daum.net	tiltilia	jasmintia@daum.net	younsmom
nayoo1974@daum.net	쩐	mellany3702@daum.net	란	soon-goo@daum.net	Tldzld
chulin75@daum.net	이태훈	chosun8443@daum.net	만만디	book4me@daum.net	피리
champ74@daum.net	이루기	sjhy0205@daum.net	수호천사	sendup@daum.net	성남미주
gemay@daum.net	해리	pki514@daum.net	pki	guqwls269@daum.net	협진
surimimi3@daum.net	주절주절g	ysb7989@daum.net	미시유	may9999@daum.net	원걸s
slowjh@daum.net	jinhwa	ghn69@daum.net	apple	fox18200@daum.net	변혜림
heelaw99@daum.net	과일바구니	angelagela@daum.net	젤라	2020moon@daum.net	나무계단
asap1116@daum.net	으라차	standby2002@daum.net	김태완	okasi0124@daum.net	가시
mysstar1@daum.net	고갱이	like-solid@daum.net	lisaqoo	soonatory@daum.net	코알라
kkoart@daum.net	루비렛	easoo81@daum.net	Gianna-Shin	chj4923@daum.net	겨울아이
kkj-7733@daum.net	나의꿈	virus_joe@daum.net	Dad of DY	sej45159@daum.net	느티나무
hss4050@daum.net	hansuengsu	smfdl12@daum.net	노란청록화	su-29@daum.net	나홀로
goomj01@daum.net	마젤란	hjh01030@daum.net	붉은노을	hc1220@daum.net	hc1220
imttokki@daum.net	토끼토끼	jaeukkim@daum.net	빛나리	veatrix@daum.net	파이터
mytae@daum.net	황규태	rtinnocence@daum.net	희망아	shinokkyo@daum.net	포근이

Email	Name	Email	Name	Email	Name
arasoo21@daum.net	고려산	bero1966@daum.net	베로	kjch0526@daum.net	유니강
deepbleu@daum.net	항상궁금해	yrs@daum.net	신영란	kji6012@daum.net	kkkkk독수리
sookjungc@daum.net	고잉메리	jjung801202@daum.net	쩡	ms7kr@daum.net	이민상
cllitie83@daum.net	------	bbakqueen@daum.net	박혜영	dalpa@daum.net	비행기
smlee227@daum.net	잠자리	wbjmh@daum.net	장명희	ej0731@daum.net	Eun-ok
since1973@daum.net	피터진팬	summit1000@daum.net	김천	leejoomin02@daum.net	행복한사랑
tispf2000@daum.net	tispf2000	anes1541@daum.net	생강처자	tsjn1507@daum.net	강일이
herena20@daum.net	베로니카	gentletaebum@daum.net	서울태양	kps9502@daum.net	김필수
jieumchoi@daum.net	가얏고	asm1958@daum.net	별이	yumbangjjang@daum.net	안잘려니졸려
930127lkm@daum.net	이경미	hyupsmom@daum.net	inae yang	duexi@daum.net	김지혜
kikilala20@daum.net	정효진	ewha74@daum.net	onion	mungyberr@daum.net	문가이버
tinimoon@daum.net	어린달님	wotns018@daum.net	원명화	choijaehyeong@daum.net	빈스
snow6274@daum.net	jungok	aami69@daum.net	아미	zlememr@daum.net	toristar
fmonte@daum.net	kay	free2005@daum.net	JUNO	ajm1968@daum.net	1968안정미
kkk3851@daum.net	낭만고양이	ddenggly2@daum.net	강혜승	ll084@daum.net	난녀가싫다18
coldal@daum.net	파랑	bladestar@daum.net	이동근	bijou_12@daum.net	은빛구슬
yymaria@daum.net	동네아짐	sjbumper2015@daum.net	Truemanshown	nabi542@daum.net	이호상
eunjul@daum.net	jane	2weapon@daum.net	하하하	till140@daum.net	사랑과 평화
choiys2200@daum.net	꿈은이루어진다	hanmokgong@daum.net	한목공	21csoing@daum.net	Q키디Q
greenhannah@daum.net	산골소녀	ascc22@daum.net	쉬리	cinemanut@daum.net	Addison
arisu56@daum.net	엄마꽃	numebbun@daum.net	numebbun	aeneas07@daum.net	Timo
luise66@daum.net	숲	sunnyko1205@daum.net	sksksksks	cpplover@daum.net	안씨아저씨
getup723@daum.net	봄이엄마	chulyoung31@daum.net	체인스모커	lkjjy.naver@daum.net	장재욱
ya-momo@daum.net	현이짜앙	oseukal@daum.net	nick	pigi2002@daum.net	로즈짱
totos0520@daum.net	류은정	ddrmine@daum.net	connie7	panrha1222@daum.net	보물창고
hbs0324@daum.net	한스타	sycho69@daum.net	평상심	ss-km@daum.net	뒤카프리오
parket@daum.net	따스함	bravo1005@daum.net	bravo	skjin518@daum.net	진
yaba629@daum.net	야바	onnuri40@daum.net	온누리	nickyhy@daum.net	여미
cbs1355@daum.net	sunny	pskfamily@daum.net	수연수빈지우맘	yjhdc10003@daum.net	자일리톨
optician_kc@daum.net	바로보기	photolhs79@daum.net	추구하79	tiffht@daum.net	우보
ser8439@daum.net	서향숙	xcccc13@daum.net	쥴스	mijung5174@daum.net	영원한천사
praying98@daum.net	shine79	honginjea@daum.net	찔레	dodukyoung@daum.net	송영주
hh4267@daum.net	1년만 기달려	tomilee78@daum.net	이루넬	ykboun1228@daum.net	난경아씨
joty007@daum.net	으라차차	kshlook@daum.net	나의 소중함은	jws7996@daum.net	jws
pjr2455@daum.net	박정란	hyeona2729@daum.net	강현아	k741222@daum.net	다먹으면안돼
choitt003.naver@daum.net	최중배	minstrel-1@daum.net	꿀단지	lkb92@daum.net	이강복
shiinary@daum.net	shiinary	ksyindaum@daum.net	김성용	eco-love@daum.net	에코러브
jruth44@daum.net	룻	ssj2300@daum.net	쭌이	2b8s4y1@daum.net	현규맘
harali@daum.net	돌밭	solan@daum.net	solan	asdf_7283@daum.net	yun ju
damipiano@daum.net	Dami	anadasia99@daum.net	서민형	timothy52@daum.net	디모데
sangkeun3@daum.net	짱구3	shocking2001@daum.net	시저	nojangdae@daum.net	su9988
dream807@daum.net	난나야	koreansem@daum.net	박현정	02886288@daum.net	바로바로
ghw2648@daum.net	이런-_-	jjh9110@daum.net	자봉이-_-v	agata00@daum.net	잣미
jesusdhl@daum.net	더함	dream-27@daum.net	파란하오	sip999@daum.net	박상인
chokh3927@daum.net	머리어깨무릎	kere89@daum.net	이승재	purplechang@daum.net	jay
kelvinbhang@daum.net	청풍민박	ymm1211@daum.net	해바라기	bella1504@daum.net	황은미
hsmook@daum.net	한상묵	mumuki@daum.net	mumuki 남영민	0jinsuk0@daum.net	초이
1771hee@daum.net	김미희	illuminant78@daum.net	seal	smille111@daum.net	호순이
kimjazz1@daum.net	하얀쪽배	kim320910@daum.net	uni23	jicsog5@daum.net	권희규
bruce006@daum.net	bruce	iymrtyuc@daum.net	Taeyun	ekpark23989@daum.net	갱이
kbk2092@daum.net	사랑니	lynn98120@daum.net	다루다롱맘	mimi66@daum.net	rin
nknamhj@daum.net	namleeju	patrick59@daum.net	패트릭	02glass@daum.net	땅채송화
naisking@daum.net	연은술사	fivenh@daum.net	꿈꾸는삶	beekbird@daum.net	beek
osoo5979@daum.net	루시아	sbellina@daum.net	영원히	yeju0202@daum.net	해들나라
gim4691@daum.net	프로김	dlalstj250@daum.net	파송송	sungil0808@daum.net	하르방
aa129600@daum.net	도산	gamjakkr@daum.net	감자	namoo0626@daum.net	숲나무
eunakim0418@daum.net	STTKim	kimeunjua@daum.net	kimeunjua	naebby@daum.net	naebby
soa99@daum.net	sooah	yuni2202@daum.net	맑은향기	h-horse@daum.net	김오근
darmata@daum.net	kimy	xphil@daum.net	Silverwing	smilecow@daum.net	웃는 소
gjswlek@daum.net	지니	gooday365@daum.net	해리피터	kmta5865@daum.net	유향심
kookywin@daum.net	kookywin	akacia6@daum.net	단호박	eungyeong5787@daum.net	박은경
katrine@daum.net	katrine	koreanpioneer@daum.net	koreanpioneer	swetlove@daum.net	태양은 없다
960701sh@daum.net	김율리	ojg8310@daum.net	오정균세무사	kkj0105@daum.net	김경진
pinkgirl86@daum.net	신선생님	ninga750sh@daum.net	괴산오라카이	miunori7@daum.net	푸메
yk94shin@daum.net	하레 라마나	mesou0422@daum.net	통난이	snjalee@daum.net	새옹지마
1004gassna@daum.net	박지현	jaemin73@daum.net	광안대교	wisersk@daum.net	Se Lim
wnrud7301@daum.net	상현의달	missnain@daum.net	wotnr9	kth999999@daum.net	그대여-여천

Email	Name	Email	Name	Email	Name
sun0elover@daum.net	녕	ningningworld@daum.net	슬	dhswitch@daum.net	대흥전자
kims6228@daum.net	본향지기	foriamwithu@daum.net	국화꽃	ohjh11@daum.net	오정훈
jhhj7579@daum.net	kim3541	pilgrimen@daum.net	필그림_소리	baewhite@daum.net	환민호맘
mabbak2@daum.net	열무김치	home3000@daum.net	jwoong	dodo613@daum.net	이현진
go-soojin@daum.net	sss	emlee1988@daum.net	이은미	samug00@daum.net	온수기
jyl2658@daum.net	전유라	skan404@daum.net	김성은	saem10@daum.net	꿈이 있는 자
seven-jmr@daum.net	subbanmal	rghsky@daum.net	빨강머리앤	corona202@daum.net	하마
12v@daum.net	유흥열	wangbaritone@daum.net	왕정인	79lhj79@daum.net	훈추
yon1052@daum.net	똘레랑스	jak04@daum.net	연금술사	chorim91@daum.net	에제르
saintew@daum.net	예그리나	toimoi33@daum.net	김지희	hwang4328@daum.net	홍성기획
01063177900@daum.net	은아다	angelknj2004@daum.net	김남진	mitram@daum.net	강영미
seeted@daum.net	활기찬 하루	miamia73@daum.net	이자벨	hdcarkcs@daum.net	김창석
purple-princess@daum.net	보라	okstarhan@daum.net	아이들사랑	sunny11231004@daum.net	가을풍경
inaechun@daum.net	신리	typet84@daum.net	Bluenote	powerjesus2000@daum.net	섬김이
bumjin77@daum.net	레인메이커	genkidashite@daum.net	GENKI	sayhs@daum.net	유희수
ijuliet2000@daum.net	ijuliet2000	jaeheeseol@daum.net	망고	jususm@daum.net	사람다운사람
risa5105@daum.net	마리아리사	coolguyjhc@daum.net	흑사탕	gettinglive@daum.net	biblemaniac
amarlia7@daum.net	아이리스	hajin8457@daum.net	여유를가져	channmmi@daum.net	풀다
huhspeed@daum.net	잡초	passion-1h@daum.net	연꽃332	summerlan@daum.net	여름나무
nsyfs11@daum.net	노상용	a3cross@daum.net	행복하트	sodam1030@daum.net	소담
nauvi78@daum.net	문지현	heliographer@daum.net	heliographer	atman729@daum.net	서연주
hjhb8689@daum.net	연둥이	passionateblue@daum.net	jesustobe1260	samm94@daum.net	쭈니맘
misunyzz@daum.net	귀덕이	suktae0626@daum.net	강석태	j6n44@daum.net	별똥별
silvergoal@daum.net	Silver	2007fta@daum.net	놀라워	elloy7@daum.net	이레1호
wmook6586@daum.net	clearlight	sally5618@daum.net	탱크	ksrchj@daum.net	최현정
jbdymh64@daum.net	김대연	kolis1@daum.net	코리스	hwaimlee@daum.net	이화임
yogzzang@daum.net	김수련	shyang815@daum.net	sammm	10jun04@daum.net	단비
imvet@daum.net	아우내	hjinchoi5@daum.net	HJ55	minsook7119@daum.net	모세
wpaith@daum.net	june	yea-jin2000@daum.net	헤레나	king0776@daum.net	계림
zemikr@daum.net	sill	limm7@daum.net	임민규	pmaya990@daum.net	maya
chauffeurs@daum.net	sher	pcblind07@daum.net	김은경	jinjuqueen@daum.net	jinjuqueen
hannets@daum.net	hannets	purity54@daum.net	푸우	sugi2868@daum.net	슈기
bbchang@daum.net	Chaparron	hshb0310@daum.net	홍성현	fatman1@daum.net	이호근
jiyeong4714@daum.net	송지영	imjeanne@daum.net	장윤진	kyungilw2@daum.net	경일주식
shh282@daum.net	작코	jin7275@daum.net	전수진	hscdl@daum.net	발로차
michael9628@daum.net	올리브you	dndkzla@daum.net	우아킴	mjlove7235@daum.net	소리
lst9781@daum.net	축구사랑	zipman1@daum.net	지퍼맨1	dotory1101@daum.net	밀가루
smil9324@daum.net	가자	purple-womans@daum.net	퍼플우먼스	yp7yoon@daum.net	海友
freencom@daum.net	파란하늘77	child1oo4@daum.net	천국꼬마	hn-1103@daum.net	달려라치즈
gayaa77@daum.net	떨떨이	zipkyh@daum.net	HolyEyE	ksil21@daum.net	하파
phantomofluv@daum.net	luvirus	shs2017@daum.net	심현선	jjo6675@daum.net	전정옥
cs-khj@daum.net	해피바이러스	slgiga@daum.net	슬기	yhmclub@daum.net	YHMCLUB
shsa1636@daum.net	동이네	4pigpig@daum.net	울훼스의 창	worldvs@daum.net	바램
bitto95@daum.net	김숙희	yah-wistic@daum.net	강현성	shmr123@daum.net	행복한집
yeseog@daum.net	멘토	kcm1532@daum.net	백곰	sj-byun@daum.net	totosss
nicedana@daum.net	danas	cja-pjs@daum.net	핑크	mkkim0203@daum.net	행복합니다
mevely@daum.net	고미선	eyfaith@daum.net	김은영	cfc50@daum.net	gus
noah1222@daum.net	혁이네	anima1974@daum.net	하늘청소부	pearlyheart@daum.net	샘물
oju0219@daum.net	moon	kim0150min@daum.net	youngman	hanalogix@daum.net	HANA LOGIX
insu43@daum.net	옥소리	jjwy80@daum.net	정우영	jun8858@daum.net	주니
seecomy@daum.net	코미	estheryoung@daum.net	소그미	6916571@daum.net	하나맘
belfive@daum.net	진통제	inthetruth@daum.net	차미란	soonipower@daum.net	sooni go
i2pilseung1@daum.net	아이투필승	moksite@daum.net	무엇을남길것인가	alfskanf07@daum.net	나의지구를
reuko6357@daum.net	신범수마르코	gidyone@daum.net	기드용	corncorn@daum.net	chaos
sohngkh@daum.net	송경춘	heuso@daum.net	이루리	csah99@daum.net	잔나비
fish7402@daum.net	복덕이	790ed@daum.net	qordml	souyou18@daum.net	이화정
kiyoul@daum.net	가을하늘	minazz@daum.net	happygirl	77solger@daum.net	Joseph
onnuricom@daum.net	에스티	sipeter@daum.net	푸른매	mjy79sky@daum.net	눈꽃
eunducggang@daum.net	나은덕	uynice@daum.net	박성식	shinhye8520@daum.net	홍신혜
jjh8597@daum.net	유리상자	goldkho@daum.net	babo	krisan@daum.net	Ahn
kais4ever@daum.net	조강희	euni1204@daum.net	euni	heyjin730@daum.net	jiny
is-suh@daum.net	서인수	dmspxowllove@daum.net	주의 은혜	feelgood37@daum.net	유정
namuyha@daum.net	최정순	ashley_moon@daum.net	신이엄마	ddonggoon@daum.net	동구리
aej7797@daum.net	지금이순간	esther-1969@daum.net	김지은	hane0825@daum.net	후*^^*
kby0171@daum.net	kby0171	ugi52@daum.net	네이처 초이스	imsunil@daum.net	marine
okart21@daum.net	universe1	mania97@daum.net	오감자	white197@daum.net	최효신
core69m@daum.net	보금이	yhw616@daum.net	윤요한	sf021800@daum.net	rhkrentjs0218

Email	Nickname	Email	Nickname	Email	Nickname
kkyuah@daum.net	날비맘	syrupy1109@daum.net	유기	la-lacrima@daum.net	라크리마
iammaximus@daum.net	헥토르	sunnyfd@daum.net	김선희	ddugda@daum.net	페인생활중-0-
jbi6041@daum.net	외계새우	kman1075@daum.net	멍몽이	yong-joo-_-a@daum.net	이용주 용주르
nakyung0724@daum.net	김나경	yscom5@daum.net	촌사람	loveye78@daum.net	더딘하루
cyrhu12@daum.net	ryuryu	iseon4172@daum.net	김이선	hjyun1031@daum.net	titikaka
carman62@daum.net	다카르	yammy0727@daum.net	이지흔	nmijukwo@daum.net	권
suan93@daum.net	이수안	ljk0894@daum.net	이거봉	asisyphus@daum.net	asisyphus
ksking5667@daum.net	미래학교	sanimani@daum.net	miju	yebak@daum.net	여백
h-zzang77@daum.net	정수현	wjddusqls88@daum.net	cyb88	hyunsil-01@daum.net	달콤한 인생
joo07lim04@daum.net	이프로	cjsbs00@daum.net	cjs	peony21@daum.net	lovevirus
yingji123007000@daum.net	김영희	phai100@daum.net	테링	sunnys23@daum.net	샤이니
mybona2@daum.net	뽀러브	yjno0909@daum.net	영영이	parkj1111@daum.net	풀피리
toso86@daum.net	조르바	choihjkk@daum.net	하얀소나무	annapurna6@daum.net	김영란
kazuyak@daum.net	deeppurple	sehyungjung@daum.net	조다니	iwbd4u@daum.net	김종수
e-young725@daum.net	이영란	blue8384@daum.net	지민정	nikon35-70@daum.net	영구아부지
7saint7@daum.net	강하늘	citation560@daum.net	김병기	pnix9@daum.net	바람
zeta10@daum.net	백설기	philnet@daum.net	김상훈	sjh8874@daum.net	기네스
yamksy@daum.net	낮은자	liling@daum.net	이경아	gongben2001@daum.net	비전을 향하여
ndggs@daum.net	마츄	jezznet@daum.net	김길중	youngseng-sale2@daum.net	Sales
liberty46@daum.net	가우디	itsmerana@daum.net	장혜진	hun-1002@daum.net	처음처럼
pysun5081@daum.net	선수	canal512@daum.net	sleepingbee	afreeman44@daum.net	난나
kimilsun00@daum.net	닉네임이	ihantax@daum.net	양연숙	drhead2000@daum.net	drhead
ppomy99@daum.net	또롱이	ajxjf5484@daum.net	신혜민	right13@daum.net	이희경
julia4600@daum.net	Brain Bank 김영미	ses-_-z@daum.net	멋진여자_	smxlskarn@daum.net	느티나무
khyun0522@daum.net	김현정	hsiohc12@daum.net	초발심자	longhwa@daum.net	미소
hyperlibero@daum.net	최서우	ljo301@daum.net	행복맘	bmilgak@daum.net	무심
white-rupan@daum.net	꽃나	yaya0104@daum.net	Erica	kebinyoung@daum.net	대치문원
ujhtn217@daum.net	캐롤라인	chomanui@daum.net	조민희	rosee@daum.net	디오
miisun@daum.net	김미선	kwonys20@daum.net	권연식	moai800@daum.net	다우밈
sharp1970@daum.net	sharp1970	mkcho2008@daum.net	딸구	snowtown1@daum.net	포르쉐GT
ksd824@daum.net	쌍쌍바	cola0113@daum.net	자몽자몽	82baggio@daum.net	버려
youngah12@daum.net	최영아	danzida@daum.net	danzida	ssh-21c@daum.net	ssh-21ceo
cutefile@daum.net	김 욱	fall73@daum.net	없다	mush01@daum.net	로즈
sk0691jin@daum.net	최순기	ozhyun83@daum.net	냥냥	mpshimbo@daum.net	심광보
wp6267@daum.net	최지혜	acheon2@daum.net	아천	jspark28@daum.net	박종선
sannari66@daum.net	망대	gom108@daum.net	흰구름이두둥실	touchhong@daum.net	홍철기
pureunbada73@daum.net	푸른바다	knpksw@daum.net	달려라	yiy7355@daum.net	분홍천사
huh18@daum.net	친구랑	emilyyg@daum.net	지니아	chy121700@daum.net	amy
la86ka61@daum.net	한아름	lolo8858@daum.net	로로	rheesh08@daum.net	만호
hyemi777@daum.net	maggi	lastgnaras@daum.net	박카스	ysegg4979@daum.net	전만중
chamchin78@daum.net	서진영	bluebug80@daum.net	김지은	gh6480@daum.net	이기수
nyryu0603@daum.net	아름드리	doonsan-love@daum.net	목마른나의영혼	sabalgue@daum.net	임민정
danielk712@daum.net	다니엘김	1318bluevision@daum.net	블루비전	parkwinwin@daum.net	미스터박
cyprus0912@daum.net	한소로	alien104@daum.net	세문단	jeje5004@daum.net	jeje
so800317@daum.net	전송희	song_new@daum.net	나이스밋츄	kissia@daum.net	hyun
kjpa2012@daum.net	소년보호협회	thewrd@daum.net	야간버스	xorl114@daum.net	도리
ss-rha@daum.net	젬쓰	tryjeong@daum.net	tryjeong	hoi878@daum.net	qazxc12
jeng-eun@daum.net	은도깨비	hwooha@daum.net	이네아빠	ruslove@daum.net	Sole e mare
unchain84@daum.net	idealist	applesky@daum.net	생각하며	gofamily303@daum.net	고원석
letitia@daum.net	laetitia	monster2002@daum.net	이민옥	jth6574@daum.net	jth6574
wtd77@daum.net	springboy	highcaliber@daum.net	Jungmin_Ryu	jangseyoun@daum.net	장세윤
777eternity@daum.net	시작	bin3983@daum.net	똘똘말이김밥	kkokkalcorn@daum.net	Sunny
jongsoo24@daum.net	바람이룸나눔	onlyhart@daum.net	onlyhart	universial2000@daum.net	양희철
woinee278@daum.net	이지온	pyh0539@daum.net	박영희	30samyoung@daum.net	윤삼영
nocte.romanc@daum.net	김승섭	smaker75@daum.net	은향이	hjini129@daum.net	지니
missgv2@daum.net	지중해	ulove1216@daum.net	ulove	shonkyuju@daum.net	kyujushon
joy5858@daum.net	노블레스오블리즈	young485@daum.net	흠	sonamoo6@daum.net	신미자
okalina@daum.net	작은나무	dan0326@daum.net	CH-54E	bluesunga@daum.net	4L
dyinfonet@daum.net	김종식	dmsdud9216@daum.net	새벽별	kcp88@daum.net	Here_I_Am
hoonlife@daum.net	코기토숨	rlagudrlkr@daum.net	carpediem	s3y@daum.net	소연
bluecore@daum.net	달빛한무음	secret8108@daum.net	secret 춘	sugrang9180@daum.net	씩씩이
backdu72@daum.net	천지	hotmeil@daum.net	Sangho SEO	pkjpky@daum.net	박기윤
donme5@daum.net	may	rosaria7@daum.net	로사	changda32@daum.net	Chang
ok-kh@daum.net	한기	quest2464@daum.net	del-pi	jin5136@daum.net	정미
altai3@daum.net	이정재	do8912341@daum.net	딸사랑	jaeyoon67@daum.net	alphadady
dalmatalk@daum.net	오직모를뿐	bjc7749@daum.net	백종철	jnh4242@daum.net	장서아
anthonychung@daum.net	까까	yang3764@daum.net	누마	chlch2@daum.net	최초이

이메일	이름	이메일	이름	이메일	이름
jeeys66@daum.net	천둥번개	kos2617@daum.net	suna	tree0618@daum.net	blue
bluemiseon@daum.net	뱅삭뱅삭	paccyqz@daum.net	하니	smrtboy68@daum.net	지나가다 머리에
kok7979@daum.net	할매인감	songweal@daum.net	이송월		새똥 맞은 나님
srmika@daum.net	희망	eunwoo69@daum.net	eunwoo	mykim77@daum.net	김미연
lws2042@daum.net	행복사냥꾼	gold125@daum.net	묵묵	homeostasis@daum.net	viability
dodoloves@daum.net	냠냠	guroomte@daum.net	EMMA	kimga9303@daum.net	김가현
gkrhal@daum.net	담장에능소화	gnusloey@daum.net	박성열	teamplay23@daum.net	최연풍
scf0110@daum.net	해맑은목장	windy~sky@daum.net	정민영	yeonghui3491@daum.net	박영희
cjenterprise@daum.net	misoonKim	yoo1888@daum.net	태양	lee63342000@daum.net	구름골사나이
espresso22@daum.net	소경숙	tall0609@daum.net	일출	backmaya@daum.net	파랑
kieunkk@daum.net	kieun	yuhan~yun@daum.net	멋진윤	3948623@daum.net	지구별
pamas1003@daum.net	햇살마루	blue3335@daum.net	가을하늘	ilovesujiin@daum.net	파인땡큐앤유
hyejin420@daum.net	jjjjj	jy2076@daum.net	홍도	chunghumoon@daum.net	문홍만
bardo494@daum.net	한산	gts7333@daum.net	방구	reasonable16@daum.net	이솜
dlscjs10@daum.net	땡이	crazy720221@daum.net	룰루랄라	oze78@daum.net	손민수
ankcbang1021@daum.net	ankcbang	joyssum78@daum.net	쏨	pilgrima92@daum.net	고맙습니다
dr~moon88@daum.net	문여옥	redcolor6@daum.net	peter	hitk8890@daum.net	바른생활
cello6971@daum.net	사람사랑	sangcheol8866@daum.net	피리	kuac99@daum.net	옴쥐
novpearl@daum.net	novpearl	vvyfj@daum.net	윤석준	govldpseld37@daum.net	호치께쓰
seraph70@daum.net	하늘땅별땅	wonbinprince@daum.net	김원빈	pym0363@daum.net	박영미
crystal3419@daum.net	박수정	remakeljs@daum.net	OR2405W3G	ekfmsehdrl@daum.net	항상 처음처럼
vvv106@daum.net	김승원a	lxx0423@daum.net	2seung^0^	he40568@daum.net	Forever
since1983hk@daum.net	bittersweet	sickkj@daum.net	sickkj	net13gi@daum.net	가야동 찻집
1655113@daum.net	녹색별	ksjkyk06@daum.net	김선진	namoo818@daum.net	소리빛결
pjg7160@daum.net	부엉이	aufrhd72@daum.net	서초	21cstarred@daum.net	21c주역접니다
bella1718@daum.net	Bella	eddie153@daum.net	신현석	balhyup@daum.net	발협
nangypsa@daum.net	베르쿠트	stock01@daum.net	심심해	~yeopo~@daum.net	정일영
fieldbig@daum.net	홍경대	2sleep4@daum.net	임순례	ws215@daum.net	아이언 좋아
man05@daum.net	dandy	stemcell99@daum.net	예쁜둥이	simbas@daum.net	도날드
sokim0105@daum.net	라일락	thyong02@daum.net	김정용	wxyz66@daum.net	냉면맨
jw1107@daum.net	임지원	party1120011@daum.net	빈배에 달빛만	hanul1201@daum.net	살아간다는
wonokch@daum.net	카네이션	on5002off@daum.net	또영이	irin12@daum.net	이영희
rkdwjdgh@daum.net	무영각	dojeon2030@daum.net	비온뒤갠날씨	grigobi@daum.net	김연주
myangelscl@daum.net	김상연	imenjha@daum.net	초록초록	yunkunst@daum.net	klaudia
pbste@daum.net	행복한나날	tkfkd1623@daum.net	잎싹	manof~southsea@daum.net	갈매기
simbj5295@daum.net	양지리	galmang@daum.net	조나단	threeone7@daum.net	미둑이
dlejrdn03@daum.net	삼원기업	doteblue@daum.net	peridote	gogumas_1984@daum.net	박영준입니다
pridoc@daum.net	pridoc	zedkhan@daum.net	Hocen	salangamor@daum.net	shkval
eunseon1178@daum.net	beautysunny7	checkpass@daum.net	영어박사	ppoya0222@daum.net	정효정
jijo1457@daum.net	자근마님	mentor4050@daum.net	이또한지나가제	ku0148@daum.net	소망날개
damooltr@daum.net	frontier	smartier@daum.net	아트	kuoyu@daum.net	stella
yky62000@daum.net	존델리	ysk5901@daum.net	프린세스	concitta@daum.net	concitta
bcj2089@daum.net	하슬람	rksmd333@daum.net	김상렬	jjjjjjj@daum.net	롤롤
kasane@daum.net	윤태경	hansuk80@daum.net	쑤기	ilkwi@daum.net	스틱스22
pinkbomb97@daum.net	김정연	drian65@daum.net	이이얀	journey@daum.net	journey
mayyourday@daum.net	mayyourday	noisecenter@daum.net	노이즈센터	jake990917@daum.net	진광현
schoolnr@daum.net	adsoir	warumanse@daum.net	waru	94778026@daum.net	배아름
kokiridari@daum.net	김미숙	bumuoo@daum.net	프림	9801530@daum.net	명랑거사
chloma25@daum.net	건들	camcam2@daum.net	yoojeong park	eunsol~95@daum.net	봄비
nowhere007@daum.net	까우	ppase80@daum.net	박세훈	jenny..56@daum.net	jenny
mingms@daum.net	밍스밍	den0028@daum.net	슈르	parkmamy@daum.net	혜원마미
inpari@daum.net	인파리	pazzo13@daum.net	투미	nam5110@daum.net	풍운
iikyh@daum.net	마짱	evolution0303@daum.net	음나옴냐	land20@daum.net	바람의 향기
kas4853@daum.net	김원교	blueok0039@daum.net	옥은숙	mslug98@daum.net	불곰
dflhskasty@daum.net	김현우	ubismind@daum.net	ubis	power~freedom@daum.net	잘난청년
osh0503@daum.net	luckymiss	eunsuk9060@daum.net	비밀	jya07@daum.net	j~young
ehkdwhgus700@daum.net	까망까망	tkdkwon77@daum.net	좋은친구	carmen92@daum.net	carmen
soir21@daum.net	경국지색	buddyham@daum.net	함재현	thkang200000@daum.net	배려
yu0927@daum.net	시몬	neo~rsh@daum.net	나는나	sunhanhim@daum.net	이호
hclj@daum.net	시나브로	ywam5@daum.net	새벽	kjb560@daum.net	kjb
97ddong@daum.net	kovv23	51068@daum.net	공현우	asphaltguy@daum.net	asphaltguy
try2060@daum.net	endeavor	nsnam06@daum.net	행운목	adrunner@daum.net	mahokani
jamessuh3@daum.net	jamessuh	seonye423@daum.net	선예	yellow234877@daum.net	로라
sd7894@daum.net	김영민	740102@daum.net	마구따로딕	ad~che@daum.net	김남균
wkrl1127@daum.net	하하네	jun~ddung@daum.net	전진영	wcham@daum.net	함우창
sannaehong@daum.net	넘버51	yuppi6@daum.net	pinetree	really~want~@daum.net	ㅎㅎㅎㅎㅎㅎㅎ
kbhee339@daum.net	훈맘	gireen75@daum.net	도치맘	feelsse@daum.net	Halo Family

Email	Name	Email	Name	Email	Name
hsk1730@daum.net	태지야	block1011@daum.net	어리부	searev@daum.net	김현주
vos002@daum.net	보리전사	ksj-7362@daum.net	미네	nautmin@daum.net	nautmin
seo271@daum.net	바다	aoi99@daum.net	aida	kosang0615@daum.net	오상어메
yukyung2001@daum.net	권유경	tchass@daum.net	David	my517@daum.net	walaw
tanka88@daum.net	김동호	nikewomen@daum.net	nikewomen	sohokyj@daum.net	레몬주스
8412y@daum.net	장금이	lsm0489@daum.net	이상민	juspark@daum.net	Joon-Young Park
saycam2@daum.net	김명진	morninglaw@daum.net	아침법률사무소	jongbomi@daum.net	천사아이ㅋㅋ
tls1902@daum.net	뱅뱅	aostra@daum.net	trad	ohkd57@daum.net	희망이 있는 내일
kti2222@daum.net	늘푸른하늘	145115@daum.net	유쾌하게	see3687@daum.net	바보팅구
juhui7387@daum.net	박주희	hsjv0116@daum.net	laura	hisamatsukr@daum.net	hong
1011wd@daum.net	바램이 있다면	kiulove@daum.net	기유정	mullan102@daum.net	수채화
naturey1@daum.net	자연주의2	hisusan3337@daum.net	susan	pinksky4u@daum.net	천도복숭아
lotte7star@daum.net	프라그머스	beehappy@daum.net	김희연	manate@daum.net	강연희
kimyj1010@daum.net	yorome	jong6501@daum.net	거북이	lyu-1976@daum.net	유진실
jazz94@daum.net	김학종	kgjroal@daum.net	달맞이꽃	amstelbeer@daum.net	미스마플
hhjy99@daum.net	Hwany	anakdl04@daum.net	이민경	jisookkoo@daum.net	sook
khk8305@daum.net	쨩가	joy-jyy@daum.net	기쁨	toto3597@daum.net	해탈
idmooo@daum.net	귀니	mina5773@daum.net	궁금	drfilm75@daum.net	안상훈
didsksal@daum.net	amma	somerz94@daum.net	슈퍼맘날개	hohoini@daum.net	김윤경
k00js@daum.net	ddecguk	doyun2845@daum.net	도윤	wjsdytjq1029@daum.net	세용지마
newsid@daum.net	newsid	chan6908@daum.net	freesky	sumin430@daum.net	smsrm
futer81@daum.net	futer81	treehouse91@daum.net	조윤경	jeena96@daum.net	김진아
yeonhwa68@daum.net	소현맘	chaisikkang@daum.net	산길로가는자	vivi76@daum.net	지혜
pullip68@daum.net	풀잎	branch78@daum.net	Chunji Kim	apple76@daum.net	그래우리
maat5004@daum.net	율리안나	masanjhk@daum.net	김재호	aeon0211@daum.net	박성원
julinine@daum.net	HYUNJU	kk25744@daum.net	kyung	foxcare@daum.net	또순이
mh218@daum.net	뭘봐	wittybilly@daum.net	wittybilly	kym62115@daum.net	아가시아
hnl3167@daum.net	이준근	skshbl@daum.net	고파리	youn3773@daum.net	윤효정
kdbking@daum.net	우주맘	beinglove61@daum.net	Oneness	csb7202001@daum.net	코코리
lmj8125id@daum.net	fk	nuppark6@daum.net	등어랑	phill7@daum.net	우유유
cjstk-78@daum.net	DoDo	soongury1@daum.net	호산나	leekh5978@daum.net	이경
totoro25@daum.net	kichomen	cho4663421@daum.net	winwin	won3s@daum.net	균형
woo8591@daum.net	우웅희	yuny01@daum.net	조윤이	kimsungminemail@daum.net	김성민
marikang@daum.net	mwkang	odette1109@daum.net	웃음활짝	ya0824@daum.net	윤윤윤윤윤
doroci@daum.net	도로시	ljbeauty@daum.net	노란장미	heaseo@daum.net	즐거운 하루
jaekung00@daum.net	jaekung00	buddies2000@daum.net	이윤환	tree4427@daum.net	나무
acm790405@daum.net	천의얼굴	jcu0513@daum.net	가을비와한잔	silver8191@daum.net	실버천사
bubu8871@daum.net	잡초	young2042@daum.net	봄날해	dugerbi2@daum.net	cm2
noyim@daum.net	바람	2020jjy@daum.net	이름 어려워	hyegyeong0560@daum.net	그레이스
miso3003@daum.net	하마	leeajin19@daum.net	Genie	sosplease3067@daum.net	sosplease
palbit@daum.net	조미숙	e-coach@daum.net	강점디자이너	mekyong1400@daum.net	백색달빛
dondhaemam@daum.net	요가요정	vivali@daum.net	비바리	0hera0@daum.net	박동은
jsooni64@daum.net	커피에미치다	yws2789@daum.net	마라니타	dr.yes21@daum.net	rosepink
jymi1018@daum.net	jenny	nice1052@daum.net	주피터	jungaiya@daum.net	천하태평
ryun07@daum.net	나유타	iamentea@daum.net	에헤라디야	kim232527@daum.net	김도균
outstep98@daum.net	Yuseop_Julia	dragonkmk@daum.net	dragon	bbangmi22@daum.net	이해부족
ilsinkim@daum.net	될때까지	ciel-lis@daum.net	윤주영	cjstkrmafuqrn@daum.net	로세실
happypark71@daum.net	포비	pjs821020@daum.net	꼬끼오	2jhhaha@daum.net	정지희
nati67@daum.net	나티	daisydaon@daum.net	양다온	eoqkr725@daum.net	묵다현
ljwfine@daum.net	Jong	yukyung11@daum.net	빅마우스	esunok@daum.net	주은맘
smallbirdjh@daum.net	산들바람	bongjabara@daum.net	이윤정	mimirangkr@daum.net	혀니
zapcucu@daum.net	zzzZ	chrok77@daum.net	박영미	sungme5202@daum.net	꽃둥
newtrolls-@daum.net	금연한초딩	rmfldna0021@daum.net	강물처럼	migaram862@daum.net	미가람쇼핑몰
tjdgus000@daum.net	자수성가	hyune1973@daum.net	우짜짜	ojx1219@daum.net	신소정
newhumanism@daum.net	Mine	hyesung-smh@daum.net	S셀바이온베	suniga5416@daum.net	인생은끝까지
hibignose@daum.net	xiaorong	grace730122@daum.net	eunji-choi	kp-song@daum.net	카르페디엠
youngsh39@daum.net	그냥	hyunjen1@daum.net	바당	tree9223@daum.net	나무
msw9471@daum.net	jumptoone	clankiller_y2k@daum.net	김봉수	powermis@daum.net	daradar0814
jumpinjump@daum.net	장예원	aime7711@daum.net	chai	hkans@daum.net	kyung
jini9194@daum.net	박민수-이진희	joyofhelp@daum.net	죠이어	jbyc2611@daum.net	전북예총
hypak77@daum.net	young	madoonna@daum.net	마돈나	ce17@daum.net	kim
wodms0603@daum.net	VivaLaLazA	skylove-amj@daum.net	하늘사랑	cjw1973@daum.net	가을의 뜨락
camera1971@daum.net	도형	jinjin717@daum.net	지니	aesoon68@daum.net	강애순
ksoon_7@daum.net	박하사탕	hyuny062@daum.net	안개꽃	rkddmstnwn0616@daum.net	홍은주
dotori3058@daum.net	하늘땅	yong3040@daum.net	초록나무	ss7811@daum.net	사해
phj523@daum.net	박형준	gyu7996@daum.net	하늘초	tangcci@daum.net	개구리
goodgirl2770@daum.net	유치원원장	beautigo2@daum.net	도레미	ohnmk@daum.net	남미경-광주전남-

Email	Name	Email	Name	Email	Name
6572070@daum.net	snowman	looool_00@daum.net	lol	blooming-day@daum.net	daytripper
dnwnsgj2004@daum.net	I_Hur	ha-1110@daum.net	ha-1110	hjh-jena@daum.net	huizhen
greenkay-@daum.net	검이블루화이불치	dhkim85@daum.net	쇠비름	kimsr1903@daum.net	입뿐아이
heejungbu@daum.net	정연희	so-young5408@daum.net	이소영	hobbes00@daum.net	윤영선
theordinary@daum.net	mojud	rosemaryh03@daum.net	긍정의힘	regin00@daum.net	기쁨으로_
ls1011@daum.net	김미카엘라	urbangardening@daum.net	cosmic	hj6713@daum.net	하제
jslove68@daum.net	yjpark	gpdnjs173@daum.net	오혜원	mabtovle@daum.net	앵벌양
joemay@daum.net	joe	veryniceleader@daum.net	은우	rhqekdl@daum.net	송고운
ykim67@daum.net	푸른하늘	msheejun@daum.net	임명선님	pink1319@daum.net	핑크
sek1214@daum.net	Happy Day~★	cosmetic1234@daum.net	수연	ksw-0321@daum.net	swany
kas1211@daum.net	행복한 맘	bluecherrypie@daum.net	블루체리파이	jaehee0516@daum.net	박미선라파엘라
hansarang526@daum.net	yeop526	eunbright@daum.net	인간	leejs625@daum.net	잊지말자625
u-r-the-one@daum.net	빵	ih-100@daum.net	이동준	whitecouple2@daum.net	나는사슴이다
heojeongeun@daum.net	높은가을하늘	64yzlove@daum.net	웅녀	project13@daum.net	1004Choi
moonshines@daum.net	정군	notdoing@daum.net	손성필	sk991284@daum.net	daum sk
gini101@daum.net	열린창	3590488@daum.net	여유	unosa@daum.net	게르마
sm1337@daum.net	성민이엔에프	chilly223@daum.net	파스텔미소	bbb6507@daum.net	333
joorison@daum.net	Juri Son	inincs@daum.net	어느날내가---	jsa7691@daum.net	tndkslfkdRp
juhae82@daum.net	해버 나이스데이	zangkw@daum.net	원기짱	saicomkr@daum.net	EtOsha
jeongmi4689@daum.net	전정미	boribool@daum.net	보리	marisoul@daum.net	마리솔
namuyy@daum.net	시냇물	jenni65@daum.net	김소희	ourworld2@daum.net	박윤희
ksh8470@daum.net	태양	jhoi-kim@daum.net	김정희	dia2952@daum.net	저녁있는 삶
1bewithyou@daum.net	아름다운 사람	hislove13@daum.net	나옹이다옹	lily3000@daum.net	서랍우랑
hanmail3803@daum.net	한미경	kehnr@daum.net	바라보다	formermaid@daum.net	자수정~
kyb8711@daum.net	김영분	betiblu85@daum.net	박지훈	mongimm@daum.net	이은령
ddonan0906@daum.net	고수미	jkhy1391@daum.net	머드러기	kim15919@daum.net	태명
loadsarmy@daum.net	WarmTree	verakr@daum.net	난나야	gbl0381@daum.net	gbl0381
ree6166@daum.net	희망	wo-73@daum.net	말라깽이	pureangel76@daum.net	순수천사
cysv7373@daum.net	파란하늘	phw2843@daum.net	happy tree	mirinae-j@daum.net	챠챠
oregina01@daum.net	regina	madamhyun@daum.net	마담 현	glm117@daum.net	dkwkr
revlo71@daum.net	공상가릴라	ppariss@daum.net	샌더	prettymoth@daum.net	나경희
soyoso1123@daum.net	songyong	monet7890@daum.net	하늘	sjs6682@daum.net	파란하늘
assaapt@daum.net	가가멜	cjh2595@daum.net	최주현	jinjinkwok@daum.net	aarony
eum9071@daum.net	헤옹이	sopranosoyoung@daum.net	이서영	festivalval@daum.net	고선주
so-maria@daum.net	빨간머리 앤셜리	sksenlogel@daum.net	헐	sychill707@daum.net	일취월장
hsmkjs@daum.net	동녘날개	snailkorea@daum.net	박창섭	hsg5954@daum.net	홍수광
sinbidiom@daum.net	이지혜	jabuking@daum.net	자부빵빵	pale647@daum.net	강현
jungah7034@daum.net	문정아	s6721004@daum.net	aqua_	baiksj1970@daum.net	백승주
cgr0325@daum.net	아들만셋맘	iwse222@daum.net	해실이	reicheel@daum.net	reicheel
bohy1029@daum.net	유강	rrothrma@daum.net	하유미	mjmail1st@daum.net	또한걸음
earnest99@daum.net	묵향	yakyong2@daum.net	김나리	jbss218@daum.net	축복2015
nakchu@daum.net	한느티	dentcody2804@daum.net	다르다	smg-000@daum.net	푸른 노을
ellevess@daum.net	rachel	jeongnim8050@daum.net	전정님	loveof1979@daum.net	하늘비
olchaengi2@daum.net	올챙이	jubaa21@daum.net	주바	wonnews78@daum.net	노원경
ms-zoo@daum.net	일월산	gyiqts5@daum.net	zzarara	ccrocer@daum.net	다크시현
juniebi@daum.net	수련	hoyaa@daum.net	아리수	921212mh@daum.net	안나
pommefleur@daum.net	nobadinosemi	sigmario2@daum.net	정철	bluechip100@daum.net	강아지풀
-gratiar-@daum.net	류연자릴리리아	acmehee@daum.net	지희	bangksuk@daum.net	넬마
jsb-0708@daum.net	노을365	wkdwndus69@daum.net	울라짱	tftjsj8@daum.net	짠지
alfzn@daum.net	케로	suj0224@daum.net	sujin myung	hymnhym@daum.net	이미
jongdalsae369@daum.net	뭉게구름	ivania@daum.net	가가	ljh-1595@daum.net	마님
ran4028@daum.net	수선화	iroo@daum.net	iroo	hwadada@daum.net	siasia
gpsrpd@daum.net	김현경	ehh012@daum.net	가이아	mcd00@daum.net	다정이
dansak@daum.net	self	sodium11@daum.net	전혜영	kr17repent@daum.net	credo
danhu11@daum.net	단후	kittyssong@daum.net	임송이	smugi@daum.net	mugi
96331019@daum.net	미소한번	sunnychoi100@daum.net	최미선	whoeyes@daum.net	작은위로
pure-shin@daum.net	빨강머리앤	099465@daum.net	hyy	yannstory@daum.net	Yan
webkicky@daum.net	웹키	hyulim3@daum.net	라라라	sangm3@daum.net	수빅
juuno1@daum.net	주노7	taegyuya@daum.net	김태규	kdtj2001@daum.net	aloha
su2wra@daum.net	학산	mjmj7010@daum.net	둘리	623722@daum.net	박나영
royalice@daum.net	ICE	sukhi1219@daum.net	함박꽃	teleforum@daum.net	버들
hyo131@daum.net	가뭄에 단비	sbs72@daum.net	painkiller	italt98@daum.net	이태리정밀
snowfield21@daum.net	지순미	pureunsup@daum.net	사랑숲	sndharu@daum.net	julee
cjstkalwl@daum.net	안녕	molaswife@daum.net	밥이최고	gilbertgrape@daum.net	이은선
hhlove0309@daum.net	Delight	aghermes@daum.net	mono	unbong22@daum.net	까칠한 김대리
heko1015@daum.net	heko	prayunceasingly@daum.net	나라가 역주행 중	saintef@daum.net	ansellakim
evolution14@daum.net	Sunny	lastcanival@daum.net	가을이오면	dream0707@daum.net	꿈쟁이

Email	Name	Email	Name	Email	Name
aimuse@daum.net	이수애	chuchu74@daum.net	chuchu74	jvsmm@daum.net	하늘나무
nura5679@daum.net	nura5679	ahnje84@daum.net	안정은	droopytoto@daum.net	요술공주밍키
moonlight529@daum.net	쌩콩쥐	songhyuni@daum.net	songhyuni	woonlover72@daum.net	하늘문
loveaffair7954@daum.net	정희	kibaek21@daum.net	세은아빠	forardor@daum.net	산사의새벽
moha2@daum.net	마루치	nguy21@daum.net	엔까이	2fastmover@daum.net	ryan ch
chunpinge7018@daum.net	춘핑아	grink12@daum.net	스트로베리	orphic71@daum.net	LJS
joo04@daum.net	시골비	namoo7979@daum.net	완짱누나	rumi2@daum.net	Sean Kay
flowpee@daum.net	주은숙	cytologer@daum.net	cytologer	hr97park@daum.net	박인숙
sarang2496@daum.net	Michelle	kyg4336@daum.net	김민정	jihye1024@daum.net	전지혜
yuna_paik@daum.net	백윤아	kjh8533@daum.net	momo	kdidb6314@daum.net	동방
sendyclose@daum.net	오뉴월감기	techcar123@daum.net	빌리	2lovesoon@daum.net	너는 내운명
veronica1224@daum.net	달려라하니	sea_js@daum.net	해인	hoho688@daum.net	호호미녀
ju002@daum.net	꼬모야	63toto@daum.net	슈렉	nicezx7@daum.net	석7
reamer@daum.net	산삼	windmill9056@daum.net	바다	eodkwkd@daum.net	복판
yulijs@daum.net	flgreat	munamy@daum.net	파이어펌핑	yinh27@daum.net	행운을 빌어줘
b~jki@daum.net	jk	seaflying@daum.net	빨리가라	nuck97@daum.net	saha
lyj5194@daum.net	수영구훈녀	5th~space@daum.net	루루	songju74@daum.net	꼬깨맘
k970907g@daum.net	김미연	phhps@daum.net	언제나 행운이	tn6495@daum.net	정명희
ohjikj@daum.net	박경화	ecclove@daum.net	jinni	kimksd0703@daum.net	희망
kkd30@daum.net	독립수지	kimraok@daum.net	엘롯	rabbit1304@daum.net	양상수
molo0@daum.net	morro00000	dototal@daum.net	디오 신종필	minmax7@daum.net	민혜정
yun4989@daum.net	윤윤몬스터	wnsgud~488@daum.net	뭬~~야	00june@daum.net	june
dunce1981@daum.net	어쩌나	anan25@daum.net	호호	zeizi@daum.net	유빈아빠
nariman101@daum.net	나리만	87323887@daum.net	보증수표	jajajan1@daum.net	밝음이
pink2590@daum.net	김정숙	rhflxjf@daum.net	꼬리털	takeoff7@daum.net	푸른하늘
hskim~kj@daum.net	까꾸맘	pedksd@daum.net	재재아빠	yongjae92@daum.net	steeligion
eun4933@daum.net	swanylee	bluke117@daum.net	sunny	88202573@daum.net	그날이오면
hds6471@daum.net	푸른솔	hwangyj1052@daum.net	ImissYOU	son77moon@daum.net	손영현
ts2618003@daum.net	태광공영주식회사	8top8@daum.net	마루	wka0442@daum.net	정지은_
pyopost@daum.net	무한도전	fhwm010@daum.net	너굴한너굴	lassie99@daum.net	헤젤
lhrmu@daum.net	lhrmu	yoonbyun@daum.net	개똥이	koi0408@daum.net	파란하늘
soupgil@daum.net	nayana	517fa@daum.net	우수한	lmr8812@daum.net	미랑이
chj710204@daum.net	하얀밤	dqtf2@daum.net	조성은	ahun707@daum.net	오기택
choongkyu@daum.net	잔혹한천사	nicole251672@daum.net	손ువీ	duwlsdl03@daum.net	생활의발견
rains2@daum.net	alclstptkd	gwg810@daum.net	goodfriend	pms0530@daum.net	호빵과 방귀
al2022@daum.net	삐삐	jooddal@daum.net	coco	top~ngjp@daum.net	그루터기
moreleta@daum.net	주주맘	schlara@daum.net	해피클라라	sagdongi@daum.net	햇빛
ryu611h@daum.net	nabarasun	kakumila@daum.net	동동동	godtnr0@daum.net	산수유
tue19@daum.net	하은영	miruk30@daum.net	김정숙	psesep@daum.net	박성은
khtc2000@daum.net	사랑이	lets~fly@daum.net	letsfly	jung~_1008@daum.net	이지영
dmc0129@daum.net	쿨가이	naru0317@daum.net	grace킴	lynne37@daum.net	마법사님
zamm74@daum.net	sunny	pbr25@daum.net	행복 천사	foriman@daum.net	포리
sjh70md@daum.net	석정호	onlytaya2e@daum.net	bokyung	myeongsoonhan@daum.net	MyeongSoon HAN
may97hong@daum.net	헤즐넛	ran~dream@daum.net	무소의 뿔	hjj310504@daum.net	블루
redsky6464@daum.net	램프	hjini1004@daum.net	미니찌니호호	h~yupyo@daum.net	아까비
gemma77@daum.net	장연정	haemiru97@daum.net	Kinam	odorata1@daum.net	박혜숙
han0729@daum.net	이성철	justbehappy@daum.net	Min C	happyluna@daum.net	희망없는나라
daknae@daum.net	다큰애	sjb_praising@daum.net	Crystal	rlwnsdja@daum.net	초코칩
antea99@daum.net	안티	id0629@daum.net	김예경	cis62@daum.net	윤슬
shinykk@daum.net	shinykk	young310906@daum.net	지숙	rh~als~wjd@daum.net	민정이80
david~y@daum.net	윤형훈	hygoo@daum.net	에리얼	jyj0138@daum.net	11
kwak7408@daum.net	곽지영	asterics1230@daum.net	heavy actualities	you0370@daum.net	둠벙조사
april~13579@daum.net	sun	enhi@daum.net	enhi	tipany44@daum.net	자수정
stan4uhere@daum.net	맑은세상	happyforrest@daum.net	햇빛	psybd42@daum.net	Lusios
rahaejinlove@daum.net	붉은노을	lovetg@daum.net	김수희	nunsencestar@daum.net	nunsence
miso210@daum.net	미소	blueskyyj@daum.net	jin	hyojung250@daum.net	골목대장
qc~lee~no1@daum.net	이명우	jurios1@daum.net	서림	tan2daero@daum.net	파란하늘
yteang@daum.net	마법소녀샤샤	kil~yuni@daum.net	혈연화	drydays@daum.net	정혜원
amudena@daum.net	뽕남편	pigi69@daum.net	꽃기란	hongsil65@daum.net	쇼와
s087844@daum.net	rehero	bigblue74@daum.net	그랑블루	heeya4171@daum.net	희야
multivitamin83@daum.net	jyinaus	mylife2397@daum.net	장갑	wa~hj@daum.net	현주
mycutelady@daum.net	씨엔	kjjsss123@daum.net	충 만	hellonby@daum.net	ㅋㅋㅋ
yehong@daum.net	이홍	kosobok@daum.net	금천식자재마트	cheerselfup@daum.net	박도경
welfare4867@daum.net	아이리쉬	kongju~13@daum.net	공주	kangys69@daum.net	기가
myfall@daum.net	전민향	ksm5642@daum.net	쪽쪽	hwangsh40@daum.net	단지아방
yjw7181@daum.net	도미노	jonalyn1@daum.net	butta	paek5002@daum.net	예은
pmh4143@daum.net	슬이와 산하엄마	hwh00508@daum.net	파아란 하늘	say932@daum.net	민채경

이메일	닉네임	이메일	닉네임	이메일	닉네임
jsc561223@daum.net	너를위한인생	winy29@daum.net	롱롱	esillote@daum.net	Elaine
kshwon@daum.net	김순화	deuk6907@daum.net	123456	sara710@daum.net	사라
gjlee812@daum.net	이길자	empk06@daum.net	little prince	neokkw@daum.net	강기웅
yeonga3206@daum.net	빵야	ttank68@daum.net	양동이	fulljh@daum.net	coffeeholic
jeena0411@daum.net	용이네	gkrtnr@daum.net	냐옹	oochetong@daum.net	마리sm
hpyojw@daum.net	Jiwon Oh	may7008@daum.net	핑크레이디	yamoni@daum.net	하늘
maehwa73@daum.net	이쁜덜렁이	consumer1@daum.net	강정화	skk098@daum.net	말리
okuhak@daum.net	레이첼	yumi4019@daum.net	윰짱	shinyolive@daum.net	shinyolive
stupid2000@daum.net	0uri	qpit96@daum.net	웃으며살자	rkdmfch@daum.net	heej927
jshgod74@daum.net	moonsmile	l22bs@daum.net	ByoungSoon	roserana@daum.net	뚱시리
hyonmyong@daum.net	조현명	kby3844@daum.net	김보연	hisomin@daum.net	소민
sssmuk@daum.net	조선숙	hilda75@daum.net	hilda	minha0130@daum.net	minha
orangecandy01@daum.net	오렌지캔디	onjus@daum.net	스마일존	bok1472@daum.net	정영희
jdy90@daum.net	장대영	kira2004@daum.net	미녀의유혹	joo-joo826@daum.net	느리게 걷자
sim922@daum.net	삽자루	seolmisun@daum.net	happymania	dansoone@daum.net	단수니
larlarrla@daum.net	예쁜표정	n-sarm@daum.net	꽃자리	ejspis@daum.net	못난이
smin106@daum.net	헤헤헤	2yslkim@daum.net	truefaith	hakdamo@daum.net	파란하늘
queenmkk@daum.net	벨리	nishiderao@daum.net	몽중애	capoptimus@daum.net	위르겐 하버마스
whdtnr2458@daum.net	진이	ccobuki99@daum.net	조으뜸	hohohofm@daum.net	Wizard
judy4714@daum.net	judy-kang	polinangel@daum.net	두리	pshche3@daum.net	ptsk13579
xldesign@daum.net	xL	hohun4745@daum.net	장작개비	freeksm1@daum.net	천년학
kiki8015@daum.net	유주맘	sinwoo34@daum.net	시영맘	e-sung0@daum.net	iloveyou
4rahmen@daum.net	라면	jaejae317@daum.net	ashley	seongsim00@daum.net	파란하늘
ekrh1@daum.net	몽몽몽	mkcat@daum.net	현	jyjhn@daum.net	jyjhn
singingisland@daum.net	달팽이	steanes@daum.net	최신바람	kini415@daum.net	박민주
byeongyun2475@daum.net	김병윤	heojh0125@daum.net	Jahyeon Heo	daewong507@daum.net	밤하늘
ansrlf04@daum.net	소나무	tnstlsdja@daum.net	일랑일랑	im-syssam@daum.net	서연
clerak@daum.net	권미선	loid1@daum.net	Airman	miss-du@daum.net	꽁꽁짜장
julia7170@daum.net	julia han	khjcream9909@daum.net	사랑해	sensitive-go3@daum.net	까꿍
deelite0526@daum.net	정은미	yeajung@daum.net	탄탄대로	dcometrue@daum.net	익스트림
psframe@daum.net	김 길환	hmyou59@daum.net	스테파니아	sentant@daum.net	sentant
8098ewq@daum.net	숯불돌이	spaghetti00@daum.net	고고한 ann	8body@daum.net	이숙현
minjji-88@daum.net	김민지	greni@daum.net	김인숙	bt-son@daum.net	파랑새
elli75ac@daum.net	아자아자	kwon514@daum.net	아라	ees225@daum.net	이의석
shmo96@daum.net	한계령	livinghope@daum.net	livinghope	mihye0126@daum.net	빵니
yangpa18@daum.net	하영란	lyk1052@daum.net	제인	maansoon@daum.net	혜여미
baeknkk@daum.net	baeknk	jmy4620@daum.net	전미영	miruksan@daum.net	미륵산
howican@daum.net	howican111	lmo24@daum.net	뿡뿡이	yujeong5145@daum.net	ujini7140
elevee@daum.net	정덕영	vichara@daum.net	꿈꾸는	kj-lee42@daum.net	개망초꽃
nawhiteya@daum.net	nawhiteya	ann3130@daum.net	깡상	prosper5000@daum.net	신정훈
gury922@daum.net	깜딱구리	ninoci@daum.net	noninoni	yura7676@daum.net	김영신
hoin1004@daum.net	hoin1004	dudal0624@daum.net	주영미	clytie1106@daum.net	엘프
toru5@daum.net	토루	homelygod@daum.net	레테	annie5682@daum.net	annie5682
cmiyuna@daum.net	그린라이프	banibani@daum.net	반윤정	h4854j@daum.net	조혜정
sarang7201@daum.net	knnamoo	munition2@daum.net	shake	si8009@daum.net	선정-김민성
mh-l@daum.net	nice1255	redim82@daum.net	주정임	spring-daisy@daum.net	데이지 꽃
gropius@daum.net	gropius	orlee700@daum.net	rany	55416@daum.net	현지
kabwon@daum.net	미련한세상	kallagirl@daum.net	큐트걸	82ding@daum.net	오수진
idgie0520@daum.net	idgie	merccyda@daum.net	merccy	mike24@daum.net	박진휘
tae062@daum.net	엽이아빠	rdy5122@daum.net	ehdqkdtlsrl	p960507@daum.net	루치아
eunah3964@daum.net	말남이	sookyung83@daum.net	파란하늘	anne0331@daum.net	anne1234
nol209@daum.net	남쓰	mailcity@daum.net	지민맘	eyoung33@daum.net	빈마음
icecreamloveu@daum.net	송지영	solbudung@daum.net	솔버덩	olive_2632@daum.net	olive
hanmail8180@daum.net	도반	yun0031@daum.net	당근	rich2006@daum.net	날씬 토끼
harius@daum.net	하프타임	ea70088@daum.net	FEASIBLE DREAM	ogifree@daum.net	이명옥
claire-shin@daum.net	신정아	didvk21@daum.net	양파	jihae0724@daum.net	지고지순
glad-meet-you@daum.net	트리운드	danami20@daum.net	리움	nahoichang@daum.net	나회영
nada0881@daum.net	쵸코쵸코	bearded-barley@daum.net	빛속으로	sun-in1206@daum.net	강선인
nari530@daum.net	박연진	hohoyuyu@daum.net	almond	miae2590@daum.net	베나사랑
kimgoi@daum.net	choco	chaewon68@daum.net	선혜	smhy12@daum.net	whgdmsdjaak
achim1175@daum.net	좋은아침	kj0414@daum.net	이금주	no0060@daum.net	freesia
0918mama@daum.net	땡이	lynardm@daum.net	tyche	9928074@daum.net	왕재벌~*
pyi0261@daum.net	공평무사	_yel@daum.net	최예람	2ddmom@daum.net	ls970104
y2chd@daum.net	가을	winston78@daum.net	까르르	cdjlhw@daum.net	애니케이
flytolky@daum.net	매튜	rainbi97@daum.net	조희정	tree21th@daum.net	자비솜
minseon3688@daum.net	김민선	qhaskf@daum.net	봄이오면	hugging8@daum.net	아나
eun9412@daum.net	전은자	pretty620@daum.net	토마토	dalnara0228@daum.net	무쏘

Email	Name	Email	Name	Email	Name
sjady@daum.net	심미옥	jijimother@daum.net	지지팜	nawooju@daum.net	nawooju
200428@daum.net	200428	lem385@daum.net	lem385	heemang50@daum.net	heemang50
ajumang@daum.net	능소화	minji~1201@daum.net	아이리스	billy2795@daum.net	elly1470
indebted@daum.net	라온제나	ksl520@daum.net	해바라기	acekimyg@daum.net	비밀
kmioki@daum.net	초롱초롱별	tallgirl28@daum.net	meishu	indiacurry@daum.net	조나단
jhk~30@daum.net	무도행	alllnothing@daum.net	청연화안	w2348@daum.net	헤오
limjy10@daum.net	이쁜이	jyl9135@daum.net	환희	aromi386@daum.net	여정주
godgarden9@daum.net	정원	dasmond@daum.net	문현진	mmmg14@daum.net	도담도담
bluebrida@daum.net	Roy Walker	didgoehd@daum.net	해동쓰	sekang74@daum.net	sekang74
subin0762@daum.net	수빈	cherry~blue@daum.net	천사지오맘	assnow@daum.net	사과나무꽃향기
hsr8591@daum.net	코오리	mayqeen93@daum.net	유지맘	dayeon1988@daum.net	ㅈ
finebaum@daum.net	hanhj	ann4968@daum.net	최지성_아스트에어	juuynn@daum.net	juuynn
jisukpp@daum.net	gsooklove	samhwa867@daum.net	나래83	windsmell20@daum.net	나달
hyekyungee@daum.net	이혜경	rma618@daum.net	소담	lek0522@daum.net	아이린
cci202@daum.net	운명교향곡	queenh61@daum.net	마르티나	aviv9403@daum.net	콩새
papirosd@daum.net	bluewave	howonhosu@daum.net	howonhosu	kbssopia@daum.net	sopia
yangarem@daum.net	엘뤼에르	wanhu01@daum.net	완허	hyew10@daum.net	산그림자
choisunheern@daum.net	방랑자	maratonk@daum.net	달리기	sop0001@daum.net	sop0001
joojs9@daum.net	오드리	yso002@daum.net	도훈맘	hyran21@daum.net	leesaem
alexandra3@daum.net	호야	sug9249@daum.net	수산나	darake74@daum.net	임선정
whj1125@daum.net	처음처럼	jil5006@daum.net	질러	_blvgari_@daum.net	돈벼락맞고싶당
ch~anna@daum.net	정안나	chosj12@daum.net	나비	euny823@daum.net	으니
ai0023@daum.net	dodud	zeromi_love@daum.net	김영미	jungyun8756@daum.net	당신만이
hayounm@daum.net	물사랑	duzontech@daum.net	정성훈	ssyoung33@daum.net	zzz
vertha@daum.net	오은주	sj~bak@daum.net	찐니 2004	gusgml95@daum.net	버스
3580feel@daum.net	그러게	hyesungbbun@daum.net	arami	greenmelody67@daum.net	코스모스
munsuk6985@daum.net	zealous	nicehui@daum.net	조민희	nursech@daum.net	Kim changhee
jey1124@daum.net	함께가자	iohms@daum.net	wlsltkfkd	neptune1971@daum.net	해왕성
jhur0615@daum.net	lullu	phoenic@daum.net	찌인아	brady64@daum.net	블루
ssora@daum.net	오십원	pha337@daum.net	이지	jhrkwhr@daum.net	정수인
virus221@daum.net	이상민	jeno777@daum.net	신동진	2334ykh@daum.net	남태평양
jeonghee01@daum.net	혜윰	lya0130@daum.net	lya	cs0924@daum.net	claire
sesil1625@daum.net	선경 세실리아	jujaya@daum.net	fire	pupupu22@daum.net	봄꽃향기
pt~jin@daum.net	jinny	kyaoh94@daum.net	pretty	sylee4@daum.net	이세영
miya25@daum.net	inishie	327sky@daum.net	주선혜	abstar@daum.net	어린공주
eaglesj6@daum.net	성안댁	asteria1201@daum.net	asteria	aliceb@daum.net	류정선
lkyoungsuk@daum.net	숙이사랑	pretwins@daum.net	twins	ju731013@daum.net	lej0916
jongdal88@daum.net	산사의 부름	lis08209@daum.net	그럼에도 불구하고	lovemind2001@daum.net	이병재
sdjs01@daum.net	이재숙	miyemail@daum.net	킹스스피치	hans~lim@daum.net	eornsus
gsj530@daum.net	rhtnwls	honor~82@daum.net	김태현	lululala0212@daum.net	gksrndls
mic~~@daum.net	드림차차	startgo2829@daum.net	쇼팽도플갱어	sjs4787@daum.net	달팽이
jel7029@daum.net	봄빛	driver82@daum.net	David Park	youngsmile33@daum.net	매력만점
maldi747@daum.net	이쁘니	su~29@daum.net	김윤경	time3539@daum.net	세빌리아
zhonger@daum.net	지나	youlikim71@daum.net	김지환	jk761018@daum.net	jk761018
exdus939@daum.net	아정	mimi0525@daum.net	김미미	cham2300@daum.net	오정희
mein~streit@daum.net	good bye	honginsook522@daum.net	bellflower	youngou112@daum.net	상궁
dkgo82@daum.net	김민희	smaa1@daum.net	야야야	lsk61118@daum.net	ciel
catherine6@daum.net	김연정	bobae4@daum.net	날개	nayana1125@daum.net	긍정의 힘
orange510@daum.net	오렌지	moustaky@daum.net	moustaky	2055~suyoung@daum.net	도도수영
tnb40@daum.net	공주	anti516@daum.net	방학진	mommy417@daum.net	mommy417
parks730@daum.net	박영순	7jshee@daum.net	jsh	philspo@daum.net	lnsu
genoviefa@daum.net	이영주	soosoo1103@daum.net	saints	wagle~book@daum.net	와글와글
wwhhiipp@daum.net	랄랄라20	tkdgh5781@daum.net	이네스		작은도서관
ohhappy35@daum.net	눈떠야	badaa@daum.net	글로리아	sunberry@daum.net	coffeeholic
bleu68@daum.net	olive	hanna~bakery@daum.net	한나	legend5586@daum.net	가치투자
seely1004@daum.net	김 집	kyrainworm@daum.net	봄동	asdsa58@daum.net	눈꽃
green1273@daum.net	greenjeon	ljt23@daum.net	TEMPERANCE	ky5885@daum.net	산과숲
smile7203@daum.net	이신명	yihoa72@daum.net	yihoa	womenplus@daum.net	니트
ohjang27@daum.net	love재윤	dazzlingston@daum.net	alice	kathy0430@daum.net	kathleen
ewha223@daum.net	기차는 8시에	hyeju7517@daum.net	김혜주	blue770709@daum.net	예수님사랑
	떠나가네	happyick@daum.net	모도	73lim@daum.net	강봄이맘
06suyon@daum.net	만주벌판	sungmin819@daum.net	임성민	crazycool1@daum.net	crazycool1
223131@daum.net	육동이	mac7412@daum.net	나를 슬프게 하는	asurajune@daum.net	asurajune
hikaruhee@daum.net	치즈케키		사람들	6219knon@daum.net	밥은먹고댕기냐
jglorypark@daum.net	jglory	mhr05@daum.net	류미희	ya1388@daum.net	영암군청소년
aprilmoon@daum.net	사월	babaroa83@daum.net	브니엘		상담복지센터
youngjin2798@daum.net	권영진	lyg3569@daum.net	아루	rachell~79@daum.net	zenzen
jjoda8318@daum.net	댕큐	tcconsultant@daum.net	박용규	1963chm@daum.net	최현미

Email	Nickname	Email	Nickname	Email	Nickname
bhjko76@daum.net	꼭지	jy12123@daum.net	betty	_jasmine_@daum.net	_lea_
luise1004@daum.net	화양연화	naraguna@daum.net	김진영	primks@daum.net	wooman
firstiris@daum.net	신민경	yesom2@daum.net	예소미소	younys59@daum.net	해피서비
wnsla@daum.net	파란하늘	working81@daum.net	해바라기	byungyoonlee@daum.net	이병윤
salome00@daum.net	빨강머리앤	storia@daum.net	스토리아	mjmts@daum.net	파란하늘
aphrodi2@daum.net	알리바바	minka40@daum.net	민카	a2015rsd@daum.net	안정희
sylviajang@daum.net	아라리	heartyh@daum.net	하트리	jung810412@daum.net	착한마녀
shonaeme@daum.net	한국종합개발	jskk0039@daum.net	나나나	kumaksy@daum.net	김성용
jinalang@daum.net	이진아	prettyzoom@daum.net	prettygirl-zzoom	arachnae@daum.net	더불어숲
tksth20@daum.net	산소	hyun_soon@daum.net	전현순	kileken@daum.net	지니
hmh1455@daum.net	고구려민	berestar1@daum.net	정재	honest-99@daum.net	honest
zzz5241@daum.net	나여가산다	balzac@daum.net	발작	hearthsk@daum.net	김현숙
zzonny@daum.net	zzonny	hooya821@daum.net	후맘	bjh6165@daum.net	청보리
nounclejjang@daum.net	이성재	hyereang@daum.net	ophilia	eungsil@daum.net	KIM EUNG GYO
hkjoseph@daum.net	joseph	fageni@daum.net	계영성주	jai6766@daum.net	하늘미소
gass7925@daum.net	꿀벅	jhkimax@daum.net	지구를지켜라벤텐	withyu21@daum.net	별땅내땅
mjeje@daum.net	인랑	leejihye@daum.net	아가유령	jjzef@daum.net	장동훈
yumeiying1@daum.net	진도울금	bumikyoung2@daum.net	버미경이	pass1913@daum.net	배은망덕
naya1211kr@daum.net	으랏차차	jbs1225@daum.net	성신	kobtan70@daum.net	김미령
jeeyeon52@daum.net	다솜	jeongohshin@daum.net	안세회계법인	yksong1121@daum.net	나무야
je790@daum.net	Jooeun Lee	naksuham@daum.net	레몬밤	robertosong@daum.net	삐딱해질래
puregold71@daum.net	puregold71	cajw38@daum.net	springlove	devill76@daum.net	머리아퍼
ruddycheek@daum.net	미쳤구나	oklwt@daum.net	oklwt	chin9-43@daum.net	KIMARI
contrabassj@daum.net	박재경	inter-msys@daum.net	iSL정보통신	soonjuly2@daum.net	눈오는날
sonsiya@daum.net	이게 뭣이여	sundayljk@daum.net	이정기	pk8238@daum.net	밝은마음
rang-chani@daum.net	이랑	gidrl2005@daum.net	도로시	mujikun@daum.net	나야나
ksk2936@daum.net	starkim	meenmeen@daum.net	비엔	1suribong@daum.net	jeejon
tnrdmswkd67@daum.net	몽동공밤이	mcckuy@daum.net	김의용	khn0831@daum.net	김한나
kkandrea@daum.net	들신부	hapumw@daum.net	강주영	cjswotkdgus@daum.net	尙鉉
vd-pm@daum.net	으찜	1260396@daum.net	김효정	jin288266@daum.net	지니
libss37@daum.net	나무	sinws@daum.net	John	tnscjsdbs@daum.net	lollipop
canlive78@daum.net	깬	lym71-71@daum.net	이영민	kdhtwist@daum.net	김도형
gtviolet95@daum.net	pianolatte	hansb2910@daum.net	zooropa	ces0219@daum.net	써허니
kjykyn74@daum.net	삐삐	ngg9264@daum.net	skarms	changbumkim68@daum.net	찰리범
hopemt09@daum.net	새하늘 새땅	groove333@daum.net	토마토	kkebi7007@daum.net	에도
yunkyungee@daum.net	yunkyungee	suh7596@daum.net	영부인	pink-card@daum.net	김안나
sos8294@daum.net	박지은	minn6368@daum.net	사랑	ant2325@daum.net	문숙
khy3030@daum.net	데니	ououokououok@daum.net	나기네	kykyok@daum.net	옥스
mingchis@daum.net	밍치밍슈	yw1495@daum.net	땅콩꼬마	muganda_3@daum.net	홍돈
god-is-mercy@daum.net	mercy	jeewon1984@daum.net	pjw	frau70@daum.net	frau70
e3027@daum.net	레몬에이드	shylush@daum.net	惠晨	douh2@daum.net	Dreamer
03doggy@daum.net	멍이	logoskok@daum.net	Diane	skjang1969@daum.net	푸른하늘바다
jinsong74@daum.net	오마담	sheconop@daum.net	수현	leegwangyoon@daum.net	stranger
seonjeong87@daum.net	Ss엘리스sS	41alth@daum.net	미소	mindulejk@daum.net	정금
qkstjr916@daum.net	꿈이여	yy9640@daum.net	yoo9640	eyan13@daum.net	파란아이
agajen@daum.net	agajen	pji00389@daum.net	단군	bbire-zz@daum.net	김효진
keyleeha@daum.net	무당벌레	yms726@daum.net	지도리	allendswell@daum.net	스무디
dltjdwo5892@daum.net	밝은행복	sa504000@daum.net	sinplan	kissman2001@daum.net	사랑한다면
znf7618@daum.net	라온제나	sonagi-hee@daum.net	자작나무숲	dobi3163@daum.net	조도비
bada-wow@daum.net	바다	hkh919@daum.net	홍경호	miny-young@daum.net	민영희
slocus@daum.net	희견	52message@daum.net	니미	neo-001@daum.net	배은경
jj1128@daum.net	전판기	min-winner@daum.net	winner9697	your-scent@daum.net	장재영
chss2347@daum.net	다둥이맘	hwan-ta2004@daum.net	hwan-ta	jenn-shin@daum.net	호랑꽁땡엄마
uhs5024@daum.net	엄현숙	stangel@daum.net	하늘과땅	comeon17m@daum.net	김미성
hksqkr@daum.net	하늘보기	gomu1004@daum.net	푸우	hongyeopsong@daum.net	반달
ighong82@daum.net	홍댕	hja1995@daum.net	캔디	cbrzx7@daum.net	김재훈
jjsoda@daum.net	soda	queenan@daum.net	안소영	er365@daum.net	er365
ttorry@daum.net	빈맘	cjh305@daum.net	지향	luee74@daum.net	이수정
1004dkwla@daum.net	보스레비	evangel608@daum.net	TnB99	isuhn@daum.net	물음
minjh5018@daum.net	ktcs아이	annie125@daum.net	annie	sunnee71@daum.net	영서니
woosuk-mom@daum.net	황금들판	twoinmam@daum.net	인우	duuuyonn@daum.net	정의롭게살자
siry5126@daum.net	workholic	uesseng@daum.net	Rostfrei	sooyon77@daum.net	쑤온
angel_ori@daum.net	오리	jodrrt@daum.net	강지영	8022young@daum.net	최인영
chakmaru@daum.net	심청사달	gustnals@daum.net	진로코치수민	e-bbnii@daum.net	위니
lose_control127@daum.net	AprilSky	syj7074@daum.net	송윤주	fly-crise@daum.net	박수정
pbckdg1@daum.net	춘향과몽룡	yoong2da@daum.net	다불와이	keh0303@daum.net	김밥소녀
cby64@daum.net	정부영	pooh3951@daum.net	겨울바다	nurid08@daum.net	김성희
heira@daum.net	heira	lgrec@daum.net	해바라기	yyessir@daum.net	은비

luxury68@daum.net	하늘도땅도내편	js2644@daum.net	깨몽
ksmsj301@daum.net	커피향	pms-good@daum.net	좋은사람
sado_min@daum.net	김 민	choseon0119@daum.net	이초선
dreamhera@daum.net	끼리	vmflxlsldk@daum.net	시라노드 벨쥬락
kadeung615@daum.net	혜안심	kjp33@daum.net	여당당
djswpsk010@daum.net	왕눈이	antispoon@daum.net	선릉역
sunanmin@daum.net	미리별	supercasper@daum.net	하얀아이
loki0320@daum.net	파랑새	okjey@daum.net	둘둘이
neversaydie73@daum.net	최선을다하자	vitamin8806@daum.net	비타민
lis0312@daum.net	이인선	sec89@daum.net	구름
uni1005@daum.net	uni	wjdcool@daum.net	coolluck
jeehai@daum.net	전지해	seven48q@daum.net	정해경
slna4@daum.net	아침산책	taeyang4758@daum.net	정은진
woon019@daum.net	누에엄마	kjh732@daum.net	김재형
nmk6868@daum.net	mnam	seagst@daum.net	초의
soyoungyoo@daum.net	유소영	egreen77@daum.net	늘푸른
c-_-ool@daum.net	일일시호일	doagidori@daum.net	꿈을 꾸는 아이
gyeongok0096@daum.net	이경옥	uriso1@daum.net	박소정
hcs0209@daum.net	sun	sinaega@daum.net	이시내
silki423@daum.net	냐옹파스	iklimm@daum.net	하늘정원
sandijy@daum.net	지영	dolggot03@daum.net	송석화
hoosechan@daum.net	작은빛	ibis05@daum.net	김명주
youngq2002@daum.net	푸하하	oodnaeap@daum.net	길동
89aaron@daum.net	보라머리소녀	pyeoyeo@daum.net	여여
polo2000m@daum.net	행복한 나날들	leeyha115@daum.net	마담
bleunavy@daum.net	김혜영	miejinl@daum.net	다민맘
hankalo@daum.net	위하여살자	bidan2014@daum.net	비단
56seung@daum.net	생각 너머 생각	by9710@daum.net	변정민
tdym0@daum.net	안드가	bussal@daum.net	애나
718suk@daum.net	아나스타샤	teresia98@daum.net	까탈
k9686@daum.net	sky	gks0107@daum.net	*^_-^*
hongeul0626@daum.net	정정우	haejeong1009@daum.net	박준영
heyelight@daum.net	마음눈빛	han1898@daum.net	skymichigan
oh3232@daum.net	변세희	jeongja8002@daum.net	안정자
dladusghk1212@daum.net	임연화	anso4001@daum.net	water
hsvhs@daum.net	김현수	gold7200@daum.net	이금
witch2000@daum.net	nice	pshaqua@daum.net	Behappy
dazzy76@daum.net	다찌	cjam0204@daum.net	배재호
solnoon@daum.net	solnoon	wawa20@daum.net	김희정
love4you00@daum.net	이인숙	jjinyman@daum.net	1-5 DESIGN LAB
joony12@daum.net	Chris_전경준	cygnet@daum.net	kay
jjang68@daum.net	jjang4588	seorim9@daum.net	최순희
03031121@daum.net	태풍	kmykmy202@daum.net	열심히

syjblue75@daum.net	우공비
mnc63@daum.net	하늘나리
bob2014@daum.net	투표똑바로하자
kimcj2000@daum.net	춤추는곰
cala1119@daum.net	cala
sbn2100@daum.net	sabina
kimkok918@daum.net	하얀나비
openarms777@daum.net	댕이
mydream0201@daum.net	미희
choi94940@daum.net	최은실
smk2424@daum.net	송미경
ojsghg@daum.net	블루베리치즈케익
suy1022@daum.net	노란장미
cosmo93@daum.net	봄밤
owlbird@daum.net	조이
daffodil522@daum.net	연화정
didvkwnqn@daum.net	행복마녀
sunghee-go@daum.net	성희고
yasi1994@daum.net	야시
bbisoon9053@daum.net	bbisoon
gvb9z77@daum.net	시우짱
juhjbaby@daum.net	밴드
kok6090@daum.net	허브향
jdjmiracle@daum.net	이희일
444lei444@daum.net	이나겸
ysymcalee@daum.net	이상훈
sefiroth0@daum.net	이명행
neobinmom@daum.net	언제나
mnshim2424@daum.net	뚝심
ms1004bkw@daum.net	love1004
choe-kang@daum.net	sychoi
missyou4ever@daum.net	이수연
glory954@daum.net	귀뚜라미
bmhj1995@daum.net	세스코
sadi7777@daum.net	보리까라기
myungsim@daum.net	사랑나무
ran-26@daum.net	이혜란
goadmshot@daum.net	너죽을래
rupina710@daum.net	루피나
sinabrojj@daum.net	박하사탕
forcr@daum.net	perllight
robertlongo@daum.net	전갈자리
nickhee0526@daum.net	:*before I fall in love*: